第二届中国工业文学作品『光耀杯』大赛获奖作品

瓜熟蒂落

魏朝凯 著

北方联合出版传媒(集团)股份有限公司

万卷出版有限责任公司

ⓒ 魏朝凯 2023

图书在版编目（CIP）数据

瓜熟蒂落 / 魏朝凯著. — 沈阳：万卷出版有限责任公司，2023.1

ISBN 978-7-5470-6122-0

Ⅰ. ①瓜… Ⅱ. ①魏… Ⅲ. ①长篇小说—中国—当代

Ⅳ.①I247.5

中国版本图书馆CIP数据核字（2022）第206662号

出 品 人：王维良
出版发行：北方联合出版传媒（集团）股份有限公司
　　　　　万卷出版有限责任公司
　　　　　（地址：沈阳市和平区十一纬路29号　邮编：110003）
印 刷 者：三河市龙林印务有限公司
经 销 者：全国新华书店
幅面尺寸：170mm×230mm
字　　数：280千字
印　　张：17
出版时间：2023年1月第1版
印刷时间：2023年1月第1次印刷
责任编辑：胡　利
责任校对：刘　洋
装帧设计：张　莹
ISBN 978-7-5470-6122-0
定　　价：68.00元
联系电话：024-23284090
传　　真：024-23284448

读万卷书，行万里路

——长篇小说《瓜熟蒂落》自序

◎魏朝凯

《瓜熟蒂落》是我现有的六部压箱底长篇小说之一，从来没奢望过出版，更没想到能登上国内最高规格的工业文学大赛领奖台，在仅有的五部长篇小说等级奖名额中谋得一席之地。

将初稿画上一个圆满的句号时，我长舒了一口气，就想着浏览一下网页，那么巧就看到了由中国作家协会、国家工信部等主办的，被中央精神文明建设委员会列为重点工作项目的第二届中国工业文学作品大赛征文启事，但离截稿日期已经不足一个半小时了，脑子一热，便注册、登录、临时整理作者简介和故事梗概，掐着截止时间投了稿，不得不说，这是缘分。

小说主人公季天翔和杜月娟的形象，长期在我的思绪中飘荡，有时觉得他们就是我，有时又觉得他们远在天边又近在眼前，直到感觉我们融合成了一个整体，再也无法区分性别、年龄、职业和时代背景，我知道，自己心目中那颗酝酿了数十年之久的种子已经生根发芽，是时候挺身而出，一个猛子扎进亲手编织的梦境中，去构建另一个跃然纸上的文学世界了。我毫不犹豫地在疲于奔命的百忙中硬生生地起了二十九个大早，在确保不打乱日常工作的前提下，往返于现实和虚幻两个世界中，以日更九千字的速度，一口气完成这部二十几万字的长篇小说。

我码字速度快，是有点小名气的，特别是千字文，号称"立等可取"。如此表述，并无丝毫标榜优秀之意，充其量不过是长期在不适合写作的环境中，被动养成的一个技能型小习惯而已。当然，仁者见仁，智者见智，读者的眼睛向来都是雪亮的，唯愿有缘人能从本书中体验到那种顺风顺水的酣畅淋漓。

20世纪80年代初，刚满十七岁、不得不中途辍学的季天翔，迎着改革开放的第一缕春风，率先跳出农门，离开祖祖辈辈面朝黄土背朝天的小村庄，投身至热火朝天的电建现场，陆续带领家乡数千名父老乡亲，东奔西走，在经济大潮和人情突变的时代巨浪中，从农民工到大企业家，其间的酸甜苦辣咸，漫长、煎熬而又无可奈何。

像千千万万打工潮中的农村劳动力一样，季天翔也经历了小保安、学徒等诸多职位的更替和历练，但他没有被现状所束缚，在短期内就下定了要用过硬技术武装自己的坚定信念，为之后的创业之旅打牢了必备根基。

从电焊学徒工开始，季天翔身上那种农村小伙子特有的吃苦耐劳、不服输的韧劲便表现得淋漓尽致了。面对高空、高危、高温作业，他不但没有退缩，反而"变本加厉"地严格要求自己，甚至连实行"夏时制"时期的酷暑正午也不休息，一天到晚耗在锅炉钢架上，拼命地练习焊接技术，再加上理论联系实际，仅用了三个月的时间，便掌握了他人两年都不可能达到的施焊技艺，让工友和师傅交口称赞。

一次偶然的机遇，季天翔结识了同年同月生、同为电焊工学徒的美女小姐姐杜月娟。她是季天翔拼搏路上的好知己。但他们的友谊是真诚和纯洁的，从未跨越雷池半步。直到前妻马晓丽极力促成，二人才一步一步地进入谈婚论嫁阶段。季天翔和杜月娟的故事交集通篇不断，你中有我，我中有你，点面结合一线牵，默契和波折耐人寻味。

从带班小班长开始，季天翔的管理能力、过硬的技术和好人缘便获得广泛认可了，也水到渠成地获得了成为国有大企业正式员工的机会，但他有更为远大的奋斗目标，有带领家乡父老大干一场的深厚情怀，毅然决然地选择了独自创业。

面对人情、三角债以及应接不暇的潜规则等一系列困扰，他拼杀过、风光过、挣扎过……但播种注定就会有收获的希望。

事实证明，只要有魄力、能吃苦、肯奉献、处处为事业和父老乡亲着想，天长日久，前途便会一片光明。短短数年，季天翔的事业就干得红红火火了，不仅成为电建领域高技术含量安装队伍的当红生力军，也吸引了一大批同舟共济、抱团取暖的好搭档好兄弟。

但时代风云瞬息万变，一场由甲方国外项目重大变故引发的资金链断裂，将年轻的季天翔顷刻间逼到濒临破产的境地，失望、求稳的岳父母也向他抛出了绊脚石，但妻子马晓丽却丝毫未变心，依然默默地在背后支持着他，在操持家务和照顾儿女之余，一边佯装绝情向季天翔提出离婚，一边用实际行动拼尽全力与既贪心又胡搅蛮缠的父母周旋，并不惜以死要挟，终于将被父母控制的存款悉数交给了丈夫。患难之时见真情，其情其景令人动容。

时光荏苒，季天翔的坚守、真诚和努力终于得到了切实的回报。甲方合作伙伴和麾下众兄弟最终与他将手紧紧地握在了一起，共同渡过了几近难以逾越的险关。

从一位初出茅庐的懵懂少年，历经磨难，季天翔终于成长为社会大环境中顶天立地的男子汉，也赢得了心上人的芳心。

杜月娟、马晓丽的真情实意，纯洁无瑕，不论风云变幻，始终伴随在季天翔的左右，不弃不离，爱得情深意浓，感天地泣鬼神，让人不得不为这人间真情而热泪盈眶。

季天翔的经历，是无数长期被熟视无睹的弱势群体的缩影，更是打工族创业者顽强拼搏、勇于挑战自我的鲜活范例。他们表面风光，实则"两头受气"。数十年疲于奔命的乙方分包商岁月，汇聚成一部改革开放四十年进程中的局部历史，将万千奋斗在建设领域风口浪尖的兄弟姐妹们的淳朴、汗水和诸多鲜活的场景集于一身，道出了他们发自心灵深处的共同心声，用挣扎、呐喊和人类应有的本真，谱写了伟大时代进程中的天籁之音。

正如中国文联文艺评论中心主任徐粤春在《文艺报》撰文所说，季天翔个人的成功，既反映了中国民营经济的成功，也折射出中国特色社会主义市场经济的成功。一语中的，恰到好处地道出了我创作长篇小说《瓜熟蒂落》的初衷。

那么多家乡文友、一大帮兄弟姐妹，从作品参赛、颁奖到出书，几度春秋全程摇旗呐喊，至今依然陪我编织着将《瓜熟蒂落》早日改编为影视剧的美梦，此情彼景，感慨万千。但最让我无法释怀的是，进京领奖时，没能兑现大家"每人一只北京烤鸭"的小请求。说来惭愧，你们心目中言必信、行必果的凯哥，一来渐知天命，心有余而力不足，实在背不动那么多只烤鸭；二来，百分之九十九点九九的想当作家又不可能成为作家的作家，均乃囊中羞涩的穷书生，凯哥亦然。

虽然没有勇气将这么没有面子的话说出口，但可以借此天赐良机偷偷摸摸地写下来。不过，欣慰的是，我已经成功筹集到了一笔"巨款"，足够回购每人一本《瓜熟蒂落》弥补缺憾。话已至此，如释重负，祈愿这不是梦。

俗话说，好事多磨，本书得以出版并公开发行，离不开大赛组委会领导、专家和老师们无私的奉献和扶持，无以回报，只能在心底将千言万语凝聚成发自肺腑的两个字——谢谢！聊表知遇之恩。

蓦然回首，天马行空漂泊了数十载，走过的路不止万里，读过的书却远远未及上万，但出版本书的万卷出版有限责任公司帮我圆了这个梦。唯有用自己的座右铭"读万卷书，行万里路"作为本序的大标题，以表达对社领导和编辑老师最诚挚的谢意。

2022年10月9日夜于汶上

目 录

第一章

    2月28日，正月十六，黎明前最黑暗的时刻，刚满17周岁的季天翔，怀揣着一封加急电报和对未来美好生活的向往，由比自己年长两岁的四哥相送，踏上了去江北省康城发电厂打工的征程。

    哥儿俩骑着家里唯一的一辆大"金鹿牌"自行车，除了铃铛不响、手刹不灵、滑丝转向的鞍座硌屁股之外，似乎其余的零部件全都叮叮当当响。但穷人有穷人的妙招，手刹不灵用脚刹，那副久经考验的车链子几乎就没有出过状况，反方向用力踩踩脚蹬子，刹车效果比手刹不知要管用多少倍；座位硬也难不住人，破衣服缠缠，还挺舒服。同品牌的自行车，村里有三十多辆，都是托在新疆任商业厅二把手的大叔买来的，计划经济时代，没有购车票，磨破嘴皮子也没有人敢卖给你，写一封信，再把钱通过邮局寄过去，"神通广大"的大叔就能将一辆辆崭新的自行车寄过来，这是很有面子的事，为此，二爷爷没少吃大家的请，捎带着鸡蛋、挂面、香油果子、各种品牌的香烟啥的长年累月就没有断过溜。

    先是四哥骑大金鹿驮弟弟，累了就换上弟弟骑，歇人不歇马，反正农村孩子有的是蛮力气。但季天翔的车技向来比四哥略高一小截，虽然四哥从来都不服气，为此兄弟俩也没少过招比高低。此次临行前父母反复嘱咐，路途远，别犯牛脾气，省着点劲骑，跋山涉水，将近二百里地呢。起初，哥儿俩很默契，"行军"效率也高，按照父亲精心绘制的路线简图（标注了几处沿途的县城名称而已，电厂所处的乡镇他也不知道，只说到了明月县城打听康城电厂就行），日头还没有偏西的时候，就骑了大半路程了。把自行车停在路边，先是低洼草丛里轮流放水蹲坑，一身轻松之后又补充了干粮喝了水，找一处有草的干净地就着斜山坡半躺半坐休息了一会儿，但时间不长，就像二爷爷家干了一天活的大叫驴一样，打个滚，爬起来，狠命抖抖身子，就浑身是劲儿了，两个人一对眼，二话不说，继续赶路，重打锣鼓另开戏，还是从哥哥开始骑。

季天翔却要打破规矩，意欲自己先来："四哥，这次我先驮你，顺便再给你露一手大撒把的绝技！"

"大撒把谁不会？有啥稀奇的，那都是哥哥我撂下不干的活了！来的时候爹娘咋交代的？早着呢，省省力气吧你，别作！还是我先驮你吧！"四哥边说边左脚着地，甩腿将右脚踏上了车蹬子。但最终拗不过弟弟的争抢，只好随他去了。

"哥，麦场里、公路上骑车子大撒把，那都不是真本事，这高埂下洼、疙瘩榔头的破路能大撒把才够味，你就坐稳。好吧哥，我要飞了！"季天翔言语中又露出了向四哥挑战的火药味，蹬起自行车来也是摇头晃脑。兄弟俩"赛车"向来有瘾，瞅准机会就过招，一过招就挨父亲训，质量再好的自行车也经不起瞎折腾，心疼着呢。

四哥心中不悦，但瞧着满地的坑坑洼洼和石渣土块，早就没有了与弟弟一争高下的底气，只好利用当哥的优势狐假虎威地训斥着季天翔："别弄熊事了，逞啥能！到地方还远着哩，真把自行车祸害残废喽，让大金鹿骑着你赶路哇？是个人都没有你能！天底下都装不下你了是不？"边说边不由自主地点着头，心服口不服。

突然，一声"哎哟"，"咣当"一声，大金鹿应声倒地，把兄弟俩摔得好大一会儿都没有缓过神来，坐在后货架上的四哥，被一块尖利的石头片子硌伤了腚，棉裤也剐破了一个洞，腚上不住地流着血。季天翔失手了，讨好地安抚照顾着四哥，满脸都是歉意。

"熊玩意儿，说你不听，大撒把，大撒把，撒出事来了吧？你以为我大撒不了把？也不撒泡尿照照自己的熊脸，这破路能大撒把吗？别骑歪了那才叫真本事！再给我大撒个把试试，三脚猫功夫，你再给我大撒个把试试……"面对四哥劈头盖脸的训斥，季天翔被四哥抓住了把柄，心中有愧，一言不发。

坐等四哥发完脾气，季天翔抓住时机赶紧表达了歉意，随着四哥一声"憨样儿"的结束语，兄弟俩的关系瞬间就完好如初了。季天翔心想，一时半会儿的再也没法让四哥骑车子了，剩下的路程全靠自己来骑了，边想边率先起身要扶起大金鹿。谁知，挂在后货架一侧的行李绳被硌断了，兄弟俩只好解下行李，接上绳子，重新系牢，那个被压扁了的印着"奖"字的大茶缸子也没舍得丢，用绳头拴挂在了行李的外侧，逃兵行头似的看着滑稽。

一切收拾停当，"不得不低头"的季天翔"驯服"地看着四哥的脸说了句："哥，咱开始走吧？我驮你上车！"

"还大撒把不？"四哥笑问道。

"别哪壶不开专提哪壶了哥，这回你让我撒，我也不大撒把了！"季天翔边说边伸手示意着哥哥上车。

不承想，一直壮如老牛的大金鹿又出了幺蛾子——后车圈龙弯了，稍微一动就磨得车架子咯吱咯吱响，还总刹车，眨眼的工夫后车带就被磨出了一圈鲜黑，走了没几步，只好停车检修，但前不着村后不着店，也没有随身携带的工具，兄弟俩手拍、脚踹了一阵子，不但没效果，反而感觉比先前还严重了。

四哥铁青着脸，好像又想起了前仇，对季天翔厉声吼了起来："傻待着干啥？！将就着骑吧！大不了把车带磨烂不要了！不作，你那欠揍的破腚痒痒还是咋的？"

季天翔自知理亏，虽然身边没有父母护着，但天生一副火脾气，忍耐是有限度的，他不怀好意地回敬了一句："我腚不痒痒，我腚疼！"边说还边咬牙切齿地瞪了四哥受伤的腚一眼。

这下，长得五大三粗的四哥被惹火了，上前照胸就是两拳，把季天翔打了两个趔趄，差点被打趴在地。季天翔聪明着呢，向来好汉不吃眼前亏，知道动武不是自己的强项，盲目对着干，铁定只有挨揍的份，便不再跟四哥犟嘴，只是闷着头老实巴交地驮着腚上受伤的四哥继续赶路。走一程就下车检查一下车轮子，生怕车带被突然磨漏气了。

好景不长，前面的路越来越难走，坑坑洼洼越来越深，石渣子也越来越多了。哥儿俩下车四处张望着分析了一下地形，感觉好像在先前崴车子的地方岔了道，应该是顺着开石头的山路走偏了，再往前走就到采石场了，荒郊野外的天还那么冷，又大过年的，也没有过路的人问问道，只好摸索着沿一条小路避开采石场改道向左走。折折腾腾，又累又冷又饿，兄弟俩再也没有了第一次见到高山时的兴高采烈，寡言少语，谁也懒得搭理谁。

"一身熊劲使不到地方，刚才顺着下坡路咋骑了这么远的冤枉路？知道啥叫看山累死马了吧？往回走，上坡路，看样子一个钟头也不能把这倒霉的石头山甩在腔后头了……"四哥虽然牢骚满腹，但火药味却明显没有那么冲了，恰好在季天翔的承受范围之内。况且，哥儿俩也斗嘴斗累了，季天翔啥也不想，只是拼命地推车爬坡，爬得满头大汗，四哥几次坚持说要替他，他不让，说啥也不能让四哥的腔再多流血了。

好不容易爬完了上坡，骑入了平坦的漫长下坡路，兄弟俩长出了一口气，不但不需用力蹬车，还要不时地踩几脚刹车呢。季天翔身上的热汗也渐渐变成了冷汗，大金鹿越跑越快，越跑越快，不得不连续刹车才能控制住行进的速度。路越骑越宽，路上的行人也越来越多，在一马平川的平地里骑惯了车子的兄弟俩，在呼呼生风的下坡路上越骑越兴奋，不由自主地高声唱起了《大海航行靠舵手》和《学习雷锋好榜样》，赚足了回头率，那条多灾多难的后车带的现状早就被两个小主人忘到九霄云外去了……

真是乐极生悲，实在承受不住这两个壮如牛的小伙子得意忘形的痛苦折磨，大金鹿不得不撂挑子了。频繁地用力刹车，那副老旧的车链子终于"咔嚓"一声断掉了。失去控制的大金鹿犹如脱缰的野马，一路狂奔向下坡冲去，当兄弟俩意识到危险的时候，已经无法收手，想停车、想下车都已经来不及了，骑虎难下。其间，季天翔还伸脚靠近前叉，努力踩向早就没有了挡泥圈的车轮试图强行刹车，但一切都回天无力，只好大声惊呼着，在路人被吓傻了的注目礼中，任由大金鹿玩命地往前冲、往前冲……

终于，大金鹿驯服了，但不是刹住了车，也不是进入了上坡或平地，而是连车带人重重地一锅烩摔倒在了路边。这次，兄弟俩交换了"位置"，换作季天翔受了伤，满脸都是血，任凭四哥怎么摇晃呼唤，愣是昏迷不醒，有路人上前伸手靠近鼻子测鼻息，边测边摇头，摇得四哥极度悲伤，吓傻了似的就地坐下抱着弟弟放声大哭，撕心裂肺。

时间不长身边就围了一圈好心人，费了好大的劲才把四哥劝回了心神，大家商量着应该尽快把季天翔送医院去抢救，有一个骑着自行车的小伙子自告奋勇，风风火火地去附近的医院搬救兵去了。这时四哥才发现，他们已经冲进了一处城郊，到处都是楼房和高墙，一座破旧楼房后墙上的宣传字下面隐约标注着"明月镇人民政府宣"三个字，突然想起父亲绘制的交通图上写着呢，明月镇就是明月县城所在地，这已经进入明月镇辖区，离他们要去的目的地已经不超过四十华里地了。

在四哥心急火燎的期盼中，那位帮忙求救的小伙子终于带来了一名身背急救箱的中年男性——一个诊所大夫。大夫听诊器、"抢救针"并用，还用棉球清理了季天翔脸上的斑斑血迹，最后确认为短暂昏迷，应该无大碍，但为保险起见，需去大医院做进一步检查、观察。正当众人吵吵着怎么送伤者去大医院的时候，季天翔却一骨碌爬了起来，拍着身上的尘土，看着围在自己身边的一大圈人，还有身穿白大褂的大夫，好像努力回忆着刚才断片的经历，一脸茫然。

四哥眼见弟弟有惊无险，活蹦乱跳的，应该没有什么事了，这才心里一块石头落了地。诊所大夫也非常负责任地陪着观察了季天翔将近半个小时后才离去，诊疗费、针剂费分文不收，说是就打了一只小针不值钱，两个小孩子出门不容易，没事就好，说完就走了，走了没几步，又回头嘱咐了一句："这小伙子命大，如果不是摔在沙堆上，后果不堪设想，以后可不能这样犯傻了……"

看季天翔确实没有事了，人群才逐渐散去，哥儿俩也向他们表达了自己的真诚谢意。四哥席地抱着"死而复生"的弟弟，好大一会儿，泪如雨下，没有一句抱怨和责备，有的只是浓浓的骨肉亲情。

"老五，饿了不，饿了哥就请你下馆子！"四哥深情地对弟弟说。

"四哥，我真饿了。"季天翔温声细语地回道，边说边再次抱住四哥的双肩，泪如雨下。

"好了，别哭了，咱兄弟俩今天各自捡了一条小命，大灾大难都过去了。我兜里还有咱爹给我的盘缠钱，钱这玩意儿跟人命比起来全部都是王八蛋，命保住了就还能赚，留它干啥，下馆子去，哥哥给你压压惊！这一关就算闯过去了，别再哭哭啼啼的让人看笑话了，走，走！"四哥抹抹眼泪斩钉截铁地说道。

"行，四哥，我啥都听你的，咱这就去下馆子，饱餐一顿！"季天翔也不由自主地像哥哥一样用袖子抹干了眼泪。

看不远处有一家小饭店的招牌上写着"时代快餐馆"，兄弟俩一拍即合就它了，连拖带抬地把已经无法转圈的大金鹿和带的行李放在了饭店的门口，二人互相拍了拍身上的灰土，昂起头来像没事人似的走了进去，慷慨地点了四个大菜、一瓶尖崅白酒……屋里很暖和，店不大，生意却很红火，几乎坐满了座。

　　酒过三巡，眼尖的季天翔突然发现店门外停了一辆东风半挂车，车上装的全是又粗又长的大钢管子，驾驶室正好对着饭店门，驾驶室门子上写着几个清晰的大字"江北省电建总公司"，好似见到了远方的亲人，激动地推了四哥一把，用嘴努着店外；四哥也很激动，手中的小酒杯差点掉到了地上。但兄弟俩出门少，没大见过生人，直到年轻的司机落座在自己的邻桌，才羞羞答答地上前打招呼，司机非常热情健谈，说是与他们要投奔的表哥都很熟，一来二去，一家人相见恨晚似的黏糊上了。

　　半挂车司机与饭店老板也很熟，也不避讳季天翔兄弟俩，轻车熟路地从车上卸下了不少截好段并打成一个个小捆的钢筋和架管，不谈价格，司机不数不看，伸手接过老板递上来的一沓钱数也不数就揣进了兜里。酒足饭饱之后，司机不用付餐费，连季天翔哥儿俩的饭费也免了，司机对哥儿俩说，今天这事儿一定要烂在肚子里，亲表哥也不能告诉，边说还让老板给哥儿俩塞了两包硬盒的"发彩"烟，哥儿俩免费用大餐还有人送礼，天上掉馅儿饼一样的感激，满脸像做了亏心事，感激之情不知咋表达。

　　半挂车司机说，他与两兄弟走的是反方向路，是去康城电厂几十里之外的水源地送施工管材的，得明天上午才能回厂，实在无法捎他们一程，但可以帮他们修好车子，给他们指路。虽然没有专用工具，但司机还真不是吹牛，拿龙弯是把好手，一把扳子一把钳子就完活了，不亚于专业修车师傅的速度，还边干边炫耀，说是紧车条这里面有窍门，轮子往哪边弯就得往反方向拉，三下五除二就将车子修好了，至于应该往哪个角度紧车条，哥儿俩并没有往深处里想，也不想学，只要能把龙弯的车轮子整平顺了，爱怎么紧就怎么紧吧。

　　修好大金鹿，天色已晚，昏天黑地了，半挂车司机把哥儿俩拉到饭店门口，指着往南去的大道说："记住了，一直往南走，二十里，再拐两个小弯，看到好大一片灯火辉煌的地方，就是康城电厂了。听到了吗？可着嗓子嗷嗷叫的声音，那是大机在吹管！夜深人静时，声音能传几十里，你们远远地循着声音过去也能找到地方……"

　　哥儿俩第一次听说"大机吹管"，虽然好奇，但身心劳累，也不想多问，管它什么叫"大机吹管"还是"小机吹管"，与自己没有一毛钱的关系，只要能给自己引路找到目的地就行，其他的破事没心思想它。

时间不长，远远就看到一片灯火辉煌，兄弟俩心中一热：这么快就到了！脚下猛使劲儿，眨眼的工夫便来到一处大院子门前，铁将军把门，隔门望去，只见院内电线、机器设备林立，大灯小灯亮如白昼，院子比老家的大队院不知要大上多少倍呢。他们便认定这里就是要投奔的康城电厂了。四哥上前敲了几下门，一问才知道，这里是变电所，离电厂还有十三里地呢，那个大片亮光、嗷嗷叫的方向就是，也许门卫师傅晚上一个人很孤单，走出大门外不厌其烦地给哥儿俩指着路。

"你们这大院子电灯真多，到处都是电灯电线，真以为这就是电厂呢！"季天翔意犹未尽地对变电所门卫说道。

"这点小院子才哪儿到哪儿呢，跟大康城电厂比起来，连小崽崽都算不上呢。你们到地儿就知道电厂有多大了，跟个县城的地盘似的，厂里的马路和街道多得都有名有姓，大得很……"门卫貌似好不容易盼到了俩陪着说话的大活人，但兄弟俩忙着赶路，无心奉陪，找个借口辞别门卫就急急忙忙地上路了。

目的地越来越近，哥儿俩的行进速度也越来越快，时间不长就循声找到了康城电厂。乖乖，这个康城电厂这么大呀，哥儿俩从来都没有见过这么大的院子，即便是大白天，也一眼望不到边。前后左右迂回转了几个冤枉圈，终于找到了康城电厂的大门，但人家门卫不让进，说哥儿俩来的是西大门，是专门进运煤火车的大门，他们得从东大门才能进生活区找人。眼见人家热情相助，分手时又慷慨地递上了第二根"发彩"烟，人家不收，兄弟俩就可劲儿地让，等到人家将烟夹在耳朵上才罢手。

按照西大门门卫指的路线，二人又转了将近一个小时才找到了东大门，金黄色的"江北省电力建设工程总公司"几个大字，在耀眼的夜灯下显得更加金光闪闪。门卫听说是总公司领导的亲戚，便找出墙上贴的电话号码，用内线联系到了表哥。表哥说让他们在门卫等着别动，他来接，以免进院走迷了路。表哥打小在季天翔家中吃住、长大，表兄弟不亚于亲兄弟，是发自骨子里的那种纯真亲情。

在东大门等了大约十多分钟，表哥带着一辆白色的"130"客货车接走了兄弟俩。来到表哥的住处，立足未稳，季天翔便迫不及待地向表哥问道："表哥，真没敢想康城电厂这么大，赶上咱们家的大县城了。你们康城电厂大门上咋写着'江北省电力建设工程总公司'的招牌呢？还有，你得给我俩说说啥叫'大机吹管',可着嗓子嗷嗷地叫唤个啥劲儿？"

表哥说："'江北省康城发电厂'和'江北省电力建设工程总公司'名义上是业主和承建方的关系，实则均隶属于江北省电力工业局管理，平级国企，谁也管不着谁，说白了，大家都是一家人，我们是负责建电厂的，他们是负责建成后发电的，我们隶属于省电总，因为这个项目特别大，总公司总部都搬过来了。可以呀！你俩，连'大机吹管'都知道了，厉害！别慌别慌，先歇歇，填饱肚子，'大机吹管'的事，三句话两句话的也跟你们说不清道不明，瞅空带你们围着大电厂转一圈，亲眼看看就啥都明白了……"

第二章

　　表哥给季天翔兄弟俩找来了两顶崭新的蓝色安全帽戴上，说是带他们去工地现场转转，还说一定要让两位小表弟彻底弄清楚火力发电厂的发电基本原理。

　　表哥说："康城电厂是咱们国内目前装机容量最大，技术最先进的火力发电厂，正在'大机吹管'的那台机组，是四期扩建工程中最后一台即将投产并网发电的机组，这边重打锣鼓另开戏新建的是第五期工程1、2号机。看那边，那一排机组都满负荷发着电呢。再看这边，那是卸煤沟，专线运煤火车来的时候，先进入翻车机室，里面有个大机器，伸爪就能把一节一节满载煤炭的大火车皮翻过来，把煤倒进卸煤沟，再把车皮稳稳当当地放在铁轨上，这是个翻车大力士，一小时能卸煤八千吨。巧了，咱们正赶上卸着煤呢，有了参照物搭眼一看就啥都明白了，快点过去看看吧。"

　　从来没有如此近距离看过火车的季天翔兄弟俩，兴奋异常，用手指点着一节一节满载煤炭的火车皮数着节数，生怕落下一节似的，口中还念念有词。

　　"真厉害，真厉害，六十四节车皮，铁长龙似的，一眼都望不到头，火车头那么短，怎么能拉得动那么多节呢？真哩神了！"四哥自言自语地说道。

　　"一会儿让你见识见识更神的，别只顾傻站着看火车了，这里天天来火车，保你看个够，赶快往前走吧！"表哥摆手催促道。

　　"表哥，我记得人家的火车道都是双向的，区分上下道，怎么这里的火车道是单道？"季天翔像发现了新大陆似的突然问道。

　　"你以为这是铁路交通网啊，还上下道？发电厂离煤矿很近的，卸完车再回去拉就行了，高兴了一天能拉两三趟呢，何况运煤的火车也不止这一列，再说了，卸煤场内部是三向铁路能错开车，同时能停三列火车呢，掰着脚指头算算吧，一节车皮能装六十吨煤，一列火车六十四节，多少吨？"表哥用右手食指点着自己的左手掌，看上去也有些小吃惊，也许自己也没有算过这个账，不算不知道，一算也是吓了一跳呢。

时间不长，三个表兄弟就来到了正在卸车的翻车机室，经过表哥与值班人员的一番交涉，人家才勉强同意他们到近处看看，但反复交代不能靠得太近。六十吨，再加上车皮的自重，让季天翔哥儿俩看得有些心惊胆战。

田间地头待惯了的人了，见过最招眼球的铁家伙也就是那个"东方红"牌轧链子拖拉机了。小时候，不论白天黑夜，听到那个怪物过街叫唤，哪怕是睡得正香甜的时刻，也得一骨碌爬起来，光着腚飞奔到大街上，与小伙伴们一起追随轧链子拖拉机跑老远，直到那家伙跑得无影无踪才往回返，到家门了还忘不了用手摸一下土路上被拖拉机轧出的铁链子印，喊一句"这家伙真厉害，把地上啃得全是链子花，也不嫌累得慌"才尽兴。但轧链子拖拉机与眼前翻火车的大家伙比起来，就明显小巫见大巫了。

还是季天翔，率先又向表哥提出了新问题："表哥，有个事我想不明白，这个翻车机一节一节地翻火车，也不事先断开节与节之间的连接钩，其他的车厢咋不跟着转呢？"

"这个问题提得有水平，说实话，我也正纳闷呢，咱们问一下值班师傅吧！"表哥一下子也被问住了。

值班师傅看上去小五十岁的人了，脸黑得让人第一时间就能想到煤的颜色，很热情地介绍道："这些拉煤的专用车厢连接钩是专门为翻卸车设计的，里面有高科技含量的机关，不像通常意义上的列车连接件无法翻转，无法自动断开，它能随意连轴转，随意开合，不需要人力将车厢脱钩就能将整列火车上的煤逐节卸掉，很方便的。"三兄弟你看看我、我看看你，还是没有弄清来龙去脉，但谁也不好意思打破砂锅问到底，管它怎么断开、闭合的，面子要紧。

表哥礼貌地向值班师傅表达了谢意，提出带哥儿俩去参观一下原煤罐。

指着一排钢筋水泥铸就的高大圆形建筑物，表哥说："这就是原煤罐。原煤，顾名思义，就是没有经过任何加工的煤，从卸煤沟用皮带传上来，储存在这儿，再通过——看到了吗，那个斜栈桥上面的传送皮带，把原煤传输到磨煤机，前面就快到了，还是现身说法吧，形象些……"

听着表哥的介绍，季天翔偶然看到罐体的一侧竖着一个警示牌，上面写着责任区域、责任人什么的，但上面写的是圆形的"圆"——圆煤罐，问表哥，表哥说："那个咋写的你不用管，错别字！听我的介绍就行，以我说的为准！"

来到主厂房最下面一层的煤仓间，看到两台正在安装的大磨煤机，旁边堆着一大堆拳头大小的圆铁球，表哥说："这些铁球是放在磨煤机里面磨煤用的，原煤进入运转的磨煤机后，通过磨煤机里面铁球的反复碰撞研磨，哪怕是再坚硬的煤矸石，也会顷刻间粉身碎骨变成面一样的煤粉。然后再通过煤粉管道把煤粉通过增压打入炉膛，这个环节的使命就算完成了。"

"看上面，这就是百米之高的锅炉钢架，钢架包围着的就是举足轻重的锅炉了，说白了，就像咱们家里烧炭用的炉膛。炉膛的外墙壁是由一片一片的排管组合而成的，俗称水冷壁，里面装着水，炉膛里的火一烧就能变成水蒸气。炉膛里的火候有大讲究，煤不能太纯，要掺加煤矸石来冲淡煤纯度，不是随便哪个矿上的煤都能用，事先建电厂的时候对附近煤矿的煤热卡度是经过多次试验的。煤粉从炉膛上部边燃烧边飘落下来，落到最底下的时候，正好燃烧殆尽变成了灰渣，再用水控制它们集中在沉渣池。看到那个大爪子了吗？一爪子捞上来，水淋淋的足有半车斗子呢！装车后控水运到附近专门为电厂而建设的水泥厂，这就是从煤到水泥的生产过程，没有听说过吧？这里面道道大了去了，不可能一下子都懂了，咱们再去粗略了解一下汽机房吧。"表哥接着说道。

"看到了没？这个就是新建机组的汽机房，也就是安置汽轮发电机及其附属设备的大厂房。走，带你们到十二米运转层大平台看看，汽轮机已经就位成型了，到跟前再给你们讲原理，东西都在那儿摆着呢，亲眼所见，好懂。"表哥边说边带哥儿俩上楼梯。

来到汽机房运转层平台，表哥说："还记得刚才给你们讲的水冷壁和汽包的原理吗？锅炉那边烧出来的水蒸气哪儿去了？就是吹到这个汽轮机里面来了！偌大的汽轮机，在高温高压水蒸气的作用下高速运转，摩擦起电，就发出了咱们所说的电，再通过——看到没？升压站！升压后传输到大电网，千家万户就可以各取所需了，这就是整个粗略的发电过程原理。再简单汇聚成一句话，发电厂就是用热能转化成机械能，再从机械能转化成电能，OK，就这么简单。"似乎已经听得很明白了，哥儿俩不住地向表哥点着头。

季天翔又问道："这些都了解得差不多了，就是那个'大机吹管'的事还是想请教请教你，表哥。"

"好，咱今天就参观'大机吹管'去。不过，第四期工程按规范管得严，得通过现场总指挥批准才能允许进现场，过去看看谁在那里再随机应变吧，哥在，应该没有问题的，走走走，快走。"表哥爽快地答应了。

伴随着震耳欲聋的蒸汽呼啸声，哥儿仨终于进入了"大机吹管"的现场，那些人与表哥都认识，就一路绿灯同意他们进入了。表哥边带他们参观边讲解："汽轮机'大机吹管'是分部试运过程中最主要的一个环节，也是分部试运过程中投入资金最大、牵涉系统最全面的一步，举足轻重，事关机组整体启动效果，是重中之重。它的原理就是：在发电机组整体启动前，用高温高压水蒸气冲刷系统设备及管道中的残留物以及锈蚀物，为机组的长久安全运行提供基础保障，别看这家伙横七竖八、眼花缭乱的，理儿就这么简单。至于为啥叫唤得那么响，小五百度呢，高温、高压、高速，能不动静大吗？想想咱家里烧开的水才一百度，还能顶开壶盖呢，何况这么大的炉子？现在明白什么叫'大机吹管'了吧？"

"表哥，出口最末端的那个大家伙，被水蒸气顶得浑身哆嗦的那个大铁箱子是干吗用的？"季天翔又好奇地提出了一个问题。

"那个大铁箱子名叫消音器，也是安全装置中的最后一道防线，如果没有它，吹管的噪声会更大不说，系统里面吹出来的物体没有它的阻碍，会飞得很远，对前方的人和物能造成直接伤害，有了它就万事大吉了。"表哥不厌其烦地对表弟们讲解着。

"表哥，你看那边怎么那么多烟囱？"四哥问道。

"那些又高又细的二百四十三米高的大家伙，确实都是烟囱，这么大的锅炉烧起来没有大烟囱咋行？咱们家支个炒菜用的小锅还要垒个烟囱呢，何况这个庞然大物呢！

"那边用一圈钢筋水泥柱子支撑起来的短粗不规则的圆柱体，一百米左右的高度，名叫凉水塔，汽轮机里面循环回来的水蒸气咋办？总不能用一次就排掉吧？那浪费可就大了去了！"

"设计者就挖空心思地想法子了——把用完的水蒸气再次降温后变成热水再回炉，不用费多大劲，都是滚开滚开的热水，稍微一烧就重新变成了高温高压的水蒸气，再去冲转汽轮机发电，来来回回，循环使用，说来说去就是这么个简单的道理。"表哥说得绘声绘色、有鼻子有眼儿，俩表弟听得也是聚精会神。

往回走的路上，遇到了表哥的大学同窗、好友兼同事，二人见面先是胡侃了一通，当他得知表哥给两位表弟讲解了整个发电厂工作流程原理的时候，说了句："现学现卖！机务专业的门外汉，还敢大言不惭地给人家讲火力发电厂的宏观工作原理？就你那点道听途说的系统知识，自己还没有整明白呢，还想当讲解员，真替你担心，能自圆其说吗你？"

表哥拱拱手笑着回道："'牛鼻子'，管好你的事儿就行了，咱们虽然干的是管理专业，机务上的道道或多或少也懂点，至少大方向不会错，遇上不能自圆其说的话题，展开想象的翅膀，稍稍润色一下不就说得通啦？别狗拿耗子多管闲事了，你走你的阳关道，我走我的独木桥，该干吗干吗去吧！"

"牛鼻子"边走边默契地与表哥碰了一下拳，就笑呵呵地各奔东西了。

表哥说，"牛鼻子"名叫牛化龙，求学时俩人好得跟一个人似的。

第三章

　　季天翔跟着表哥来到了总公司派出所，表哥说，这里虽然悬挂着"江北省明月县公安局康城电厂派出所"的大牌子，但其职能就是我们单位保卫处，所长、指导员和干警都是单位内部的正式职工，巡防队员、关键部位岗哨和门卫，全加起来有二百多号人呢，临时工全部着无衔无警号警服，因为当地治安环境差、坏孩子多，又是国家重点工程，群体围攻事件经常发生，上级公安部门特批，配手枪三支、步枪二十支、挎斗三轮警车六辆，办公食宿专设一处大院子，全部人员除了所领导之外一律三班倒，休班人员随时听令，有警情一招即来，瞬间就能召集几十号人，其中不乏从武警部队专门招聘的退伍军人，能打能拼。派出所还承担着本单位职工的户籍管理等职能大权，挎着手枪的几位所领导，走起路来清一色趾高气扬的。表哥说，季天翔年龄还小，体力活干不了，他和所长私交不错，先在派出所干着吧，暂时也不需要什么技能，只要遇见打架的机灵点，挣钱不论多少保证自身安全在首位。

　　所长说，小伙子刚来没经验、不懂规矩，众多关键部位执勤点和办公、生活区都不适合，先在西门门卫上熟悉熟悉环境再说，两个人一班，三班倒，共六个人一岗，还反复交代西门卫班长说，这是处长的亲表弟，多关照一下。介绍起季天翔的关系时，所长还特别对"亲表弟"三个字加重了语气，听得班长唯唯诺诺、点头哈腰的。

　　季天翔压根儿就没有想到，上任的第一个岗位竟然就是那天被拒之门外的西大门门卫，值班室内热烘烘的，进去之后必须立即脱衣服，不然用不了几分钟就会汗流浃背。反正厂区里有的是煤，煤堆比山都高，大煤炉子烧得呼呼响，炉壁黑红，炉盖子白红，温度高得无法直接放水壶，只能把水壶隔着炉盖子放在炉顶的边缘，冰凉冰凉的一壶水，一根烟的工夫就沸腾开来了。季天翔本不抽烟，但过往的运货车多多少少都暗藏着一些小猫腻，总有司机往兜里塞烟，最多两盒，不抽白不抽，很快就养成了抽烟的习惯，高兴了一天能抽一盒半。但班长来的时候就不同了，整日与熟悉的司机们嘀嘀咕咕咬耳朵，象征性地检查一下，三言两语就放行，也不知道他们暗地里谈的啥交易。每每此时，季天翔总能想起那个会修自行车圈龙弯的半挂车司机。

上班第一天，白班，季天翔随班长执勤，看到一辆双排车要出门，班长让他坐门卫室暖和，自己要亲自去检查、开门，司机长得凶神恶煞似的，一看就不是善茬，但与班长很熟悉，见面就脸上堆着假笑往班长兜里塞东西，班长转着圈地推辞，执意要严格检查，一来二去，班长更执着了，直至胖司机要动粗。季天翔一看事不好，急忙走出门卫室助威，正赶上班长被对方抱摔，但班长不愧武警出身，也不是善茬，你来我去，一时不分上下，两个人各不相让。

眼看季天翔跑步出了门卫室，二对一，胖司机很聪明，收敛了一些，但班长很强势，拿对讲机求援，说话的工夫，巡防队的三轮大挎斗忽闪着警灯就冲过来了，荷枪实弹，威风凛凛，司机当场就被镇住了，但依然难掩一副昂首挺胸不服输的愣德行。

领头的巡防班长下令立即搜车，眨眼的工夫，就查扣了一大堆电缆、钢管、钢筋、机电小设备等建设物资，巡防队员强行把胖司机扭至近前，连人带车带赃物现场拍照留证后带回派出所处理。

让季天翔没有想到的是，初出茅庐还真就遇上了一桩大案。原来，那些钢材和电线虽然值不了几个钱，但那几件小设备却是物以稀为贵，日本原厂原装进口货，国内无替代品，差一件也得专门到日本去买，价值好几万呢，却被无知的小盗贼当成了废钢材差点偷出了门。

但小盗贼的家人不明就里，仰仗着家族人多，又是地头蛇，电厂门口就是他们家的庄稼地，气急败坏地纠结了三十多号人，运用固体的建筑垃圾和石块，硬生生地就把车来车往的西大门给堵住了，想进的进不来，想出的出不去，堵成了一锅粥，所长、指导员、干事、巡防机动队都来了，长枪短枪也有十几把，但无济于事，越闹越僵，对峙双方的队伍也越来越壮大。

所长也是地地道道的特务连军官出身，长得五大三粗，说起话来瓮声瓮气，喊着"不能惯瞎了他们的脾气",拔枪就想拘人,没想到就这一句话,猛然间点燃了火药桶,毕竟电厂的大门和对方村庄乃对门邻居,只有区区百米之距,还是个近万人的特大村落,越聚越多的村民们高呼着"好汉打不出村"的豪言壮语,局面一度失控,其中的两辆正闪着警灯的挎斗三轮警车也被人家掀翻在地了。

省电总的主要领导也闻讯赶来了,来之前在高音喇叭上招呼一声"抄家伙!打出事来公家担着!"边走边用对讲机命令着各分管领导和各二级单位,迅速组织手下人马持械跑步到西大门集合。南征北战干大工程的大国企,哪个都不是被吓大的,钢筋、钢管、木棒,施工现场遍地都是,轻车熟路,车水马龙,人人都是蹦着高嗷嗷叫,决堤黄河水似的向西大门冲过来,就差"血溅疆场"了。村民们中间虽然一直有人暗中鼓着劲儿,不服,但毕竟面对的是真枪实弹,再莽撞也没有人敢冒着生命危险出手动武了。再说了,与厂内人山人海的"斗士"们相比,真动起手来,胜负显而易见,老弱妇幼居多的村民们明显被镇住了,个别起哄者想借机重新燃起"征地补偿"战火的说法也偃旗息鼓了,只好就这么动口不动手地僵持着。

所长眼见对峙占了绝对优势,又回头看了看自己麾下的两辆警车遍体鳞伤,心想,这事不能就这么完了,否则后患无穷,说啥也得拘几个领头的回去从长计议,不给他们来个下马威,就此偃旗息鼓,以后的工作更难开展,但碍于单位头头们都在场,才没有像往常那样独断专行,遂毕恭毕敬地上前请示。领导对这事也见多识广,心知肚明,别无选择,就这么一条路可走,请示不请示也得那么办,拘吧。

所长得令,示意属下上前拿人,对方人群中有人高呼"他们这是不让咱老百姓活了,老少爷儿们,跟他们拼了……"话音未落便引起了人群新一轮的骚动,大有破釜沉舟之势。所长上前几步,掏枪示警,"砰砰"两声清脆的枪响,轻而易举地就稳住了阵脚,干警、巡防队员几十号人,枪声未落便冲向前去,连呼带喊地抓进来为首的七八个人,对方虽有言语上的骚动,但并没有实质性的反抗。抓进来的人很快就被带走了,大门口的障碍物也被强行清除了,眼见双方就这么轻而易举地鸣锣收兵了。季天翔在人群中突然发现,表哥也来了,但他一直都没有上前跟表哥打招呼。

后来,听班长说,据小道消息,村支书出面来捞的人,黏黏糊糊央求了一个星期才放人。该拘的拘该罚的罚，虽然罚款都是村里的施工队实报实销，听说罚款数额不小，还移交公安分局正式拘留了三个人，连村里的坏孩子和地痞流氓都有些胆怯了，毕竟那个胖乎乎小盗贼的姨夫身为市里的三把手都没有捞出人，其他人谁还敢作死？这回真叫板了，他们结结实实地镇住场子了。

表哥说，毕竟低头不见抬头见，为了缓和关系，一切都是狐假虎威，羊毛出在羊身上，罚他们那点小钱儿，还不够村支书从中获利的呢！当地的公安分局也出面调停了，自然向着本地人，也是和稀泥，没少诈我们的酒喝，连吃带拿着，还额外索要出警赞助费，里里外外搭上了二十多万，向来都这样，花钱买平安，每次纠纷都是赔钱的买卖，表面上占了上风，暗地里忍气吞声。这次事件一直都是表哥和所长二人代表单位出面调停的，知根知底。

此次事件被定性之后，西门值班室的六名队员都得到了数额不等的奖赏和表彰，班长和季天翔得到的奖励最高，各奖励二十天的工资，虽然算起来没有多少钱，但足以让季天翔高兴得彻夜难眠了。

过了十几天，还是班长和季天翔在西门值班，还是那个小胖贼又现身了，看样子是刚出来不久，头发短得都快赶上和尚了，冻得直缩头，也许，不是在里边被强行剃成那样，压根儿人家就好这发型。这小子上次发生冲突时的头发有多长，季天翔已经没有印象了。

这小子脸皮贼厚，但吃一堑长一智，再也不敢见啥偷啥了，特别是那些看上去不起眼却很贵重的特殊物资更是不敢再涉足，但钢筋头、废铁块、管卡扣啥的进进出出从没有空过手，与班长弄僵的关系也重新修好了，常常迎来送往的。班长经此一役，虽然大都睁一只眼闭一只眼，但只要见了这小子的车，每车次都得细心把关搜查，有时发现了"好"东西就给他没收拿下车悄悄归位，无关紧要的普通钢材就睁一只眼闭一只眼放行了，双方心知肚明、相安无事。那家伙在当地十里八村儿都是个难剃的大刺头儿，横硬刁憨，一大家子人如狼似虎，还有公安后台庇护，果真惹急了还得咬人，只要不越大界，不能轻易得罪，没事就好。

季天翔在西门卫值班室干满整整一个月的时候，被调到了生活区和办公区之间的卡哨上，独自一人值班。这可是个好地方，因为再往里走，在办公区和施工区之间还有一道岗，在这里基本上不用担心谁能偷东西，只要把出入证验好了，别放那些无证的外部闲散人员随意进门就行了。

没想到，上岗第一天一大早，又额外斩获了五天工资的奖赏。原来，有一名稍微上了点年纪、文质彬彬的老领导，慢慢悠悠地从生活区进入施工区，胸前没有悬挂出入证，季天翔便按照规定上前盘查，但来者说忘了带出入证了，好说歹说季天翔就是不让进，人家只好回去拿证了，再次进门的时候还专门记下了季天翔的名字和工作证编号，便有了前面的获奖故事。

但所长周一开例会的时候说，给小季调调工作吧，毕竟与单位的人太脸生，让他跟班去职工大食堂维持秩序吧。几千号职工，再加上那么多的外协队伍人员，开饭前半小时就排起了一串一串的长队，售饭窗口一开打饭队伍就大乱，常常乱成一锅粥，先前排好的队形顷刻间就散了，维持秩序的巡防队员，十几个人都很难控制局面，吵嘴打架成了家常便饭。

季天翔晚上去表哥家看电视的时候对表哥说："今天中午见世面了，电仪上的人称外号'老虎'的那个人，三拳两脚就把八个壮小伙儿打趴下了。也是外协队伍的那几个家伙该挨揍，人家'老虎'本来是按规矩排队的，他们却往穿着破工作服棉袄的'老虎'前面加塞，也是想欺负欺负'老虎'。我正好在那个位置执勤，还上前劝了，但没管用。话不投机，那几个家伙就一拥而上下狠手了，没想到却遇上了高手。先前我也不认识'老虎'，没想到你们单位还真藏龙卧虎哇！你都没有见过那阵势，忒带劲儿了，真过瘾哪！"

"你说的肯定是那个其貌不扬的王天虎，外号'老虎'，响当当特战队员出身的转业安置军人，以前在我手下干过两年，人品很好，低调，不爱打扮，疾恶如仇，就是文化程度太低，只好让他下了一线班组，在电仪上干班长，他能出手打人，指定是被惹急眼了，单位同事都知道他身手了得，但从来没听说他跟谁打过架。这几个不知天高地厚的倒霉蛋竟然斗胆跟他动手，那不是自讨苦吃吗？'老虎'和我私人关系不是一般的投机，啥心事都会跟我说，我最了解他了。"表哥对季天翔说道。

"表哥，你既然与'老虎'是好朋友，给我引荐引荐呗？弟弟我从小就崇拜武林高手，这次终于逮住机会了，千载难逢。哥，我好想好想跟'老虎'学点真功夫哇！"闻听表哥与王天虎私交甚好，季天翔头脑一热便当场来了兴致。

"咋的？看《少林寺》武打片走火入魔了不是？还崇拜武林高手！当和尚去吧你！'老虎'自从来了我们单位工作，一个徒弟都没有收过，能破天荒地收你？你就做梦想好事吧！练什么武？老实巴交地把眼前的事干好就齐了，别成天想三想四地瞎琢磨歪招儿。再说了，练那玩意儿有啥用？咱又不想吃跟人打架这碗饭，人外有人天外有天，恶拳不打笑面虎，挨揍的从来都是自认为会两下子的人，我劝你别再动这样的心思了。"表哥劈头盖脸地向季天翔泼着冷水。

"我不管！反正是赖上你了，我是认真的。"季天翔越说越有点小激动。

"好好好，别叨叨了，但我只能答应你去找'老虎'试试，不能保证他能教你！有目共睹，他原则性很强。真拿你这小子没办法，咋说着说着就想着去练武了！"表哥指着季天翔的眉头说道。季天翔不躲不闪，嘿嘿一笑。

"你一定要志在必得，表哥，充分利用你俩的交情优势，把话撂坚决点，别给他留丝毫回旋的余地，你这里稍微一含糊，这事十有八九就黄了。不管你想啥办法，反正你得给我把这事办成喽，其他的事，你咋说我咋办，全都听你的，弟弟我就求你这一件事。"季天翔站起身向表哥身前靠了靠说。

"这事，我全力盯住喽，估计他不好驳我的面子，应该问题不大。明天一上班我就专门去找他一趟。"在季天翔的软磨硬缠之下，表哥总算打了包票。

事实证明，表哥与"老虎"的交情那是真铁。表哥说："'老虎'答应收你为徒了，但有言在先，得先见见你这人，相中了收，相不中算没说。"

"那没问题，见就见呗，咱又不是不优秀，怕啥？"季天翔胸有成竹地说道。

"真是羊屎蛋子上天——能豆子，自我感觉良好，但丑话说在前头，人家真相不中你，可别再来烦我。"表哥半开玩笑地说。

"我的亲表哥，这事就这么说定了，压根儿就没有想到打小的愿望就这么轻而易举地实现了，踏破铁鞋无觅处，得来全不费工夫哇！"季天翔得意忘形地说。表哥看了他一眼，没有言语，心中却在暗暗佩服小表弟做事不小气，有两下子。

"对了，还有个事忘了告诉你了，你四哥到家后写来的信寄到康城发电厂传达室去了，辗转这么多天才收到，幸亏没啥事，要是有啥急事，黄花菜不凉啦！真是笨蛋，不写清楚我们单位的名称，却只写了江北省康城发电厂让我收，这么大的地方，这么多家施工单位，每天成堆成垛的信函，人家电厂的收发室一介小职员，怎么能知道我是谁？还好，没耽误啥事，以后往家写信时，你一定要把通信地址写清楚喽，别像那个小笨蛋似的关键时刻就犯糊涂。"表哥嘱咐季天翔说。

"表哥，你拍拍良心说，这样的低级错误你表弟我啥时候犯过？咱做事，满心里明镜似的，放一百个心吧你。"季天翔心不在焉地应承着，满脑子想的都是跟"老虎"练武，表哥说啥他也听不进去了。

第四章

　　正像季天翔预料中的那样，王天虎对他可谓是"一见钟情"。师父除了当场拍板教给他军用擒拿术之外，还打算把自己最拿手的形意拳传授给他。

　　"师父命中注定与你有此师徒缘，咱们名字的中间一个字都是'天'，此乃天意！翔子，我这形意拳打小就练，也算得上是祖传功夫了，进了部队，天遂人愿，我们连长竟然在形意拳上比我技高一筹，我如鱼得水，以武会友，与连长很快就成了忘年交，有空儿我们就练对打，双方拳技很快又上了一个大台阶，才有了今天的武术功底。你要想学好拳，必须能吃苦，这是老生常谈，但在我这儿绝对不是随口说一说就完事了，想学就坚持，按我说的去做，否则，你走你的阳关道、我走我的独木桥，咱们师徒关系一笔勾销，谁也不认识谁，你到哪儿也别说是我的徒弟。"王天虎上来先给季天翔一个下马威，让季天翔对王天虎又心生了几分敬畏。

　　"师父，你放心，我一定会按照您的要求坚持不懈地练功。师父，您啥时候开始教我练？"季天翔心里有点打怵但欲望如初，恨不得现在就开始学。

　　"俗话说，太极十年不入门、形意一年打死人，这形意拳特别注重技击实战，练好了，招招致命，看似招式直来直去、简单易学，实则入门容易提高难，这也是许多形意拳爱好者功力总是止步不前的主要原因之一，得下扎扎实实的苦功夫。但有一件事千万要记住，练成了真功夫，不能轻易出手伤人，即便万不得已，也要尽量点到为止，一定要记住了。"王天虎从心底里已经把季天翔当成了亲徒弟，这是要真教啊！季天翔听了更加信心满满。

　　跟师父练拳没多久，季天翔又更换了新岗位，所领导安排他去专家楼执勤，那个院子是专门为外籍专家准备的，金碧辉煌的建筑很欧式很豪华，进进出出都是金发碧眼的老外。能去专家楼执勤，伙计们都挺羡慕，关乎对外形象的重要岗位，不是随便谁都能去得了的，要"根红苗正"才行，有表哥这层关系，季天翔自然就成了合适人选。季天翔不会讲外语，也弄不清老外是哪个国家来的，对眼了就相互"嗨"一声算是打招呼了。老外上班不像咱们中国人，人家全是步行，再远都走着去，特配专车经常停在小院子里连续好几天不动弹，小车司机和季天翔天天闲聊，无意之中竟然成了无话不谈的好朋友。季天翔经常对表哥叨叨，放着小卧车不坐，这些老外真不会享受。

"老虎"天天教季天翔练形意拳，师徒二人都很执着，只要能错开上班的时间，凌晨和晚上都练。季天翔毕竟年轻，悟性又好，舍得下苦力，兴趣又浓，时间不长就能与师父进行一些简单的实战对练了。

有一次，季天翔竟然出其不意攻其不备，瞅准一个小空隙把师父打了一个趔趄，但师父竟然不躲不闪，借力打力，随机应变地运用"一手顾两手"中的一个小动作，轻轻一式，就把季天翔打翻在地，龇牙咧嘴地直喊疼。

"小子，有进步，竟然能看出师父的小破绽了。但以后一定要记住了，形意拳最讲究'拳无拳，意无意，无意之中是真意'，也就是说'有意莫带形，带形必不赢'，你刚才那一招意图明显，愿望是好的，以为终于抓住了我的软肋，不过，你还太嫩了点儿，动作中明显带了'形'，一出手就被我识破了。但是，由于你出手太快，差点儿就把我给撂倒了。说实话，你小子进步堪称神速，如果你的对手实战经验稍微差一点儿或者你面对的是门外汉，你刚才的那招足以轻松奏效。"

"形意拳拳理中所讲的'敢打必胜、勇往直前'的战斗意识，你刚才已经充分做到了这一点，潜意识中也坚信这一招就能把师父打趴下，志在必得，但你是带着'形'打过来的，这也是你今后要努力学习攻克的方向。"师父趁季天翔坐在地上喊疼的当口儿，理论联系实际，现身说法地用心教着爱徒。

那一夜，季天翔彻夜未眠，不是为了身上的疼，而是翻来覆去地琢磨了一夜的"形和意"。季天翔知道，师父将自己打趴下的那一招，只是一小招，自己对博大精深的形意拳的理解和技能，连入门都差着十万八千里的距离呢，何谈能练到把师父打倒在地的那一天！这更加激发了他努力跟师父练功的欲望和斗志。

季天翔适应能力很强，很快就成了所里的香饽饽，被巡防队长软拉硬磨从专家楼要回了巡防队当班长。在所有岗位当中，这可是个美差，查岗、巡逻、奖罚随自己的意，只要没有案子办，高兴了，随便猫哪个仓库打半天牌也没有人管，困了累了找地方睡一觉也没有人知道，只要在班上，不论走到哪里全体队员都配着枪，牛得很！

这个差事很有优越性，众多执勤点的执勤人员见了他们就像老鼠见了猫一样，但季天翔很负责，也非常能理解伙计们的不易，发现值班点有违规或睡觉打瞌睡的伙计，轻了训一顿警告一下，重了或者屡教不改不可饶恕了就记罚，发现有立功表现的就记奖，恩威并施但奖罚分明，从来不滥用职权整治队友，季天翔在伙计们中间的威信很高。

有一天后半夜，下着很大的桃花雪，边下边部分融化，走路都费劲，季天翔认为越是恶劣的天气越容易出现问题，便带着五名队员尽职尽责地按规定去现场巡逻。来到西大门的时候，突然发现大铁门外有一只大黑狗在向门内张望，黑狗体形壮硕，驱赶它，不但不离去，还发威咆哮。

西门卫的小李说："这是村子里向兵家养的狗，经常从门缝里钻进来去零工站食堂边的垃圾箱里寻吃的，真是奇了怪了，向兵家那么有钱儿，咋连个狗都喂不饱呢，没落至成天来垃圾箱里刨食？这狗凶得很，看上去比向兵还凶，进门时我们都不敢挡它，搭眼一看就知道是条咬人的恶狗，看咱们人多，还有长枪，它才没敢强行进来，咱们院子里的人谁见了都躲着它走，都怕被它咬着。"

季天翔当然知道，门卫所说的向兵就是上次挑起事端的地头蛇、刺头"小胖贼"。狗仗人势，人凶狗也凶。

季天翔假装猛然弯下身子捡东西打狗，但大黑狗见多识广，仗着自己有后台还长得像主人一样五大三粗，根本没把季天翔放在眼里，不但不退缩，还"汪汪汪"地叫得更凶了。季天翔纳闷了，在老家的时候，村子里的狗都怕坏孩子"哈腰"，这黑家伙咋一点儿都不害怕呢？边想边真的哈腰捡起一块石头向大黑狗砸去。不承想，一下子就把趾高气扬的大黑狗惹怒了，前腿后斜、狗头下沉，撅着屁股看天，吠声低沉厚重，活脱脱把自己当成了一头欲与人决斗的大猛牛，粗犷沉闷的吠声中传达着"战必胜"的强烈信号，察其"言"观其行，恶狗有"形"也有"意"，眼看眼的就要冲进来了。大铁门是用粗钢筋焊就的格栅门，大黑狗虽肥，但进出还算畅通。

"我还就不信了，一条破狗还敢袭警？真刀真枪地扛着，连恶狗都当成烧火棍了！"季天翔话音刚落，抬手扣动了扳机，"啪"的一声，大黑狗便应声倒地，一命呜呼了。同伴们都被惊呆了，虽然季天翔击毙的是一条恶狗。

但季天翔不傻，打死这条狗对所里来说是大事，从村子里恶霸的角度考虑也是大事，弄不好还能引起一场"对峙"事件，虽然村子里的恶势力一次次地领教了电建大军的威武，不敢轻举妄动，但真让他们抓住把柄向上级告状也很麻烦。

"伙计们，都过来，咱哥几个开个小会儿。今天这个事，咱们就算除暴安良了，真等这家伙咬着了人就晚了。西南角甘肃建筑队里不是有个看工地的老陈头吗？他那工地食堂里有口大锅，有刀有盆的，让他给咱们把狗一锅炖了，咱们今天大口吃狗肉。不过，咱也不小气，这颗子弹费咱就不跟那个向恶霸要了，伙计们值班辛苦，也该补补身子了。但有一件儿切记切记，你知我知天知地知，吃完狗肉就把这事掺到狗肉里消化了，就当没有这个事，不然惹了麻烦吃不了兜着走，其严重性大家都清楚，反正这个天气了，也没人来，又是后半夜，神不知鬼不觉，大家放心地吃狗肉就行了，听我的话没错，立即行动！"季天翔一声令下，几名巡防队员手忙脚乱地抬着死狗去找老陈头了，临了还冲刷了一下地面上的狗血，两名门卫继续坚守岗位值班，说好了待会儿有人给他俩送狗肉。

算上季天翔共计六名巡防队员，加上两名门卫和老陈头，再加上离事发地点最近的一个看设备车辆的临时小岗哨上的一名小伙计，十个人，一大锅狗肉，吃得有滋有味，酒足肉饱。

季天翔对伙计们说，我给那个新来的小伙计讲清了利害关系，他被吓住了，还高兴地吃了两块热狗肉，放心吧，他的嘴长不了；那小子耳朵真贼，咬定了听到的是枪声……

第二天一大早交完班，季天翔他们没有急着离开现场，而是磨磨蹭蹭地在西门逗留了一段时间。果然不出季天翔所料，那个小胖贼早早地就来西大门找狗了，看样子很心疼爱狗，西大门离他家最近，他也知道自己的大黑狗经常来厂里，但没有证据，也不敢明目张胆地向季天翔他们要狗，季天翔他们也都装得没事人似的，昂昂不睬地不搭理他。也许，恶狗的主人还挂念着讨好值班的警卫偷点公家的东西呢，只好吃了个哑巴亏，按照季天翔预言的结果不了了之了。

至于那一颗子弹的去向，没有人过问，季天翔他们也没有汇报，毕竟不是在编的正式干警，有规定但没有人能按照那些条条杠杠去遵守，但季天翔设计好了预案。有一伙儿疑似墙外夜盗劝离无效，对峙，雪大夜黑，不明就里，只好鸣枪驱离，这样的理由谁都信，伙计们有事没事的放两枪避避邪、壮壮胆也是常有的事。但除暴安良、大口吃狗肉的事，季天翔没敢跟表哥说。

第二个月发工资的时候，季天翔班数（计算工资的总天数）最多，因为他获得奖励的班最多，但工资领到手的时候，除了买饭票和日常用品的钱，就没有几粒余粮了，因为上个月是中途插进来的，那几个小钱儿都没够这个月的饭钱，职工大食堂的那个精粉馒头和鸡架特好吃，价格便宜，但扛不住饭量大，季天翔还得为练功补充能量，一顿能吃六个热白馒头，工资就有些捉襟见肘了。这样下去不是办法，季天翔心里开始有了一些隐隐约约的小骚动，但目标还不是太明确。

去锅炉钢架、汽机房和建筑上的铁件班巡逻的时候，季天翔偶然听说了电焊工"很挣钱"，是自己工资的好几倍，心中一亮。年纪轻轻，自在倒是自在了，一天到晚溜溜达达，但也学不到手啥技能，不能再这么虚度下去，老大不小的男子汉，得下决心吃点苦为家里多挣点钱了。当天晚上，季天翔就把自己的想法跟表哥说了，自己不怕吃苦，就想一门心思地去学电焊技术，要当一名电焊工。

听了季天翔的话，表哥也很高兴，毫不犹豫地就答应了，但说得从长计议，找个好师父才能学到好技术，让季天翔先干着，别先轻举妄动，他要用心合计合计这事。季天翔说，好，越快越好。

表兄弟俩真不愧是忘年发小，季天翔没有想到，表哥日常工作那么忙，却在第二天就把调换工作的事搞定了，就当自己的事一样上心，虽然不需要跟表哥说半声谢谢，但这还是让季天翔很感动，心窝子里热乎乎的满是谢意。

季天翔去的是一家表哥单位的南方外协安装队伍，六十来名职工，老板和员工都是广东人，老板姓崔，他们是所有近百家分包商中安装包括焊接技术最高的一家队伍，其中的好焊工，连表哥单位吃公家饭的经过国家正规培训的优秀焊工都竖起大拇指喊好，还是表哥有面子，半推半就的人家就破天荒地答应收下季天翔为徒了。

崔老板个子一米六多点，精瘦精瘦的，标准的南方人面相，一口生硬的普通话，能言善辩，也是实干家，虽然啥活都不干，但是啥活都会干，据说还拿过广东省内的焊接大赛一等奖哪。

强将手下无弱兵，崔老板的兵，管道、机电设备安装干啥啥行，连业主都想把他们纳入麾下——"一窝端"地全部转成正式工人，但人家不答应，人家是奔着挣大钱来的。正好甲方有许多技术含量相对较高的专业工程忙不过来，急需外包，双方各取所需，说话也投机，很快就成了铁搭档。

崔老板的队伍很牛，牛到谈价格或者有了纠纷只跟甲方一把手单线联系面谈，在分包商队伍中是独一无二的，人家不张扬也不强势，谈妥了就干，不行就拉倒，全国各地都有他们的用武之地，大不了挪挪地方，只要活好，哪里的钱都好挣。

这帮人的互补性特强，像开连锁店一样全国各地都有项目，遇有大项目，大批人马招手即来，这样技术高又能突击抢活的大队伍到哪里都招人待见。他们工人的工资比北方队伍高两倍，工人们干活也都很卖力，不存在北方队伍中普遍扯皮的学艺不精还谁都不服谁的怪现象，这也是他们比北方队伍能挣大钱的拿手资本。能进入这样的团队中锻炼，可遇不可求，季天翔很是兴奋和期待。

上岗第一天，表哥亲自领着季天翔去找的崔老板，跟崔老板说了很多感激的话，包括"不听话就当自己家的孩子可劲儿揍"之类的话都说了。崔老板也很客气，虽然普通话总掺和着广东味，余音缭绕悠长，但其口才确实名不虚传。

崔老板向季天翔介绍了一位瘦高个子高压焊工师傅："小季呀，从今天开始，这位马父就是你的老师了，你很快就会知道，我们这里，他的焊接技术最高，常规电焊气焊、氩弧焊、二保焊，包括各种特殊材料和各种特殊焊法，全活儿。"

还没等季天翔应声呢，表哥却率先站了起来讨好地与马师傅握手，又是一番"您就当成自己的孩子待，不行就揍，有事我担着"等话语，说得情真意切。季天翔也很有眼色地忙着上前叫"师父"。

这位马师傅，不到四十岁的年纪，季天翔认识他，他也认识季天翔，执勤的时候他们曾经打过几次交道，其普通话说得根本就不与崔老板在一个水平线上，甚至常常听不懂说的啥。

有一次，马师傅的电焊线被人偷走了，就是季天翔帮他破案找到的，语言交流起来有些费力，但不影响正常沟通。马师傅还有一个徒弟，学了两年了，是他的亲侄子，人很老实，学起东西来木讷得很，季天翔执勤好奇的时候，趁其师父不在身边，没少借他的电气焊把子练手，对他的了解比马师傅要多一些，真是三十年河东三十年河西，没想到这么快就成师兄弟了。为了早日与师父师兄和工友们打成一片，季天翔当天晚上就抱铺盖卷搬到了马师傅的身边，与小马师兄对头睡。

随着时间的流逝，季天翔终于忍不住寂寞了，一连半个月，马师傅都没有让他摸过一次焊把子，整天干的都是拉地排车去钢材建材仓库领阀门领管材、跑上跑下地调节电流等粗力气活，稍不如意还挨训，但对于卧薪尝胆的季天翔来说，这些都不是事，每天照常给师父打饭、洗衣服、端洗脚水，哪怕是小师兄一股脑儿地把这些脏活累活都交给他干，他也没有过丝毫怨言。关键是不能尽快地学电焊技术，这让季天翔很是着急，但他不想拉表哥来帮忙，只想靠自己争取。经过一番激烈的思想斗争之后，季天翔决定继续卧薪尝胆下去，也不暗地里动心计了，欲速则不达的道理他懂，就实实在在地坚持下去吧。与王天虎交流过自己的想法，"老虎"师父也认可他的做法，说是做人要真诚才能有回报，既然认了师父就要无条件听师父的安排。

时间不长，小师兄与季天翔的差距就逐渐浮出了水面，马师傅也越来越喜欢季天翔的机灵劲儿了，经常对自己的侄子发无名火。遇到不重要的管架或栏杆，马师傅就开始让季天翔焊了，他在一边指点，派自己的侄子去干先前季天翔干的那些力气活，还说"眼不见，心不烦"，小师兄性格确实忒肉，看得出，马师傅是真打心眼里不待见他，但季天翔从来都不欺负他，对小师兄也是真心实意地相处，小师兄对季天翔也很友好，跟马师傅不谈的话也乐意说给季天翔听。

慢慢地，季天翔已经能独立胜任一些简单焊位的电气焊工作了，但管道焊接从来都不敢搭手，毕竟干的都是高温高压的工艺管道，每个焊口要探伤验收的，即便不探伤，弄不好也会出大事的，这个道理季天翔也懂。

季天翔有自己的人生规划，先把初级钢结构焊法技艺学到手学精了，再跟师父学焊高压管道。不久的将来，我最强！季天翔常常这么暗地里给自己鼓劲。

第五章

　　星期一开安全例会的时候，崔老板顺便安排了一下眼前的工作，其中有一条牵涉到季天翔："开完会以后，小季记着找一下马师傅，临时给你调换一下工作，具体事宜让他给你详细安排。"季天翔不明就里，小心谨慎地应着声。

　　来到锅炉钢架28米层平台，马师傅对季天翔说："小季呀，你去烟囱上把你师兄替回来，那个活儿他根本就干不了，死心眼子，人家拿破钢架管当水管用怎么了？都是些临时施工用水管道，只要不漏水，自己不会挑挑拣拣、拣好的用吗？还倒打一耙，抱怨人家的管子不合格，还跟人家吵！真是不长眼，竟然把管子都给人家焊漏了，一晚上泡了人家几吨水泥，都不能用了，虽然是过去免费给老乡帮忙的，但人家说啥也不再用他了，你去焊水管吧。"

　　"师父，俺师兄干的那个活我哪能干得了哇？我又不会焊管子，一次都没有焊过呢，我不去！"季天翔说得又着急又坚决。

　　"小子，你干不了，我能向崔老板推荐让你去焊吗？这是难得的实战机会，那个管子说白了就是压力低得不能再低的自来水管，因为烟囱上面用的水量很少，管子也很细，壁厚也正合适气焊焊接，与咱们这些高中压管道比起来，它的压力甚至都可以忽略不计的。

　　"再说了，你这几天焊的栏杆我都看见了，基本焊接要领，包括焊接接头都掌握得不错了，绝对没问题，即便真焊漏了水，长点眼力见，别泡了淹了人家的建材，有话跟人家好好说，也出不了啥大事，再补焊一下焊口就齐活儿了。

　　"按我说的去做，师父不会害你的，你要是真紧张，师父过去看着你先焊一个口壮壮胆。毕竟是去给人家帮忙的，人家不会无缘无故刁难你，放心去吧，你去吧！"马师傅给季天翔解释道，边说边向季天翔摆手示意。

听马师傅如是说，经过短暂的思考之后，季天翔回师父说："师父，我听您的，就不用劳师父您的大驾了，我自己过去就行了。就是我最近焊的这些钢管栏杆，没有通水试验过，心里确实有点打鼓，果真给人家再焊漏了，我和师兄都是您的亲徒弟，担心丢了您的面子。"

"师父心里有数，我暗地里仔细看过你焊的那些焊口，那些水管子的口径和壁厚与你这几天焊的栏杆上的钢管基本上差不多，就按我这几天教你焊栏杆的办法焊，绝对没问题，气焊比电焊温度低，记住烧透、焊满、接好头，你小子只要按照这些天的操作方法去焊，想让它漏水都漏不了。"师父继续给季天翔鼓着劲儿，让季天翔心里终于攒足了七成信心。

替下了小师兄，季天翔才知道，干烟囱这家队伍的老板与崔老板是老乡，老家相距不超过三十里，关系一直非常密切。他们队几乎所有的焊接活都转包给别的小老板了，只有修修补补或一些小量的焊接活才自己干。老板的舅舅带着一位小姑娘，也都是他们自家的亲戚，一天到晚地点点焊焊，好像一刻也闲不住，但老爷子六十多岁的人了，虽说建筑上的附属安装活他都会焊会干，跟班的小徒弟还小姑娘家家的，登高爬低的活爷儿俩还真干不了，这才向老乡求援。小姑娘与季天翔年龄一般大，也是十七岁，同年同月但不同日生，只比季天翔大三天，小姑娘让季天翔叫她姐姐，季天翔打心眼里乐意，叫出口时也蜜甜有加，小姑娘也挺高兴。

小姑娘身边很招人，一天到晚总有工地上那些男人有事没事地与她打交道，特别是小伙子更是源源不断，有时找小姑娘哪怕只焊一个钢筋头，也要在她身边磨蹭好半天，老爷子看不下去的时候，就吹胡子瞪眼赶人走。

也难怪，建设工地现场本来女性就少，像小姑娘这样既漂亮成一朵花，又正值情窦初开年龄段的女孩子，出现在这样的环境中，本身就是一道注定招蜂引蝶的亮丽风景线。

按照马师傅事先交代好的说辞，季天翔跟老爷子说，加上来电厂前的从业经历，已经干焊工一年多了，管道焊接也干过半年多，一般的焊件都能焊，不只钢结构，焊管子也没问题，有啥活尽管吩咐。

老爷子眼见他太年轻，表情上充满了质疑，便一声不响地找来两段管子让季天翔试焊，季天翔心理素质还好，按部就班地先把两根管子按规程留好间隙，对好口，点焊，固定，那小口儿对的，间隙刚刚好，简直就是杰作，季天翔暗暗窃喜。

三下五除二，一道漂亮的小焊口半颗烟的工夫就摆在了老爷子和小姑娘的眼前，老爷子大惊失色，当场就情不自禁地竖起了大拇指："行啊小子，真看不出来呀，俺还真看扁你了，堪称一把好手哇！"

小姑娘也跟着老爷子竖大拇指，还跟老爷子嚷嚷着要跟季天翔学焊管子，老爷子回头看看她，又瞪了一眼，没言语。

按照老爷子的吩咐，说干就干，胆大心细的季天翔噌噌噌地从烟囱的内部、顺着焊接钢梯不多时就爬到了正在一节节往上攀升的烟囱施工现场。

很难得，第一次来电厂爬上高高的锅炉钢架查岗巡逻的时候，也是初生牛犊不怕虎的缘故，从来没有干过高空作业的季天翔一丁点儿都没有害怕的感觉，更别提有恐高症了，经年熟手一样，让同行的伙计们很是吃惊，仿佛天生能爬高似的。

季天翔对同伴们说："在老家从小就爱爬树，再高的树都能爬到顶，习惯了，这钢架这么结实，比大树稳当多了，也不晃，心里踏实着呢，怕啥？不过，这钢架确实比大树高多了，又是第一次爬，心中多多少少也有点小打鼓！"说得大家嘿嘿笑。

正在施工中的小小烟囱自然也不在季天翔的话下，虽然有些担心又窄又细的圆钢筋焊就的梯子突然断裂，还不时地停下来检查焊口，但其仰仗着精力体力优势，攀爬速度不亚于常年干烟囱的工人们。

到岗之后，季天翔话不多说，轻车熟路地焊了三个焊口，足够当天用了，待烟囱施工层升高了、水管不够高的时候再接着往上焊，这烟囱上，下午和晚上就没有季天翔的活干了，建筑班长便让季天翔下去给老爷子帮忙去了。

下了烟囱之后，刚喝了几口水，老爷子便让季天翔给运土的大破翻斗车焊油箱，用电焊施焊。季天翔以为自己听错了，又问了一遍老爷子，老爷子又重复了一遍刚才的话。

季天翔说："老爷子，我不是不听您老人家的话，实在是这油箱里装满了柴油，明火焊，太危险，我焊不了，我不敢焊，建议您也别焊……"

还没等老爷子说话呢，小姑娘抢过话茬对季天翔说道："没事的，你放心焊就行，我们也不是焊了一次两次了，别怕，姐姐来帮你！"但季天翔还是站在原地不动，呆若木鸡，不敢有任何行动。

"小伙子，看到油箱里装满柴油了？那就对了，油箱里没油我也不敢让你焊。一是现在气温不是太高，二是只要内部装满柴油就能起到充分降温的作用，快速点几个小焊点，又不是压力油箱需厚厚地焊，那点小热量还不至于让满箱的柴油燃烧，让小娟儿先给你焊一个看看，有了第一次，下一次就知道怎么焊了，去吧，去吧，你俩抓紧焊去吧，这几天翻斗车都忙不过来了，别耽误人家干活。"老爷子看季天翔站着不敢动，上前对季天翔说道，还伸手将季天翔往前推了两把。

听过老爷子的解说，季天翔才知道，小姑娘的名字叫小娟儿。老爷子嘱咐完两位年轻人就到一边忙别的事去了，看样子对带油焊油箱的风险早就忽略至见怪不怪了。

按照小娟儿的指点和鼓励，季天翔将信将疑地给小娟儿帮着忙。先是把油箱外部的油污用干棉布擦干净，再把油箱盖子打开，用浸水后再拧干的棉布蒙住加油口，再找两块稍微大些的厚棉布，蘸水，先湿漉漉地擦一遍漏油点，用电焊轻点一到两下，不管焊没焊完，立即用厚棉布擦拭焊点瞬间降温，直至用手摸着不发烫，再点焊一到两下，再降温，如果不是漏点太大，重复一两次就能焊好了，关键是像打枪一样，准头儿得高，焊偏了，次数再多该漏油的地方还得往外渗。

正巧，小娟儿的焊把子还没有放在地上呢，又来了一辆同样漏油的大翻斗车，小娟儿手一摆："来吧！你说怪不怪？一个多月过去了，一辆油箱漏油的翻斗车都没有遇上过，今天这是怎么了，竟然先后开过来两辆漏油的翻斗车。看来……看来……这油是专门为你小子练本事漏的，别傻站着了，焊吧！不过，咱得说好了，你的管子焊得那么好，我教给你焊油箱了，你一会儿焊完了得教给我焊管子去！不然，你就太不仗义了！"小姑娘普通话说得非常地道，如果不上心听，根本听不出来她是广东人。

"教给你焊管子可以，不过，跟你学的这焊油箱的绝技，说实话，玩命儿的活，我真不想学，也不想干，你有多次经验，要不，还是你来焊，真怕初次焊弄不好出事，但你放心，我虽然不焊，但绝对舍命陪美女，寸步不离您左右！"季天翔怯生生地对小娟儿大声说道。

加速跳动的心脏刚刚安分下来，刚刚松了一口粗气，谁知，这神使鬼差似的又来了一辆漏油车，季天翔的心跳又明显感到加速了。

"今天你说啥都没有用，这个油箱就由你来焊，我给你鞍前马后当小工！我刚刚焊上了一个，你亲眼看见的，嘛事没有，你怕啥？快点哩，人家还傻乎乎地站在那儿等着咱焊呢！"小娟儿态度很坚决，建筑工人咋咋呼呼的作风十足。

季天翔无意中凝神注目看了几眼小娟儿，脑子一下子开了小差，这才发现小娟儿虽然穿着满是油污灰尘的工作服，也不擦胭脂抹粉，但人长得确实很漂亮，有南方小鸟依人但又不失北方人高雅的复合美色，风吹日晒也难掩其皮肤的细腻、白净，她身材匀称，不胖不瘦，让人看着舒服，恰到好处。但小娟儿时隐时现的黄牙却让季天翔有些不能接受，虽然提不上反感，但总有瞬间不经意的排斥，特别是小娟儿龇牙咧嘴笑着说话的时候，那种感觉更是强烈。

老爷子不在身边的时候，小娟儿总会迫不及待地偷着抽烟，季天翔这才知道，小娟儿的黄牙起因在烟熏火燎。但看着这么漂亮的小姑娘叼着烟卷抽，大部分抽的还都是不带过滤嘴的建筑工地最常见的廉价烟，牙不黄才怪呢。

季天翔有些百思不得其解，看到小娟儿抽烟就感到浑身起鸡皮疙瘩。后来才知道，是那些没话找话的男人们无数次劝让的杰作，递烟的次数多了，小娟儿也就慢慢动心了，从起初的好奇和尝试，到了后来的坦然接受。

但小娟儿从来不自己花钱买烟抽，都是那些讨好她的男人们主动奉献。自从小娟儿开了烟戒，烟的档次就越来越高了，其中还不乏价格不菲的高档烟。为了让小娟儿多看上一眼，或者博得小娟儿笑一笑，男人们都舍得花钱。但自打从来不给小娟儿买烟的季天翔出现后，那些男人们接触小娟儿的时间就大打了折扣，不用老爷子赶，小娟儿有时也自己赶那些脏兮兮的男人们离开，以至于荷包里的烟总断顿，断顿了就忍着不抽，季天翔暗自窃笑视而不见。

"既然小姐姐发话，上刀山下火海，哪怕是跳油锅，弟弟服从就是了，这个油箱我来焊！"猛然回过神来的季天翔在小娟儿的催促下，就像深思熟虑后下定了重大决策似的大声说道。

"怎么说话呢？还小姐姐！姐姐就是姐姐，比你大一天也是姐姐，何况大三天呢！以后再叫我，先把前面那个'小'字去掉，把舌头捋直了，直接叫姐姐！"

"好，姐姐，只要你高兴，你说咋叫就咋叫！不过，我从内心里总感觉你比我年龄小不下两岁，加个'小'字，发自肺腑！"

"拉倒吧你，还比我大两岁呢！说句心里话，我也总感觉你比我小好几岁呢，潜意识里我就是名副其实的大姐姐，凡事总想把你当作小弟弟照顾、让着你，咋回事呢？你说，小屁孩儿！"

"姐姐，我说了心里话，你可不能怪我。"

"小小年纪，优柔寡断，有话快说，别吞吞吐吐的。"

"姐姐，我突然琢磨着，咱们姐弟俩这不会是两情相悦吧？"季天翔刚与小娟儿认识不久，突然从嘴里冒出这样的话，连自己心里都打鼓，脸上发烫，就等着小娟儿生气发火呢。

"想啥呢？吃屎的孩子！"小娟儿脸也红，但难掩发自内心的笑。

一双青少年男女，你一言我一语，都是些半大孩子话，让急等着焊油箱的翻斗车司机很是茫然，一会儿看看这个，一会儿看看那个，也不知道他听了两个人的对话心里在想啥。

"那个……那个……那个小谁，现场急等着用车呢，能不能麻烦您快点儿给焊上，来来来，你俩抽根烟。"翻斗车司机终于等不及了。

"叨叨啥呢？抽烟，抽烟，就知道抽烟，你说焊就焊？我们又不是你的专职服务员，光伺候你呀？"小娟儿扭头一瞪眼，对着司机就是一顿训。

"那是，那是，我知道你很忙，拜托，拜托。"翻斗车司机边说边把一盒原封未动的"发彩"烟小心翼翼地放在了小娟儿身边的小凳子上，小娟儿对此视若不见，眼皮都没翻一下。

"开始吧，还等啥呢？"小娟儿对着待焊的油箱一摆手，朝季天翔说道。

说干就干，两位年轻人轻车熟路地焊起了油箱。季天翔悟性就是好，也是老天给面子，漏点并不大，只一次漂亮的点焊，就把漏点给严丝合缝地焊住了。一旁督战并打下手的小娟儿佩服得一个劲儿地龇牙笑，露出满口与其整体形象严重失调的小黄牙，季天翔看了两眼，没吱声。

下班后当面向马师傅汇报焊油箱的过程时，马师傅很是吃惊，大声喊了几遍"怎么可能"后，闷声思索，才慢慢地接受了季天翔详述的这件事应该是真的。

"用电焊点一两下……满箱的柴油和厚湿布降温……好像蛮有道理的……

不过，作为师父，我建议你这种冒险的活仅此一次，一辈子都别再干，'安全第一'不是空话，出事的都是违反操作规程的必然后果。"马师傅将信将疑地分析着带油焊油箱的可行性，但还是斩钉截铁地告诫徒弟就此收手，凡事都要守规矩。

季天翔表面上满口应承师父的嘱咐，但心里却在说："好像没有你说的那么悬！小娟姐也不是焊了一次两次了。高手在民间，这句话在理！"

第二天上午，由于天气原因进程慢，烟囱上还是没有季天翔的活干，见到老爷子和小娟儿也没有再提与马师傅的对话内容。不过，季天翔听到翻斗车路过就紧张，生怕再来一辆油箱漏油的就不知道到底该听谁的了。何况自己也不想再冒那个险，也不想让小娟儿冒那个险了。

生命诚可贵，不能心存侥幸强逞一时之勇，让小娟姐笑话就笑话了，季天翔发誓不再冒此险一次。但紧张归紧张，一个星期的时间过去了，一辆漏油的翻斗车都没有来，这让季天翔一颗悬着的心很是欣慰。

不知不觉中，钢筋混凝土的烟囱就干到顶了。地面、囱顶彩旗招展，鞭炮齐鸣，一派喜庆景象，业主和甲方领导、监理、设计院工代、乙方老板和崔老板都到场了，季天翔的表哥也到场了，哥俩儿打招呼的时候，被乙方老板听到了，伸着大拇指夸奖季天翔："范处长，首先声明，没有丝毫奉承的意思，你这个小表弟真的很优秀，任劳任怨，后生可畏，焊接技术超高，爬烟囱的速度跟猴子似的，打破了我们多年的规矩，我一直以为二百多米高的烟囱爬小钢梯上去，四十五分钟到顶已经不慢了，这小子用实际行动告诉我，一半的时间，足够了。综合大家的身体素质因素，统一规定半小时爬到顶最合适，否则，中途磨磨蹭蹭不但浪费时间，身子悬在半空还很消耗体力，快一点上去，下来不但不费力还能多干半小时的活，我们已经重新规定了爬梯时间，事实证明：有效，这小伙子有思路，我特别喜欢，还特批了奖金给他。"

季天翔听表哥说过，这名干烟囱的老板不实在，很精，果不其然，单就爬烟囱这件事，他就说了假话，自己天天在现场，无意中说过时间减半就可以爬到囱顶的话，但绝对没有他后来的话。再说了，约定俗成那么多年了，那些同样猴精猴精的工人们一旦离开了地面，谁能听老板瞎嚷嚷？半小时之内到顶，谁给他们掐着表？真半小时到顶了，还不得另外耗上半小时的磨洋工？真能吹牛！

烟囱到顶的第二天，老板还是不肯放季天翔回去，说是过不了几天就可以拆烟囱上的水管了，搞焊接的老爷子也有事请假回了家，人手不够，要季天翔帮忙帮到底，还用对讲机与崔老板说好了。其实，烟囱队里有小娟儿吸引着，若不是马师傅催，季天翔压根儿就没想急着归队。

快吃中午饭的时候，大食堂的大师傅过来请老爷子去焊冰箱里面的铜管子，说是漏气了，人家修理冰箱的不会焊，他们不知道老爷子昨天晚上已经坐火车请假回家了。

小娟儿便让季天翔去焊，这里的一大摊子她守着。季天翔说，那样的精细活他可干不了，让人家另请高明吧。但小娟儿坚信，凭季天翔焊管子的那手真本事，焊个小小的冰箱铜管就是小菜一碟，坚持要让他去焊。季天翔好似接到了圣旨，不得不硬着头皮去了，从来就没见过那玩意儿长啥样，打算先去看看，不行就找个理由先行撤退，再去请马师傅出山帮忙。

但人家修冰箱的两位售后服务人员不明就里，以为客户请来的焊工是熟手，见面就催着季天翔尽快施焊。看上去一应工器具早就准备好，只欠东风了。季天翔也不好再说什么，只好鸭子硬上架，拿起焊把子就心里扑通扑通直跳。

曾经听马师傅说过，也在马师傅给他的焊接培训教材上看到过，铜管子，特别是又细又薄的小铜管，熔点低，焊接时不能像烧碳钢管那样，玩命地加温，拿铜焊丝烧热了，先趁热蘸上点硼砂，再往烤热的铜管焊口处，像滴蜡烛油似的融化焊丝就行了，要干净麻利快，并且绝对要掌握好火候。

只一滴铜焊水滴下去，瞬间成型，焊点出奇地完美，恰到好处，显然不需第二滴就已经完美收官了。不但季天翔暗暗对自己叫绝，就连虽然不会焊但却见多识广的维修师傅都称赞季天翔"焊得太完美了"，不但焊点精准、焊接神速，厚度、宽度、长度、温度也是刚刚好，降温后用手摸上去也是顺滑如初。

食堂大师傅一高兴，说啥都得让季天翔在大食堂里吃完饭再走，专门给季天翔做了六个炒菜，还弄了一瓶"尖蚰"酒、一盒"发彩"烟，单开一张小桌。虽然此事对后来成为焊接顶尖高手的季天翔来说就是雕虫小技，但那样的细密焊活，也不是一般焊工能干得了的。就连马师傅都对他连连竖大拇指，还因此给小师兄上了一节大课，连凶带骂地没完没了地训。

初次焊电冰箱铜管的经历让季天翔逢人便讲地炫耀了好多年。

　　季天翔与小娟儿在一起待的时间长了，虽然算不上特别喜欢她，但每天上班见面之前的期待却是发自心底的萌动。小娟儿见到季天翔的面就笑，天天缠着他学焊管子，又是端茶又是给他洗衣服的，但人家心旦到底怎么想，季天翔也不清楚。

　　季天翔发誓尽快掌握焊接全能技术的初心始终没有变，天天都盼着回到马师傅的身边继续深造，就连与小娟儿的那些时隐时现的儿女情长也无法阻挡，虽然与小娟儿在一起的时光非常愉快。

　　日日想，天天盼，终于等来了烟囱拆架子的日子，从囱顶赶着往下拆，临时焊设的水管、钢梯、固定支架都要全部拆下来，还是那种氧和乙炔的混合气，只是焊枪换成了割炬。季天翔毕竟是高人一等的"稀有"电气焊师傅，不仅面子上有优越感，还配置了两名专门伺候他的小工，出力跑腿的活都是他们俩干，季天翔从来不搭手，自己只负责干技术活，身上具备了这些用辛勤和汗水换来的特殊技能，就该享受这样的待遇。

　　眼看马上就要告别这段特殊的工作环境了，可遇不可求，季天翔突然想起应该站在高耸入云的烟囱顶上，用心欣赏一下周围的风景才不枉此行。

　　二百四十三米的高度，钢筋混凝土的圆柱之巅，犹如一根擎天柱，让季天翔想到了孙大圣闹天的金箍棒，有些心跳加速。平视周围的空无和孤傲，顿生一腔欲干一番大事业的热血澎湃。仰视苍穹，反而觉得离天更远。俯视地面，这才发现，主厂房不再那么浑厚高大，威风凛凛的锅炉钢架也不再那么傲视群雄，六十个轮子的重型运输车也不再那么扎眼，总喜欢油箱漏油的大翻斗也好像顷刻间变成了袖珍车，脚踩大地忙忙碌碌的人们更是一下子变成了小蚂蚁，就连时隐时现的小娟儿爷儿俩"战火纷飞"的一方小场地，也像远离了自己十万八千里……

　　放眼望去，凝视远方的小城镇和村庄，季天翔好像清晰地看到了自己的家乡和乡亲，还有家后面老院子里那三棵粗大高产的老枣树……直到班长大声地叫了他好几声，季天翔才慢慢地回过神儿来。

　　"向班长，俺想请教您一个问题，可以吗？"

　　"说，小季，咱这关系，知无不言、言无不尽！"

　　"刚才我站在囱顶静站时间长了，怎么总感觉烟囱在摇摆，幅度还不小呢？"季天翔疑惑地问烟囱班向班长。

"呦，咋说呢，你这个小伙子还真是悟性不错呀，果真感觉到烟囱的晃动了？我跟你说，你的感觉丝毫不差，一般人上来不用心去感受是感觉不到晃动的。事实上，这烟囱确实一直在摇摆，摇摆幅度受风速、风向和季节的影响有变化，但大多数摇摆幅度都在半米左右。"向班长说。

"是吗？半米？如果在地面，还不得把人摇晕？咋在囱顶就感觉不到晃动这么厉害呢？"季天翔还是有些疑问。

"是的，不但是烟囱，其他的建筑物也是，顶端不停地大幅度摇摆就对了，建筑物越高越细摇摆幅度就越大。回忆一下，听没听人说过，你们北方农村用砖砌生火做饭的烟囱，达到一定的高度时，是否要随时观察其是否能对称摇摆呢，我还真偶然有幸见识过砌灶台烟囱的，也是职业习惯使然，当时感到很好奇，就不由自主地过去全程了解了一下。砌砖的老师傅说，别小看了这三米五米高的烟囱，不管垒多高，始终得观察着它是否一直在晃，弄不好就'那个'了。"也许是职业忌语的习惯，向班长避开了那个"歪"字，季天翔心有灵犀，连连点着头表示听懂了。

"怪不得班长技术那么好，原来您那么喜欢用心去琢磨！"季天翔向班长竖了竖大拇指说道。

"当然了！想把技术学精，不动脑子能学到真本事吗？特别是你们这些年轻人，比我们那一代浮躁多了，总想着坐享其成，还不想下苦力气，那样怎么能学到出类拔萃的技术呢？"班长摘下工作手套拍了拍季天翔的肩膀。季天翔心想，工作服与手套差不多的脏，班长没必要摘手套，况且班长的手也不比手套干净。

干烟囱的这帮南方工人为啥比咱们北方人挣的钱多？人家工作效率就是高，没几天的工夫就把整个圆盘架子、钢梯和连接件全部拆完了，季天翔终于又回到了马师傅身边，心里很是高兴。分手时，季天翔切实感受到了小娟儿的双眼之中是湿润的，他的心中也充满了忧郁。

第六章

　　但在汽机房跟着马师傅干了没几天，刚开始试着在师父的监督示范下学焊一些相对压力较低的碳钢管道，季天翔却又被调换了工作。不过，这次是师父亲自带班，要去替人家焊供暖锅炉的管道，不但季天翔很不爽，师父也很不高兴："奇了怪了，电厂里不是有现成的供暖热网吗？接个小管儿能花几个钱？咋还单独安装供暖锅炉采暖？再说了，这个季节也不对啊，都是一些快装锅炉，冬季到来之前突击安装不就行了？为啥这时候安装，弄完了还不得闲置一年？真不知道这些领导们咋想的？也不知道这是哪里的关系户干的活，干着干着就遇到瓶颈了，让我们帮忙还不给报酬，最不愿干这些给人擦屁股的活了，真烦死了！"

　　季天翔和小师兄听师父絮絮叨叨，也不敢搭话，只是机械地收拾着去锅炉房帮工的工器具，师父说了，"咱自带枪自带炮"，不稀罕用他们的破工具。

　　师徒三人，一辆地排车，磨磨蹭蹭地来到了办公楼西侧的锅炉房。

　　原来，检测中心通过目测焊口质量发现，管道焊接质量很差，虽然设计压力不大，但也是高温气体，为了避免运行时发生泄露伤人事故，便现场通过仪器探伤，结论是根本无法正常使用，但碍于领导关系户的缘故，后勤负责人这才找到了曹老板暗中帮忙处理。但人家这个小包工队不但不知情，还信誓旦旦地说"我们干的活没问题，你们这是多此一举"，还说，他们以前都是这么干的，也没出过啥事，对季天翔他们的义务帮忙也表现出了排斥和不冷不热。

　　按领导的吩咐，所有的管道必须拆掉重焊，马师傅心中不悦，生气地坐在地上一根接着一根地抽大烟、生闷气；两个小徒弟也不敢上前请示他，自作主张地忙着往地上卸工器具。

　　突然，马师傅手一伸，一声令下："你俩过来，我看这里需要焊接的焊口数量还不少呢，小季这回可找到练兵场了，全由你掌握你来施焊，你师兄就给你打下手吧，我负责监督，也顺便歇歇，就这点儿破活，你们俩掂量着弄吧！开始干去吧！"小师兄扭头看了叔叔一眼，似有不悦。

围着锅炉房转了一圈儿，季天翔跑过去向师父汇报说："师父，我刚才全部看了一下，这里的管道我们全部拆下重焊没问题，就是那些管道支架他们都比图纸上标注的下料尺寸下短了，也都焊到预埋件上了，拆下来重新制作安装太麻烦，还不美观，材料也不够用的了，我计划保持原样，靠墙太近的焊口用烟囱老爷子给我吹嘘的土办法焊，我琢磨着一定可行，反正验收的质检员伸不进头去也看不到焊口，咱能保证不漏水漏气就行呗，行不师父？"

"你小子又生出什么鬼点子了？我刚才说了，一切事宜全权交给你处理，不管你用什么土办法干，反正不是正式工程，即便漏水漏气了，只要保证伤不到人，哪怕你用泥巴把焊口糊上，只要保证最后验收打压的时候不跑汽不漏水，我啥也不管你，这里的一切都由你自己说了算，爱咋干就咋干！"马师傅用右手食指指着季天翔信任地说道，本想事先问问季天翔用啥绝招焊，但终于没有问出口。

"好的师父，我知道了！请您放心！我会认真对待每一道工序的，保证完成您交给我们的任务！再说了，您不是还在这儿给我们坐镇把着关吗？"季天翔胸有成竹地向马师傅表完态，就按着自己的思路带着小师兄开始了工作。

看着季天翔带着自己的大徒弟侄子转身离去的背影，马师傅自言自语地说了句："小季这小子，真的很有才啊！"

反正有随时移动的组合架子，季天翔井然有序地带着小师兄，先用气割把所有焊完不合格的管子拆了下来，堆了一大堆，然后再削口、磨口、有序堆放，现场文明施工也是搞得头头是道，每一道工序都是工完料尽场地清。施工项目虽小，但足以以小见大，马师傅口上不说，心里却暗自赞赏有加，这小子这么短的时间就远远超越了侄子，这不是学来的，是天生的本事，能收到这样的徒弟，自己心中很是欣慰。

说归说，这两个小子毕竟太嫩，放心不下，马师傅天天叼着烟卷儿在俩徒弟身边转悠，除了季天翔动手焊管道的时候示范加指点之外，其他的工序和细节，他一概不管不问，也不轻易说一句话，但他坚信季天翔的实力，这点小活儿难不住这个年轻、有思路的小徒弟。

有一天上午，马师傅破天荒地带两位徒弟来到了锅炉安装现场，左瞅瞅右瞧瞧，很是纳闷，那十几个特殊位置的焊口，拐弯抹角，必须焊固定口，还几乎贴在了墙上，不延长管道支架，确实省工省料省力了。但小季这鬼小子是怎么焊上去的？靠墙靠角的焊位，头伸不进，眼看不见，甚至焊条都伸不进去，竟然能做到把固定口焊缝焊到天衣无缝的程度，神了！身经百战的马师傅百思而不得其解……

虽然，对于常年穿梭于高温高压工艺管道、设备安装现场的马师傅来说，小小的供暖锅炉全然不在他的话下，压力虽小些，但毕竟是有压力有温度的采暖炉子，倘若真的出现了大的水汽泄漏，到了供暖期，会严重威胁人身安全不说，更何况两个小孩子没经验，总担心打压前埋下啥纰漏，充压一大早，他就来到了施工现场，怀着忐忑的心情全程监督。

一切都是顺风顺水，就像季天翔承诺的那样，充液、升压、稳压，除了一处阀门其阀体本身的瑕疵有少量渗水外，全系统无一漏水，季天翔终于稳住了心跳，马师傅也一块石头落了地，但那十几个特殊焊位的焊口是怎么焊上去的，在马师傅心中始终是个谜。

关系户就是关系户，每迈一小步总有人替他们想辙。领导特别吩咐，为了万无一失，打完压、竣工验收完毕就顺便点火试炉，这让马师傅他们很是惊讶，本来这个季节安装快装锅炉就不符合常理，又要这么早点火试炉，不明摆着额外浪费资金吗？就连锅炉厂派来的厂代都说了，只要全系统管道阀门不漏水漏气，没必要如此劳民伤财，他保证整套设备都是多年久经考验的成熟产品，至今没出过啥问题，至于炉子好不好烧，最多供暖期点炉前几天捎带着试一炉就行了；再说了，我们这个炉子的成熟技术是经过好多年、无数次反复试验才定的型，出厂检验非常严格，即便有些细节调整问题，我们售后人员远程电话指导，一般的司炉工都能轻松驾驭，很少出差错的，这也是我们厂优于兄弟厂家供不应求的主要原因之一。

点炉那天，季天翔能轻松感觉到自己的心跳又在悄悄加速了，事先打压的毕竟是常温的自来水，正式点炉配套的却是真刀真枪的黑煤烈焰，产生的水蒸气也必定会对管道产生热胀冷缩的考验，关键是那十几个焊口能不能经受得起试炉的火热考验？它们不会遇热加大缝隙而漏气漏水吧？不会出啥事吧……

很庆幸，季天翔那颗狂跳的心终于又恢复了常态，虚惊一场，嘛事儿都没有，整个水、汽、电、机械系统一次验收并试运行全部合格，自始至终，妥妥的。

师父总是质疑烟囱队老爷子的诸多土法子不把握，但事实证明，老爷子的土法子全都好使着呢，关键时刻还真能应急。季天翔又不由自主地想起小娟儿，好多天都没有见过面了。

表哥说："为啥领导安排提前试炉？他们家的亲戚干的活，就怕挨到山根子再手忙脚乱地排除隐患，在供暖的节骨眼儿上被众人戳脊梁骨，让人说闲话。只要能保证按时供暖不出事、大家伙不挨冻，广大职工才不管它什么劳民伤财、钱儿让谁挣了去，反正装进了谁兜里都是公家的钱儿，事不关己高高挂起！"

小师兄毕竟是马师傅的亲侄子，又历经两年多形影不离的"驯化调教"，终于被马师傅的"虎威"所攻破，禁不住其威逼利诱，那十几个焊口的小秘密终于被马师傅知晓了，最近马师傅总是在纠结季天翔用什么办法焊上的，却压根儿没有想到竟然还有这一茬儿，但马师傅碍于面子一直没有拉下架子对季天翔说，但他对侄子的说法还是心存侥幸、将信将疑。

趁大家午间熟睡的当口儿，马师傅悄悄揣上一面小镜子，"偷偷摸摸"地来到那十几个焊口的施工现场，干保温的工人们也都回宿舍休息去了，锅炉房的大门敞开着，连个照看工器具的人都没有。

通过折射的原理，马师傅终于得以一览庐山真面目，瞬间解开了心中的疑惑，靠墙的那一段段管道焊口，竟然真如侄子所讲述的那样，没有丝毫的焊接痕迹，依稀可见缝隙尚存，如果不是亲眼看见，断然不会相信土法子有时候也还真是挺管用。

马师傅连吸了几口凉气，掏出一盒烟，蹲在地上，接连抽了三颗都没有挪地方，以至于站起身时腿麻得龇牙咧嘴晃了好几晃。堂堂锅炉压力管道，竟然空着将近四分之一的焊口不用施焊，还严丝合缝地一丝不漏水汽，作为一名久经沙场的资深老焊工，天南海北，侍弄焊口无数，小徒弟的土焊法结结实实地让其"大开了眼界"，堪称闻所未闻、难以置信！

那些焊口折腾着马师傅晚上还是睡不着觉，终于忍不住率先打破了僵局："小季呀，跟师父说说，那十几个焊口的事，干烟囱的那老头儿几句话你咋就当真了，怎么就真敢那样焊啊？要是师父听了，绝对不会相信的。"

"师父，说实话，这十几个焊口的事儿没少折腾我，一天到晚提心吊胆的，甚至中间儿都有些想打退堂鼓了，就是想验证一下自己的判断能力，也有点儿小私心，怕提前告诉了您，万一出了岔子，就没有回旋的余地了，大不了试压时漏水，反正点炉前都是用的常温的自来水，也出不了啥大事儿，挨您一顿训，留一次一辈子的记性，补救一下就妥了，还怕提前说了您不同意这么焊，就趁加班您不在现场的时候偷偷地按照土法子焊完了……"季天翔诚实地对师父说道。

"就不怕把活干坏了丢人现眼？"马师傅温声细语地问道。

"怕，师父，但我更多的是胸有成竹。一是烟囱老爷子确实是久经沙场，虽然他一辈子很少干正式工程，不大讲究操作规程，也从来不按套路出牌，连言谈举止都是土得掉渣渣，但他老人家人品不错，走南闯北，见多识广，我相信他说的应该是通过验证的实话。

"二是我琢磨着这个法子可信度特别高，只要把焊口尽量磨平了，事先对上口反复研磨，不用留坡口，直接对在一起，打磨焊口对咱们干工艺管道的人来说，那还不是家常便饭、手到擒来的事？直到几乎没有了缝隙时再对口施焊。我先把焊口的上部点焊在一起，再找准下部两处对称点固定好，三点一线，无论怎么焊接，想拔缝都难。再从下面开始施焊，尽量在视力所及的范围内往里面伸焊条，能伸多远伸多远，等到全部焊完的时候，温度降下来，靠墙那一小段儿未焊的焊口早就被冷缩的拉力挤得要多紧有多紧了，想让它漏水漏气都漏不了了。"季天翔躺在床上，说起话来也像师父一样温声细语、娓娓道来。

"不过，师父，请您放宽心，我已经下定了决心，以后凡事儿都按照您的吩咐走正路子。像烟囱老爷子带油焊油箱、那十几个焊口等类似的土法子，今生不想再涉足，至少它们多多少少还是有风险的，谁也不能保证百分之百的不出事故，出了事故就是无法弥补的大事故，完全没有必要违章去冒那个险！精益求精才能攀高峰！"见师父没有言语，季天翔也道出了自己新近的感悟。这话让师父很是欣慰，师父也不再沉默，滔滔不绝地连连夸奖。

师父徒弟一来二去，不亦乐乎。

第七章

　　"小季呀，既然你做了我的爱徒，我就不想有丝毫的保留，从明天开始，你就跟我试着焊中压吧，低压管道和钢结构你已经基本掌握了要领，也焊得很成熟了，比那个小子强得没影儿，两年多了，他连个钢结构还焊不好呢，真愁死我了。"马师傅边与季天翔聊天，边支使小师兄去茶炉房提开水，季天翔闻声爬起身子就争着去，但师父不让。

　　不知从哪天起，这端茶撩水的活又回到了小师兄的肩上，一切都是自然过渡，没有谁刻意去让谁做。小师兄也渐渐干得心安理得，至少没有听到丝毫怨言。季天翔打心眼里想一如既往地替师父打饭、端洗脚水、洗衣服，但他们都不让，时间长了，自己也就觉得心安理得了。

　　转眼之间天就酷热了，热得让人倍感无助也无奈，特别是艳阳高照、无风无雨的正午，众多室外作业的各工种工人们更是感受到了无法承受的煎熬。虽然已经实行了夏时制，把时针每日拨快一小时，但似乎一点儿也阻挡不了漫长的酷暑，衣服上照旧还是干了湿、湿了干，浑身上下都是奇形怪状的白盐花。

　　在这个高温闷热的锅炉钢架上，季天翔做出了常人所不能比拟的举动——利用中午下班的三个小时每天在钢架上练焊接。一段段精心打磨的无缝高压碳钢管，一个个严格按照规范组合的小焊口，一滴滴辛勤劳作的汗水，再加上每天晚上雷打不动的一个半小时武功训练，劳作和练功两不误，几乎将季天翔全部的业余生活剥夺殆尽。季天翔拼劲儿十足，信心满满，焊接技术和形意拳功力齐头并进，每日每夜，累并快乐着。

　　天遂人愿，有付出就必定有收获。季天翔中压管道的焊接技艺突飞猛进，托表哥随意拿几个自己新近焊接的小口径碳钢焊口，通过私人关系去实验室专门探伤，竟然完全合格达标，马师傅也很高兴，表哥一冲动，便做东邀上季天翔师徒三人，到电厂门口的豪华大酒店撮了一顿儿，虽然跟表哥一起去的分包单位老板抢着买了单，但表哥是真心实意地高兴。

中压，虽然算不上炉火纯青，但绝对是熟练掌握了，马师傅想让季天翔直接冲顶焊高压，但崔老板不同意，说季天翔人太嫩、手太生，还得历练历练再升格。马师傅虽然提议未如愿，但也不好再说什么了。

"小季呀，既然崔老板发话了，咱也不好太驳他的面子，焊高压的事儿咱暂时不考虑了，别浮躁，正好乘机巩固巩固中压，虽然要点掌握了，但还得多焊才能熟能生巧。这段时间，咱就边巩固中压，边瞅空练练特殊材料焊接，最近不锈钢焊活比较多，正好利用这个空当重点练一下不锈钢焊口吧。"马师傅恨不得一下子就把平生所学都传授给季天翔，想方设法使劲儿对季天翔灌输各种技能。

"行，师父，我听您的，崔老板说得也有道理，我才干了没几天，技艺的提高确实需要走'量'来巩固，欲速则不达，千遍万遍都不为过。"季天翔善解人意地安慰师父道。

"只要你认学、肯动脑子，不怕吃苦，我就打心底里愿意教你。至于你那个榆木脑袋的小师兄，你也要多带带他，这小子太肉，也让我管夯了，想啥法子也油水不进了，虽然表面上信服，不多言不多语，但他心里不服，我是没啥招了。但师父心里跟明镜似的，这小子虽然年龄比你大，但打骨子里佩服你、也愿意听你的话。"毕竟是自己的亲人，马师傅不得不向季天翔"求援"，以期让自己的亲侄子也多学些技术，以了作为亲叔叔的一份骨肉深情。

得知季天翔每天的中午饭要等到小师兄下午上班时才能捎带吃上，表哥担心季天翔不按时吃饭把身体搞垮了，便每天中午下班先去大食堂买饭后送给表弟，坐等表弟把饭吃完了，再提着碗筷回宿舍吃饭休息。

"表哥，你这样天天中午给我送饭太麻烦，大热的天儿没必要，晚吃一会儿饭咋啦？让小师兄顺手给我捎饭挺好的，这现场全天候防暑降温的绿豆水，每层平台也都有茶炉子，再累再热，只要吃饱饭喝足水，嘛事儿没有，以后别再往这送饭了表哥。"刚开始送饭的时候，季天翔几乎天天都跟表哥这样说。

"你小子这是玩命儿学技术啊！啥天儿啊现在，大中午的恨不能热死人，你却在这里烟熏火燎，也不午休一下，能受得了不？真不行，就等天凉快点儿的时候再练，别总想着一口吃个胖子，把身体搞垮了一切都等于零！"表哥心疼地对季天翔说，言语间充满了浓浓的爱意。

"表哥，你一万个放心，我心中有数，干这活哪能累着？记得咱老家那牛不？只要不缺草料、饮足水，一天干到晚都不带掉膘的。现在您给我提供了这么好的学习机会，如果不抓紧练，哪里有那么多天赐良机？说不定过了这个村就没有这个店了，再想练也捞不着练了呢。上班的时候，就是拿着焊钳面罩焊焊管子、坐着站着研究研究施工图纸，在草稿纸上画画阶段性安装系统图，想累都累不着。"季天翔的话让表哥很高兴，也放心了许多。

"既然你愿意下这份苦，那送饭的事我就包定了，反正我天天在办公室坐着，你嫂子又不在工地上，闲着没事，跑这几步路也正好活动活动筋骨，天天给你送好吃的营养餐，你只管好好练吧。但一定要处处注意安全！特别是身体疲乏的时候，更要注意休息调整，登高爬低的都是高空作业，不能有一丝的马虎和侥幸心理，安全第一……"表哥还是有些不放心，总有说不完的话要嘱咐，但高度认可季天翔的努力。

季天翔的进步，经过时间的验证，向来挑剔的崔老板听在耳中、看在眼里，没等马师傅再次提议，就主动向马师傅提出了让季天翔焊高压的旧话题。马师傅正等着这句话呢，当场就顺水推舟地应承了下来。

"小季呀，小季，你小子正应了一句话——只要功夫深铁杵磨成针，你做到了，崔老板也看到了，他天天都在暗地里夸你。这回终于能名正言顺地跟我练习高压焊口了，你这家伙儿眼看眼地就要攀登至焊接技术的塔顶了。"

"俗话说，师父领进门修行在自身，最近这些天确实太热，但愿你不要泄气，吃得苦中苦方为人上人，冬练三九夏练三伏，坚持下去很快就能成功。"马师傅也是真高兴，不住地给季天翔鼓着劲儿。

季天翔眼见师父对自己的好无以回报，便暗地里使着劲儿，尽心尽力地替师父带着小师兄，焊接、识图、擒拿术和形意拳，特别是学习过程中的真实感悟和心得，啥都毫无保留地教，小师兄好似换了一个人似的，很努力，进步也飞快，师徒三人皆大欢喜。

外协队伍的工种分配不像大型国企那么专一，带班班长往往都是清一色儿的多面手，安装识图、电气焊接、登高爬低，全活，季天翔在短短的数月内，已经足以胜任这样的工作了。

崔老板向表哥表达了对季天翔的"敬意"，说是"绝无仅有"，进步快。表哥信但不全信，不信年纪轻轻的小表弟竟然能"速成"地带十几个人的大班干活了，平时崔老板为人太能吹，表哥认为这个话题他说的指定也有水分，直到有一天，在施工现场遇到了正在带班的小表弟，吆五喝六，得心应手，才信了。

表哥见到季天翔的时候，季天翔正在锅炉钢架上摘大吊车钩，脚下走的是十几厘米宽、二十厘米高左右的小"工"字形钢梁，就像走钢丝，其"斗胆"到竟然如履平地，让表哥把心几乎提到了嗓子眼儿，以往表弟就是在锅炉钢架平台上焊焊管子、看看图纸，压根儿也没有想到表弟竟然如此历险，表哥越看越担心，越看越害怕，当场又不敢多说话，只好心事重重地扭头就走了，毫不犹豫地直接去找崔老板了。

"老崔，我知道你将翔子安排在重要位置上是对他好，想尽快地历练他成手，但是，你啥话也别说了，从现在开始别再让他当班长了就行，不是我想给你出难题搞特殊，也不是我对你有意见，实在是才十几岁的孩子，年龄太小了，爬绳梯走钢架，才来电厂这几天，即便爬，也得先历练历练，看似他有胆儿，实则是初生牛犊不怕虎，不知天高地厚，没见过风没经过雨的，这样太危险，必须立即让他停下来，锻炼锻炼再让他挑大梁……"表哥似乎对老崔有说不完的着急话，心情激动。

"范处长，我啥也不说了，我心里明白您的意思。但能跟您说句心里话不？"崔老板心里清楚，挣钱不挣钱全在预算员，表哥可是甲方众多预算员中的"大头领"，哪个活能结算多少钱，他的一句话就能决定生杀大权，丝毫得罪不起，别看他对更高级的领导称兄道弟的，对范处长说起话来却始终不得不小心翼翼。

"说。"表哥看上去真担心表弟了，有些铁青着脸。

"处长，我先把话说到前头，您说了，我会照单全收，一丝折扣也不打地执行您的命令。但我想跟您说说对翔子的工作安排，这件事我心里绝对跟明镜似的，是循序渐进地一步一步地走过来的，绝对没有丝毫的草率和莽撞。

"虽然季天翔年龄小一些，但他绝对能完完全全地胜任班长的全套工作，自身干起活来也是很有数的一个孩子，安全、质量和操控全班职工都是游刃有余。

起初我也不相信，但这小子的确悟性特高，特别出类拔萃。"

"还有，根据我多年的施工经验证明，越是危险系统高的高空作业，越是极少发生安全事故，你到现场仔细察看一下便知，那些高空作业人员人人心中都绷着一根弦儿，安全帽、安全带、安全网，安全三宝，一样不落，安全事故大都发生在相对安全、让人心存麻痹思想的区域……"崔老板滔滔不绝地想说服表哥，但表哥态度依然很坚决，对方说啥他也听不进去，就认准不让季天翔再干班长了。

但当崔老板按照表哥的意图给季天翔调换工作的时候，季天翔却不答应了，态度也是很坚决，还说让崔老板不要担心，表哥那里他打包票去做工作。崔老板起初坚决不按季天翔的意思办，但最终没能说服信誓旦旦的季天翔，只好答应他先干着，看他与表哥商议的结果后再从长计议。

当天晚上，季天翔早早地来到表哥的宿舍，还没等季天翔说话呢，表哥便阴沉着脸气势汹汹地发话了："我已经跟你们的崔老板说好了，你以后不能再当班长，也不能再爬钢架冒险了，摘吊车钩子，猴子爬杆似的让人看了就揪心，那是专业起重工的活，你是电焊工，跟着人家瞎掺和啥？

"今天，我去你们干活的现场啥都看到了，八十多米的高度，那么窄的小钢梁，你个干了还没有三天的小新兵蛋子，逞啥能？啥也别说，这事儿一毫一厘也没有商量的余地！"

季天翔迎头挨了一闷棍，一时半会儿也不敢与表哥再争辩什么，只是轻描淡写地对表哥说道："表哥，别担心，我心里有数，没事儿的，我每一步都是严格按照操作规程干的，不是您想的那样儿莽撞，虽然我来的时间不长，您也看到了，'胆大心细'我真能做得到。不过，这次我指定听您的，不再爬那些危险的特殊部位，以后都让那些有经验的老师傅上，他们常年都是干这个工种的。至于班长的事，您还是让我先干着吧，我打骨子里都想历练一下，我真的特别喜欢这个工作……"

表哥对季天翔向来是赞赏有加的，季天翔的话在他心目中还是有相当重的分量，听其一番解释，自己反而没有了主意，但却假装固执己见而一言不发。精明的季天翔已经感觉到，短短的几句话，就已经把满脸火气的表哥说服了七八分。这事儿就这么各自心知肚明地接着干下去了。

表兄弟俩以后再见面的时候，一切如旧，默契地不再提调换工作的事，季天翔还是干着登高爬低的大班长，干得得心应手。工艺管道设备的安装不像干建筑动辄就是上百上千人，带领十几个人的大班已经技能够过硬的了，三个人一小组，五六个工作点，没有两把刷子还真玩不了。季天翔很快就熟悉了汽机和锅炉系统，经过自己的加倍努力，已经能轻而易举地独立完成成套的大系统安装施工任务了。

当班长不像当工人，啥心都得操，打架斗殴的得管，偷奸耍滑的得管，自己班里的工器具被人偷走了也得管，队里都有详细规章制度，这也是南方队伍效益大都高于北方队伍的另一主要原因。

有一天一大早，刚到现场立足未稳，小师兄就来报："师弟，不好了，咱们的大铁工具箱被人撬了，焊机棚里的四台新交流电焊机和焊线，包括大直流电焊机上的焊线，就连磨光机、扳手钳子也没剩下，一锅端，都让人给偷走了……"

不等小师兄把话说完，季天翔的心火噌的一下子就上来了："施工任务这么紧，没刀没枪了怎么打仗？竟然敢撬老子的工具箱，看我怎么收拾他们！走，看看去！哪个小兔崽子敢太岁头上动土？也不打听打听老子曾经是吃哪碗干饭的主？"季天翔边往工具箱方向奔，边用手里攥着的对讲机呼叫曾经并肩作战执勤的老战友。

"兔子，兔子，我是翔子，我是翔子，你到锅炉钢架28米平台上来一趟，我有急事找你，少废话，麻溜地过来再说！"季天翔后院失火，被人抄了"家"，自然说起话来更加风风火火。

"好的好的翔子，我现在汽机房12米运转层大平台呢，马上就上去，马上就上去！"对讲机中传来了同样风风火火的应答声。

报完了"警"后，季天翔便安排手下清点丢失的物品，登记造册。季天翔曾有过巡防队带班班长的从业经历，知道不能照搬破案大片里的虚假流程，在这高高的锅炉钢架上，平台都是刚性网格板，别想采集什么脚印手印，也别想调集痕迹专家、破案高手来现场，那些神乎其神的悬疑破案故事都是唬人消遣的小伎俩，不能当真。但电建巡防队员有电建巡防队员的看家手段，好多案子都是用这些看似原始却总能马到成功的土法子了结的。

"翔子，啥事儿这么着急？把哥哥火急火燎地叫过来？"说话的工夫，巡防队小队长"兔子"就带领班组成员气喘吁吁地赶过来了。

"你说啥事？自己看看！昨天晚上28米谁执勤？连个电焊机、工具箱都看不住，干啥吃的？"季天翔见面就对自己的好伙计劈头盖脸地一顿数落。

"到底咋回事？先弄清楚了再说，我看看。""兔子"好像并不关心季天翔怎么说，而是边搭话边伸头去看工具箱，季天翔摆手示意小师兄把刚才统计的失物明细递给了"兔子"。

"四台新焊机，连电焊线及辅助工器具都一锅端了？不应该啊，这些东西进出锅炉施工现场都有详细的交接登记，四个方向都有专门的执勤人员三班倒，28米平台的大工具箱被撬被盗了，还丢了这么多东西，偌大的焊机又不是扳子钳子，偷了也拿不出去，丢一台焊机的案子遇到过，一次性丢了四台焊机的蹊跷事还真是第一次遇到，不应该啊……""兔子"边质疑边安排其他队员联系各岗现场警卫上报登记手册交接记录。

真是近水楼台先得月，季天翔的事就是兄弟们的事，"兔子"他们办案效率特别高。从昨天下午下班的时候算起到现在，所有的流动工具交接明细都报了上来，但压根儿就是没有任何进出锅炉钢架28米层施工现场的焊机记录。季天翔和"兔子"相视一笑，这就对了，说明丢失的焊机还在现场没有运出去，只是暂时被隐藏起来了而已，这盗窃案看似没头绪，实则已被侦破了七八成。

"兔子"胸有成竹地安排巡防队员和锅炉钢架28米层执勤人员，立即展开现场搜查，第一站便是28米平台的角角落落，不论是谁家的施工队伍，所有的大小工具箱、工具房都要搜，搜不到就向其他各层扩大搜索范围，反正季天翔他们的焊机上都用彩漆涂刷着明显的标记，毕竟是刚买了不久的新机子，焊机的出厂信息标识牌上也写得清清楚楚。

果然不出季天翔他们所料，被盗的工具不费吹灰之力就被搜索了出来，是在一个用直径两米四的卷管做成的超大工具箱里翻出来的，焊机上面的印记已经被涂改，焊机厂家配置的标识牌也已经不知了去向，电焊线上也已经被星星点点地喷洒上了油漆标记。就在季天翔和"兔子"谋划着向人家兴师问罪的时候，人家却不愿意了，态度还挺横，大呼小叫的。没想到对方底气儿这么足，季天翔和"兔子"一下子就愣住了。

"干吗呢伙计们？光天化日之下抢劫啊？"对方一个小头目模样的大胖子一

吵吵，大工具箱周围就立马围上来一圈"同伙"，气焰嚣张。季天翔很聪明，自己早就不干巡防队了，多说话不合适，便走眼示意"兔子"出面交涉。

"兔子"久经沙场，很有经验，不慌不忙，围着焊机左瞧右看，突然轻"哼"一声满脸笑容地转过身来，走向大胖子。

"你们是哪个外包队的？这几台焊机和焊线全是你们队里的吗？""兔子"厉声问道。

"是我们队里的！怎么了？查户口？我们是哪个外包队，你们管得着吗？"大胖子昂昂不睬地回道。

"真是站着说话不腰疼，净睁着明眼说瞎话，这上面的标记油漆怎么是新刷上去的？""兔子"不紧不慢地追问道。

"怎么？我们自己家的电焊机啥时候刷油漆还得向您请示不成啊？这有什么问题吗？别没事儿找事儿，干个临时工保安有啥熊了不起的，别血口喷人，伙计！"大胖子不耐烦地说道。

这明显不符常规，在现场施工的外协队伍对甲方巡防队员清一色儿地充满敬畏。"兔子"有经验，搭话就知道这家队伍不是有后台，就是心虚给自己壮胆儿呢。

"伙计儿，别急着这么嚣张，没有证据我们能找到你的头上？咋不去质问别人？主动承认了还好说好商量，否则就不是归还赃物那么简单了，罪证足以够蹲局子的了，听我一句劝，请你想好了再说话！""兔子"厉声对大胖子嚷道。

"我心虚个啥劲儿？我们又没做什么亏心事儿！有本事找我们队长去，别对我们出苦力的老百姓瞎嚷嚷！"大胖子依然不依不饶。

"好，那咱就公事公办，焊机焊线拉回派出所听候发落，你们几个领头的到所里接受进一步调查，这样的案子我们见得多了，再抗拒不坦白，就报警移交到公安分局里去处理吧！至于你们队长是何方神圣，各玩各的，与我们没有一毛钱的鸟关系！""兔子"挥手就要下令动手。

这时，大胖子不愿意了，可着嗓子大喊大叫，鼓动得手下也是蠢蠢欲动、摩拳擦掌，眼看一场冲突就要爆发。

就在这火烧眉毛的节骨眼儿上，季天翔发现表哥的同窗好友"牛鼻子"急匆匆地跑上来了，后面还跟着一个瘦高个子中年人，说是这个外协队伍里的老板。

"翔子，干吗呢？他们都是咱自家人，我从老家带过来的队伍，刚来电厂不到半个月，还没完全熟悉现场呢，啥规矩也不懂，咋就招惹上你这小子了？到底是咋回事儿？""牛鼻子"满脸疑惑、东张西望地问道。

"牛鼻子"身后的瘦队长也附声问道："小兄弟，有话好说，这是咋啦？"

季天翔眼见"牛鼻子"哥到场，不敢怠慢，但不明了他与这家队伍的真正关系，只好上前说道："哥，他们偷了我们的四台新交流焊机，不但不想还，还仗着人多势众想打架！这是在高空，要是在地面上，我早就把他们打得满地找牙了！"

大胖子看到"牛鼻子"老乡和老板亲自到场助威，反而调低了嗓门还越发底气不足，说起话来也开始吞吞吐吐，不像刚才那么趾高气扬了。

"牛鼻子"的到来一下子就镇住了场子，毕竟他也算得上是甲方的领导人员，虽然只是中层里面的副职，但对于临时工身份的"兔子"来说就足以"高高在上"了。但"兔子"很聪明，决计不显山不露水地把戏唱完了再收场才有"范儿"，谁也不能得罪，双方认可、大事化了才是最佳结局。

"牛处长，事情的经过是这样的，他们偷了季天翔班组的四台电焊机和随机焊线、工器具，让我们抓住了现行，但他们死扛不承认，还想动手打架，我们正想把他们带回派出所移送公安分局处理呢。""兔子"轻声细语地对"牛鼻子"说道。

"不忙！你有确凿证据吗？""牛鼻子"问道。

"有，人赃俱获！都在现场明摆着呢！"看得出，"兔子"声小但有威。

"他们血口喷人，这些工具本来就是我们的！"见两人一来一去，大胖子却又慢慢地攒足了底气儿。

"伙计，当着牛处长的面，就不要再自欺欺人了，话不能说得太满！先说这几台新电焊机，你啥时候买的，啥时候运到现场来的，有发票和进门登记表吗？特别是电焊机，这是大物件，门卫不登记是进不了厂内的！我怎么就血口喷人了？""兔子"仍然不紧不慢地说道。

"不管你说得天花乱坠还是有鼻子有眼儿，反正这些工具的的确确都是我们的！"大胖子依旧不依不饶，他的顶头上司——队长却躲在一旁皱着眉头一言不发。

　　"那好吧，看来你是不见棺材不落泪，兄弟们，把电焊机往外面拉一拉！" "兔子"边说边向巡防队员们挥挥手。

　　"兔子"伸手拉大胖子往电焊机跟前凑了凑："瞪眼儿看仔细了，新刷的油漆下面写着啥字呢？写的是人家队里的名称，能看清楚不？不行，再往阳光下挪挪？"大胖子闻言，疑惑地瞪眼儿一瞧，黑灯瞎火中新刷的油漆根本就没有盖住先前的字，突然一下子变成了茄子脸，黑红，无语。

　　这时，一旁的瘦高个子队长拉"牛鼻子"去一旁咬了一会儿耳朵，"牛鼻子"面露难色，皱着眉头不说话。

　　季天翔多聪明的人啊，深知解铃还须系铃人，便像瘦高个子老板那样凑近"牛鼻子"咬耳朵："哥，这家队伍真是从您老家带来的，您自己的队伍？"

　　"没错啊，翔子，你想说啥？" "牛鼻子"问道。

　　"这样吧哥，既然不打不相识，都是一家人，别让巡防队参与了，咱们自己关上门处理这事，行不哥？"季天翔回道。

　　"翔子，说实话，我这才弄明白来龙去脉，我带来的人不懂规矩做事儿也不行，他们自己的屁股自己擦，你看着处理吧！刚来这几天就弄出了这种事儿，丢人现眼！牵扯你们还好说些，要是换了别家队伍，我都没脸去跟人家解释！"也是真生气了，"牛鼻子"咬牙切齿地对季天翔说道。

　　"只要确定了是哥的人，您就啥都不用管了哥！只管忙您的去吧，您在这里也不好说话，哥，放心。好吧！这件小事儿就交给小弟处理了！"听季天翔如是说，"牛鼻子"也不好说什么了，挥手把瘦高个子老板叫过来，向季天翔作了简单介绍，把事情向两人简单一交代，就皱着眉头顺步梯走下了钢架。

　　季天翔一摆手，把好伙计"兔子"招过来，又是一阵咬耳朵，"兔子"很知趣儿，挥挥手就带几名巡防队员和执勤警卫离开了现场。

　　瘦高个子队长目送"兔子"一行远去，上前就可劲怼了大胖子两拳："傻蛋，你以为就你聪明？谁家的东西都能随意拿？刚来几天就给我惹这么大丢人现眼的蠢事儿，这回知道厉害了吧？有本事出力挣大钱不丢人，偷别人家仨瓜俩枣的东西能发大财？还不把东西全部还给人家！不送你们去派出所公安局就烧高香了，以后千万记住在哪里干活都别手长，伸手必被捉……"

　　时间不长，对峙双方握手言和。

交流中，季天翔才闹明白，对方也是曾经的受害者。

他们刚进施工现场的时候，在升压站焊铁件，以为电焊机可以随便放，晚上下班的时候不用收工具，被人端了窝，虽然只有两台电焊机，但心里一直窝着火无处发，断定这个乱哄哄的施工现场，弱肉强食，适者生存，才有了昨天晚上的幼稚举动。

殊不知，升压站那块儿离电厂围墙不远，经常三更半夜遭越墙贼惦记，就中了招。但主厂房和锅炉钢架区域相对封闭，警卫管理严，特别是个头相对大些的工器具，基本上是没有盲点的，一物一登记，进出要盘查，他们这是自投罗网。

当天晚上，"牛鼻子"在电厂附近一个相对高档些的酒店，操持着邀了一个场，订了一个不大不小的单间，表哥、崔老板、季天翔、马师傅、瘦高个子队长、大胖子等都有份儿，一桌子本来不相干的"兄弟"推杯换盏，喝了个痛快。临散场时，"牛鼻子"还念念不忘让大家"对自己的队伍罩着点儿"。

经过大堂收银台的时候，瘦高个子队长欲上前掏兜结账，才得知崔老板已经提前把账结完了……

第八章

季天翔这段时间的工作堪称如鱼得水、意气风发，不但识图、焊接、管理等各项技能齐头并进，就连擒拿术和形意拳也是练得得心应手，功力倍增。

正在这突飞猛进的节骨眼儿上，表哥却意外惊喜地争取到了一个招工指标，这是多少人、多少年梦寐以求的好机会啊。表哥迫不及待地通知季天翔时刻准备着离开崔老板的队伍，特招进厂干正式工，还在通知季天翔之前告诉了崔老板。好事成双，正巧单位又组织了一个高端的高压焊工培训班，还能趁机参加走正规培训的路子，时机千载难逢。

好不容易才从老总那里争取到了一个招工指标，兄弟俩见面的时候，表哥难掩"喜出望外"的得意神情。之前电话委托在国家电力部工作的同学给单位老总办了一件"小事儿"，没想到顶头上司真仗义，竟然如此想方设法地回报自己，距一年一度的招工时间还有好长时间呢，就把季天翔的特批名额给提前确定下来了……

热火朝天的电建现场、甲方乙方的"猫鼠"周旋、职工地位的三教九流，季天翔已经了解透彻并深有感触，发誓一定要走自己的路子，靠真本事吃饭，绝对不做唯唯诺诺的小喽啰。起初，季天翔说啥也不愿意去招工当工人，但耐不住表哥晓之以理、动之以情的"狂轰滥炸"，最终还是被迫妥协了。

虽然季天翔对招工不心热，但对难得的培训机会却如饥似渴，甚至还有些小激动。去培训班报到那天才知道，痴迷管道焊接的小娟儿也去了，原来她表舅是省电力工业局里的三把手，本来给她安排了很体面的坐办公室的正式工作，但她也像季天翔一样就一门心思地想干电焊工，表舅拗不过她，又得知电力系统在这里办了高端焊接培训班，就顺便要了一个指标安排她到这里学习来了。

两位年轻人报到见面的时候，季天翔吃惊地发现，脱掉工作服的小娟儿远比着工装的小娟儿好看多了去了。淡淡的轻妆、青春而又不失高雅的阳光服饰，不但漂亮，活生生就是一副人见人爱的鲜美人坯子。

对于季天翔的到来，小娟儿也感到很惊讶，瞪眼看季天翔的神情饱含满满的爱意，季天翔也心跳加速了大半天儿才稳下神来，有几次实在忍不住与小娟儿对视、凝目、浅笑，脸上火辣辣的。

"姐姐，好久不见啊，真没想到能在这里遇到你，真是……真是……有缘何处都相逢啊……"季天翔心情超级爽，说起话来头上一句脚上一句地有些飘飘然。

"还是老样子啊，说话没个正经儿，谁和你有缘了？那老话儿是那么讲的吗？"小娟儿红着脸指向季天翔说道，粉指几乎就戳到了季天翔的眉心，季天翔机械地躲闪了一下，小娟儿竟然没有像往常那样得逞，短暂的相视之后，两人默契地拍掌哈哈大笑起来，笑得前仰后合。

"是啊姐姐，应该说'千里有缘来相会'才对。"

"翔子，这么长时间没见面，你的武功进步神速啊！我的'一指禅'都点不到你了。"小娟儿不再接季天翔的话茬，话锋一转说道。

"怎么啥事儿都逃不过姐姐的手掌心？仅此一招就试出来啦？"季天翔也收回笑脸问道。

"还需要出第二招吗？看来你是练武把脑子练笨了。以前姐姐出手点你的眉心，啥时候失手过？刚才那一躲，看似随意，其实是你的功夫大有长进了。"小娟儿边说边又伸出右手食指点向了季天翔，季天翔又机警地躲开了。

"不许动，必须让我点中一下你的眉心才行，不然，姐姐就不理你了！"

"弟弟从来都是听姐姐的话，不动就不动，你点，你点吧！"季天翔边说边眯眼儿将头夸张地伸向了小娟的身前。

话音刚落，小娟儿一招突袭，不偏不斜正中季天翔眉心。

"姐姐骗弟弟呢，还说弟弟进步了，您的一指禅功夫简直就是突飞猛进啊，我还没有准备好呢，就糊里糊涂地中招了，吓了我一大跳。"

"你以为就你在天天练功？姐姐也没有闲着，天天都把安全帽当作你的狗头练一指禅点穴功，咋样，大有长进吧？哼！从今往后看你还敢不敢招惹我！"

听小娟儿如是说，季天翔虽然清楚她说的都是些久别重逢后的"责备"话，自己挨了数落反而感觉心里很享受，但不表态不言语，只是盯着小娟儿的脸嘿嘿嘿地傻笑，笑得小娟儿也跟着嘿嘿嘿地笑。

签到登记的时候，季天翔才第一次得知小娟儿的学名全称叫杜月娟。

"今日初闻姐姐尊姓芳名，让小弟不由自主地联想起了声名显赫的上海滩三大亨之首，没想到姐姐竟然取了个这么响亮的名号！钦佩之至，钦佩之至啊！"出了培训中心办公室的房门，季天翔嬉皮笑脸地对杜月娟说道。

"啥意思？电视录像厅里泡上瘾了？张口闭口上海滩、上海滩的，好像那上海滩就是你家后院儿里的私人地盘似的！咋和姐姐我扯上关系了？"杜月娟厉声"质问"季天翔道。

"怎么？姐姐竟然连上海滩久扬威名的杜月笙都不知道？现在的录像厅里都演疯了，那可是个厉害角色，就连蒋委员长都上赶着与他拜把子呢，按辈分推断，那杜月笙应该是你哥！"

"那应该是你哥好不好！你不是常挂在嘴头上一句话吗，五湖四海皆兄弟！还我哥！胡说八道啥呢？脑袋没发烧吧？我都不知道尔说的那杜月笙是干啥的？我也从来没有听说过啥上海滩啥几大亨。来，来，来，伸过小狗头来让我摸摸，是不是发热被烧糊涂了？"

"不会吧我的傻姐姐？你真不知道杜月笙是谁？难道真没看过发仔主演的红遍中华大地的《上海滩》？"季天翔闻听杜月娟要摸自己的头，正巴不得呢，便不躲不藏，装着没事人儿似的顺从地把头伸给了杜月娟。

"怎么不会啊？那乌烟瘴气的录像厅我几乎就没有进去过，我咋知道你说的杜月笙是谁？离我远点儿，还真以为我要摸你那脏兮兮的小狗头？"杜月娟边说边装着讨厌的样子皱起了眉头。

"我季天翔发誓，天地良心，为了今天的报到留下好印象，今天早晨刚刚洗的头，不过，因为洗头膏用光了忘了买，只好用洗衣粉代替，仔仔细细地洗了三遍，干干净净，姐姐如不信请亲自来闻闻，洗衣粉的香味儿，沁人心脾……"

"你最好能以最快的速度在我杜月娟的眼前马上消失，眼不见心不烦，不就是用洗衣粉洗了三遍狗头吗，有啥好炫耀的，还成光面事儿了，至于吗？"

"好好好，好好好，就此打住，洗衣粉洗三遍狗头的事儿不再提！既然姐姐也不清楚《上海滩》，咱也不再说三大亨五大亨了，管他杜月笙是谁，咱不认这个哥！"季天翔边说边跑，杜月娟在后面穷追不舍，俩人一路小跑儿，嘻嘻哈哈。

坐下休息时，季天翔突然觉得此前与小娟儿在一起那么长时间，却从来都没有像今天这样反常地相互"不尊重"过，说来也怪，隔了这么久没见面，咋就如此双双"放肆"了呢？难道说，这就是电影中表达的"小别胜新婚"的黏糊劲儿？在与小娟儿分开的这段日子里，天天都像丢了魂儿的流浪汉，日思夜盼，时时刻刻都幻想着与她早日会面。想着想着，季天翔的思绪就不由自主地开了小差儿。

细心的杜月娟也装着没有看到季天翔的神态变化，抬头看向远方的大烟囱，相处的一幕幕放电影似的时隐时现，回头再看看呆若木鸡的季天翔，突然间就心跳加速了——日日想，夜夜念，苍天有眼，今天终于有缘见到了翔子。这世界真小，偏偏我俩就为了这共同的爱好，奇迹般地在这天设地造的培训班里再次相会了。翔子会不会也像我一样在天天想我呢？

你思，我想，各自心里都有相同但羞于出口的小九九。思来想去，二人言行举止中就安生多了。

季天翔先是帮杜月娟把重量极轻的一件行李包提上了培训中心安排的公寓楼——单位内部的招待所。也许是沾了表舅的光，也许是女孩子入住率低的缘故，杜月娟被安排在了四楼一个靠中间位置的豪华单间里，带卫生间的那种。季天翔住二楼，两个人住一间，走廊里有公共卫生间，室友也是焊接培训班的同期学员。

其实，学员们也都没有带多少行李，大都一大一小两个包，被褥、洗刷用品、餐具，房间里应有尽有，除了双人间没有室内卫生间之外，拎包入住即可。

刚刚安顿下来，吃中午饭的点儿就到了，季天翔拿上打饭的搪瓷缸子，噌噌噌地几步小跑就登上了四楼，一步两蹬，上去就敲杜月娟的单间门。轻轻敲几下，没动静，等了一会儿，再敲，还是没动静，又等了一会儿，再敲，边敲边小声地喊了句"姐姐，我是翔子"，话音刚落，房门就开了。

迟迟才把门打开的杜月娟，脸色儿看上去有些绯红，为啥？杜月娟不说，季天翔也没问。

季天翔未经杜月娟"请进"，就自家人似的几步跨进了房间内，心安理得地往大沙发上一坐，大搪瓷缸子"唧"一声自然地放在了沙发旁边的小茶桌上，小心翼翼地说了一句："姐姐，到饭点儿了，咱去食堂打饭去吧？"

"这么快就该吃饭啦？走吧！"杜月娟回道。

二人成双成对地来到单位大食堂"小炒"窗口，季天翔往里面递上两个招待所配置的大搪瓷缸子和两份炒菜的饭票，转身嘱咐杜月娟在这儿盯着别动，自己去排队买馒头去了。毕竟与大锅菜相比，单炒小菜儿价格悬殊，吃"小炒"的人相对较少，两个悠闲的窗口都不用排队，不像大锅饭，二十多个大窗口卖饭，一个窗口两名售饭工，还得排老长老长的队。

打回饭菜提好水，来到杜月娟的房间才发现，两个人事先约定好了似的，都没有带筷子，事先以为通知上说招待所配有餐具，以为有筷子呢。

季天翔拍拍自己的眉心说道："咱干电焊工的，筷子这点儿小事还能难住咱？姐姐稍等，弟弟立马就杀回来！"

眨眼儿的工夫，站在四楼走道栏杆里面的杜月娟就看到季天翔的二手破自行车已经飞奔到了楼下。培训中心离公寓楼不远，季天翔报到时看见门口有焊大铁门的工人，知道那儿有现成的电焊条，就去跟人家要了一小把。

"这玩意儿能当筷子用吗？不会有毒吧？"看到季天翔取回一把带着药皮的电焊条，杜月娟不放心地问道。

"当然能当筷子用了，又不是用了一次两次了，干焊工的，大家谁没拿焊条当过吃饭的筷子用，放心吧，没毒！先将就这一顿儿，晚上去生活区练功的时候，我顺便再买一把木筷子回来！别活得这么在意了，即便有微毒，用一次也不会有事的，来吧，来吧姐姐，菜都快凉了！"季天翔边说边把两根电焊条递向把手躲在身后的杜月娟。杜月娟依然将信将疑，但最终还是被动地接过了季天翔递过来的大"铁筷子"。

"翔子，刚才咱俩一起下楼去食堂打饭的时候，我发现咱们培训班的梅教练也住四楼，与我往西隔着三个门，咱俩在一个房间里吃饭，她会不会说咱啥？到底是女同志，小心眼儿细着呢，站楼上目送我们走了老远老远，我用眼睛的余光看到了她，也记住了她住的房间位置，但我没敢抬头往楼上看。要不，你以后别来找我了，咱俩想说话的时候，就约好了出去说，我这房间里有内线电话，你想给我打电话的时候就去服务台播我房间号，反正咱们现在培训又不加班，还过星期天，有的是时间。"还没有动筷子吃饭呢，杜月娟突然小心翼翼地对季天翔说了这样一段话。

"哎哟，姐姐，我以为啥事儿呢，现在都什么年代了？咱俩又没有做什么见不得人的事，走得端行得正，光明磊落，怕她干啥？该干啥干啥，走自己的路，让别人去说吧！菜凉了，吃饭，吃饭！"季天翔心不在焉地说道。

杜月娟不置可否，听季天翔这么说，也就拿起了焊条筷子开始吃饭，没再言语。

电焊条当筷子，细，且沉，得使劲儿夹才行，但比木筷子上菜，两人吃得有滋有味儿。杜月娟红着脸将自己缸子中的一块肉快速地夹到了季天翔的缸子里，季天翔没事人似的伸出两根焊条放在了自己的嘴里，没完没了地嚼，还不住地吧唧嘴，但两人谁也不说话。

吃过饭欲分手下楼的时候，季天翔扭头对杜月娟说了句："记着，咱们下次吃饭的时候，一定要听到我的声音再把门打开！"杜月娟好像没有听懂季天翔说的啥意思，没啥反应。

梅教练分配两人一室的训练间时，把季天翔和杜月娟分在了一个架子上，两人共处一单间儿，9号间。

"把咱俩分到一个屋里，梅教练这肯定是故意的，你说呢？"杜月娟问季天翔。

"你别说，还真有那种可能性，让我将将……让我将将这前因后果……咱俩报到击掌的时候正好撞上了她，去食堂打饭的时候也正好被她看到了，想必在你房间里一起吃饭也逃不出她的法眼……这事儿，八成是你想的那样……不过，这不正中咱们俩下怀吗？我正准备着如果分不到一起就向她提要求呢，用不着了！"季天翔"老谋深算"地分析了一番。

杜月娟也不住地点头称是。

梅教练的焊接技术果然名不虚传，老师示范，两位学生拿着面罩如饥似渴地地看，梅教练只焊了一个完整的小口径碳钢管焊口，就让季天翔和杜月娟目瞪口呆了，那小口儿焊的，细密无瑕，堪称精品！不愧是连续两届全国焊接技术大赛金牌得主的"常胜女将军"，焊口如其人，漂亮精致极了。

　　围着梅教练焊就的示范焊件，翻过来，掉过去，痴迷焊接工艺的季天翔和杜月娟，时而欣赏其外观，时而交替着用长焊条挑起管段，借助窗外的阳光欣赏管内漂亮的焊口，那规范的运条曲线、精美的焊接接头，就连单面焊接双面成型的难点也发挥到了极致。

　　二人极力模拟着梅教练刚才的焊法，用焊条一遍一遍地在地上比画，根据自己的记忆完善、补充、定方案。刚要商量着上架正式模拟施焊的时候，这才发现，梅教练不知啥时候已经离开了9号间，两人竟然专注至没有丝毫察觉。

　　按照梅教练的嘱咐，第一步先练习吊口，也就是两段管子水平置放，相对其他焊法简单易学，但入门容易提高难，想要练到老师的水平，就更不是一朝一夕的功夫了，要经受耐力、数量和悟性的三重考验。也正是因为位置易于操作的缘故，日常验收实践中，对吊口焊接成型美观度的期望值普遍要求较高，焊接易，标准高，最难练。

　　从事焊接工作的人都知道，管道吊口焊接的核心难点就在于焊口底部的那一"点"，也就是整个焊口施焊过程中的第一步，以小口径管道为例，能把这最初的几毫米焊好了，这个焊口就成功了一大半，也为另一方向的对称接头打好了铺垫，是事关焊口成败的重中之重。

　　由于自然下垂的缘故，稍有不慎，或者电流强度调整得不贴切的情况下，高温熔化后的"铁水"就会往下滴，有时把焊道母材中的溶液带走产生漏洞，有时勉强留下而产生了焊瘤缺陷，有时为此接不上头……哪个环节出现了问题，都必须要推翻重焊，很麻烦的，如果遇上考试比赛，一不小心就会焊出一道失败的焊口，无可救药。

　　季天翔和杜月娟二人交替着滚动着管子专练吊口下面的那几毫米的一个"点"，一连五天都在练，越练越没有感觉，越练越没有看相。梅教练看在眼里记在心中，但一声也不言语。直至练到第六天，二人的信心几近崩溃时，梅教练才终于微笑着出妙招指点迷津了。

　　"我再给你们示范一下这吊口下面的那个'点'，看仔细了！"梅教练人长得漂亮，脾气也好，不多言不多语，一天到晚慈眉善目的。

　　"先找出底端的分界点，再从分界点往对面尽量伸焊条，具体伸多远，没有绝对的尺寸，要根据自己的日常施焊习惯和舒适度而定，起火要薄，要提弧，要让这个'点'所处位置充分受热，以便去对面接头时能从薄到厚渐进契合、自然过渡。"

"不要认为你们这几天的练习都是无用功，老师天天看着呢，你们的手腕准星和力度包括眼力见儿都提升很快，这是焊管子的必练基本功，要长期苦练。一拿焊钳手就哆嗦，焊条乱画乱点，一辈子都练不成好技术，你俩都很执着很优秀，肯定能练好，照老师说的练，成功指日可待。再练一天的'点'，从明天开始，为了提高兴趣和全面发展，就可以开始练焊全口，别再心烦意乱地纠缠这一个'点'了。"梅教练边毫无保留地教他们，边给他们俩不住地鼓着劲儿。

老师的法子还真灵，从"点"到"面"的自然跨越，竟然瞬间让二人提足了底气儿，每人第一个小试锋芒的焊口就令自己心中"窃喜"了，甚至差一点儿就下定决心拿着焊件向老师求赞去了，但最终还是达成了共识没有去炫耀。但梅教练自己却不声不响地来了，也探下身子仔细看过他们的焊件，啥话也没说。

季天翔察言观色地看出来了，老师很满意，杜月娟却不认同，说是专门观察了老师的表情，满意不满意，她啥也没看出来。

时间过得飞快，转眼之间25天就悄没声地过去了，梅教练终于口头给他们发了小口径碳钢管吊口焊接技术的合格证书："你们的吊口已经达到了上岗的水平了，从明天开始练横口吧。"二人如释重负，终于率先在学员们中间闯过了第一关，他们欣喜若狂了好半天儿。

小口径横位焊口的打底儿，也就是第一层焊缝，与吊口不同，要尽量做到焊条与焊道成45°角或更小，以电弧刚刚好托住铁水不流下来为标准，还要平衡焊口两侧的铁水量和热量分配，是有其专用焊接规范的。

打底后的横口相对于吊口的焊接速效要高多了，连续跑焊即可，不需要像吊口那样费力费神地担心铁水下坠而点焊，只要把焊条的角度把握好，电流强度稍稍调低一些，电弧的吹力完全能把铁水托住从左往右匀速运条即可。往往一个吊口还没有结束，两个横口却早早地就焊完了。但横口外表的美观度很难把握，是整个横口施焊过程中的最大难点，特别是焊层之间的叠加衔接，既需要下一番苦功夫，还要用心去揣摩才能逐渐找准感觉。

有一天，杜月娟实在是练累了，看上去晕头转向的，便自行坐下休息，也不再监督季天翔正在操作的焊口焊得怎么样了。季天翔见状，也无声无息地坐了下来，杜月娟随手递给季天翔一杯水，季天翔问道："姐姐，是不是太累了？"

"不累，不累，就想坐下来思考思考再焊！"杜月娟随口答道。

"你知道咱俩为啥天天拼命练，却从来不喊累吗？"季天翔又问道。

"不清楚！不过，看你那坏笑样，你小子八成儿又要开始胡说八道了！"杜月娟斜眼儿瞄了一下季天翔说道。

"哪能呢！我就琢磨着，有些老俗话说得还真对，男女搭配干活不累，姐姐，这句话在咱们身上活灵活现地应验了！你说是不，姐姐？"季天翔注视着手里杜月娟刚刚递过来的水杯，边说边做沉思状。

"我刚才咋说来着？你是不是老毛病又犯了？省省吧你，真想用电焊焊上你的嘴……"杜月娟边数落边用右手食指习惯性地指向季天翔的眉心，季天翔又一次机灵地逃脱了杜月娟的"一指禅"。两人又一次哈哈大笑，瞬间就笑走了所有的疲惫和枯燥。

"姐姐，咱说点正经话，'老虎'师父这几天休假回老家，今天上午刚走，我难得晚上有空，咱姐弟俩去看场电影吧，今晚上映《归心似箭》，虽然不是新鲜出炉的新片子，但也不算太老，挺励志的，看看去吧？"季天翔收回说笑，真诚地邀请着杜月娟。

"晚上再说……看电影……晚上再说吧……"杜月娟吞吞吐吐地回道，毕竟对他们二人来说，搭伴儿看电影这事儿还是第一次涉足，杜月娟有些犹豫也情有可原。

"不就是请姐姐看个电影吗？多大的事啊？优柔寡断的，还再说，跟谁说去？咱这就说定了，吃过晚饭我就提前去买票，买上票再回来邀你！"季天翔"强势"地说道。杜月娟脸一红，但啥话也没说，女孩子就是女孩子，成双成对地去人山人海的公共电影院还是有顾虑的。

季天翔很下本儿，电影票花了双倍的钱买了高价双位雅座，身前还有一个小置物桌，虽然不是单间，但独立隔断也不错。开演的时候，刺眼的大厅灯一关，电影院音响里的高音瞬间就罩住了叽叽喳喳的喧嚣，感觉就像两人包的专场一样，隐隐约约中，一下子就进入了如梦如幻的二人小世界。

时间不长，一小袋散装瓜子就被季天翔和杜月娟嗑掉了一小半儿，一毛钱两块的冰棍儿也吃得只剩下木棍了，二人似乎被扣人心弦的剧情所吸引，相安无事。眼睛也早就适应了大厅中忽明忽暗的温淡光线，至少能看到对方脸上的表情。

季天翔伸手递给杜月娟一小抓儿瓜子，杜月娟不大一会儿就嗑完了，季天翔再递，重复无数次，俩人谁也不看谁似的两眼均盯着大屏幕，一切都是那么顺其自然。

突然，季天翔有意无意地抓了一下杜月娟的手，只有短短的一两秒钟，杜月娟机械地往回缩了一下，但没有逃脱，便不再往回抽，任凭季天翔紧紧地握着。

"姐姐，你手心里全是汗。"季天翔歪头靠近杜月娟的脸说道，但眼睛却目不转睛地盯着大屏幕。杜月娟没回话，只是轻轻柔柔地稍微使劲儿攥了一下季天翔的手，似乎没有听到季天翔说的话，两眼儿也是故作镇静地紧盯大屏幕不放。

"你手心里也有汗！"见季天翔没有了动静，杜月娟也往一边侧了一下身子轻言细语地说了一句，季天翔听得清清楚楚。

"有，但没有你手心里的汗多！你左手心里肯定也有汗，来，姐姐，伸过手来我摸摸。"季天翔边说边伸手拉过杜月娟的左手。

"姐姐，你手心里的汗热，不是冷汗。"季天翔说道，声调有些高，惊得杜月娟四下张望，生怕有熟人听了去。

"啥意思？你手心里的汗是冷汗？有啥区别吗？"杜月娟反问季天翔。

"俗话说，手心手心，双手连着心，你手心里的汗是热的，心里肯定热，热由心生，手心就是心中的晴雨表，姐姐。"季天翔双手握住杜月娟的双手说道，时松时紧，握得杜月娟双手开始发烫，潮乎乎的烫。

"又来了，这是俗话说的还是你说的？我咋没有听说过你这样的俗话，不过，好像你分析得蛮有道理。"杜月娟笑说。

"俗话里当然有这一段了，从老辈人那里听来的，不然我哪里能即兴把'手'和'心'分析得那么深刻？我可没有那么大的本事，姐姐比我多喝了两年的墨水，学问肯定比我大，姐姐心里啥都有，但姐姐就是不肯说。不过，谈老俗话，姐姐确实不如我知道得多。"季天翔借机炫耀着自己经常演绎的"老俗话"。

"我承认！你懂那么多的'老理儿'，这方面我确实不如你，那你用老理儿说说，我心里热个啥劲儿？为啥热？"杜月娟依然温声细语，但明显开始富有了挑战性。

　　"人的'心'就像发电厂里的汽轮机，是核心中的核心，精准机密，话题比较深，姐姐比我有知识，我不敢在姐姐面前班门弄斧，怕说错了姐姐笑话我。"季天翔故做谦虚状，但其昂首挺胸的做派露出了满满的自信。杜月娟看在眼里明在心中，但啥话也不说。

　　"说，实话实说，姐姐愿洗耳恭听，说错了也不笑话你！"杜月娟向季天翔下达了"指令"。

　　"那好，我就献丑了。此事说来话长，姐姐心热的根源在我季天翔，你知我知，天知地知，正可谓心照不宣，动力十足！咋才能心不热？就像汽轮机一样把高温高压的水蒸气排出来，通过冷水塔，凉了，自然就不那么烫了，老理儿就这么简单！但人的'心'又不完全等同于汽轮机，要想把心火降下来，只有一条路可走——把心里的真心话吐出来。真心话就是火热火热的水蒸气，一样一样的道理，不信你现在就试试，把你心里想的啥实话实说，毫无保留，保管你手心里接着就出冷汗！"季天翔扭过头来凑近了对杜月娟说道。

　　还没等杜月娟接话呢，季天翔就把目光收回来又立马放了回去，盯着杜月娟目不转睛地看，把杜月娟看得魂不守舍，羞答答的浑身不自在。

　　"看啥？又不是没见过，傻样！"杜月娟努嘴厉目"责怪"道。

　　"刚刚才发现，姐姐今晚穿的衣服特别特别漂亮，跟人特搭配，大明星似的。"

　　"真会夸奖人，这大半天了才发现？啥眼神？俺不信你说的是心里话！"

　　"不相信？你摸摸我这手心里全是冷汗，说的都是大实话呢！只顾欣赏姐姐的人漂亮了，还真没注意看衣服呢，姐姐，我从来都没有见过你穿这件衣服，啥时候买的？真好看呢！"

　　"行了，先别说衣服的事了，'热汗冷汗'的事还没有说清楚呢。姐姐问问你，你这手心里的汗咋又那么多那么热了？"杜月娟冷不丁儿问一句，把季天翔问愣了。

　　"这……这……那还用说吗？都是与姐姐一模一样的……热由心生……"

　　"那就像汽轮机一样的往外放放高温高压的水蒸气，让姐姐看看，摸摸，冷却一下，你心里的水蒸气是啥颜色的？唬谁呢？我又不傻！说说吧，你心里为啥热？"

"姐姐让我说实话不？"

"这话等于白问，说假话还不如不说！"

"好姐姐，少安毋躁，先看会儿电影，累了，容我歇会儿再说。"季天翔也有些红了脸，笑得杜月娟几乎出了声，还怼了季天翔一粉拳。

"必须说，现在就说，不许狡辩，也不许停下来现编现卖，一句假话也不许说……"杜月娟突然像被激怒了似的，向季天翔再次下达了一连串的指令，让季天翔有些不知所措。

"好，好，姐姐别急，我现在就说实话！关于手心里出热汗这个事儿，我还真有深入的思考和独到的见解，现在就说给姐姐听，但实话挠人心，姐姐听了千万千万别脸红心跳……"

"别卖关子了，直接说出汗的事吧……"杜月娟的话音刚落，还没有等季天翔开始"深度剖析"手心热汗的话题时，电影院里的大灯突然亮了起来，亮得事先没有一点儿察觉，让人突觉梦醒了似的。

杜月娟伸手一招"心狠手辣"的一指禅点穴功，乘其不备向季天翔点去，边点边说了句："电灯救了你的场！"但季天翔佯装啥都没听到，轻松加愉快地就躲过了杜月娟惯用的小招数。

二人手拉手被动地被人流挤出了电影院的大厅，季天翔在前面开道，杜月娟扯手紧随并不时害羞地四下观察。

还好，自始至终没有发现熟悉的面孔。

第九章

　　拉手看过首场电影的第二天一大早，季天翔和杜月娟刚在9号室收拾好训练的一应工器具，还没来得及合上电焊机的电闸开关，梅教练就急匆匆地走进来了。二人有些疑惑，你看看我，我看看你，一脸茫然，老师从来都没有这么早来过训练室，一次都没有过，这次怎么了？是不是找我们有啥急事？

　　"老师，这么早？"杜月娟抢先向梅教练打了一声招呼。

　　"你们早！看过昨天的电影《归心似箭》你俩有啥感受？"梅教练突然问道。

　　二人大吃一惊，异口同声地说了句："老师，您昨天晚上也去看电影了？"

　　"是啊，在你们后面，隔三排。"梅教练挤眉弄眼地说道。

　　"老师，昨天晚上天太热，净出汗了，手心手背都是汗，也没看出啥道道儿，年轻人也就是凑个热闹，哪有啥感受？老师看得深，给我们讲讲呗？"季天翔深知梅教练此来的用意，先给自己和杜月娟打了一道防火墙，说得貌似很随意，其实心里满是冷汗，紧张的冷汗。

　　听季天翔"大言不惭"地向梅教练提出"手心手背都是汗"，杜月娟也有点小紧张，生怕季天翔说漏了嘴，把昨晚"热由心生"的热汗小秘密说出来，更加冒了冷汗，手心里凉飕飕的，但冷汗的背后充满了浓浓的期待，季天翔"汗"字重提，杜月娟心里很快就笑开了花。

　　"这可是一部常演不衰的好片子啊，我已经第三次看了，每次看都有新的感受。赵尔康演得很好，斯琴高娃演得也不错，不愧是八一厂的大片，有激情。魏得胜精神可嘉，在生命和心理受到双重考验、备受煎熬的日子里，心中始终牢记着一名革命军人的崇高情怀，心灵之美和革命理想集一身，几度宁死不屈，在金钱、死亡和爱情面前经受住了考验，终于重穿军装加入了行军的行列。"

"主题曲《雁南飞》唱得也是钻心入肺，唱出了玉贞渴盼大雁归的真爱心声，'雁叫声声心欲碎，且等春来归'，多好的歌词啊，简直揉碎了观众的心，人间真爱感人心啊……"听得出，梅教练不仅仅是来此探爱情机密的，也是真的入了戏抒发感慨来了。

"还是老师思想深刻，像看焊缝一样看得透彻……"杜月娟小心翼翼地附和着梅教练。

"哪有你说得那么神！只是多看了几遍，有点小感悟而已。不像你们年轻人，前卫，含蓄，有品位，还能借助电影场景擦出爱恋的火花！"

"老师……老师……"

"小姑娘，脸咋红了呢？好了，咱们言归正传吧！从今天开始，你们两个可以开始焊拍片口了，各种焊位的口都要拍片，先完成一套试一试，我专门从焊件室申请了机械加工好了的标准坡口管段，你们一定要瞪大眼焊仔细了！"梅教练从《归心似箭》中回过神来，离开9号室前顺便安排了下一步的工作。

听到拍片口，季天翔和杜月娟比梅教练说的电影中的主人公还要激动，毕竟高压焊口练到这一步，在众多学员中率先焊接拍片口，这是教练对他们的最高褒奖，也是莫大的欣慰。梅教练刚出门，两位年轻人就迫不及待地击掌庆贺了，不承想正赶上梅教练不经意间回了一下头，看了个正着，让两人脸红到了脖子根。

杜月娟蹑手蹑脚地走到训练室门口左右瞧了瞧，回过身来把右手食指立在嘴前对季天翔说道："啥也别说了，咱们必须再看一遍《归心似箭》去……"还没等把话说完，两人就前仰后合地哈哈大笑了起来并拍掌示默契。原来，季天翔几乎同时对着杜月娟说出了同样的话，虽然有一点点的时间差。

本来以为拍片探伤口焊得非常成功了，外观也非常漂亮，但拍片结果出来以后，季天翔和杜月娟大吃一惊，夹渣、气孔，甚至群孔，瑕疵多多。

"太失败了，不应该啊，焊得挺好的啊，感觉没犯啥忌讳呀，怎么能发生这么多缺陷点呢？"季天翔沮丧地蹲在地上自言自语。

"我焊管子口时间短，手生，你不是在现场广东队里焊得挺好的吗？况且还都是正式工程上的探伤口！反正我是没见过，都是你告诉我的，那时候不会是在我面前故意吹牛说大话的吧？"杜月娟质疑着季天翔，很认真的样子。

"你认为我有可能骗你吗？在现场又不是干了一天两天了！别烦我了，信不信由你吧！"季天翔的话中捎带出了火药味，呛得杜月娟背过脸去，噘着小嘴不再理他。两人也不再练习，双双坐在地上铁青着脸，谁也不和谁说话。

对季天翔和杜月娟"情有独钟"的梅教练，似乎未卜先知，啥也逃不过她的法眼。二人坐了不大一会儿，她就走进了9号室，进门便问："你俩焊的口拍完片子了吗？结果怎样？拿过来我看看。"

还没等季天翔起身，杜月娟已经率先迎了上去："老师，别提了，俺俩焊的都不合格，缺陷还很多，我们正停工思过呢，苦思冥想了这么半天了，还是不知道原因出在哪里。"

"我说呢，你们俩这屋咋没有动静了，连电焊机都关上了，原来是遇到瓶颈了。把委托单拿过来，我看看，为师给你们把把脉！"梅教练毕竟是经历过大风大浪的"金牌教练"，不慌不忙，胸有成竹的样子。季天翔和杜月娟听了之后，就像吃下了定心丸，反正梅教练是专家，一看便知，双双露出了期待的眼神。

"我就知道会是这样的结果……"梅教练先是仔细验看了季天翔和杜月娟探伤后返回来的焊件焊口，里里外外验看得很仔细，之后，又用心看过实验室出具的委托单上的数据后才对二人说道。

"啊？！老师，您早就知道会这样？"季天翔和杜月娟几乎异口同声地吃惊道。

"是啊，我等了你们老长时间了，本来以为你们在焊拍片试件前会去办公室找我提条件，但遗憾的是，你们却没有去找我！"梅教练分别指着二人说道，非常认真的样子。

"提条件？老师您在等着我们向您提条件？反正我是越听越糊涂了。求求您了梅老师，请您尽快地给我们指点迷津吧，我们都自卑死了！"杜月娟着急忙慌地对梅教练央求道。

"也不隐瞒你们，实话实说，但你俩不能骄傲。我仔细看了焊口，也仔细分析了探伤数据，可以肯定的是，你们焊的焊件已经很优秀了，应该没有多大的问题。"梅教练慢声慢语，若有所思。

"为啥实验室探伤的结果那么多气孔和夹渣？"杜月娟又向梅教练提出了心中的疑问。

"问题的症结就在这里。这几个失败焊口的起因不在于你们没焊好，而是在于焊材。想想看，咱们培训中心为了节约资源，这些短管焊件都是从工地现场退役下来的，又没有分别甄选归类或做光谱分析，材质五花八门，有可能你们焊的这些焊口是两种截然不同的材质强行组合在一起的。再加上焊条的因素，虽然，你们也按操作规程进行了烘干，使用时也运用了保温桶，但你们有没有发现，这些训练用的电焊条，很多也是从施工现场淘汰下来的，有的受过挤压或碰撞而伤痕累累，有的经过水泡泥浸，干正式管道时是绝对不允许使用的，即便是使用了，探伤时也会返工重焊的，你们用心想想是不是这个理？"梅教练不厌其烦地向季天翔和杜月娟讲解着失败焊口的前因后果，只听得两位年轻人心服口服、连连称是，沮丧的情绪瞬间被瓦解。

"老师说得很对，我在施工现场干高压管道的时候，只管闷着头焊，没有在意过焊材，主材和焊材分别都有专人管理，很严格的，出了事儿他们要负完全责任，你别说，还真没有往这方面想过，应该先知先觉向您汇报呢，真对不起，让老师失望了。"季天翔诚恳地对梅教练说道。

"我就更没有想到了，翔子此前还干过工艺管道的高压焊接，我在建筑工地上干习惯了，今天焊把铁锨，明天焊几个钢筋头，后天说不定又要去焊那些总也焊不完的预埋件了，那些焊件不讲究，焊条也不用烘干保温那么娇贵，啥焊条都能用，建筑焊工中还流传着一句话——孬好地点上一点，牛都拉不动！就别说焊得那么厚了。"

"看来，我要学的东西与翔子比起来要多了去了，咱跟着老师好好学吧翔子，差着十万八千里呢！"杜月娟有些小激动地说。说完还看了季天翔一眼，那种含情脉脉的眼神儿，被梅教练有意无意地看在眼里，脸上露出了不易察觉的浅笑。

"你俩也不用检讨、自责，我这里要说'失望'还不至于，也是我对你们俩的期望值过高了，你们年龄这么小，经验也没有多少，就按优秀成熟焊工的标准要求你们，也是难为你俩了。不过，这样让你们经点儿波折、加深一下印象也好，虽然不会刻骨铭心，但肯定记忆深刻。"梅教练诚恳地说道，说得二人心花怒放，心中重又燃起了精益求精、勇攀高峰的自信战火。

梅教练的眼力果真名不虚传，从季天翔和杜月娟焊口的外观中就能看出其焊口内部质量的端倪，二人从焊件室换领了专用合格焊件后的初次小试身手，便应验了老师的预言，每人三个全位置焊口，检测结果齐刷刷地全部合格，外观也轻松过关，几近完美。

真是强将手下无弱兵啊，梅教练教出来的徒弟的确不同凡响。

"一次两次探伤合格也不代表打开了通途而万事大吉，这里的施焊条件多好啊，单间，无风无雨，位置顺手刚刚好，但现场的施焊条件你们都亲身经历过，在哪里施工也不可能全部把焊口都给你们搬到这恰到好处、正得劲儿的位置，高空、狭窄，阴雨湿滑、严寒酷暑等天气因素也无法随着焊工的意志而转移，还有诸多意想不到的因素都能随时阻碍焊接技术的正常发挥，对成品质量形成了太多不可预见的隐患。"

"所以，你们千万不要因为今天的小成功而沾沾自喜，还需要下苦功夫，向熟能生巧要成绩，向千锤百炼要质量，才能保证走向工作岗位时能得心应手地去应对那些变幻无常的日常焊接工作……"梅教练也许感觉夸二人夸早了，又适时客观地替他们紧了一下。

"我们知道，差距不是一星半点儿呢，一切都按老师您说的去练！"季天翔信誓旦旦地向梅教练表了态，杜月娟也附和着连连点头称是。

离培训班结业还有最后十天时间的时候，3号和5号训练室里的四名小伙子，又相约结伴儿来到了9号室，还是一如既往、没深没浅地"挑逗"杜月娟。这几个年轻人越混越大胆儿，眼见二人不理不睬，以为怕了他们，便更加得寸进尺，仗着人多势众，一直都没有把单枪匹马的男子汉季天翔看在眼里过，季天翔碍于同班之谊，眼见他们也没有把话说得太过，就没有与他们撕破过脸皮，一忍再忍。

但这次不一样，四个家伙中午喝了酒，猖狂至极，甚至把矛头直接指向了季天翔，连"癞蛤蟆想吃天鹅肉"的话都用上了，一下子就把季天翔忍受到极限的火气点起来了，当场就动手了，伸手便将为首的一个大胖子揪到了训练室门外的空地上，其他三人见状，立马挽胳膊卷袖子参了战，大呼小叫的五个血气方刚的小伙子打成了一团。季天翔不愧是练家子，开战就未雨绸缪地迂回到了外面的开阔地。不然，在狭隘、拥挤的室内即便是满身功夫也难以施展开来。

四位预谋挑衅的小伙子虽然奋勇搏杀，但经不住季天翔几式闪转腾挪，看似轻手轻脚，实则专业到位，三下五除二，对手还没有弄明白是怎么回事儿的时候，交手双方已见胜负，除了季天翔一人除外，全都倒在地上皱眉吸气呻吟声一片。

季天翔挨个指着对手说："忍你们很久了，也不打听打听，老子可不是吃素的！今天给你们面子，都是同门师兄弟，何必苦苦相逼？今后如果再找茬儿，绝对不是今天的力道了，伤筋动骨那都是小菜一碟儿！倘若不服，再爬起来玩玩儿试试，俺绝对奉陪到底……"

突然间出了这么大的新鲜事儿，呼天喊地的大动静，培训中心几十号子人几乎瞬间集结在了季天翔等人的周围，把杜月娟都急哭了，一向慈眉善目的梅教练也发脾气大声呵斥着他们。

主任喝散了众人，把当事双方包括杜月娟在内共六名学员叫到了办公室，不审不问，上来就是一顿劈头盖脸的训斥："咱们培训中心，这么多年，从来没有发生过这样野蛮、影响极坏的群体打架斗殴事件，老子真想一把掐死你们！特别是小季，我听说过你拜'老虎'为师练习形意拳的事儿，但有功夫也不能随便就打人吧，还把四个人都同时打倒在地，能得你，君子动口不动手，无法无天了你，你先说说，为什么出手把人打成这样？"

季天翔本来心中的火气已经消耗得差不多了，主任的一番话又激起了复燃："主任既然不问青红皂白归罪于我季天翔，那我无话可说，如果您一定要我说，只能说他们活该挨揍，揍得轻！"

那四个"对手"大眼瞪小眼儿，听了季天翔的话，迫于其功夫，又心中深知理亏，本想上前"狡辩"一番，但终于没有人敢当第一个露头青。

"主任，这事儿不怨季天翔，他们几个人天天无缘无故招惹我，在宿舍、在食堂、在上下班的路上遇上了就不说好话，季天翔一次都没有向他们发过脾气，今天他们四个人搭伙儿去9号室挑衅，实在忍无可忍，季天翔才与他们动手打起来的，不信，您问问他们！"杜月娟边向主任申诉边用手指向垂头丧气的自找挨打的四个年轻人。

身边还有几个教练和培训中心的工作人员，通过杜月娟的一番解说，再看那四个挨打学员的表情，主任对事情的原委也有了七八成的了解。

主任的注意力从季天翔身上转移到了四个学员的身上："你们几个说说，今天的事儿责任在谁？如有半句假话，你们谁也别想拿到结业证书，别想再在这个圈子里干，也别想在这里多练上半分钟，不把事情说清楚，麻溜地立即拎包走人！"

"主任，这事都怨我们四个人，中午喝了一点儿洒，商量好去9号室给季天翔点颜色看看。平时，就想多接触一下杜月娟，也没有别的意思，季天翔一直在她身边守着，我们心中窝着一股火儿。今天的纠纷全部责任在我们，我们向老师、主任，也向季天翔、杜月娟道歉，对不起，给你们添麻烦了！"挨打的胖子郑健合主动上前向主任承认了错误并向大家赔礼道歉。

主任心里其实很清楚，杜月娟、季天翔、郑健合都有内外举足轻重的社会关系在这里，他谁也不想得罪，巴不得大事化小、小事化了，听有人主动服软儿，便顺水推舟，象征性地训斥了郑健合几句，征得双方同意后，这事儿也就算画上了句号，毕竟有人受伤也是皮外伤。

走出主任办公室的时候，季天翔本来想高风亮节地向四位师兄弟修复一下关系，但四人不理不睬，虽然嘴上不敢再造次，但那种昂昂不睬的神情，充分暴露了心中的不服，季天翔和杜月娟便不再言语，默不作声地走向了自己的9号室。

在主任室的这段时间里，梅教练除了说过一句"没事找事儿"的话外，始终一言不发，这让季天翔和杜月娟感到很意外。

季天翔和杜月娟正坐在训练室生闷气儿，梅教练进来了，指着季天翔就说："你这小子也忒大胆了，他们四个人呢，个个五大三粗的，今天这是你有实力，他们打不过你，否则，他们不把你打个腿断胳膊折才怪呢！"

季天翔和杜月娟见梅教练进来了，急忙起身站立，季天翔说道："老师，我今天真没有一丁点儿想动手的意思，但他们是谋划好来的，不达目的决不罢休，话说得很难听，我无所谓，杜月娟不行，都让他们说哭了，我忍无可忍，就教训了他们一顿，但我手上留着力呢，绝对没有恶意。"

"我当然知道！要不当着他们的面我咋啥话也不愿说呢？那个郑健合我了解，一天到晚一肚子坏水，从小就打架斗殴，他亲娘舅就与我们住对门儿，三年多了，我最清楚。本来想教训他几句，但碍于和他舅舅同事的面子，才忍住没有说。也不怕你们出去乱说，他舅舅本身就是个争强好胜的主儿，我估计这事不会就这么了了，事先提醒你们一句，当老师的也没有别的意思，防人之心不可无，没事儿更好。"梅教练突然说出这么一番话，让季天翔和杜月娟很是感激，梅教练确实对二人情有独钟地喜爱。

"老师放心，我不会轻易找事儿的，如果他们找我们的麻烦，我也不怕他们，估计他们真有想法，通过今天的较量，也得掂量掂量，我心里有数。"季天翔说着尽量让梅教练放心的话。

时间过得真快，紧张有序的培训生涯说结束就结束了，就连结业典礼也眼看眼就要成为过眼云烟了。双方过招之后的这段时间里，季天翔与郑健合他们也像啥事儿都没有发生过似的，关系不远也不近，高兴了就点头打个招呼，不高兴了就各自昂首挺胸地擦肩而过。季天翔本来心里想着，这事儿已成过去，也提不上仇恨，待分手时一定要主动上前与郑健合打招呼，但郑健合却没搭理他，季天翔这才相信，梅教练的担心是有先见之明的。

就在领到结业证书的当天晚上，季天翔和杜月娟相约去电厂生活区的"天天想酒店"吃夜宵，压根儿就没有料到冤家竟然如此路窄，竟然又遇上了郑健合他们几个也来吃夜宵，仗着酒力，郑健合不知又从哪里纠集了三名小混混打扮的小同伙相助，话不投机，又要大打出手起来。季天翔很沉稳也很理智，毕竟当着杜月娟的面儿也没有喝多少酒，清醒着呢，一看架势不对，就拉上杜月娟的手往门外走，郑健合他们也不含糊，呼啦一下就在酒店门外的空地上摆开了阵势。

"小郑伙计，杠上了？还找了帮手？没完没了是不？哥劝你别再次犯傻，不然老子今天就不会对你们轻拿轻放了，最后难堪的注定是你们！干啥呢，无冤无仇，还一起培训那么久，别逼老子出手！"季天翔不慌不忙，大声呵斥，郑健合四人吃过亏，自然不敢轻易靠近，想必那三个小混混也听说了对手的手段，自然也不敢上前。季天翔清楚，对方这么多人，也不像在培训中心，他们还有些避讳，这黑灯瞎火的，如果他们有备持械而来，自己还得护着杜月娟，最好能不战而屈人之兵镇住他们才是上策。

"杜月娟，替我抱着外套，翔爷今晚酒足饭饱该活动活动筋骨了，让这几个小子见识见识，什么才是正宗的'修炼一年就能打死人的形意拳'！"话音未落，季天翔潇洒地脱下了外套递给了杜月娟，一招凌厉舒展的白鹤亮翅把对手逼退了三四步，接着一招狸猫倒上树，回手一招转身蛇形，喊一句："小郑，哥不是吹牛，这一招就能让你的脖子断三截，不信，往前走两步，老子立马成全你！"

"哥，别练了，我认出你来了，咱们收手吧，今天就算什么事都没有发生过，不打不成交，俺早就想跟您交个朋友了，如果哥愿意，今晚我请客。您以前干过巡防队小队长，还是'虎爷'的亲传弟子呢！我三叔也认识你，说出来你就知道是谁啦，村里的'小六子'，与你们'虎爷'也算是打出来的老朋友，我都不好意思说，俺叔在方圆十里八村也算得上是响当当能拼能杀的一霸了，自幼习武，但与'虎爷'相比，用俺叔的话说，还真是'不在一个起点上'呢，他们俩打成了朋友，经常在一块儿聚聚，我没少在他们身前提壶倒酒地伺候。合子，拉哥进屋，请请咱哥！"帮手中的"小头目"边说边叫着郑健合向季天翔献殷勤。

别说杜月娟还在身边，就是杜月娟不在，季天翔也绝对不会与这帮乌合之众同场饮酒的。季天翔第一次听到别人称师父王天虎为"虎爷"，心中觉着挺受用也很好玩儿，看来师父的威名在当地的影响力远比自己想象的要强大许多。

虎爷，多么虎气的称谓啊，季天翔想着想着，脸上就不知不觉地露出了难掩的笑意，愣在一边多时的郑健合以为季天翔答应了他们的请呢，便欲上前伸手套近乎，季天翔却不友好了，抬手把郑健合挡了个透心凉："道不同不相为谋，弄不好哪天你又找几个高手来置我于死地呢，你走你的阳关道，我走我的独木桥，各便，各便！惹不起，我躲着你，行了吧！"

"翔哥，别说我们不是您的对手了，真不知道您还是'虎爷'的亲传大徒弟呢，我们心服口服，有眼不识泰山，请高抬贵手。都在一个电建圈子里混饭吃，以后打交道的地方多着呢，别跟我一般见识，还指着您以后罩着混下去呢！给个面子行不？小弟向您赔礼道歉了！"郑健合不得不甘拜下风，看来这回是真的心服口服了。

"既然哥们这样说了，咱们以后还是兄弟，本来也没有啥过节，这事从今天就了了，至于喝酒，我今天还有事儿，天也忒晚了，你们的心意我领了，我得送杜月娟回去了！后会有期！"季天翔边说边摆手推辞了郑健合的请求。

"小六子"的亲侄子眼见留不住，只好唯唯诺诺地与季天翔道别。

经此一"劫"，二人再无心思继续吃夜宵，直接进店买单走人了。

伴杜月娟回宿舍的路上，季天翔问了一句："姐姐，咋一晚上都不说话呢？"

"我说啥话？他们那么多人，一看那几个帮手也不像啥好人，快吓死我了，就怕你吃亏呢，这心里扑通扑通地跳了一晚上了，吓傻了呗。"杜月娟破天荒地在众目睽睽之下拉了一下季天翔的手说道。

季天翔好像没有感觉到杜月娟心理的微妙变化，也没有感觉到杜月娟对自己发自内心的担忧和亲近，只是不住地自言自语说着"虎爷，虎爷"的话，边说还边有滋有味地品着"虎爷"二字的浓郁味道。

这时，施工现场突然传来了一阵此起彼伏的咆哮声，瞬间响彻夜空。季天翔像受到了惊吓似的一把就攥紧了杜月娟的手，大喊一声："爽啊，又一台机组'大机吹管'了！"

"哎哟，一惊一乍，吓死我了，'大机吹管'又不是见过一次两次了，值得这么鬼哭狼嚎的吗？我以为你突发神经病了呢！"杜月娟猛劲儿抽回自己的手，挥指照准季天翔的眉心就是一绝招儿。

季天翔不躲不闪，结果还是没中招儿。

第十章

　　整工整晌儿将近三个半月，季天翔和杜月娟在"高端高压"焊工培训班里的收获和进步，用突飞猛进来形容已经显得有些苍白，经此一练，不但有效摒弃了以往那些民间土焊法、老架势、脱离科技进步的落后思维，还学得了焊接界顶尖高手言传身教的感悟和技能真传。季天翔去马师傅的施工现场，只帮着烧了一个高压小焊口，就惊得久经沙场的马师傅不住地称赞："不愧是经过高端正规培训的高压焊工啊，水平那不是一般的高，小子，你完全可以给师父当师父了！"

　　"师父，师父，您可不能这么说，您这是笑话徒弟呢！如果没有您毫无保留地给我打基础、费心费力地教我那么多，徒弟哪能有今天的进步啊？这一切成绩都是师父教导的功劳！"听师父如此夸奖自己的焊接技术，季天翔连忙起身真诚地对马师傅说道。

　　"我实话实说，丝毫没有刻意地夸你，你小子是幸运的，竟然得此千载难逢的好机会，不是谁都能得到的，你要珍惜，继续努力，加倍实践，才能长期立于不败之地！"马师傅深情地对季天翔交代说。

　　"行，师父，我啥时候都听您的话，一定好好干！"季天翔向马师傅表着态。

　　告别了师父，刚下到汽机房，就遇到表哥来寻："翔子，刚才培训中心的侯主任通知我，说是有应急外援任务，让你们明天晚上就要动身去京郊第二发电厂了，有啥该提前准备的拾掇拾掇，别临走了忙手忙脚的。"

　　原来，培训中心本期培训班刚刚结束就接到了上级指令，说是北京有一批兄弟单位负责施工的高压管道焊口大量积压，急需二十名成熟高压焊工援助，本单位施工现场正值施工高峰期，根本不可能一下子抽出这么多的高压焊工来，只能抽一部分。要求从本期学员中优中选优，挑选五名焊工直接上岗顶数，论技术排名，季天翔和杜月娟自然名列前茅。

但碍于杜月娟女孩子家家的，施工地点又在千里遥远的外地，她还是上级大领导的亲戚，培训中心便把杜月娟的名额给压下来了，这让杜月娟很是着急，无奈之下用培训中心侯主任的办公座机给表舅打了个电话，好说歹说才同意她去了，表舅还不厌其烦、事无巨细地嘱咐侯主任一定要安排带班人员照顾好杜月娟的工作和生活安全。

京郊第二发电厂，国家重点工程，新建项目，与多年运营连续扩建的康城电厂比起来，现代范儿十足，设计新颖、超前，装机容量大，安全质量管理流程规范，所有高压焊口百分之百最高规格探伤，让二十名援兵和带班领导柳明钟心中一惊，其中的十五名从施工一线抽调出来的熟练焊工倒还好说，季天翔一行五人虽然成绩优秀，但真刀真枪的大战经验不足，就显得有些不知所措了。

"你们五个听好了，特别是季天翔和杜月娟两人，年龄太小，实战经验少之又少，听我的指挥，你俩各自多报三岁的年龄，就说都有将近三年的高压管道焊接经历了。不过，你们几个也不用太担心，我听侯主任和师妹——也就是你们的梅教练说了，你们都是优中选优的培训班尖子学员，焊接技术已经非常优秀了，分配焊口的时候我陪着你们几个给你们现场助威，再尽量分配给你们几处位置容易施焊的焊口，有咱们十五位老师傅罩着你们呢，没事儿！凭你们的实力，按照操作规程脚踏实地、按部就班地焊就行，我师妹认可的徒弟，那指定是响当当地把里攥！"高压焊工出身的带班领导柳明钟给五位新人战前动员，直说得他们心潮澎湃、信心满满。

但开场第一役，比柳明钟想象的情景要乐观多了，兄弟单位的领导觉得季天翔他们一路劳顿，马不停蹄地上高空焊接作业有安全隐患，把二十名援兵全部安排在高压管道地面组合场突击焊口，待积蓄了足够的组合件后再行安排上钢架、厂房现场配合安装工施焊，五名高空作业经验不足的新焊工，心理障碍就轻而易举地被解除了。

到底是帮着人家应急抢活来了，一应上岗前的证件办理、焊前考核等老规矩统统简化了，二十名高压焊工立足未稳就走马上任了。按照侯主任和梅教练的嘱咐，柳明钟把季天翔和杜月娟安排在了一起焊大管，一个焊口，二人一天到晚面对面地对称着焊。

"说实话,这大管子咱俩还真是焊得不多,训练时虽然焊过几道,但终归焊得少,心里有点打鼓、底气不足。"趁柳明钟不在身边的当口儿,杜月娟怯声怯气地对季天翔说道。

"想啥呢!梅教练咋说的?就咱俩这水平,小管焊口都焊得跟鱼鳞花似的,这大口,壁厚,怎么焊怎么是,好掌握,又不用像焊小口似的担心烧穿和铁水下坠,放开手使劲儿焊就行,就凭咱俩这绣花的手,还打怵这粗枝大叶的叫花子服吗?放宽心吧你,有我在此给你运功打气呢,怕啥?"季天翔信誓旦旦,一席话把杜月娟说得直点头,还不住地对着季天翔攥拳头。

真是艺高人胆大,凭着百日培训积攒下来的满腔自信,季天翔和杜月娟共同承担的一个大焊口的打底工作就顺风顺水地宣告胜利完成了,也许是两名小焊工长得太显年轻的缘故,兄弟单位的焊接主管程玉金和柳明钟,围着打过底的大焊口看了又看,边看边竖大拇指。

"两个小青年,后生可畏呀!确实焊得不错,二十名焊工中就你们俩年龄最小吧?干电焊几年了?"程玉金好奇地问道。

"我俩才干了三年多的专业焊工,不过,整工整晌地焊高压焊口还不足两年半呢!"季天翔回答说,听起来活像一名久经沙场的老练焊工,胸有成竹的样子。

杜月娟听了季天翔的自我介绍,盯着季天翔看了几秒钟,欲笑但没敢笑出来。

"现在很多年轻的焊工都是只有三两年的焊龄,但焊接技术绝非干了几十年的老焊工所能比拟,我们那个年代的焊工理念已经过时了,老眼光也不能正确看待新问题了。要搁以前,没个十年八年的焊龄能让你焊高压吗?但现在十有六七都是年轻焊工在掌控天下了,真是后生可畏、后生可畏呀!"程玉金向柳明钟大发了一番感慨,对这些年轻的焊工羡慕得不得了。

"是啊,好羡慕他们!"柳明钟附和着兄弟单位的焊接主管程玉金含笑说道。

"你们忙,你们忙,抢完这批焊口,得好好地请请你们这些前来支援的兄弟姐妹们好好地喝一杯,来个不醉不归!"程玉金一行边说边向别处走去。

季天翔和杜月娟各自向对方做了一个鬼脸儿、伸了一下舌头,再次进入到紧张有序的焊接实战工作中去了。

打底以后的焊道好焊多了,不用过多地考虑单面焊接双面成型、随时都有烧穿重焊风险的难度了，也不用过多地担心管道内壁铁水生瘤了，把电流尽可能地调大，只要你有足够的体力，按照规范的起弧、连弧运条、收弧、接头既定程序操作，说白了，有了成熟技能的前提基础，焊接的过程就是使劲儿尽可能多地融化焊条的过程。

更换焊条的速度和方法、节约体能的预案、电流强度的大小都是提升焊接效率的关键点，季天翔和杜月娟事先已经做足了周详的预案准备，发誓既要焊得好，也要焊得快，力争在援兵队伍中获得第十名之前的地位，毕竟那十五位焊工师傅都是叱咤焊接领域多年的行家里手，能谋得一席中间偏上的位置就算烧高香了。一样的焊接环境，一样的管道口径，一样的焊机和焊材，一样的工作时间，就看谁能运筹帷幄、摘得头筹了。

群体焊工向来如此，只要入了现场，即便上级没有定量也会主动暗暗较劲儿比赛，没有谁扯皮，没有谁偷奸耍滑，也没有谁服输，悉数都是争先恐后的样子。遇到那些没有可比性的项目就不一样了，个顶个慢条斯理地焊，就差看谁比谁会享受了。

工人阶级的天性使然，没有人说要比赛，没有人说要排名，也没有人规定一定时间要焊多少工作量，但每次都这样，那种发自肺腑的争胜心促使每个焊工都在竞技状态中超常发挥展示着自己，哪怕排到最后一名，也要努力争取距离小些再小些。

二十个高压焊工会集在偌大的汽机管道组合场，注定就是一场竞技较量。

大家都憋着一口气，一干就是六天，验收合格后的焊口统计数量结果表明，不但季天翔和杜月娟没有拖后腿，还出乎意料地出现了"季天翔第四、杜月娟第十名"的好成绩，另外三位新人虽然没能获得好名次，但奇迹般一位都没有垫底。

早已成为焊接界老江湖的柳明钟难掩喜悦之情，大声地对众焊工说道："天赐良机！这六天的时间就算战前实战演习了，我这心里呀，终于一块石头落了地，所有的焊口探伤一次性全部合格，大家还需继续努力。

"去了高空施工现场，条件有限，不像在这儿，四平八稳的，咋得劲儿咋焊，得更加严格要求自己，把眼瞪大了焊，才能给我们单位继续增光添彩，绝对不能被兄弟单位小瞧了！咱们一线焊接工人图个啥？摘了面罩就是脸，要的就是脸面，大家有没有信心？"

"有，有，有！"二十名大战前的高压焊工几乎异口同声地喊道。柳明钟抱拳示意："啥也不说了。"

季天翔和杜月娟边喊边相互约好了似的，同时抬头扭脸往高高的厂房和锅炉钢架上看了一眼，毕竟初次挑战高空高压管道，些微的小紧张还是有的。

现场焊接要用的焊机焊线，兄弟单位已经事先有人置备齐全，万事俱备只欠东风了。柳明钟亲自下达新任务动员令后，按规范经过短暂的焊接技术交底签证后，高压焊工们各自背上自己的工具包，装满焊条保温桶，浩浩荡荡地来到了施工现场，三五成群、两人一对走向了自己的焊接岗位。作为援兵队伍中唯一的女电焊工，杜月娟被特别分配与季天翔在一起捉对焊对称大口，二人高兴得偷着乐了好半天。管子口径大，搭设的安装焊接平台也大，只要小心翼翼地到达指定位置，施焊时感觉与在平地上没多大区别。

除了十二名焊工被兄弟单位根据需要瓜分了之外，剩余包括季天翔和杜月娟在内的八名焊工全部捉对焊大口，四路高压大管，四对八名搭伴焊工，同样的口径、同样的材质、差别不大的施焊环境，大家虽然嘴上不说，但那种各自脸上不易觉察的凝重，已经充分说明了这又是一场关乎名声的竞技恶战。

"姐姐，别慌，一切按照我说的去做！这又是一个天赐良机，此生能有此绝佳舞台与南征北战的老师傅们一决高低，难得呀！焊大口是一场挑战身体耐力极限的持久战，看上去绝对不会像组合场里那样五天六天就能完事的，要稳住神打持久战，充分保持自身体力至关重要，否则，兵困马乏，慌手慌脚，很快就会败下阵来。好在咱姐弟俩年轻力盛，这就是最大的资本，瞧好吧。"

"那三对老师傅虽然眼神中对初出茅庐的咱不屑一顾，但不难看出，他们心里也打着鼓呢。经过地面的比拼，估计他们比咱们还紧张呢。"季天翔率先给杜月娟鼓了一把劲儿，杜月娟信心百倍地连连点着头，攥着拳头、绷着嘴唇不言语。

果然不能轻敌，老师傅有老师傅的优势，熟能生巧，巧能衍生速度，第一天，季天翔和杜月娟就被老师傅们轻轻松松地甩在了后面，但所差不多，不仅没有对两位年轻人的斗志形成有效打击，反倒让二人更加坚定了穷追不舍的信心。

"翔子，看出窍门来了吗？一伸手，咱俩就被见多识广的老师傅们落下了一小步，他们这是在报地面竞技的一箭之仇呢。人家根据焊材厚度、自然气温，一次就把焊机的电流强度调好了，咱俩至少上蹿下跳地跑去焊机棚各自调节了三次之多；人家从保温桶里抽取一次焊条，至少手中保持五根以上，咱是一至三根；焊条烧尽时，更换焊条的时间，我们与老师傅还是有一定差距的，没看到怎么动作，新焊条就结结实实地换在焊钳上了。虽然这些习惯和经验不至于影响大局，但想落下咱们已经绰绰有余了。"

"还好咱姐儿俩也有过人之处，从梅教练那里得来的真传也不是吃素的，焊机电流强度咱们普遍比老师傅们高十到三十，焊条融化时间相对较快，咱去焊机棚调电流的时候，没看见老苑师傅那眼神吗？盯着咱焊机上的电流表看个没完没了，看样子也想增加电流强度。但多年养成的焊接定式，一朝一夕能改得过来吗？不信，让他们加大电流强度试一把，还不得满焊口挂满了焊瘤子呀！仅此一技之长，咱的焊条比他们的烧得快，就追回了不少时间，这才有幸没被老师傅们甩太远。"还是杜月娟女人天性使然，心细得跟针鼻儿一般。

"姐姐分析得极是，虽然同老师傅们首日过招咱们稍逊一筹，不过，他们的优势明日就能被咱们消化掉，绝对会立竿见影，但咱们的绝招他们十天半月的学不来，也没有人能学。所以，只要能确保焊口经受住拍片验收，咱们就已经胜出了。"季天翔郑重其事地首肯了杜月娟的深度分析。

果不其然，第二日的竞技气氛比首日更加紧张了几分。虽然没有谁宣布也没有谁要求谁一定要完成多少焊口工作量，多少天焊完本系统焊口，但在老胳膊老腿的老师傅们那些夸张的快速动作中，暗自较劲比赛的烽火硝烟已经初现燎原之势，只是大家谁都心里明白，但谁都不说出口罢了。年轻人天性不服输，老师傅爱面子而不想一世英名被两个乳臭未干的小孩子打破，战意萌生均出于善意的天性。

看着老师傅们井然有序地施焊，两位年轻人也是胸有成竹，第二日便互相打了个平手，虽然没能弥补首日的差距，但有目共睹，超越指日可待。季天翔越战越勇，突然心生一念，向工具室额外借来了两个焊条保温桶，与二人手中的两个保温桶巧妙结合，待四个保温桶中的两个空了时，轮流抽出一人提着两个保温桶去"遥远"的焊条烘干室领取焊条，既有效节省了一半的往返次数，还同时增加了留守者的施焊时间，无形中增加了焊口产量。只此一招，便水到渠成地磨平了首日之距，还有小小"余粮"，老师傅们看着心里着急，也不好放下面子效仿，纷纷摩拳擦掌地凭借过往经验暗自发力。

虽然大家一直在暗自较劲，但各自焊技实力和敬业精神绝对不是浪得虚名。为了避免突击探伤带来的工期隐患，兄弟单位探伤人员特地加班加点，把射线探伤时间段全程跟踪全部安排在了晚间，既能保证配合施焊工序，又能避免施焊和安装人员为了躲避射线伤害而耽误工作，真可谓做到了细致周全。

但"没有一道焊口出现过问题"的探伤结果，让兄弟单位上下和全体援兵同时松了一口气。

"姐姐，咱得自己夸夸自己，增加点自信心。比如，刚开始的时候，咱俩学着老师傅们，左手握面罩，还得同一只手抓着五六根焊条，齐齐整整的，电焊钳夹几次都夹不住焊条，不但没有提高速度，反而耽误了不少事，还是咱们年轻人脑瓜灵便，很快就找到了问题的症结所在，原来是咱们焊条抓得太齐整了，得张牙舞爪、里出外拐地抓在手里才方便夹取，现在的换取速度不亚于老师傅了。"

"还有，第几道焊缝需要多大的电流强度，咱们全部都用心记在本子上了，已经形成了定式，基本上一锤定音，再也不用一趟趟地往返焊机棚调节电流而耽误时间了，现在咱们不但不慌不忙，还运筹帷幄、绰绰有余了，不值得自夸一番吗？"季天翔趁着休息喝水的当口儿，心情舒畅地对杜月娟说道。

"你这是小季卖瓜，自卖自夸。不过，你说的也不无几分道理，咱们确实值得自夸。但也得体谅一下老师傅们的感受，那老苑师傅今天中午吃饭的时候咋说的？'你俩为啥比老头子们焊得快？这是标准的男女搭配干活不累！'那神情，羡慕嫉妒恨啊。细想之下，也许还真是这么个理儿，你占了我杜月娟大美女的大便宜，我感觉吃亏不小呢。"杜月娟也顺着季天翔的样子云里雾里唠起了嗑。

"我倒压根儿没感到占了姐姐的便宜，如果姐姐真是那么想，感觉苑师傅说的有道理，你明天一早的站班会上就可以申请调换岗位，与苑师傅那俊老头捉对焊去，我绝对不会不自量力地自作多情。"季天翔皱着眉头好像很严肃地说。

"装，再装！你那点小心思别人家不懂，姐姐还看不出来吗？那苑师傅真把我争过去试试，你小子还不一拳把人家打趴下？蒙谁呢？别得便宜卖乖了，偷着乐吧你小子！"杜月娟边说边伸手又是一招一指禅，季天翔不躲不闪，赔着个笑脸甘愿被攻击。

"那倒是大实话，真的把姐姐调到别的老师傅手里，我一时一刻也干不下去，我的眼里不能没有你，小娟儿姐。"季天翔向天挥拳好像宣誓一般，惹得杜月娟咯咯咯笑个没完。

说归说，闹归闹，真干起活来，季天翔和杜月娟自制力均超强，一天到晚都能做到一本正经，好像浑身都有使不完的劲儿，让那帮老师傅感叹自愧莫如。

半个月的阶段性既定大管焊接任务，终于提前两天验收后办完了移交手续。也许是柳明钟良苦用心，有意让两位年轻人接触新鲜事物的缘故，大管项目一完，就把季天翔和杜月娟调整到了小口径高压管道的焊接岗位上去了，自然又面临一番新的挑战，但他们俩仍然不辱使命，虽显得有些稚嫩和慌乱，但依然受到了同事和兄弟单位相关人员的高度认可，出色地完成了领导交给的焊接任务。

整整三个月的增援任务终于在新鲜、刺激、苦中有乐的赞赏声中落下了帷幕，兄弟单位出于真心实意，专程在主会议室召开了一场欢送会，生产经理亲自到场致谢并发表了热情洋溢的讲话。

朝夕相处数月之久的焊接主管程玉金，特别对年龄最小的季天翔和杜月娟赞赏有加，还出乎所有人预料，郑重其事地当场向两位年轻人送上了其发自肺腑的美好祝福——但愿有情人终成眷属！但还是让相邻而坐的季天翔和杜月娟大吃一惊，不约而同地深情注视向对方，双双脸上瞬间泛起了红光，湿润的眼神久久不肯分开。

第十一章

"表哥，化龙哥今天亲自找我，让我去他老家来的外包队那里去救救场，当二把手，说是他们接的活忒多，管理、人员和技术都顶上不去，眼看眼就要把活干砸锅了，说啥也得让我帮他这个忙，还得让我替他们找一批工人呢，我没见你的话，只是答应考虑考虑再回复他。凭他与你的关系，我认为这事推托不了，得干。"从京郊支援归来立足未稳的季天翔，专门去了一趟办公楼找到表哥说。

"反正省电总招工这么好的机会你都不愿意干，多少人盯着都巴不得呢，你竟然抽风似的说放弃就放弃了，我也懒得剃头挑子一头热再自作多情地管你了，想去就去呗，'牛鼻子'为人还是不错的，这么多年的哥们儿了，他没有直接找我，指定是遇到了难处但又不好意思说。你可能还不知道吧？他们老家来的那个瘦高个子老板是他妻舅，名叫邢志江，他亲自出面直接找你是志在必得呢。但是，只要你愿意去，我没啥意见。"表哥好像随口答话，一副无所谓的样子，季天翔回声"那我就去了"便离开了办公楼。

季天翔没有直接去找牛化龙，而是先去了杜月娟的宿舍——职工招待所。

"我也正想下楼去找你呢，表舅妈又来电话了，说是我爸妈来省城了，要我抓紧赶过去，省电总办公室正好有去省城的车，下午一上班就走，表舅已经提前都安排好了。"季天翔见到杜月娟还没有来得及说去锅炉钢架上干活的事呢，杜月娟就急急忙忙地说去省城的事了。几个小时后就要走了，非常着急的样子。

"你爸妈那么大老远从广东来一趟，咱们俩还有啥商量的？去呗！"季天翔不假思索地说道。

"我爸妈我了解，他们一直吵吵着要表舅在省城给我安排个固定的白领工作，表舅也安排了不是一次两次了，都被我软磨硬缠地推辞掉了，早不来晚不来，咱们刚刚从京郊电厂回来他们就到了，八成兴师问罪来了。将在外君命有所不受，我担心去了省城，面对面，扛不住他们的车轮战，真不想去与他们见面。"

"姐姐，别着急，你先听我说完。不去见面指定是不行的！我也替你想好了，小小年纪、细皮嫩肉的大美女，成天泡在工地上风吹日晒的绝对不是长久之计，真能找个坐办公室的好差事也是一辈子的福气，你得跳出这个小旋涡考虑问题。不像我，男孩子，志在四方，总想按照自己的思路大张旗鼓地在外面闯一闯，还奢想着通过自己的拼搏出人头地呢，俺这是没得选择。"

"女孩子怎么了？我打小就不愿意接受别人的约束，天天坐在办公室里看报纸喝茶，跟蹲监狱似的有啥意思？凭技术靠力气吃饭有啥不好的？再说了，我怎么能忍心半途而废独自弃你而去呢？"

"姐姐向来嘴上强势但大事都一直听我的，这次也别例外，再听翔子一句劝，过了这个村就没有这个店了，事关人生十字路口，不能再犯糊涂了，老人们的坚持是对的。"

"翔子，你说实话，真舍得让我离开你吗？"

"姐姐，你经常夸我，说我遇事从来不犯糊涂，你工作的事也一样。说句心里话，我一万个舍不得你走。不然，咋憋到今天才把话说得这么坚决呢？如果因为翔子绊住了脚，让姐姐放弃幸福而一生漂泊，我将终生自责，弟弟这心里一直纠结得厉害呢！如果你能体谅我，就不要让我为你背负一辈子的歉意。"

"说实话翔子，我比你还纠结，特别是通过这几个月的京郊电厂支援之行，我内心动摇过，只是没有向你倾诉罢了。毕竟天南地北的居无定所，女孩子的不便比我以往想象的要多得多。表舅妈今天电话里也说了，老大不小了，结婚添了孩子也抱到锅炉钢架上去喂奶吗……还有许多话，我都不好意思跟你说！"

"不好意思说就别再说了，你看你那脸红得鸡冠子似的，还用别人说？这事我全都想过，但同样一直说不出口。"季天翔边说边摆手阻止了杜月娟。

"我承认，翔子，如果不是你，我百分之百在工地上坚持不了这么久。"

"姐姐，你脸皮子薄，不好意思说。咱俩相处这么长时间了，我是真心，你也是真意，谁也瞒不了谁，但从来也没有像电影中的主人公那样互相表白过，我堂堂男子汉，皮糙肉厚，就首先捅破这层窗户纸吧……"

杜月娟脸一红，慌乱地插话道："你说，你说……"

"我与姐姐是一见钟情，日久情更深，看你第一眼，就把俺心里装得满满的了。姐姐也是，言谈举止，对我的体贴照顾，甚至看我的眼神，我都心知肚明，看在眼里记在心中。但我翔子不小气，绝对不能容许姐姐因小失大，否则，姐姐也不会这么在意我。京郊电厂施工的那个焊接主管不是说了嘛——有情人终成眷属，咱们姐弟俩只要有真情还在乎朝朝暮暮吗？姐姐幸福安逸，翔子才能一辈子问心无愧！"

"就是不愿意与你分开……"杜月娟话一出口已经泪如雨下了。

"姐姐别哭！这是我花了大量业余时间，瞒着你用两根不锈钢焊条精心制作的立体、袖珍、心形定情物，反复设计、试验，推翻了无数次预案才成功，上面的暗节点都是我亲手焊接打磨成型的，在身上已经揣了好几个月了，要不是今天话赶话，我还真没有勇气拿出来呢。献给姐姐，请姐姐笑纳！"季天翔见杜月娟伤心落泪，情急之下就把兜里的"秘密"掏出来了。

"别废话了，赶快献上来，让姐姐看看，啥宝贝，能让一天到晚拳打脚踢的翔爷随身珍藏了好几个月？咦，这么精致好看的小不点儿，咋还设计了机关？怎么让它变成立体的？快说说，里面的卯窍俺一点都没看懂！"杜月娟见有惊喜突现，立马就破涕为笑了。

"姐姐先看看能不能相中物件，如果相中了，弟弟再详细向你汇报！如果姐姐不喜欢，俺再想办法去满世界找，天涯海角也要寻到姐姐意中物，哪怕是寻找一辈子，直寻到姐姐满意为止。"

"别耍嘴皮子了，金山银山也比不上你这'焊条心'，花再多钱也买不来的好物件呢！"

"那是啊，我就说嘛，姐姐指定超级喜欢！快看，这个小机关，还有下面这个！先展开对折，再将折点处继续轻轻往上一抽，往桌子上一放，瞧瞧，你瞧瞧，是不是像极了一颗惟妙惟肖的立体小心脏？反之，三下五除二，轻而易举就变回了一个独立的、方便随身携带的小薄片？"

"你还别说，眼见为实，翔子还真不是吹大话，简直就是世间极品了呢！取材也特有意义，'永不生锈'的电焊条，亏你想得出来！别只顾盯着我看，姐姐这是真心实意地在夸你呢，压根儿就没想到你还有这举世无双的'绣花'手艺呀！"杜月娟越说越有兴致，看来是真的特别喜欢。

"那当然了，别小看这颗小小的立体心，集翔爷平生智慧和特技于一身呢！老鼠拉木锨——大头儿还在后面呢！精彩继续！难道姐姐就没想想把两颗一模一样的孪生立体心组合在一起试试？弟弟可是在此动了大心思呢，算了算了，我也不拿腔作势地跟你卖关子了，卖了你也买不起，还是直接现身说法向你释疑解惑吧！"

"行了，行了，姐姐我都等不及了，赶快动手吧！俺还就不相信了，你小子把这两片小物件放在一起能设计出啥稀奇古怪的鬼道道来儿？还集啥平生所学，二十岁不到的小毛孩子，你想能到天上去呀？快点的吧你！"杜月娟急得直跺脚。

季天翔不慌不忙，将两颗小心脏熟练地分别收回小片形，再将其反其道而行之，手疾眼快的事，瞬间就把两片"焊条心"巧妙地结合在了一起，只看得杜月娟一头雾水。

杜月娟一时兴起，伸手抢过来就反复摆弄，但无论怎么想方设法、变换思路，也做不成季天翔刚才组合成的立体心样子。

季天翔索性坐在一旁的床沿上，眯眼笑看杜月娟破机关，不言语。

"故意让我难堪是不是？逗啥能呢，还不过来帮忙组合，等我求你呢？"杜月娟将一对心形信物小心翼翼地互碰了两下，不得不败下阵来催季天翔来教她。

"咋样？服气了吧？我的好姐姐！麻雀虽小五脏俱全，这回知道技术含量有多高了吧？"

"有，有，有技术含量，你能！行了吧？别贫了，快点教给我两颗心咋组合成一颗心吧，就像你刚才组合成的那个样子，麻溜溜的别磨蹭了！急死个人了！"杜月娟边说边从桌边站起了身子。

"看好了，第一步你做对了，与单体立体心反方向折过来就行了。关键是第二步，记住一套口诀就万事大吉了，OK？你中有我，我中有你，手拉手肩并肩，这不，一颗更加惟妙惟肖的组合立体小心脏就奇迹般融合成型了。再看这，这两对暗藏的一明一暗小铆扣，堪称恰到好处，一旦插接到位，不仔细瞧，几乎看不到缝隙，但两颗心却结结实实地拥抱在了一起，不打开铆扣的机关，或者说找不到铆扣的暗藏机关，谁也别想将两颗心用手分开，你看，摔都摔不开……"季天翔不厌其烦地向杜月娟讲述着自己的杰作，边说边象征性地在桌子上摔了两下，被杜月娟急忙抢过来爱抚着攥在了手中。

把玩了一会儿，悟性很高的杜月娟按照季天翔刚才的讲述，接连成功地组合了三遍立体心才罢手。

　　"翔子发明的这两颗立体心我超级喜欢，咱们约好了，一人持一颗，要像爱护自己的眼睛一样呵护它们，对它们好，给，继续贴身子揣着吧，这颗我收下了。这精妙绝伦的一模一样的两颗小心脏，我真的好喜欢好喜欢哪！"杜月娟说话的工夫已将组合好的立体心分开，每人分了一颗珍藏。

　　突然，杜月娟又回到去省城的话题上去了："物件再好，也得暂时分手。翔子，替姐收拾行李，有立体心牵线保佑，咱们姐弟俩很快就会再次见面的！"其明显已经消除了先前的许多离愁和无望。

　　但是，临别在即，一向男儿气十足的季天翔却开始不那么坚强了："姐姐，此去省城，世事难料，不知何时才能再次相会，男儿有泪不轻弹，只因未到伤心处，好姐姐，千万千万不能笑话弟弟，让翔子痛痛快快地大哭一场吧……没事……没事……男人……流几滴泪就好了，姐弟情深，即便今生从此不能再相见，至少我们曾经真心相爱过，此生足矣！"

　　"电影里说，男人的肩膀硬，但心软，此话确实不虚，在咱们翔子的身上再次得到了应验！男子汉，别哭哭啼啼的，又不是生死离别，说不定三两日又见面了呢，别让姐姐看不起！好了，好了！"越来越变得坚强的杜月娟，像哄小孩子似的替季天翔擦着泪说。

　　"姐姐，要分手了，咱们姐弟俩像电影里的情侣那样拥抱一下吧，一下，就一下。"

　　"翔子，咱们想到一块儿去了，抱抱，抱抱吧。"

　　季天翔与杜月娟话音刚落便紧紧地拥抱在了一起，一对情窦初开的小恋人像两颗立体心似的组合得天衣无缝，久久都不愿意分开。

　　突然，还是杜月娟率先松开了手，像恍然大悟似的对季天翔说道："翔子，听姐的话，把你刚才替我收拾的行李重新打开放在原处，不论此去省城结局如何，我都得回来向你当面说明情况，我不能还没有争取就先把自己的退路给断了，应了急，回头取行李也算一大理由，就这么定了，时间快到了，你陪我去办公楼送送我吧。"

　　季天翔呆若木鸡，若有所思地展开了双臂，杜月娟心领神会，两位年轻人再次紧紧地拥抱在一起。

第十二章

相对于汽机工艺管道和附属机电设备，锅炉钢架上的活，相对技术含量低一些，对外承包工作量也大，牛化龙深知这一点，其妻舅邢志江承包的项目，基本上也都是锅炉工程处的活，钢结构、受热面、电除尘……逮啥包啥，包罗万象，全面开花。

季天翔搭眼一看，就知道这是一个考验管理者智商的大烂摊子，工人大多是东拼西凑来的生瓜蛋子，技术成熟、真正能独当一面的班组长也没有几个，电焊工也严重短缺，欲短期内扭转局面难度极大。

怪不得"牛鼻子"对自己的到来志在必得呢，看过见过了才知道！季天翔不禁倒吸了一口凉气。

邢志江一天到晚地盯在现场，有事没事地就大声呵斥手下的大胖子队长，弄得人家灰头土脸，比偷电焊机那时候憔悴多了。眼见季天翔到来，大胖子似有不悦但又不敢言语，季天翔心知肚明，更懒得理他。

"大家好，受化龙哥、邢老板委托，我很荣幸地与兄弟们来到了一个战壕，在此当大家的队长，你们中间也有人此前就认识我，俺初来乍到，如有不周之处，为了我们共同的目标——把活干好、老板工人都多挣两毛儿，还望大家多多海涵，劲儿往一处使，拧成一股绳。

"为了互相尽快沟通了解，我首先做一下自我介绍。我名叫季天翔，参加过安装识图培训班和高端高压焊工培训班，此前在江北省电总焊接工程处干高压焊工，技术水平处中上游，性格属于爱憎分明、有事说事、甘愿为朋友两肋插刀的那种，向来眼里揉不得半粒沙子，疾恶如仇，至今天天坚持习练形意拳，也有点小性子，但工作起来对事不对人。

"今后，不论是谁，也不管是谁的关系，只要有缘来到了一个战壕，统统一视同仁，否则，明一套暗一套，别怪兄弟我不客气！

"现场，我挨个儿转了一圈，也深入分析过了，问题实在多多，大家也有目共睹、心知肚明，我就不再多说了，请兄弟们先按照此前的分派和岗位干着，待我与邢经理拿出具体调整方案后再行定夺！出发……"

季天翔头一天上岗，就威风凛凛地先给大伙儿来了一个下马威。老板邢志江也是急得咬牙切齿，恨不得让大家立马向季天翔俯首称臣加劲儿干。

季天翔与邢老板先是将手头上的工作量列了一个详细的表格，难点一个一个顺藤摸瓜想策略。壮大队伍的事不是一朝一夕就能解决的，得从长计议，得先从现有施工力量和先决条件中做文章。

按照工期里程碑，眼前最急着干的、积压工程量最多的项目，要数锅炉外衣了，其工作面几乎满了整个锅炉钢架上下，人员、设备、材料分配严重不协调，堪称乱成了一锅粥，季天翔当即决定，先从这个老大难项目着手整改。

首先，将外衣项目上现有四十个人的原班人马，重新调配，分成对称的两个大组，锅炉东、北两面算一组，由大胖子负责，西、南两面算一组由老板的亲弟弟邢志海带领，两不说话，人员固定，各干各的活，各组一干到底。

两个大组，同样的人马，同样的工程量，同样的施工条件。季天翔话不多说，只是在施工现场开了一个战前动员会，重新对安全、质量和技术做了正式交底，全员签字画押，既不要求工期，也不派人监督，既不强调纪律，也不训斥瞪眼，说话兄弟们长、兄弟们短，一天到晚慈眉善目。邢老板见状，靠近季天翔耳边意欲现场强调一下规章制度，也被季天翔挥手制止了。

第一天，锅炉外衣项目两个大组长开始有些手忙脚乱。

第二天，两个大组长手下的全部组员开始手忙脚乱。

第三天，两个大组均奇迹般全员并然有序、干起活来争先恐后了。

"翔子兄弟，没见你说狠话，咋这四十个人的工作积极性就像打了鸡血似的突然被鼓动起来了呢？至少三天能干以往五天的活了，照这样干下去，就不用愁耽误工期了。"邢志江悄悄地对季天翔说道。

"邢哥，累了就回宿舍歇着去，也不是小年龄了！你看你，没黑没白地跟着加班加点，多少天没顾上洗洗头了？头发都打绺了，眼圈也熬黑了，整个人都憔悴了。放心吧，这里有我呢，你该干吗干吗去就行！"

季天翔开始一直坚持着要随牛化龙称呼邢志江为"舅舅"，或者至少称其为"叔叔"，但邢志江说啥也不同意，一定要与季天翔"各亲各叫"而称兄道弟，季天翔最终拗不过他，便不得不改口称呼他"邢哥"了。

一周后，季天翔才弄清楚原来的队长，也就是那个领头偷电焊机的大胖子，名叫张明礼，是邢志江的远房亲戚。这小子仗着有十多年的安装工作经验和身高马大的一股子蛮力，一直都是这百十号人中理所当然的老大，除了邢老板之外，没有谁敢无辜招惹他，季天翔知道，对于自己取而代之，这小子窝着一肚子火呢，只是还没有机会发泄出来而已。

一日上午，半挂车又运来一车玻璃丝保温岩棉，足够锅炉外护板项目两个大组用三天的。张明礼的助手眼尖，悄没声地带领几乎全部组员，将材料全突击运送到了锅炉钢架靠自己一侧的施工现场，另一组组长邢志海闻讯上前索取材料时却遭到了对方的强势阻拦。

"保温材料是我们组运上来的，凭啥让你们坐享其成？有本事自己去运，你们组一块岩棉也别想搬走！"张明礼的助手大声嚷嚷着，完全不把老板的亲弟弟邢志海看在眼里。

"今天就送过来这一车料，我们组也刚好没有岩棉可用了，干瞪着眼等米下锅呢，都是一个大锅里抢马勺的，虽然保温材料是你们劳心费力地运上来的，下次再来料我们组去搬运不就齐活了吗？将就着都把活干了才是目的，总不能眼睁睁地看着撑死的撑死、饿死的饿死吧？都是一家人，干吗这么犟？"邢志海见对方死活不让步且情绪激动，便有些着急起来了。

双方剑拔弩张的工夫，大胖子组长、原队长张明礼气势汹汹地奔过来了："吵吵啥呢？别整那些没用的废话！凡事都有竞争，自己没有眼力见儿，怨不了别人！吃光了自己碗里的就想去别人碗里夹两筷子，门儿都没有！我看谁敢动？你看你们一个个肉头鳖似的什么玩意儿！是不是活腻歪了都？"

"有事说事，干吗骂人？你有啥了不起的？"邢志海毕竟与老板是亲兄弟，经张明礼添油加醋地一刺激，心底的火气瞬间就蹿上来了。

堆放物料的大平台上，吵吵着，嚷嚷着，两个组四十个人很快就到齐了。分列两旁，大眼瞪小眼地对峙着，谁也不服谁。

"骂人？老子骂你们是轻的，信不信小爷一脚踹死你个狗东西！"张明礼用手指着邢志海的鼻子大声威胁说。

"张明礼，别得寸进尺，俺今天还就不信你这个邪了，踹我一脚试试，狂妄的不是你了都！不管咋说，你我都是远房亲戚，十里八村，低头不见抬头见的，请你注意自己的言行！别小爷小爷的，都是两个爪子一个头，谁怕谁？脸上腮上耷拉几块赘肉就不知道自己几斤几两了？说吧，你到底想干吗？"

"干吗？狗屁亲戚！胳膊肘子往外拐，老子还真不信你老邢家那个邪了！实话告诉你，小爷这几天憋了一肚子火，拳头早就痒痒了，你不就仗着是老板的弟弟吗？换了别人俺还下不去手呢，你小子倒有胆量往狼蛋上顶，今天揍的就是你！"张明礼边骂边挥拳向邢志海猛劲儿打去。

邢志海组里也有本家本族的"亲兵"，眼见组长被袭，一声招呼就围上了来了，其他组员见状也吵吵着往前凑。

张明礼的手下见组长出手了，紧随其后也全冲了上去。

眼看一场内讧群殴就要发生了。

执勤的两名小保安上前劝阻，但杯水车薪，无济于事。

正在这千钧一发之际，季天翔不知被谁用对讲机叫到了纠纷现场，刚跨上了楼梯口便大喝一声："住手！都给我住手！"

邢志海主观意识中毕竟不想将事情闹大，担心毁了亲哥哥的场子，闻声便张开双臂率先拦下了本组成员。但张明礼却不吃季天翔那一套，本来见到季天翔就来气，话说到这个节骨眼儿上就更加肆无忌惮了，一记重拳挥过去就将邢志海打了个趔趄。

邢志海的手下不愿意了，大喊大叫着就动手了。双方瞬间就打成了一片。

季天翔急中生智，一把夺过小保安手中的电警棍，熟练地打开上面的电源开关，带着"噼里啪啦"的蓝色电火花，大声呵斥着往前一伸，一下子就将几十号人轻而易举地给镇住了，再加上大家都知道季天翔是响当当的"武林高手"，其师父"老虎"的威名更是无人不知、无人不晓，都是以出门混口饭吃为目的，前世无怨后世无仇的，本来就没有几个真想打架的人。

"你充什么大尾巴狼！能哩你！不拿老子当根葱，老子大不了不伺候了，整个队里百十号人，十有八九是我召集来的，惹不起，俺躲得起，俺的人俺全部带走！行了吧？"张明礼虽然向来猖狂、人多势众，但季天翔的本事，在偌大的康城电厂地盘上绝对不是空穴来风，借他十个胆也不敢向季天翔正面挑战，但心中的烈火之盛显而易见。

季天翔清楚地知道，在这个队伍里，绝对不能没有张明礼，至少目前还离不了他。今天的纠纷如果处理不好，树倒猢狲散不敢说，但如果就此向这个大胖子妥协了，指定以后就没有自己的立足之地了，再想为邢志江"力挽狂澜"而展示自己，就几乎没有可能性了。

必须借此良机设法让张明礼这小子口服心服才行。

"张哥，出来混要先积累自己的口德，还要有自知之明，在咱这个队伍里，我虽然是光杆司令，但我受人之托前来应急帮忙，到底能与兄弟们一个锅里抢几天马勺谁也不好说。如果你一定要向我挑战，我翔爷的形意拳也不是吃素的，惹急了，你应该知道我的脾气，别说现在是出门在外，哪怕你跑回你们老家去，你信不信，俺照样上门捉你这条地头蛇，眼珠子都不带翻一下的……"季天翔怒目圆睁，察言观色地猜测着张明礼的反应。

眼见张明礼有所顾忌，季天翔便继续说道："如果不是为了挣俩小钱养家糊口——这个共同的目标，大家可能一辈子都无缘见面，这是上辈子修来的缘分，咱们无冤无仇的，有活大家干，有饭大家吃，干好了，大家都挣个高工资，皆大欢喜，何乐不为呢？闹家乱子，有意思吗？"

这时，老板邢志江急急忙忙地赶过来了，大致了解了事情的来龙去脉之后，便生气地训斥起了张明礼："不憨不笨的，是不是闲得蛋疼了？找什么茬儿呢这是？"

张明礼闻言，先是一愣，又把别在左肩前面的对讲机使劲儿地往身边的岩棉上一扔，大声喊了一句："邢老板，别欺人太甚！老子今天还就真不认你这个邪了！什么鸟老板、形意拳！好汉难敌四手！弟兄们，动手！"

经过刚才的一场大呼小叫，邢老板队上的百十号人，包括在其他施工点干活的工人，几乎全都闻讯到齐了，张明礼的"亲兵"队伍更加壮大起来，真正能站在邢志江一边的人明显没有几个，这小子要剑走偏锋向邢志江公开挑战了。

事态突变！让张明礼这一声吆喝，先前为了争取保温材料而形成的临时战线也重新被打乱了，管它谁和谁一个班组，真正打起架来，关系近的咋都远不了。

一来二去，邢志江这方就干干巴巴地剩下包括季天翔在内的十几个人了，以一当十，张明礼明显占据了绝对优势，不禁更加猖狂了起来。

瞅准五大三粗的张明礼操起钢架管抽向邢志江的一瞬间，季天翔果断出手，一把将其大粗脖子用有力的右臂拦住，大喝一声："谁敢动手，我就一把将这头大肥猪的脑袋拧下来当球踢，不信你们就试试！俺季天翔从来说话一口唾沫一个坑，立马兑现！"

季天翔右臂轻轻地发了几下力，闪电般腾出左手将其左臂拧向了后方，张明礼疼痛难忍，一改往日的耀武扬威，丑态百出地哭爹叫娘可着嗓子喊起来。

张明礼这个看似粗野的大胖子其实并不傻，打架也是一把好手，揣摩着这节奏，生怕如果真不服软，季天翔这个初生牛犊不怕虎的愣小子，说不定真会将他往死里揍呢，越想越心里打鼓，呼哧呼哧地喘个没完没了，嘴上虽然没说啥，但被迫扔掉钢管子的右手，却拼命地示意己方人员全部退下。

众人不得不停手，季天翔见机会成熟，一松手就把张明礼放开了，还友好地拍了拍张明礼胸前的玻璃丝棉碎渣。

但向来林子大了啥鸟都有，人群里突然约好了似的冲出来两名愣头青，闷头狗似的不言不语，一人使出"罗汉双枪手"，一人使出"罗汉插花"的少林狠招数冲着季天翔伸手就打。

季天翔不慌不忙，微微一笑，闪展腾挪，侧身轻轻躲过，但并未接招。两人眼见进攻无效，面红耳赤，变换手法再次进攻，招数更加淋漓快捷，只看得众人目瞪口呆。

看来势凶猛，季天翔不明对方底细，丝毫不敢马虎，便不得不使出相对成熟的绝技，一招将二人打得东倒西歪，疼得龇牙咧嘴，灰溜溜地双双往后退了几步，再也不敢近前。

不承想，这两位不知天高地厚的愣小子，无意中却帮了季天翔的大忙。季天翔正愁着怎么向众人展示一下自己的功夫呢，就有人送上门来了，见目的已经达到，便不再计较，心平气和地对张明礼说了一句："哎哟，张明礼大哥，怪不得哥哥底气这么足呢，原来您手下藏龙卧虎哇！这两位兄弟刚才这第二招不是少林小罗汉拳中的'罗汉观阵'吗？只可惜你们俩没有沉住气，出拳出早了那么一丁点儿。我刚才就出了形意拳五行连环套路中，一个极小极常见的小得不能再小的小招数，担心伤着你们还保留了几分力道，就把你们这么轻而易举地给打败了，为啥？与你们刚才的招式恰恰相反，俺全得益于一个'快'字！这也是武林各派功夫中最经典的字之一。大家说的'唯快不破'，就是这个理儿！"

"好了，好了，都是自家兄弟，一时冲动，饭还得吃，活还得干，钱还得挣。你们两个臭小子也别把少林武校里学的那几招三脚猫功夫在这里显摆了，这人外有人天外有天，不打不成交，天翔兄弟，今天这事是哥哥冲动，不好意思了。"张明礼对季天翔看样子是真的心服口服了，第一次称呼其为"天翔兄弟"。

季天翔也不含糊，说："大家都是一个战壕里的兄弟，打打杀杀毕竟不能当饭吃，今天这事就算过去了，谁也不能再提，今晚咱们就向老板敲竹杠，食堂加肉添菜，啤酒白酒管饱喝，但谁也不能喝多。行不，兄弟们？"

话音刚落，百十号人纷纷对着季天翔拍手喊"好"。张明礼可着嗓子喊得最响亮。

经此一役，邢志江更是对季天翔赞赏有加，带头向季天翔鼓掌欢呼。

"关于保温材料的事，一码归一码，今天我得说道说道，邢志海班组没有参加往现场运料，有话不好好商量，至少没有及时向俺季天翔汇报协调，就强行私自向张明礼大哥班组当面索取……"季天翔临了还没忘了不失时机地安排现场的工作。

"天翔弟弟，啥也别说了，是我没有顾全大局，脾气瞎，对天海说话也苛刻了些。没二话，这一大堆保温材料两个班组共用，大家都开始干活去吧，别再因为这事让别人看笑话了！"张明礼少有地当着众人的面说了软话。

"既然咱们张队长说了，我们班组也无二话，下一车保温材料的卸车、搬运就是我们的活了！"邢志海也不失时机地缓和着气氛。

"好了，大家各就各位吧，有困难就及时地向季天翔队长请示报告，我也不在这里跟着你们瞎掺和了，现在就回去张罗买肉买酒去，兄弟们，咱们各负其责，争取早日完成任务，多拿奖金！"

季天翔大手一挥，全班人马便笑嘻嘻地走向了各自的工作岗位。

人要脸面树要皮，即便季天翔从来都没有凶巴巴地苛求过兄弟们，但大家依然不遗余力地较着劲儿干，天天主动加班加点，为的就是藏在心底不说，但无时不在的那一丝小小的虚荣心。

第十三章

实践证明，邢志江提出的多上人、用人海战术赢得工期的策略，被季天翔推翻是对的。既然这个项目技术含量不高，现有人员数量也不少，甚至没有任何施工经验的小工让老师傅带着都能干，人多瞎胡乱，何必额外付出那么多工钱？还不如每人每天多发几块钱，多吃两片肉，两好凑一好，老板、工人都得利，皆大欢喜。

锅炉外衣项目进度出乎意料。弟兄们从来都没有这么嗷嗷叫地干过活，也从来没有哪个老板这么舍得给工人加薪添肉。吃苦受累，大家不觉得亏，从上到下就像干自家活似的尽心尽力。

锅炉工程处的一把手——主任吴凡乐，看到邢志江队伍里突然发生了翻天覆地的变化，再也不用犯愁他们的工期拖后腿了，一来二去就喜欢上了朝气蓬勃的季天翔，经常有事没事地来季天翔身边转悠，但从来不多言语。

听说季天翔与将近二十个高级安装工和成熟高压焊工关系不错，能招之即来，再加上这伙儿人的徒子徒孙，轻而易举地就能另外组建一股不小的施工力量带过来。吴凡乐手头外包项目实在是忙不过来，就破例亲自过问，让季天翔把人请来，特别承包给了邢志江队一批技术含量较高的安装项目，价格定得也相对较高。这可是让其他外包队眼红的天上掉馅儿饼的大好事呀，这一批工作量干下来，有一大笔银子可赚，邢志江和牛化龙一天到晚乐得合不拢嘴。

这个年轻人的确是个人才，一百多号原班人马未动，那么多施工点未减，只是增加了一个二十岁不到的季天翔，竟然运筹帷幄，将这一切操持得天衣无缝，作为一名叱咤电建安装领域近二十年、技术和管理技能上升势头正猛的大干将，吴凡乐禁不住心中暗暗称奇。

"小季呀，想不想自己当老板？"当工期最紧张的锅炉外衣终于提前宣告竣工验收一次合格的当天下午，吴凡乐突然问了季天翔一句。

"做梦都想呢，吴主任，俺就是没钱垫底啊。"季天翔压根儿没想到堂堂的锅炉工程处大主任会这么问自己。

"如果我让你当呢？咱们锅炉工程处有的是焊机和工器具，都是包清工，又不用垫资买材料，工人工资都是时兴年底发放，有我给你做后盾呢，你怕啥？"

"我以为吴主任跟俺季天翔开玩笑呢，您还真想让我自己当老板跟您干？"

"你又不是看不到，我成天忙得屁颠儿屁颠儿的，有那个闲工夫跟你瞎扯淡吗？我的为人你很清楚，也应该放心，我这样关心你，绝对没有丝毫的私心杂念，更不存在个人之间的利益驱动，咱们之间既没有亲戚关系，也没有上下级和同事关系交集，说白了，嘛理由都没有，就是因为三个字——'喜欢你'，你这小子干活真是一把好手哇……"

"不过，吴主任，你也知道我表哥与牛化龙牛哥的关系，当初答应来他们这个队里帮忙也是出于这个因素。经过我这段时间的带动和调整，邢志江这支队伍现在正是好时候，全队上下干活嗷嗷叫，我真担心突然退出来把他的队伍抽垮喽！"季天翔实话实说，心中充满了后顾之忧。

"小季，别担心，不会的，邢志江这支队伍承包的向来都是技术含量相对较低的项目，经过你的历练，整体水平提高了一大步，自主施工经营应该不成问题。再说了，你们当初不就是相约过来暂时帮忙吗？这么长时间了，这忙也帮得够到家的了。听我一句劝，自己扛大旗独当一面吧，你完全具备这样的能力！"看来，吴凡乐琢磨这事也不是一时半会儿了，凡事早已替季天翔考虑成熟了。

"吴主任，您能这么对我，我真的很感激，但我认为，至少这个项目工地单干不行，待以后有机会再跟着您单独闯天下吧。真没想到，您对我这么好，吴主任，我都不知道该怎么跟您说声谢谢了！"

"想不到你小子不但干活好，还这么重情重义呢！我只能说一句——锅炉工程处，只要我在此当一天主任，大门随时向你敞开着，不管是我管辖之下的哪个项目，都一样！我就是建议你单干，主意还是你自己拿！小子，通过咱们今天的谈话，我不得不说，我更加喜欢你了！"吴凡乐边说边伸手与季天翔紧紧地握在了一起。

光阴似箭，随着时间的推移，尝到大甜头的邢志江和牛化龙，已经将当初与季天翔"临时救救场"的口头约定丢到九霄云外去了，言谈举止中不乏"长远规划"。就连省电总焊接工程处主任亲自出马让季天翔归队这样的好机会，也在牛化龙千方百计地公关下成了泡影，甚至不得不充分利用跟表哥的特殊关系，拉下面子不厌其烦地向表哥狂轰滥炸，让季天翔本就左右摇摆的思路更加优柔寡断。

一天下午，三点十分开始，按照事先约定好的"接头"联系方式，季天翔再次牺牲了两盒"发彩"牌香烟的代价，关起门来，在招待所的一间高档包间里与杜月娟天南地北地聊了一个多小时，表舅和表舅妈都上街应酬去了，家里就杜月娟一个人单独过周末，电话费反正是公家全包，爱聊多久就多久。

"翔子，这段时间咱姐弟俩也没少打电话交流，你确实是自作多情了，又不该谁欠谁，咋帮忙还帮出么蛾子来了？再说了，活儿替人家捋顺了、人员管理替人家模式化了，就连高端安装工和焊工也另外替他们补充好了，邢老板离了你照样转，我再说一遍，你已经做到仁至义尽了！男子汉，别前怕狼后怕虎的，你听说过谁家的外包队是公家里提供工器具，甲方上赶着追着推你当老板的？连那么难得的招工机会你都已经放弃了，机不可失，时不再来！你的梦想不就是大张旗鼓地独闯一番事业吗？这正是千载难逢的绝佳良机呀！听姐一句劝，尽快迷途知返吧，我的傻弟弟……"杜月娟态度很坚决，季天翔却越听越纠结。

"姐姐，你的话我都记住了，我心中有数！你放心，我绝对不会小家子气的，只是有些过于重情重义，这也是我的软肋之一。"

"重情义不是啥缺点，我最看重你的恰好正是这一点。但这件事，怎么说呢，姐姐从心底里是又爱你又恨你……"

"姐姐，别着急。光顾着谈论我的事情了，上次你说的辞职的事，你一定要按照我说的去做，说一千道一万，绝对不能脑子一热乎就辞职！"季天翔将话题一转聊到了杜月娟的身上。

"翔子，你没有亲眼看到我这工作环境，好是好。但咱这风里来雨里去混工地的主儿，这里压根儿不是属于咱的一亩三分地，如果再继续这么待下去的话，人都呆傻了。是啊，办公楼阔得跟星级宾馆似的，提水拖地都不用自己动手，每天就是替领导整理整理资料，偌大的办公楼，你都想象不到有多静，静得大走廊里几乎听不到有人说话，不是人少，而是有领导在的这层楼哇，压根儿就没有人敢吱声，一辈子机器人似的上下班，转不动的时候就退休了，啥意思？俺必须得辞职回去干焊工，那才是俺杜月娟的挚爱领地，马上……俺马上就要被刻板封闭的办公室生涯给彻底憋疯了！"

"少安毋躁，少安毋躁哇姐姐，你这种想法极端冲动，多少人羡慕嫉妒恨呢，可不能犯糊涂！在我季天翔没有拍板儿之前，你最好把这个念想断了，更不要提付诸行动了！否则，不信你试试，我一辈子都不会理你的，眼不见心不烦！当然了，如果这一切都只是说说或者是发发牢骚而已，咱姐弟俩，一切照旧，依然做一辈子的知己……"

"小小年纪，从啥时候开始学会来威胁本姐姐了？不过，这事说归说，还是全部都按你说的办吧，少安毋躁，俺一定对你的建议言听计从！"

"这还差不多，我就说嘛，关键时候还得俺翔爷出山拨乱反正！"

"吹，又吹！如果姐姐不给你机会，你对着西北风发挥特长去呀？"

"哈哈哈！哎，对了，姐姐，你坐班的那地方叫啥部门来着？"

"胡说八道！俺这多少人想进都进不来的神仙羡慕的好地方，啥时候在你嘴里变成鸟窝了？若论舒适、优越，你身处脏、乱、差的破工地，跟俺这优美的好环境相比，你就连个鸟都提不上话下了呢！"

"就算咱们都是鸟，那你们也是名副其实的笼中鸟！至少俺翔爷现在想往哪里飞就往哪里飞！你——包括你们领导能做到天高任鸟飞吗？"

"说话请注意分寸，咋扯上俺们尊敬的各位大领导了？你不是总问我栖身啥鸟窝吗？实话告诉你吧！俺这只小小鸟如今仙居江北省电力工业局纠风办——纠正行业不正之风办公室。小心俺杜领导哪天飞临你们那基层破鸟窝，先是捣毁鸟巢，再顺手把你这个浑小子给当场'纠正'了！"

"哎哟，我的仙鸟姐姐，你要用其他的办法掀我鸟窝，我都不舍得让你动手，俺翔爷自己来！用你们那'纠风办'来降我，说句实在话，俺既然放弃了公家铁饭碗，甚至连手里端着的临时铁饭碗都毫不留恋地给砸了，才得以留存今日这自由身，早就不归你们管了，你那啥'办'还真办不了我！好男儿志在四方，我行我素闯天下，吃饭凭的是真本事，只要遵纪守法，老实肯干，俺连鸟都不鸟你们纠正谁那一套！"

"那倒是。别整天跟我贫那没用的了，吹得天花乱坠末了还得归零！你只要给姐姐记住了——不做亏心事不怕鬼敲门，该出手时就出手就行了！"

"我保证，拉队伍扛大旗的大计一定高度重视！你呢，你的事呢，姐姐能再次赏我一颗定心丸吗？以免我翔爷英雄气短、寝食难安！"

"端谁碗受谁管，不聊了，你既然向人家邢老板许了愿，就得兢兢业业把愿还，赶紧忙你的去吧！临了送你一颗定心丸，我保证一辈子端牢这个铁饭碗！满意了吧？记得下次提前到位等着我的电话！拜拜，挂了……这回是真挂了……"

季天翔和杜月娟二人心里都明镜儿似的，没完没了地聊来聊去，看似没个正形儿，实则大事都相互实控着对方呢。就像天平两端的两颗砝码，对方的一言半语都牵动着自己的人生大计，虽然起着决定性作用的分量貌似就那么一点点。

杜月娟一天到晚琢磨着辞职回工地，心里装着的其实全是季天翔。季天翔咬牙切齿威胁着杜月娟罢手，说一千道一万也都是为她好。

一对小恋人的关系越来越黏糊，越来越知心，可遇而不可求。

季天翔暗暗发誓一辈子要对杜月娟好，为了小娟妮也得争口气！

凡事，人在做天在看，人生旅途中有缘遇贵人，想躲都躲不开。说话一向直来直去的锅炉工程处主任吴凡乐，在一次晚宴应酬中借酒把自己的想法和季天翔的大度说给了牛化龙听，不但没有得到排斥，竟然将牛化龙也深深地感动了。

牛化龙回到宿舍区，没有直接与邢志江和季天翔见面沟通，就迫不及待"咚咚咚"地敲响了同窗好友范增辉的宿舍门。

"谁？"满嘴牙膏沫的范增辉边问边挤眼往猫眼里瞧。

"我！开门！"牛化龙借着酒劲儿大声喊道。

"我以为黑天半夜鬼叫魂呢，原来是'牛鼻子'来了？叫唤啥？一股子骚酒味，睡癔症了吧？看好了，我这里是范家私人住宅，不是你小子的醒酒店，夜闯范府耍酒疯，真是丝毫不懂啥礼貌！"

"别给我整那些不着边际的屁话，俺牛化龙咋就没礼貌了，弟妹昨天不是已经回老家上班去了吗？你这狗窝还私宅！啥时候跟我老牛还分彼此了？废话少说，赶紧给老牛倒杯茶好好伺候着，不然的话，俺一头顶翻了你的狗窝，快点哩，俺老牛今晚真喝多了！"

"想喝自己倒，没看见我正忙着刷牙呢吗？这酒还真能壮人胆，喝得'牛鼻子'更加肆无忌惮、牛气哄哄了！"

"渴死我了！"牛化龙不理范增辉的挑衅，笑呵呵地自行坐在大沙发上翻茶叶倒水喝，连掀了三个茶叶盒子盖，挨个儿闻挨个儿看，最后相中了一盒安徽毛尖，捏一撮放在杯子里，摇晃着手，好不容易倒上水，将茶叶盒夸张地起身放在了进户门旁的鞋柜上。

"老范伙计，替我想着点，待会儿走的时候，我得带着这盒毛尖回去喝，这茶叶还真不孬，一股子鲜味儿！还是你小子大手笔，有权有势，大笔一挥就是钱哪！俺自惭形秽，只好隔三岔五来兄弟府上讨口好茶喝喽！谁让咱们是铁杆兄弟呢，虽有少许令人生厌，但也算不上低三下四，君子一言驷马难追，你要对你当年的承诺付出代价，咱们有言在先，有福同享，俺喝俺兄弟的茶，喝得心安理得……"

"别酸不拉叽的没完没了，不就是一盒茶叶吗？毛尖，给你留着一提呢，四盒，怕了你了行不？你小子那官虽然不带长，但县官不如现管，源源不断的'贡品'都成垛长毛了吧？还装模作样地跑我这里来踅摸好茶叶，拉倒吧你！坦白从宽，抗拒从严，快说，深夜到访俺范府，翘啥尾巴拉啥屎来了？本范处长累了也困了，别装腔作势地瞎磨蹭了，有话就说，有屁就放吧！"范增辉说话的工夫已经洗漱完毕，凑到牛化龙身前温声问道。

"阿辉，别侃了！我这么急着来找你，是有正经事跟你谈！"

"那还扯啥？说吧！我还不了解你？"范增辉伸出右手掌示意了两下。

"今天想跟你谈谈翔子表弟的事！晚上正好与吴凡乐同场，吴凡乐那人大家都了解，为人和业务响当当的，这人没毛病，咱啥都不用说。想必表弟也跟你谈过这事，咱就直奔主题，忙也帮了，活也捋顺了，翔子真不赖，就让他自己拉个队伍干吧……"牛化龙唬过侃过，话也不藏着掖着了，直来直去。

"打住！你和翔子这事，我一开始就没有参与，你当时也没有找过我，一如既往，你们自己协商去处理，我不管。翔子确实跟我提过这事，我也是这么跟他说的。"

"实话实说，也是我老牛心小了，总想着将翔子强留住，但我今晚终于想通了。没想到咱这小表弟这么高风亮节、重情重义，俺老牛自愧不如哇！再留，就是我牛化龙的不仁不义了！这事儿，我肯定明天一早就跟他们谈，你也得亲自出马去找咱小表弟做工作。听老吴说，翔子死活都不愿意呢。"

"既然你都这么说了，咱哥俩啥关系？俺照你说的去做就是了！"

"那好，咱哥俩儿就这么说定了，明天上午就谈！这茶也喝了，心中的纠结也一吐为快了，睡觉去哩！走人！"牛化龙起身换鞋欲走。

"快点走吧，天都这么晚了，俺真困了！"范增辉确实又累又困，便不再虚情假意地挽留牛化龙，边说边走进了里间屋，提出一提高档正宗黄山毛尖当年产新茶。

"阿辉给的，没法不收，俺老牛绝对不能拨了好兄弟的面子，毛尖我收了。睡觉，睡觉去。"牛化龙接过范增辉递过来的茶叶，边嘟囔边往外走，临出门还没有忘记把鞋柜上的那盒茶叶带上，范增辉边笑边开门，瞅准时机冷不丁地捅了牛化龙一拳，待牛化龙缓过神来欲反击时，范增辉已经关门大吉了。

牛化龙刻意清了几声嗓子，屁颠儿屁颠儿地哼着小曲下楼去了。

第十四章

　　杜月娟、牛化龙、范增辉三人轮番轰炸，甚至吴凡乐也应邀再次出山相激，大家都劝着让季天翔自己拉队伍大干一场。但季天翔却认为，至少本项目工地不能单干，来龙去脉只有他自己最清楚，虽然不是特别欣赏邢志江的为人处世，但牛化龙那人却是真兄弟真性情，单单为了这位牛哥，也万万不可钻过头去不顾尾。

　　邢志江也心知肚明，自己那两把刷子自己心里最有数，不然他也不会旁敲侧击地设法挽留，甚至奢望着与季天翔"二一添作五"合伙长期干也心甘情愿呢。

　　也是活儿推人，急需增加人手，吴凡乐便不得不率先打破了僵局。

　　原来，三、四、五号输煤栈桥正在紧锣密鼓地抢工期，手头正缺一员虎将带兵，便第一时间想到了季天翔，与范增辉和牛化龙二人沟通后亲自出面诚邀。

　　经不住大家的连续推动，季天翔不得不答应接下这个权宜之计了。

　　一则，邢志江那里的业务可以继续帮衬着。二来，有自己在身边，先前替邢志江召集来的那些精兵强将不会有风吹草动。自己不带走一兵一卒，也不另招一军一马，反正"投奔"的是正规军，干的是公家活，公私相安无事。万般无奈之下，邢志江虽然十分不甘心，也只好咬牙默认了。

　　但给邢志江打了大半年工的季天翔，却没有理所当然地拿到应得的那份工钱。年底清账是行业常规，人走账清是邢志江队里的老规矩，但对于季天翔的工资，邢志江却只字不提，早就断了顿的季天翔也不好意思上门向邢志江索要，甚至拮据到从"兔子"兜里借了三百元钱应急，直到从省电总劳资处领取了第一份工资才接上了茬。

　　很显然，季天翔的离开还是无意中得罪了邢志江。

"别人离开，可以人走账清，但他季天翔半路撂挑子拆了我的台，一分钱的工资也别想捞着拿！"张明礼和几位自己带过来的好兄弟气不过，纷纷向季天翔"泄密"，邢志江在全员大会上亲口这么说的。

每每涉及此话题，季天翔总是不冷不热地嘿嘿一笑，既不争取，也不发表见解。但邢志江队里有啥难题，或者应急来借用啥工器具和建材，季天翔仍然一如既往地尽量帮忙。工资的事儿，邢志江没事人似的不说，季天翔也从来只字不提，就这样周瑜打黄盖，不了了之了。

吴凡乐亲自以纸质文件的形式，向省电总分管人事劳资的副经理提出正式申请，临时招聘季天翔担任新组建的锅炉工程处安装机动班班长一职，薪酬按技术零工最高工资的四倍计发。虽然凭季天翔的技术和带班能量，此令人艳羡的高收入并非天价，但作为省电总有史以来绝无仅有的一桩特例，还是让季天翔无意中赚足了眼球，毕竟是一名大家眼中的小孩子，省电总上下，堪称一景。

为了利于开展工作，吴凡乐也是动足了心思，竟然高调地将身为焊接工程处气焊工的妻子周芳特意协调到了机动班，个中关系网，班中成员心知肚明，仅此一招就将年轻、外来的季天翔被欺生的隐患扼杀于摇篮之中了，季天翔干起活来更加信心十足。

季天翔麾下的机动班共计33名职工，除了自己为编外人员，其余全部为省电总内部在册正式员工，安装、电焊、气焊等各工种五脏俱全。每组11人，人员、工器具平均分配，各自推选一名相对德高望重、责任心强的小组长，季天翔兼任第一小组组长。

起初，季天翔的组员大都心中不悦，同样的兵力部署，季天翔还得额外分神协调指挥其他两组的工作，无形中浪费了本组人员资源，能赶得上其他两组的安装进度吗？这不明摆着兵马未动先输一筹吗？但碍于气焊工吴凡乐夫人卢静的默认，才没有谁将不满情绪表露出来。

三个小组，均为专业施工人员，均熟手，季天翔心中胸有成竹，只要不缺他们的材料，及时协调技术、起重、运输等制约因素，保证后勤供应，有对讲机相互联络，大多数时间不用亲力亲为现场盯着，其策略基本照搬在邢志江队里成功实践过的"锅炉外衣用兵术"。

正如意料中计划的那样，工程项目的进展突飞猛进。但好景不长，大国企职工们的诸多"陋习"随着时间的推移，逐渐浮出了水面，照搬的管理模式遇到了极大的瓶颈，人家开始时将就季天翔，那是因为不得不给面子，还没有好意思撕破脸皮。

这些端公家碗的人，大多习惯了上下班一分钟都不愿意吃亏。

有一次，三组吊设备，本来再坚持五六分钟就万事大吉了，第二天也不用额外安排人员伺候吊车了。即便吊完这一吊，回到班组洗手脸、换衣服也误不了下班回宿舍的点儿，但人家起重工和吊车、半挂车司机，愣是不听季天翔瞎吵吵，瞪眼儿就是不配合，举手之劳的活儿，掐着表，到常规时间点儿就收车，好不容易支起来的大吊车，收钩、收杆、收腿子，就连垫支吊车腿子用的枕木也得劳神费力地收回去将车开走，丝毫不考虑下次上班还得重打锣鼓另开戏而带来的人力财力和效率浪费。

季天翔与之协调，人家吊车司机说了："对不起，伙计儿，我们按点儿上下班，你们锅炉工程处也管不着我们机械化公司，到点儿就得收车开回去交班，多一分钟俺也不干，你也没有任何权利强迫俺多干！"

半挂车司机更牛："小伙计儿，急啥呢？都是公家的活，干多干少一样钱儿，我不管别人，谁爱多干就多干，谁有本事谁就找俺们车队领导打个小报告，把我开除喽，估计你这个小毛蛋孩子也没有那个熊本事！"季天翔恨不得上前揍他一顿儿，但权衡利弊，只好忍气吞声作罢了。

从焊接工程处要来的电气焊工，很多与季天翔熟悉，又碍于锅炉吴大主任夫人周芳的二级单位同事的面子，相对好得多。但有些焊工依然我行我素、昂昂不睬，甚至举手之劳伸伸手就能即刻完成的工作，非得把他伺候得舒舒服服了才焊，有时脚手架因位置特殊搭设不到位，他们非得坚持着让架子工登高爬低地鼓捣大半天才上去焊。

组长气不过，来找季天翔诉苦，季天翔也生气，窝着一肚子火儿奔过去，好说歹说人家照样不买账："本人就这德行，别跟我说那没用的，有本事找我们焊接工程处主任把我换回去，否则，别费那个劲了，磨破嘴皮子也是瞎子点灯——白费蜡！"

季天翔气得怒目圆睁，一把抄起焊工的焊钳和面罩，捎带着背上焊条保温桶，三下两下就爬到脚手架上，熟练地扎牢安全带，探探身子、伸伸手，举手之劳，说话的工夫就大功告成了。

"大半根焊条的小活儿，屁大的工夫，将就将就焊上算了。这十几米高的脚手架，非得从地面搭设到顶吗？这悬空架子也是按照操作规程搭设的，完全符合安全要求，从相邻的架子迂回上去能多爬几步绳梯？都是一个大锅里抢勺子，至于这么折腾弟兄们吗？"季天翔下来架子，前思后想，气不打一处来。

"咋啦？你小子一个外来户临时工，牛气哄哄啥？能得还知道姓啥不？有本事你一个人把活都干喽！身上痒痒吱一声，别仗着会打两手花架子，耀武扬威的，打听打听，老子这拳头也不是吃素的！"这个五大三粗的胖电焊工，季天翔虽未与之打过交道，但听说过这个人，仗着有把子蛮力还有些功夫，是个胡搅蛮缠的角色，外号"焊工痞子"，整个焊接工程处，甚至整个省电总上上下下，没有几个人愿意招惹他。

"伙计儿，你不就是大名鼎鼎的吕威吗？我忍你很久了，别看你长得一身横肉，真惹急了，小爷这就揍你，你信不信？"季天翔天生属于那种——没人得罪总是好好好是是是，反之，百分之百不管不顾不要命的主儿。

面对火辣辣的言语挑衅，季天翔也没犯考虑，突然出招，擒住对方的右臂眨眼的工夫就将其反拧在地，任其嗷嗷叫着拼力挣扎也无济于事。

季天翔点到为止，见其反抗无力便主动停手，说声："冒犯哥哥了，您好力气啊！低头不见抬头见的，都是朋友，小弟年轻，一个班里干活，如果有空，今晚小弟做东，一起喝点儿，以后凡事还得哥哥罩着点儿弟弟……大家都散了吧，散了吧，干活干活！"

见吕威也已停手不再言语，季天翔以为这事儿就这么过去了，有矛盾找机会沟通沟通就行了，便转过身子指挥着大家继续干活。

没想到默不作声的吕威突发一记快拳，对着季天翔的后背就打了过来，季天翔毫无防备，瞬间中招被打了一个趔趄。

季天翔立足未稳，本能地探下身子极速向后甩出一记漂亮的"后甩尾"，一脚将吕威踹翻于地下，幸亏这大胖子身下全是新回填的松软黄土，否则，满地都是横七竖八的电器、建材，稍有闪失，后果可想而知。

这一脚实在是踢得太重了，吕威龇牙咧嘴好半天儿也没能自己从地上爬起来，就别提绝地反击了，看样子这小子虽然面上不服，但也不得不彻底打心眼里甘拜下风了。

季天翔不失时机地伸过手去，吕威貌似不太情愿地放下了架子配合，二人默不作声地将手紧紧地握在了一起，对视着象征性地笑了笑，但笑得频率特短暂。

"干活，都干活去，弟兄们天天在一起打交道，有啥好看的！"季天翔喝退了越聚越多看热闹的现场人员。

吕威见众人散尽，突然对季天翔说了句："老弟，名不虚传，哥哥今天领教了！说实话，哥哥憋了好几天的劲儿，一直在寻机会跟你较量较量呢！晚上哥哥请你喝酒，如果你能给哥哥这个薄面，咱哥俩儿就这么说定了！"

"哥哥在省电总上下也是大名鼎鼎，今日讨教，果然神力！如果不是弟弟躲得快，那还不得当场缺胳膊断腿？今日是弟弟不对，先动手，晚上的酒场我摆，就算是向哥哥赔礼道歉了，怎能让哥哥破费呢！"季天翔坚持着要做东道主。

"哪有当哥的不带头请客的道理？下次弟弟再请！不但要请，还得叫上组长好好喝两杯！哥哥说了算，这事儿没商量！"吕威坚持要自己设晚宴。

"恭敬不如从命，小弟就依了哥哥，改日弟弟再回请！"季天翔一口一个"哥哥"，只叫得一脸横肉的吕威心花怒放、心服口服。

杀鸡儆猴，至此再也没有谁敢跟季天翔明目张胆地叫板了。季天翔也仁至义尽，毕竟都是混国家工资过日子的老员工，不到万不得已，极少额外占用大家的法定休息时间，到点儿下班，天经地义，自己确实无权强加于他人。

三十多号人，经过短暂的磨合之后，各单位各工种人员终于得以友好高效地继续干下去了，没有特殊情况和交叉作业，各个小组也很少再麻烦季天翔了，季天翔这才有空沉下身子履行自己兼职的一组组长职责了。

十几个人的小组，只要协调好，要想效率超过其他两个组，对于运筹帷幄的季天翔来说，那就叫轻松加愉快。两个小组长总是有事没事地往季天翔小组这边跑，季天翔知道，他们是来观察自己一组的施工进度来了，生怕工期被一组落下得太多没面子。

就连以往天天来此转上几圈的吴凡乐主任，最近也是来得越来越少了，来了也只是象征性地打声招呼，从来不对此多说一句额外话。

有时，组里的焊活少，甚至一天半天都没有焊口要焊，季天翔就灵活机动自己代劳点点焊焊，本来就是多面手，电焊、气焊、安装照单全收。遇到哪个焊工家里有事的，伺候老人带孩子的，只要不误事儿，能将就就将就，也不用人家请假被扣工资，就像一家人似的相互理解、帮衬着干。

特别是大主任的夫人周芳，孩子才不到两岁，从农村老家找来的本家小保姆，啥也不懂，总是一天到晚丢三落四的让人放心不下。季天翔干脆与其他组员商议，不是太忙的时候就让周芳在家陪孩子，她的那些气割气焊活自己全包了。刚开始，周芳担心搞特殊而带坏了别人，但经不住全组成员一再诚劝，再加上其他组也有相似情况的两名女成员做伴儿，清一色儿"女士优先"，也就慢慢地心安理得了。

几个月的日子里，周芳隔三岔五地回家带孩子，一直都是季天翔帮她焊，其对季天翔的感激可想而知，见面就夸季天翔善解人意。季天翔也很有眼力见儿，整日"姐姐长，姐姐短"地叫得亲热。

机动班里还有一名新分配工作不久的大学生，叫章敏，大家平时都称其绰号为"章大学"，跟着班里的老师傅学当技术员，正处于热恋中，同窗男朋友在省城工作，一个多月来一次工地与其约会。

季天翔在班组会上当着大家的面儿就说了："这是咱们机动班学问最大的科班名牌大学生，那个谁——那个小哥哥再来工地的时候，就那么一两天的时间，别再让人家在集体公寓里独守空房了，咱们班会儿特批，再来了，'章大学'姐姐一定要全程陪同，大家一致公认，这名小哥哥不赖儿，姐姐一定要紧紧地攥到手心里别松劲儿，大后方有兄弟姐妹们替你顶着，领着人家到处转转，看看电影、吃吃饭，千万别有后顾之忧。"

"翔子班长，你那位省城的大美女如果来了，俺们大家也给你一路开绿灯！"电焊工吕威瓮声瓮气地喊了一句。

"吕哥，那可不行，您弟弟我乃一班之长，是咱们机动班最高领袖，俺心中有数，绝对不能带头开小灶！"季天翔笑着对吕威回应道，边说边伸手模仿手枪的造型瞄准了吕威。

"拉倒吧你，你那朝思暮想的'小娟姐'哪天真来了工地，看你小子还嘴硬！俺估摸着，你小子溜得比兔子都快，连你的影子都找不到呢！不过，你也别担心，俺们大伙儿都认了，没有一个不心甘情愿地替你顶包的！是不，'章大学'？"吕威笑嘻嘻地开玩笑说。

"俺啥也没听到，没听到！说着说着，咋把班长的事儿扯到俺'章大学'身上来了？反正关于俺的话题那一页，刚才已经干净麻利快地掀过去了，俺现在是事不关己高高挂起了！"比季天翔大不了几岁的"章大学"章敏听了大家的议论，心里美滋滋的，就差起身蹦高了。

本来今天要安排的里程碑工作有几处硬仗要打，季天翔也觉得自己的决定有些强人所难地"残忍"，但又必须得完成，刚才无意中活跃了班组会议的气氛，反而感觉布置起任务来又心安理得了，大家也响应着更加乐于接受了。

作为一介地地道道的"泥腿子"，干的又是国家重点工程规划的大项目，毕竟初次带"正规部队"现场拼杀，大家又如此和谐配合，现在终于胜利在望了，考验自己的最后时刻就要到了，季天翔心中充满了美好的期待。

散会出门奔现场的时候，季天翔突然发现机动班活动铁板房上面的麻雀，比从前叫得更加欢实也更加动听悦耳了，便迅速返身回房，从铁工具箱上面的包裹中拿出一小包鸟食儿，用牙"吱啦"一声咬开塑料封口，出门，甩手就撒向了房顶。鸟们眼见天降美味，高兴极了，边抢食儿吃，边叽叽喳喳叫个不停，仿佛向季天翔表达谢意。

电焊工吕威却不愿意了，大喊大叫着回身阻止："季班，咱不带这样的好不好？这是我托小车班的伙计专门从省城捎来的上等材质的大厂生产的鸟食儿，昨天下午忘了带回宿舍，暂时放到工具室里了，你咋能拿来喂麻雀呢？"但为时已晚，一小袋鸟食已经想收都收不回来了。

"小气鬼儿，不就是一小袋鸟食吗？喂谁不是喂，反正喂的都是鸟！"季天翔边说边笑。

"拉倒吧你，我可没有你那么慷慨大方，你这是标准的'不是自己的孩子不心疼'啊！这小野麻雀能值几个钱儿？俺那宝贝鸟，你又不是没见过，还会说人话，它们会吗？你小子，穷大方！"吕威边说边往铁房子里奔。

"干吗去？赶快上现场，那么多焊口还等着你去焊呢！"季天翔伸手欲拦下吕威。

"稍等，稍等！弟弟，为了免除后顾之忧，我得把俺那些宝贝鸟食儿亲手锁进工具箱里去，不然，你这小子啥时候瘾症了，又得拿我的鸟食去喂麻雀，我干着活也放心不下。"

　　"翔爷我还真是看不起你了，人长得五大三粗，小心眼儿咋比针鼻儿还细呢，锁去吧，锁去吧！锁结实！"

　　"你今天就是说破了天，把我比喻成针尖儿，我吕威也不会上你的当！天底下的人谁不知道，你季天翔这小子鬼精鬼精的！"

　　一包鸟食引来一片笑声，麻雀们的叫声也越来越响亮了。

第十五章

　　谁都没有想到，一个乳臭未干的"编外"愣小子——季天翔的"预言"竟然这么快就应验了，一时间在江北省电总被传为美谈。春节后开班第五天，省电总就下发了红头文件，一切"遵照"季天翔说过的那样，吴凡乐升任总公司副总经理，分管生产。对于一家国有施工类大企业来说，这是一个举足轻重的特别职位，没有技术和经验这两把硬刷子，即便拥有管理头脑，任谁都难以胜任。

　　原来，春节临近，省电总内部按照惯例，轰轰烈烈地大面积进行了领导班子和中层职位大调整，锅炉工程处一把手吴凡乐被调整至总公司担任工程管理部主任，其前任柳传芳从工程部主任直接升任总公司副总经理，分管经营。

　　这样的调整似乎很快就风平浪静了，但季天翔却不这么认为，改革开放了，应该靠真本事打拼了，像吴凡乐这样有真才实学者理应被重用，有事没事儿地见到吴凡乐就叨叨，吴凡乐每每都是回一句"你不懂"而不了了之。

　　论文凭，吴凡乐与柳传芳同为江北大学土木工程系同窗；论资历，二人均为锅炉主任平移至工程部；论能力论干劲儿，有目共睹，柳传芳比吴凡乐的差距不是一星半点儿，但柳传芳的本家哥哥现任江北省政府副秘书长，人之常情，吴凡乐自然只能紧随其后而前行。

　　谁都知道，总公司领导班子的调整向来谨慎，一时半会儿、一年到头，不过年不过节的，铁定不会再有大的变动了。

　　在省电总组织的放假回家过年前的春节联谊会上，季天翔竟然被特邀参加，这让他感到受宠若惊、很意外，总经理还专门提起了他的名字。

　　难得这么好兴致，季天翔仗着年轻气盛，正副总经理轮番挨座让酒时，他丝毫也不推辞，一律全干杯，不知不觉就多喝了几杯。

"我斗胆预言，吴凡乐主任年后就会被提升为江北省电总副总经理！"当吴凡乐与季天翔"碰杯酒儿"的当口儿，季天翔借着酒劲儿，竟然当着全公司"政要"的面说出了这么一句不着边际的话，让所有在场的赴宴者统统大吃了一惊。

不要小看了这句"玩笑"话，在这样的特殊场合，不亚于突然引爆了一颗重型大炸弹，直惊得吴凡乐赶紧摆手制止，恨不得上前一把捂住季天翔的嘴。

"大家都在这么想，只是没有人敢说出口而已！"季天翔继续说道。

"大家请自便，请自便！这小季喝大了，玩笑话也说得不着边际了！"吴凡乐眼见季天翔的话题引起了众人高度注意，便连忙出面圆场降温。

"小伙子，你真这么认为？"省电总一把手严忠威笑着问季天翔，轮桌敬酒的杯子还握在手中呢。

"严总好！吴主任名副其实，众望所归！我所接触的十有八九的职工都私下里这么说！"季天翔急忙站起身来回话。

"小季呀，你说的是实话，咱们电建人都是天生的直肠子，俺也不喜欢说话拐弯抹角，我也经常这么说，但这事儿我说了不算！得省局领导们亲自拍板才行！"严忠威看上去对此话题颇有些小激动，身边的下属纷纷小声议论着"严总也喝多了"的话。

严忠威见大家议论纷纷，便又说了句："听说你小子形意拳功夫练得都快超过俺们单位的大'老虎'了，能不能现场表演一小段儿给大家助助兴？"

季天翔脸儿一红，连忙说道："严总过奖了，俺跟师父比起来，这才哪到哪？差十万八千里呢。不过，既然咱们省电总最高领导亲自发话了，俺翔子就给领导们班门弄斧地耍两招，武艺不精，还望大家不要笑话俺！"边说边抱拳向四下里致意。

一路漂亮的形意拳经典套路"十二形"打下来，十二种动物的动作惟妙惟肖，娴熟有力，偌大的由会议室临时改成的迎新春宴会厅，立马响起了一阵欢声雷动的掌声，季天翔急忙再次抱拳四下致谢，无意中看到了肩并肩坐着的表哥和牛化龙，也在人群中间瞪眼儿盯着自己呢，小脸儿羞得更加红晕了。

"这小季果然名不虚传，不愧身藏真本事，小小年纪，竟然带着咱们几十号正规军把仗打得头头是道！只可惜，咱爱才，诚心诚意递给人家一张特批的'招工门票'，但是，人家说啥也不愿意跟着咱干！咱们是剃头挑子一头热啊！好了，好了，谢谢小季刚才的精彩表演！小季呀，以后有事儿尽管找我说话，我还真就喜欢上你这个小伙子了！真心真意地喜欢上你了！"不愧是从基层工地一步步干上来的实干家，这严总说起话来果真豪爽直白还不乏幽默。

"大家接着喝酒，接着喝酒！咱们江北省电总有省电总人的喝法，干活玩命干，这喝酒也别藏着掖着的，眼看眼就要过年了，忙活了一年了，难得如此放松，都给俺可着劲儿地喝！"严忠威又接着说了一句。话音刚落，全场又恢复了活跃的欢乐气氛。

推杯换盏，吆五喝六，男男女女一大帮，个顶个喝了个天昏地暗。

很多人喝得几乎忘记了回宿舍的路，但季天翔这个愣小子，在宴会上放的那颗大"炸弹"却让在场的所有人记忆犹新，吴凡乐升职的话题，也更加在省电总里里外外传得沸沸扬扬了。

不论什么原因，不论哪里吹来的一股劲风，不论谁做的努力，反正省电总上下员工，都把"吴凡乐被火箭提拔为副总经理"这笔"账"，结结实实地记在了季天翔的头上，想抹都抹不掉，这小子，想不出名都难呢。

进入省电总领导班子行列的吴凡乐，经过一段时间的工作捋顺和适应过程之后，终于又想起了鼓励季天翔单挑自立山头的事儿。

季天翔最近也特烦，替邢志江招来的那几十号人多优秀啊，响当当的技术、扎实的作风，堪称天底下都难寻，那么短的一段时间，给邢老板创造了多大的经济效益啊！愣是让邢志江和他手下的那几个鼠目寸光的管理人员给硬生生地挤走了。

没办法，经不住"牛鼻子"的多次相求，季天翔又替邢志江招来了三十多个大都能独立承担高压管道项目的熟练工，甚至还从自己的老家替他招来了六名小壮工临时应急，连哥哥季天利都来了，东拼西凑，总算将手头上的项目按期保质保量地完成了。

待邢志江欲承揽新的分包项目时，人家说啥也不跟着他干了。临走时算工资，再次以不到年底、提前"撂摊子"为由七折八扣，就差没扣人家睡觉的床钱了，季天翔不得不出面协调，但人家邢志江有人家邢志江的小九九，有人家邢志江的"规章制度"，根本不鸟你那一套，让季天翔深感里外不是人儿，发誓再也不替邢志江出头露面去招兵买马了。

多么好的伙计们啊！除了那六名老家来的小工之外，人家来的可大都是熟练工，这么得天独厚的良好人力资源，对人家稍微好点儿，人家在哪儿不是干，谁愿意满天下地瞎窜窜乱换地方？此处不容人，自有留人处，浑身上下都是混饭吃的真功夫，人家不离其而去才怪呢。

更可气的是，自己从老家带过来的那几个人，邢志江几乎一次都没有让他们接触过电气焊和安装，天天派他们刷漆领料干粗活儿，干到最后连电焊机几股线都一知半解，更别说学到啥技术了。几个吞了一肚子窝囊气的小家伙，好说歹说也不行，最后坚决"要饭去也不跟着这个邢老板干了"，逮住季天翔一顿胡吃海喝之后嘟囔着统统回老家去了，还好，除了哥哥季天利的工资之外，另外五个人的工资，象征性地按照最低工资全都清了账。为啥？邢志江没说，季天翔也没问。

这时，季天翔才突然想起，自己的工资还没有领到手呢，年头都隔了一个了，反正季天翔不好意思要，人家邢志江也不给，牛化龙只知道关键时候求季天翔"救救场"，但从来没有想着跟季天翔提一句薪酬的话题，时间长了就成了过眼云烟。

给他帮了那么大的忙，自己的工资不付也就算了，哥哥的工资为啥也不给？季天翔绞尽脑汁也想不出充分的理由。除非，邢大老板的脑子里突然进水了，否则，他不会如此自己搬起石头砸自己的脚。

一次偶然的机会，师父王天虎不知从哪里听来的一段话，一下子就解开了季天翔心中的疑惑。原来，不只邢志江把工人纷纷离他而去的原因归咎于季天翔，就连牛化龙也信以为真地认为季天翔暗地里拆了邢志江的台，抱怨季天翔有心计，这是在釜底抽薪、未雨绸缪，将自家人支开欲另立山头呢！

不发工资的事儿牛化龙早就知晓，不但不督促补发，反而拍着胸脯支持邢志江："老谋深算的熊家伙，一分钱的工钱都不能给他，想要工资，让他直接找我要！"

"老虎"向来爱憎分明，边说边气势汹汹地直骂娘。

脾气暴躁的季天翔顷刻间肺都快气炸了，跟师父说要去找邢志江和牛化龙理论，一向教育徒弟凡事要"忍气吞声"的师父，竟然连一句阻止的话也没说。

要不是表哥强力拦着，邢志江挨顿揍几乎是板上钉钉的事了，甚至一向受其尊重的牛化龙也会因此遭到质问。毕竟表哥这层关系在那儿放着呢，为了不让表哥难做人，季天翔不得不再次忍下了这口怨气儿。

师父王天虎眼见疾恶如仇的爱徒一连几天都放不下邢志江这件事，就弄了几样小菜约季天翔喝了几杯，到底是师父技高一筹，一句"那几个小钱就当扔给小人了，有本事自己当老板去挣大钱"，就把季天翔心中的死结给瞬间疏解开了。

"第一，你翔子至今没有另立山头单干。第二，你翔子帮了他邢志江多少忙？整个项目部上下都有目共睹。第三，你翔子不是没有机会当老板，而是生怕无意中拆了邢志江的台面。第四，你翔子不但没有争权夺利，甚至连自己应得的那份血汗薪酬都没有拿到手。第五……不说了，不说了，咱们不做亏心事不怕鬼敲门，没必要天天活在小肚鸡肠之人的阴影里而不能自拔。"

"师父，您最了解徒弟的心性脾气了，通过这件事儿，我也悟出了很多的道理，此次'吃亏蒙冤'我不后悔，但我坚信做人厚道才长久，今后我还会坚持这样的为人之道，包括邢志江和化龙哥如此待我，我依然坚守我的承诺，宁愿一辈子不当老板，也绝对不会从这个项目工地竖起大旗，即便在别的地方开始单干了，也绝对不挖不拉邢志江队伍里的现有人员，以前我替邢志江招的兵买的马，离开邢志江的队伍一年之内的熟练工以上骨干人员一律不接收，俺说话就是一口唾沫一个坑！"

"这就妥妥哩了，翔子，掀过这恼人的一页，伺机大干一场吧！"

师徒俩你来我往，谈得无比投机，季天翔心中的一块大石头总算彻底放下了。

突然有一天，吴凡乐的妻子周芳找到季天翔说："翔子弟弟，姐姐有个事儿想跟你商量商量。唉，还是跟你明说了吧，你吴哥让我找的你，他刚接手这一大摊子事儿，整天忙得晕头转向的实在没有时间顾得上你。明月县城西面的金池电厂项目临建工程马上就要动工了，前期管理人员也都基本上到位了，离这儿又不远，他计划让你现在就去那儿干，从临建开始就进点去干，前期先干点建筑上的小制作安装项目，以后随着工程项目的全面展开，再陆续承包那些技术含量较高的汽机、锅炉管道设备安装项目。循序渐进地干，你看行不？"

"谢谢姐姐，谢谢吴哥，俺听您的，随时都可以组织人马过去干！"季天翔正值万事俱备只欠东风的节骨眼儿上，得此上天神助，不当机立断应允才怪呢。

"但你吴哥说了，不要有思想顾虑，一根烟儿一杯酒也不用巴结他，帮你只是因为打心眼里'喜欢你'，觉得你干活实诚又有真本事，也让人省心。否则，让别人戳了脊梁骨，他就立马与你划清界限！你吴哥和我都愿意帮你，都没有别的意思，就是看着你这小伙子人品不错，也有这个能力，就想顺手拉你一把，举手之劳。人生地不熟的，你刚开始拉队伍干，指定有不少现实困难等着你面对呢，姐姐随时都会在后方诚心帮衬着你！"周芳再次真诚地向季天翔表明了其两口子出手相助的纯洁动机。

不去不知道，干上了才知道，江北省电力建设工程总公司金池电厂项目部所谓的前期管理人员，不过是十几个人的一个杂牌军"小团伙"，各专业临时拼凑的人员而已。

所谓即将"三通一平"的施工现场还是一片一眼望不到边的大面积棉花地呢。按照项目部的安排，季天翔先行从老家把哥哥"请"了过来，在康城电厂干过的那五个本家本族的兄弟爷们也全都跟过来了，但人家有言在先，不能一天到晚再专门让他们几个人只干那些下三烂的力气活了，出力流汗不打紧，好活孬活得大家掺和着干，说啥也得跟季天翔学点技术了，还得捎带着学点儿形意拳的真功夫，季天翔苦笑一下，不得不照单全收，一个袖珍型的包括自己在内的七人小外包队就这样初具雏形了。

经过短短几年的"修行"和拼搏，季天翔终于成了省电总麾下、79家外协兄弟单位中年龄最小的名副其实的"小老板"。

项目部经理陈聪按照总部吴总的吩咐，指派项目部目前唯一的一辆"130"双排客货车去康城电厂项目部锅炉工程处驻地，以项目部的名义签单拉来了满满一车厢包括电焊机在内的工器具，一件不落地全部交给了季天翔，签收单或者是借条都不需要打，就成了季天翔的"私有财产"，至少暂时拥有了其全部使用权。

至于工人的生活费和零星花销等费用，陈聪经理也说了，完全可以预支工程款应急。季天翔如释重负，一门心思地想着一定要把事情干好，一定要干出个样子来，才能对得起吴总的特别厚爱。

慢慢地，干"三通一平"的机械车辆也逐渐到位了，建筑队伍也陆续到位了，穿插其中的水电暖，甚至铁大门、高大的金属宣传牌子、安全围栏等杂项活儿，全部都成为季天翔独家承揽的好项目了。

俗话说，干工程，挣钱不挣钱全在预算员。作为省电总全体经营人员的顶头上司，专职计划、经营、结算管理部门总管的表哥范增辉，自然将此等大事儿全都替小表弟想到了前面，季天翔在自己的身边竖起了另立山头的大旗，要想取得最佳经济效益，得同步将预算的功课做好了才行，虽然不能亲手对自家亲戚胳膊肘往外拐，但至少帮其在政策允许范围内算个公道价还是可以的。

做预算第一步，必须要精通施工图才行，否则产生了漏项，预算定额套的子目价格再高也会吃大亏，就像进商场买东西，买了三件不同的商品，你收了客户一件的价格，即便利润再高也极有可能弥补不了另外两件商品本身的巨大损失。

工程量也一样，比如，施工图纸上明明标注着让刷三遍油漆，你偏偏看不懂，只计算了一遍油漆的工程量，这遍油漆即便价格翻了倍也会蚀本而产生亏损。

对于季天翔来说，这第一步不但已经天衣无缝，甚至已经具备了与大众预算员相比较，有过之而无不及的能力了，因为他不但识图精准还有现场施工经验，对工序了如指掌，专门想让他漏项都难。

第二步，就是套定额，要尽最大可能地选择对口、对应还要说得过去的价格子目，约定俗成、有目共睹的子目谁选都一样，但模棱两可的子目就大有学问了，其中最大的"空子"在于套这个也行，套那一项也可以，价格却天壤之别，相差数倍十几倍都不是啥稀罕事儿。

刚刚上锅炉钢架干活的时候，季天翔就开始未雨绸缪，着了迷一样地跟着表哥学做预算，不能说水平已经很高，但中游水平早就绰绰有余了，邢志江干的那些活绝大部分都是季天翔做的预算，连"预算专家"表哥范增辉都夸他预算做得好着呢。

俗话说，凡事旁观者清当局者迷，季天翔也有同感，真正自己单干了，反倒时常拿不定主意了，常常怀疑自己是不是漏项了、套低了。表哥说，万事开头难，只要有真功夫，就不愁熟能生巧。

干安装，不像建筑、土石方人员多的大队伍，自行在离金池电厂最近的村子里租房子，季天翔的安装队伍没有那么多的人，就跟着项目部人员在租赁的老大队院子里住，跟着项目部大食堂吃饭，省了房租和埋锅造饭的烦琐和专职伙夫费用，否则，专门另立食堂安排一个厨师也要额外增加不少花销呢。

这个大队院，房子奇多，季天翔还幸运地得到了一个小单间，作为小老板，吃、住、办公也有了自己的私人小空间。

随着电厂筹建处大院和省电总项目部办公区的完工和厂区围墙的竣工，一度寂静萧条的大片庄稼地，水泥路面、搅拌楼、吊车汽车、挖掘机翻斗车到处都是，几乎天天都有络绎不绝的人马和机械到场，正规军、游击队、筹建处、闲杂人等，队伍规模逐渐壮大、热闹非凡。

仅负责警卫执勤的护厂队人员就一下子猛增到了一百二十多人，四辆挎斗三轮警车，一天到晚闪着警灯忙个没完没了。

好伙计"兔子"也来了，哥俩儿见面当晚就痛喝了几杯。

也难怪，那么多的大门、建材设备库、办公区、重点施工区和生活区，都需要人员值守、巡逻和处理日常警务，即便十二个小时两班倒，百十号人还捉襟见肘呢，以后还会成倍增员才行。

难怪有人说，这临建连个图纸也没有，即便有也是现场技术人员临时应急划拉几张乱七八糟、随时都有可能被改动的小草图，干好了，神不知鬼不觉地发个小财儿，干不好、算不好，赔掉裤衩子都不知道在哪个环节赔的钱，此话一点不假，头脑活泛、招人待见、向来也有眼力见儿的季天翔，第一次干临建就尝到了实实在在的甜头，比在邢志江那里干正式工程利润高了去了，那小钱儿挣得，有时候连自己都心跳加速。

按照此前各项目常规，临建水电暖安装队伍向来都是至少安排两家，但金池发电厂项目例外，因为吴总发话了，季天翔一家队伍足够了。一家独大，无形中为季天翔加大了定价和利润的砝码，毕竟不能"货比三家"了，没有了竞争，也就没有了自相残杀的乱压价。

季天翔有领导和表哥的光环罩着，但如果干不出工程量来，行有行规，省电总也有省电总的一套成熟的经营管理制度，有理有据有规则地从技术员、技术负责人、二级单位领导、工程部领导、经营部领导和项目部领导那里，一步一步地让大家认可、签下工程量来才能进入"套预算"环节计算价格。

否则，凭空磕破了头、求破了嗓子也没有人敢给你拨付哪怕一分钱，毕竟是大国企，规章制度还是相当严格的，这些行业规矩，季天翔都懂，也从来没有仰仗上层关系去为难过谁。

时间久了，季天翔也逐渐号准了甲方的脉。本来甲乙双方说得好好的先干活再签证，安排自己的队伍费了九牛二虎之力将活干完了，过后人家却不承认了，还振振有词："干那点儿熊活儿，签什么证、要什么钱？下个项目再找补！"说啥也不给签证。

不是人家故意刁难你，而是电建人的大大咧咧使然，习惯而已。季天翔吃一堑长一智，终于总结出了一条"定律"——现场签证，既不腻腻歪歪地活还没开始干就"逼"着人家签证惹人烦，还得让对方心甘情愿地把字给签了，那才叫本事。

省电总长期实行的是所有项目必须先签申请单，具体工程量不用明确，只要注明某某项目是谁施工的即可；项目完工后先竣工验收再签署具体细致的工程量；然后才能由乙方做好预算书，分别按照专业类别递到甲方经营部对口预算员处审核预决算，由各部门中层主管领导、项目部分管领导、项目经理签字后才能最终付款结束全流程。

工程量不用急着去算，反正项目部各部门签字画押的申请单在那儿放着呢，他们赖也赖不掉，相隔时间长了，说不定还能打个马虎眼，将明明三十米长的一根临时施工用水管，信誓旦旦地与甲方争辩成一百三十米也未可知，反正早就没有了实物证据，谁也说不清到底当时焊了多少米了。

申请单就不同了，没有申请单，活干得再好再多，最后没有依据都是零。季天翔吃了几次亏之后就学"刁"了，上班啥不带，也得胳肢窝里夹着一打申请单。甲方领导和管理人员都喜欢"听话"、指哪打哪的队伍，安排了就立马去干，也不讲条件，他们还会时不时地蹲点监督，季天翔经常不失时机地抓住这个时间段，对方满意时，说句"还得劳烦领导现场办公签个字"，就边聊天边将申请单递了上去。

"领导"心甘情愿，接过季天翔递上来的签字笔和申请单看都不看，闭着眼睛就签，签完还忘不了补一句："小季，该签证的要及时签，只要把活干好了，付出了，你的就是你的，允许范围之内，反正都是公家的钱儿，伙计们谁也亏不了你！"

有时候一天应付下来，被项目部支使得帽子都戴不住，腿脚跑得生疼，腿肚子肿胀得难受，虽有着铁打似的身子，季天翔也日渐憔悴了下来，但每每看着手中一摞刚刚签下来的申请单，外在的痛立马就被心底里的喜悦淹没殆尽了。

实在撑不住，季天翔就托大阳庄村小卖部里的老张去旧货市场，捎买了一辆破得不能再破但还能正常骑行的大轮自行车，从本就拮据的运转资金中抽出十八元钱，鸟枪换炮，体力和效率大大倍增。

项目经理陈聪看在眼里，就慷慨地将自己当月的工资添上零头凑了个整数，暂借给了季天翔雪中送炭来应急，季天翔说了句客气话也没有推辞，再不想办法补给粮草，自己的队伍确确实实就要断顿了。

一日下午，刚上班，陈聪按惯例巡视，正好遛达到了季天翔干活的现场，眼见季天翔正撅腚哈腰地处理着一处泄漏的水管子，但刚到时只是悄没声地观战，没有言语。

这个漏点陈聪知道，是挖掘机刚刚挖漏的，漏点不大，但源源不断，一个小眼儿竟然将水滋得比电线杆子还高，很快就洇湿了一大片地块儿，水汪汪的，还是自己亲自用对讲机通知季天翔来处理的呢。

"小季呀，咋没有看到你焊就把漏点处理完了？刚才我一直站在这儿呢，这移动电盘上的闸刀还没有合上呢，电焊机都没有开通，管子咋就不漏水了？"陈聪待季天翔浑身是泥地爬上了工作坑，疑惑地问道。

"陈经理来了！这个主管道水压太大，高压水龙头似的，如果不停水，再高的焊接技术也焊不上，弟兄们都折腾一中午了，饭还没有吃上一口呢，还差点有人触了电，刚把焊机断了电。建筑工程处说了，今天的活特别急，绝对不能断水，我就使了一个绝招儿，立马完活，万事大吉，现在就可以把工作坑回填上了，这路还急等着疏通呢！"

"绝招？啥绝招？你小子向我汇报了这半天，让俺依然一头雾水呢！"

"陈经理，你能让俺保留点独门绝技不？就怕你不小心告诉了别人，让别人学了去呢！"

"鬼精鬼精的！行了，俺也不想学你的啥独门绝技，不说就算了！听经营段主任说，你至今还没有递上去一分钱的预算书呢，抓紧哪小伙计，又不是大家不愿意给你签工程量，结算完就可以拿到工程款了，先结点账解解燃眉之急也行啊！如果有哪个环节人员不给你签字，你就及时告诉我，我出面给你安排协调，二十郎当岁的小青年，溜溜呵呵的年纪，这么劳心费力地出门在外干点活，领着一帮生瓜蛋子，事无巨细地啥活都得自己亲手干，也真不容易呀你！"陈聪边说边伸手拍了拍季天翔的肩膀。

"好的陈经理，谢谢你，我一定按照你的吩咐尽快结一部分账。刚才用的那招独门绝技，我小季专门瞅空向你详细汇报。"季天翔笑着脸向陈聪致谢。

"说定了，我等你向我汇报。你小子不用焊就能查缺补漏，还真是神了你！"陈聪边说边意犹未尽地离开了漏管抢修现场。

是啊，不能只顾着干活，结算也得紧随其后了。深感疲惫的季天翔安排妥当身边弟兄们的工作，边想边蹬上自己的那辆破专车往宿舍区奔去了。

自行车破得连个后撑子都没有，每次停车只能靠墙靠树或干脆平躺在地上存放，刚才抢修弄得鞍子上全是泥水，季天翔只好用袖子擦了好几下。看着季天翔逐渐远去的背影，大家都是生手，一时半会儿也帮不上啥大忙，弟兄们心里很不是滋味。

第十六章

  季天翔拉了好几下才将破办公桌上的破抽屉拽开，毕竟是人家项目部退役下来的"施舍"品，坏了没人愿修就扔了，都是实实在在的大块好木料做的，死沉死沉的，几个螺钉就能搞定，但一直没空鼓捣，先将就着用吧。

  抽屉里积攒了一大摞外包申请单和各式各样的草图，按照时间先后顺序放得井然有序，季天翔拿出一本从经营部要来的四联型"工程量计算表"和一小打复印纸，就想静下心来做些工程量，做完了就可以拿去项目部挨个找人签字去了。

  有了签证后的工程量，再乘以定额单价，立马就可以变成真金白银了，当然这中间来不得半点儿马虎。季天翔不厌其烦地翻看申请单、草图和有着详细施工日志的密密麻麻的记录本，不知不觉地就做完了好几份申请单的量。

  这时，向来精力旺盛的季天翔却不知不觉地打起了盹儿。

  最近没黑没白地忙活儿，不能静，一静下来就指定困。季天翔可劲儿地用右手拍了几下眉心也不管用，不得不放下手中的笔，斜靠在床头的被褥卷上打算歇一小会儿再算。

  可是，真正地躺下来想闭上眼睛歇会时，却说啥也睡不着了。刚才在工地上抢修水管的那一幕幕，又像电影胶片一样地浮现在了季天翔的眼前。

  "翔子，翔子，你在哪儿呢？我们把工具都运到现场了，你抓紧过来把漏水的管子焊上吧！我鼓捣了半天，还是滋滋地漏，这水柱都快滋到天上去了，怎么焊也焊不住！"四哥季天利用对讲机向季天翔求援时，季天翔正忙着指挥另外三位兄弟焊铁大门呢。

  经过这段时间季天翔不失时机地精心调教，几名兄弟爷们多多少少都会焊焊割割、应付一些简单的活路了，但稍微上档次的活只能由他亲自上手，特别是今天的带水补漏，明明知道他们干不了，还是心存侥幸地让四哥带人先过去了，实在是连轴转太累而分身乏术啊。

季天翔赶紧撂下手头的活儿，骑车赶到了漏水现场。见太湿滑，就往工作坑里又抬手扔下了一块竹架板，二话不说侧身就跳下去了，还没来得及看上一眼焊口呢，就听地面上一声尖叫将大家的注意力吸引过去了。

"咋啦？咋啦？叫唤啥？"季天翔抬头向工作坑口问道。

"电！电！有电！"地面上一个名叫季中明的本家侄子，边握着焊机线哆嗦边对着季天翔叫唤，季天翔明明知道电焊机输出的都是安全电压，电不死人的，但潮湿环境特殊，为了安全起见，还是急忙吩咐四哥立即拉下电闸。

"熊玩意儿，说了你多少次了，干电焊工一定要买双绝缘鞋穿，不是预支给你零花钱了吗？还没有舍得买？电你活该！滚干燥地方待着去！晚上再不去小卖铺里买球鞋，明天就别来工地上班了！"季天翔生气地将季中明训斥了一顿。

"好了，合闸！"季天翔见季中明离开了潮湿地界，便吩咐再次合闸送电。

夹上焊条才来得及观察，焊口早已让四哥焊成了豆腐渣，还不如重打锣鼓另开戏好焊呢，用气割将那些焊瘤重新清理掉，也几乎不可能，水压太大了，到处都是水，根本就没法切割施焊。

季天翔重新放下刚刚抄起的电焊钳，沉思片刻，恍然大悟似的想起了烟囱老爷子曾经说过的一段话："我在湖北一家化工厂里打过一个多月的工，当时，有一处水管子突然漏了水，一个小眼儿，水都滋到天上去了，但现场有可燃气体不能施焊况且又不能马上停水，怎么办？大家都傻住了，只有俺灵机一动，弄个竹牙签就给封住了，待停了气、停了水办理了动火作业票之后，又焊上的……"心想，能不能按照老爷子的土法子再试一把？说不定还能管用呢。

"把钳子、锤子扔下来！谁带着小刀了吗？一块拿过来！"季天翔指挥着坑口上面的伙计大声命令道。正好，躲在远处的季中明钥匙挂上拴着一把小军刀，还真派上了大用场。

季天翔先是亲手从脚下的破木架板上折下一小段竹片，又用小军刀劈了一根小窄条，然后截断了，削尖儿，再截下牙签长短的一根带尖的竹针，伸手就往漏水的管子焊口眼儿里塞，塞进一段，再用手锤轻轻地敲，然后摸根儿将竹签折断，竟然奇迹般地止住了漏水，瞬间就滴水不漏了。

也亏了四哥刚才焊下的这一堆厚厚的焊瘤，无形中增加了管壁的厚度，不然，这薄薄的管壁还真兜不住这竹签儿。

好不容易才止住了漏，本想趁机在漏点上滴几滴焊水就完美了，但季天翔也确实累了，就只好收手没接着干。再说了，即便以后再漏了，再停水补焊一次还能再签一次外包申请单呢，毕竟是临建工程，一天到晚拆了焊、焊了拆的，干得再好、处理得再彻底也没有人领你的情，多一事不如少一事，还是溜之大吉为上。

由此及彼，季天翔连续不断地满脑子回想着土法子，回想着烟囱老爷子，就自然而然地再次回想起了天天朝思暮想的美丽可人、善解人意的"小娟姐"……

突然，桌子上的对讲机响了："季老板！季老板！翔子！翔子！省局纠风办电话，找你的，抓紧到项目部办公室来接电话！听到请回话，听到请回话！"

季天翔一听就知道是项目部办公室主任翁玉强在呼叫自己，也清楚地知道这电话是"小娟姐"打来的，便丝毫不敢怠慢，一下子就提起了精气神，一个骨碌爬起来，就飞速骑车奔项目部去接电话了。

还真应了那句话了——有缘想谁谁就到！这想着想着，小娟姐的电话就刚好打过来了，心有灵犀似的。

"姐姐，姐姐，我是翔子……"季天翔赶到办公室就一把抓起了电话。

还没有听到杜月娟的回音呢，季天翔就警觉地发现翁玉强眯着小眼儿往这边射"余光"呢，貌似让季天翔口中的"姐姐"称谓勾起了好奇心，急忙从兜里掏出半盒烟，扔给对方说："翁主任，俺有点儿私事要说，能不能劳您大驾去隔壁抽根烟？拜托，拜托了！"

翁玉强笑着起身摸起季天翔的烟就往房外走，边走边叨叨："没问题！明白，明白！你们慢慢聊，别慌！我去隔壁等。"

"姐姐，听到我说话了吗？"

"在听，姐姐在听，你们那个翁主任被你给支走啦？翔子，你接着说！"

"姐姐，弟弟我累了，特别特别累，从来都没有这么累过，累得都快坚持不住了，越累越更加想念姐姐了……这不，今天正在宿舍里想着想着，姐姐的电话就突然鬼使神差似的打过来了……"

"翔子，别灰心，姐姐虽然不在你身边，但是啥事儿都知道，万事开头难，白手起家，其难度可想而知！天天都想着给你打电话问问进展情况，一是担心你分神，二是不方便，舅舅舅妈这段时间周末也不大出门了，单位里总有别人在。这不，领导出去开会了，一时半会儿的也回不来，我才瞅准机会给你打的这个电话。"

"没事的姐姐，别担心，想创业俺就不能怕吃苦，听到你的声音就不感觉那么累了，其实话说回来，也没有想象的那么严重，这点小考验也不至于把我累趴下。我都想好了，也正在去做，赶快结上一部分账，工程款到手就有周转资金了，说啥也不能再这样硬撑着独当一面了，否则，缩手缩脚地啥时候也干不大，得尽快招兵买马才行。别提了，老家来的这一帮生瓜蛋子，连电焊机几根线都不清楚，有时一圈儿小壮工围着我，看着我一个人干，我感觉藏在面罩里面的脸上都是泪，回头想想也真是难为我自己了，没办法啊，创业成功者起步时哪个会是一帆风顺的？"

"这么困难还一直拒绝姐姐的资助，怎么说我也有一笔算是不菲的私房钱闲着呢，哪怕是以后你挣到大钱了再还给我也行啊。要不，你还是拿去用吧！"

"不用了，姐姐，真有过不去的坎儿，还用姐姐问我吗？我早就向你张口了。今天项目经理还说了，让我尽快办理结算，很快就能拿到第一笔工程款了。不是拒绝姐姐的资金援助，实在是还没有困难到山穷水尽的那个地步而已。"

"赶快招兵买马，说句不恰当的比喻，放一只羊是放，放一百只羊也是放，反正单干了，就要大张旗鼓地轰轰烈烈干一场！就像赌场下注，背水一战也得大干！"

"我也是这么想的，也已经联系到了不少合适的人选。听了姐姐的话，我的信心更足了！俺这心里立马轻松多了，到底还是姐姐会哄我！"

"刚才差点儿就哭出声来了，这刚刚缓过劲儿来，又开始油嘴滑舌了？"

"谁说的？你咋知道我刚才要哭了？"

"你那两下子，别人不了解，我还不清楚？隔着电话线，我也能把你看到骨头里去！你信不信？"

"信，信，绝对相信！姐姐说的话俺小翔子咋敢不相信？"

"书归正传吧！我本打算这个周末去看看你的，但确定又去不了了，得陪领导去基层调研，下个周末有时间指定去看你，耐心等着我！你对讲机里都呼了你好几遍了，别耽误事儿，要不你赶紧忙去吧，我瞅机会再给你打电话，听你向我详细汇报！"

"好的姐姐，刚才呼叫我的是汽机工程处刚调过来的项目主任梅泷，先行来金池项目筹备干循环水的事儿，估计有重要的事情找我，那我就赶快去现场了，下次再继续向你汇报！"季天翔急匆匆地放下电话，去隔壁向翁玉强打了一声招呼就去了汽机主任办公室。

季天翔和杜月娟，虽然身处两地，但却一如既往地谁骨子里也放不下谁。

原来，省电总总部领导班子今天上午开了一个会，一把手——江北电建总经理严忠威说："咱们省电总一下子承揽了三个电建项目，创我公司电建历史之最，现在看来确实有些力不从心，甚至有些手忙脚乱。吴凡乐同志主抓的'分包模式创新改革'工作还得再想方设法地加把劲儿，要放开手大干，往远处往大处往深处着想，要看清形势，摸透政策，抓住机遇，在保证安全、质量和进度的基础上，能外包的就放开手脚外包，建筑专业大的分包队伍要引进，安装专业相对规模小些但技术含量高些的分包队伍也要尝试大量引进。

"现阶段一些技术含量相对较高的管道设备安装工作，各项目部工程量都存在着大量积压现象。比如，近日马上就要开始全面展开施工的金池项目循环水管道，前几天我去参加电厂协调会时，还跟汽机上说过这事儿呢，像那个人小鬼大、确实有两把刷子的季天翔我看就不错，可以将那里的大循环水管道包给他干干试试，只要号准了这小子的脉，技术和施工能力上能胜任，就要放心大胆引进来，但毕竟外包循环水对于咱们省电总来说还是开天辟地头一回，一定要瞪大眼睛盯牢了，千万不能弄出了啥岔子。"

"不论是在本公司还是在分包兄弟单位之间，要尽快形成一种能者上庸者下的良好氛围，谁的本事大，就让谁挣到钱，以前大家都避讳谈'钱'字，现在都与时俱进，咱不避讳这个现实存在的话题了。"省电总严忠威总经理在班子会议上再次强调了吴凡乐副总经理工作中的重中之重。

"建筑大项目我已经组织人员与目标合作单位谈了几次，近期即可先行拍板三四家大队伍，建筑这方面毕竟是常规工种，队伍来源应该问题不大。关键是现阶段安装工作量积压太多，技术含量相对还高，又不能盲目外包，我也正在考虑先从安装领域打破旧制，大管道、高压管道均尝试外包，与严总想到一块去了。

"那个小伙子——季天翔，在康城项目锅炉上练过兵，在外协安装队伍里堪称奇才，要能力有能力，要技术有技术，要人缘有人缘，交给他一摊子，这小子指定干不孬。我计划先将金沙电厂项目的循环水管道的制作安装项目包给他一半，他承担一路，咱们汽机工程处正规军承担一路，也顺便用各自的实力较量较量。

"干好了，让他接着带队伍再干其他项目，也可以让他进厂房、上炉架干高压，还可以将汽机四大管道分包给他，真不济，也可以只让他负责安装，咱们焊接工程处负责配合焊接，随机应变，到时候再根据具体情况跟着感觉走。

"当前与咱们长期合作的队伍，大都是一些技术能力低下、只能承担一些简单钢结构和中低压管道安装项目的一二十个人的袖珍小队伍，任凭咱们瞪大了眼临时抱佛脚，一时半会儿也很难找到了解底细的可靠规模安装队伍，我正在扩大搜寻范围，安排组织这方面的优秀力量。"

"前几天，我也电话找这个小季谈过，技术能力和人员都不成问题，但是，这小子穷光蛋一个，手里没有启动资金，原先给他免费提供过几台交流电焊机和一套工器具，但干这些大活需要另外置办大直流焊机和卷板机等相对较大的施工机械才行，我已经答应他了，咱们甲方提供吊装运输机械、电焊机、卷板机、喷砂除锈设备和工器具，给他按包清工外包，机械台班和小型工器具产生的费用从结算工程款中按照定额含量从中扣除，我已提前通知过汽机，会后再安排一下，让他们尽量近期就行动起来……"吴凡乐将自己的想法滔滔不绝地说了出来。

金沙项目部汽机工程处项目主任梅泷，刚才着急忙慌地找季天翔，就是遵循总部领导安排，尽快落实循环水管道制作安装外包事宜的，汽机总部大主任也打电话向梅泷郑重其事地专门交代了此事。

金沙项目经理陈聪亲自过问，项目部各部门主管也迅速悉数到场沟通协调，很快就把外包意向书大框架口头敲定了下来，季天翔和汽机各家干一半，分别负责完全对称、等量的工作量，具体细节待经营部起草合同后再行修改，然后报总部经营部及大公司领导定夺，但季天翔的人力、物力，即日起就可以开始提前筹备进厂了。

第十七章

第二天一大早，陈聪将季天翔叫到了项目经理办公室说："小季呀，昨天饭局肯定花费不少，昨天回来的路上我已经给建筑主任说了，从场地平整里面给你开点土石方工程量，绝对不能让你吃这个亏，你待会儿就去找他签一份外包申请单吧。

"财务上我也已经打招呼了，先预支点钱给你，估计你的结算三天五天的也弄不了那么快，先应应急，结算的事儿白天没空，夜里加加班，赶快把工程量先算出来，签字的事儿好说，我安排手下的人尽快优先给你先审。

"当务之急，最大最要紧的工作，就是循环水施工人员的事儿，得马不停蹄地抓紧落实了，机械、电焊机和工器具你啥都不用操心，全部由我来安排，主要是得抓紧组织人员，抓紧让人员到位上岗才行。"

"好的陈经理，我都记住了。人员的事儿没问题，我正在按上次咱们汽机循环水碰头会时向您汇报的原计划落实呢，第一批工人近几天就能过来了！谢谢您，陈经理，您一直啥事儿都这么照顾我！"

"不用这么客气，还是你干活实诚招人待见，还是那句老话儿，只要把活干好了，咱们啥都好说。我马上去电厂还有个生产调度会，你去吧，忙去吧！"陈聪边说边拿起办公桌上的记录本和本子上别着的碳素笔站起了身子。

季天翔离开陈聪办公室，便按照陈聪的嘱咐直奔建筑工程处找项目主任童璐签外包申请单去了。

"童主任，上班啦？来，抽根烟儿。"

"小季呀，来来来，好，抽根儿，你不抽？"

"不抽，不抽，我从来没抽过。"

"施工申请单填好了？领导亲自安排了，抓紧签签吧。拿过来我看看。"边说边让季天翔去隔壁一溜三间的技术组大办公室，将临建专工和技术组长叫了过来。

"这份申请单你们俩给小季签签，我已经先签上字了，工程部也知道这事儿，陈大领导安排的。不行，我得赶紧走了，马上马的就到开会的点儿了。"童璐着急忙慌地安排完季天翔的事儿，攥着对讲机边往屋外走边遥控安排工作去了。

季天翔趁热打铁，直奔工程部、安监部、质保部、焊接管理部、经营部办公室挨个找各部门主任签字去了。运气好的话，一圈儿签下来也用不了几分钟，毕竟刚上班或将近下班的时间点儿，工作人员大都在办公室"掐"时间。况且，只要技术员、技术组长签了，后续那些部门只是走走形式，甚至连看也不看一眼工程名称和工程量，只看前面的签字人就签了。

1、2、3、4、5，这份小小的申请单上按顺序列了五项明细，其中的四项都是幌子，第三项才是来钱儿的主，"人工清淤泥"，价格奇高啊，定额单价比人工挖土方高数倍十几倍呢，除了经营部里的预算员看得懂价格，其他的签字人员几乎脑子里均没啥"多少钱"的概念。

一月或数月之后，这份不起眼儿的外包申请单往外一亮，摇身一变，那就是一份真金白银的结算依据了，某年某月某日某地点儿，挖土、清淤、平整场地，只要你有本事、有想象力，这么多天过去了，到底当时干了啥，一没图纸，二没留下实物，谁吃饱撑的没事干，将此等鸡毛蒜皮的小事一五一十地给你详细记录下来？一项一项总也干不完的里程碑大项目还应接不暇呢，何况小鱼小虾？

要不咋都说呢，干临建真挣钱！但也绝对不是谁干都能挣到大钱，关键是你得"会玩儿"，得具备人不知鬼不觉的超强能力才行。

比如有一次，季天翔找领导签付款申请单的时候，领导有意无意地问了一句："乖乖，几个人薅薅草、几把破铁锨平耙平耙，那点儿巴掌大的地方平整场地就结算了这么多的钱？"

季天翔面不改色心不跳："巴掌大的地方？领导您看走眼了还是记不清这茬子事儿了？那个鬼地方净坑，黑紫泥，又滑又臭，伙计们派谁谁都不愿意去干，没办法，我现从村里托大队支书，划拉了二十多个人，费得那个劲啊，想想俺都头疼，求爷爷告奶奶，才给俺结算了这点儿熊钱，工资都不够发！您那预算员真抠门儿，这还嫌高呢，想再减点儿量，我当时就给他急眼了，俺舍家撇业跟着你们挣这点血汗钱，咱得拍拍良心，可不兴这么弄事儿哩！"

"这么说，这个活儿还真委屈你了，小季？别急，别急，预算员有预算员的职责，俺就是随口问问！这次亏了不要紧，下个活我想办法把损失一定给你找回来，你们风里来雨里去地干个活儿确实真不容易。"

"没事儿，没事儿陈经理，俺也不想一口吃个胖子挣大钱儿，关键是您不能让俺背着干粮儿赔钱干，我就生这个气！对不起，俺在您跟前儿说话不该这么冲动。"

"没事儿，有啥困难该吱声的吱声……刚开始拉队伍不容易，得沉住气，多动动脑子，谁都知道，也都说得头头是道，挣钱不挣钱全在预算员，但这是一门学问，别说你了，就连我们也在学习提高，成天琢磨着，同样的工程量，怎么从业主那里多结点钱回来。真不行，你就另外找个懂行的预算员做预算，别总是这么吃亏，临了赔了钱，无凭无据的，没人相信你的瞎嚷嚷。"

"不找了，不找了，俺干哩这点儿熊活儿，养不起个大预算员！对了领导，我看你这两天忙得够呛，进度上不去，开会总发脾气，俺这两天也是又累又烦，要不，请您晚上去城里喝点儿去？顺便邀上您那几个伙计。"

"好吧！你还是找办公室'不倒翁'那个玩意儿替你安排吧。不然的话，去了城里，你个生瓜蛋子连个饭店门朝哪儿都寻不到。"看来，项目经理还是凡事儿离不开办公室主任。

当天晚上，大家都喝得特别尽兴，项目经理陈聪破例在酒桌上还布置了一项工作任务："人家小季干活那么好，指哪打哪，从来都没有误过咱的事儿，别的专业项目都有图纸，不好弄，建筑上得想法给人家额外贴补点工程量，不行就再开点土方，明天就落实这事儿！这小子光知道干活，结算还真是什么不懂的门外汉，这样下去不赔掉腚才怪呢！初生牛犊，白板儿一个，真不容易！"

季天翔闻听，又是一把习惯性的抱拳左右来回转着圈地晃悠，心说：笨蛋才干那些傻事儿呢！

虽然是酒后下令，但毕竟是一把手说了，都支棱着耳朵听得真切，也没有人敢不听，季天翔回到项目部宿舍当晚，就琢磨着以啥名义找他们签点儿工程量。拿草稿纸密密麻麻地罗列了一排明细，以便明天去建筑上找技术员去比着抄申请单。直到自己看着满意了，才感觉到口渴得很，四哥给倒上的一大缸子水竟然忘了喝。

到底是吃人家的嘴短，趁热打铁，那帮喝了季天翔酒的伙计们个顶个很给面儿，第二天就顺风顺水地把申请单的事儿给办利索了。

表哥说了，干这临建，你如果挣不到钱儿，这辈子就趁早打轿回府永远别再涉足这一行了。作为省电总上下预算员的"头"，这里面的卯窍表哥是真懂。季天翔有幸未雨绸缪而得其真传，凭着自己的悟性和实践，已经将此技发挥得更加淋漓尽致了。

又是一个风和日丽的好天气，金沙项目部汽机组合场彩旗飘扬，鞭炮齐鸣，随着大龙门吊车安装移交的正式使用，汽机工程处第一个标志性里程碑项目——循环水管道的制作安装工程正式开工了，项目部领导班子成员及各部门相关主管悉数到场，季天翔麾下的五十余名"指战员"昂首挺胸地列队参加了开工大阅兵仪式。

凡电建项目，均建筑先行，安装次之。先是三通一平、厂房及附属建筑物交付安装后才能陆续展开安装工序。只有循环水管道的安装例外，因为其管道直径大距离长、点多面广周期长，又要迂回横跨整个厂区，如果与其他安装项目同步交叉施工作业，将会对整个工程的施工协调带来极大的不便，所以循环水的制作安装，历来都是在安装工程大面积展开前打头炮。

既然其他安装项目都不能动工，循环水自然就成了一家独大。制作场地特别大，从清除杂草、铲高填低、场地平整、临时水电到制作组对钢平台、焊机棚等一应前奏工作，季天翔指挥着十几个工人忙活了十多天，直到配合着安装完了龙门吊，其手中签完证的外包施工申请单也积攒一大摞了。

偌大的汽机组合场，一个大龙门吊，两个队伍干活，第一天开战就发生了争执，卸料、翻板、对口，全是人工搬不动翻不动的大铁家伙儿，啥也离不开吊车，否则，只能呆坐着傻等。

汽机上的人马毕竟是正规军，开吊车的、指挥吊车的都是人家的本单位职工，即便你再需要，磨破了嘴皮子人家也不听你瞎叨叨，即便正给你吊着件的节骨眼儿上，同事那边一声吆喝，人家立马就放下你的活儿，才不管你的人闲着不闲着呢。

　　乱乱哄哄一整天，也没少求爷爷告奶奶递烟说好话，但吊车依然没能轮上几分钟，眼睁睁地看着人家正规军慢条斯理地干，自己的人却只能大眼瞪小眼儿，有劲儿使不上，这马上马地下午班也到点了，季天翔心急上火，一气之下单枪匹马拉着个长脸就找汽机主任理论去了。

　　"梅主任，咱这活儿没法干了，你的人霸占着熊吊车一天到晚不撒手，我的几十号人傻站着等了一整天，连一块钢板的毛儿都没捞着吊，咋说也得先给俺吊上一吊半吊的，把钢板给俺运到小龙门架跟前儿，俺自己能将就着鼓捣了也行啊，对口、翻个儿不该占大吊车的你们都占着，你的人这不是干活儿，这是欺人太甚！"

　　"更可气的是，说好了中午加班给我们吊两吊儿，俺们的人吃完饭连水都没喝一口，生怕去晚了，就提前去坐等，连那铁轨都暖热了，开吊车的那个老娘们却食言去城里洗澡去了，要不是开工第一天，我指定会掐死她，这不是明摆着折腾伙计吗？你是汽机一把手，你说这活儿俺咋干吧！啥熊事啊弄得这是！"季天翔与梅泷挂面儿就气势汹汹地杠上了。

　　"翔子，别着急，我今天事多，没来得及过去看看，这样干可不行，咋说也得大局为重，两不耽误才行！你放心，我一定尽快找起重工协调！唉，那熊操作工不属于咱汽机，难缠出名的老娘儿们，龙门吊也不归咱管，但起重工是咱们的，按规定她得听咱们起重工的地面指挥！"梅泷年龄比季天翔大不了多少，也就是二十七八岁的样子，说话做事儿与季天翔一样血气方刚。

　　当晚儿，梅泷就安排龙门吊给季天翔一口气吊件到十点多，急着用的大件儿吊到跟前儿，就能自己当家动手干了，第二天，至少一上午有没有吊车帮忙都能将就着往下进行了。

　　但季天翔不会束手待毙，第二天一大早就赶在汽机班前会上，当着所有人员的面说出了自己的观点："一个锅里抢勺子，活不能这么干！大龙门吊原则上只吊大件儿，翻个儿、对口、下料都用自己各自的移动小龙门架，绰绰有余！空当时，大龙门吊谁都可以用，但要保证一旦有大件要吊，撂下小活儿，随叫随到！

　　"别看我干外包队，但我从来不觉得比谁低一等，像别的队伍那样低三下四，在俺季天翔身上永远没有那一天，出力挣钱也没啥丢人的。活儿，可以随时不包给我干，但让我干一天就要公平竞争，那些下三烂的手段别在我跟前儿胡摇乱要，我就想问各位领导、师傅一句话，换位思考，几十口子人傻坐一天支棱着手喝西北风，你会啥感受？

"我季天翔就这个牛脾气，够朋友，两肋插刀，如有需要，当场把头拧下来双手捧着送给你，绝没二话。否则，咱们井水不犯河水，真惹急了，俺打小就不怕事儿闹大！"

"小季，你说这话就有些过头了，昨晚我不是接着就安排龙门吊加班给你吊料了吗？说好了这事儿我一定协调安排，有必要这么冲动将别人说得一无是处吗？和为贵，和为贵，干外包队，我也觉着低三下四没必要，但也不能像你这样当众指手画脚吧！"梅泷听季天翔说话充满了火药味儿，也被激起了火。

"梅主任，你们是甲方，俺是乙方，你说咋干吧？俺不说俺不提，就按昨天那样一天天坐着傻等，你说换了是你这样干行不？还不如你现在就把活儿收回去自己干算了！"

"小季，话别那么说，让你干循环水，是上头领导的安排，俺没那个权力收回来！何况，俺们汽机、俺们省电总这是第一次，将循环水这样的大管子往外承包，两路管子咱们各干一路，既是甲方乙方也是竞争对手呢，活咋干不能由着你的性子来，这地球大了去了，就你一个外包队会干循环水？我们汽机还是对你有管理权限的，啥时候轮到你来发号施令了？"

"俺季天翔也不是傻子，作为农民工，也没那个天胆向你们吃公家饭的正式工人发号施令，俺琢磨着也是这个理儿！我说呢，咋上下一条心，第一天就给俺季天翔来个大下马威，不想得罪人俺才憋了一天没吱声，这才是病根儿，你们这是上梁下梁都在歪。既然梅主任这么说了，活儿收回去，你又当不了这个熊家，谁安排让俺干的咱找谁收回去，这活儿俺真没法干了，走，咱们一块找项目经理说理去，拿人不当人，这熊活儿还干个屁！"

季天翔彻夜难眠，早就想好了，就他们这第一天的做派，找谁评理也得大获全胜，不趁机出手回击他们一把，这仗铁定会打得一败涂地。不但无颜见"江东父老"，就连"喜欢"自己的吴凡乐副总经理，也不得不私下对周芳姐姐感叹一句——"看来这小季确实是嫩了点儿"，即便小娟姐不会小看我，我也会看扁了我自己。

机不可失，时不再来，瞅准了突破口就得牢牢地把握住。

"小季，咱别啥事儿都拿着领导压人，你刚才就说了，咱们是一个锅里抢勺子，哪有勺子不碰锅沿不碰碗不碰筷子不碰手的道理？天塌下来咱们兄弟姐妹一起顶，真理愈辩愈明，活还得干，要小孩子脾气能把活耍完喽？我昨天下午临下班就告诉你了，说啥都不能耽误干活，一定会负责协调。咱俩都是'同0'后，要精力有精力，要体力有体力，屁大的事儿都去找领导，领导那么多事儿能分身？"

"梅大主任，既然您说不能找领导，这活必须还得干，您说这事儿咋整？"

"小季，咱这样，别耽误大家上班儿，具体事宜稍后咱们拿个具体实施方案，最终圆满完成领导交给咱们的任务才是真！其他的全都是扯淡！"

"我就说嘛，咱们的梅大主任绝对是个帅才，以后指定前途无量！刚才是俺脾气瞎，说话冲，俺季天翔向大伙赔礼道歉了，初来乍到，还得仰仗各位领导、师傅多多帮忙、海涵、指教！"季天翔边说边习惯性地抱拳向汽机全体人员致歉。

"翔子，说啥呢，都是一个战壕里打拼的好兄弟，先是我们不对，别管咋说，耽误你们一天没干成活，确实太不应该！不过，说实话，你这性子还真挺有点儿功夫！"这梅泷也真是拿季天翔没招了，一会儿称其"翔子"，一会儿称其"小季"，一会儿称其"兄弟"，让季天翔带得不时沟上沟下的。

"季老板，你刚才说我们梅主任前途无量够帅才，是随便说说还是算正式预言？整个省电总谁不知道，你小子那预言灵验得很呢！"技术组长见气氛逐渐缓和了下来，便张口插了句话。

"这预言嘛……得有底子，底子不行，强行预言会砸了俺季天翔的牌子！打俺见到了梅主任的那天起，当面就跟他说了，小伙子长哩，贺龙似的，官升一级，指日可待，然后养精蓄锐，四十岁左右，省电总上下都得看他的脸色说话。只是人家梅主任低调，这话当时说过就没第三人知道了，今天俺旧话重提，让大伙儿见笑了！玩笑话，全是逗乐的玩笑话，纯属娱乐，娱乐罢了！"季天翔顺杆儿爬，捎带着缓和了与汽机全体人员的关系。

这季天翔在整个省电总上下，特别是在近八十家外包队伍当中，就是一枚可遇而不可求的"奇葩"，既没有特别重量级的大后台罩着，也没有跟哪位大领导有过丝毫利益互动或承诺，更没有啥特异功能，单靠"特别招人喜欢"就足以畅通无阻地笑傲江湖了。

不过，刚才季天翔对梅泷的"预言"还真奇迹般地应验了，金沙项目汽机安装工程还没有干完呢，这梅泷就神使鬼差似的赶赴省电总总部，就任汽机工程处大主任去了，人人都说，那个"翔爷"的预言出奇的准。

"好了，好了，这是季老板在拿我开涮呢，还都好意思上当跟着他贫！散会，散会，干活去，都干活去吧！你这小子！"梅泷边宣布散会边用手指着季天翔说道，脸上明显泛起了被季天翔战败但心服口服的红晕。

季天翔心里非常清楚，人家毕竟是甲方大国企，作为其外包小队伍，活干不好，没有谁会真正鸟你、纵容你，今天这是万般无奈，以后断不可再如此"猖獗"了。

还好，目的已经达到，以后的恶战就要转入地下暗斗了，这帮小子心理优越感早就定型了，难缠的日子还在后头呢，得跳出这个圈子来，让手下的弟兄们与他们过招，自己大大方方地稳坐钓鱼台替他们收摊子才是上策。

果然没有那么简单，这制作完工的大管子运到现场安装的时候，新的问题又出现了，人家也不再表面强势了，也在"暗斗"，为了不与季天翔发生正面冲突，凡事都是好好好、是是是，但人家得天独厚，运输车辆人家优先，就连唯一的一台安装用的"俄罗斯"履带吊，也出现了"龙门吊"似的难题。

季天翔决定不再走上次的老路子了。现在不比从前，堪称手下兵多将广，活多了，人多了，身心反而轻松多了，整日哼着小调儿，高兴了就耍几路拳，与汽机上的上上下下也和平相处，但活儿，绝对没说的，伙计们都干得嗷嗷叫，那管子口对得、小焊口焊得，让"正规军"们都不得不暗竖大拇指呢。

与手下助理刘国福咬耳朵一嘀咕，计上心来，但季天翔过后佯装啥也不知道。

"要车！"一大早，项目部机械化工程处全体人员，正聚精会神地听着主任讲话开站班会呢，季天翔的本家侄子季中明冷不丁地插了一句。

"啥？"主任讲话正投入，意外被打扰，没听清。

"要车！"

"要什么车？看不见这开着会呢？滚一边去！"主任见到季中明这个肉头鳖似的傻小子就来气，每次要车都是这小子来黏糊。

"不要吊车，要汽车，运循环水管子！"季中明不急不躁，说话慢声慢气。

"车、吊车都得开完会再说，你没长耳朵没长眼睛吗？"

"长没长耳朵都得要车，不给车俺没法干活！俺要车！要车！"

"滚蛋！我先告诉你别傻等了，今天的车都有主了，上午下午一辆车都没有了！"

"要车！"

"滚一边去，听见了不？"

"要车！"

"找事啊，你小子！站我跟前儿跟个×似的，咋呼啥？"

"要车！"

"要车！要车！你就会说这两个字？不是告诉你了吗？今天没车了！全都安排出去了！你们季老板不是能豆子吗？让他有本事上天上要去，俺这里一辆车也没有他用的！"

"要车……要车……"

按照季天翔助理的锦囊妙计，季中明就咬住"要车"这两个字不松口。机械化工程处的职工们说啥也憋不住了，所有人都被季中明逗得哈哈大笑起来了，有几位开拖拉机的女司机甚至笑得前仰后合。

但季中明却满脸严肃，不但纹丝不动，还装出一副很无辜很无奈的可怜样，浑身上下看不出一丁点儿笑意。

运输车辆的有无直接影响着循环水安装的进度和与汽机较量的成败，这"要车"的重任交与季中明是经过助理刘国福深思熟虑的。季中明这小子，看似愚钝，实藏内秀，鬼点子都窝在心底而从不张扬，作为光屁股一起玩大长大的亲发小，没有比季天翔更了解他个性的人了。

起初，季中明对此重任有担忧——那个机械化主任脾气暴躁，听说经常揍人！

助理说了："你不挺有心计的吗？有你小叔季大侠'翔爷'给你做后盾，给他个胆儿，他也不敢揍你！即便那小子胆大包天，果真揍了你一顿，季老板还不得替你报仇雪恨揍出他绿屎来！放心，你这个念头想都不用想！"

季中明想想也对，小叔能打能拼的名号，在省电总上下那是人尽皆知。这才有了其明目张胆的装憨卖呆之举。

"这熊会儿没法开了！再说，再说我这就揍死尔！"主任边说边攥起了拳头，对着季中明一点一点地发威。

"要车！"季中明闻听主任要耍横，心里来了气儿，说话的声音反而比刚才高了几个分贝，那憨厚的样子仿佛在说："你揍，你揍！俺根本就不怕你！借你两个胆儿你也不敢！"

"你……你……你这个熊玩意儿……"主任松开了刚刚攥紧的拳头，伸出的食指几乎戳在了季中明的鼻子上，气呼呼地左右摇晃着大脑袋，随后又原地转了两个圈。

"要车！"季中明不失时机地又加了一把火。

"好，好，要车，给你车！那个小李，小李，开完会儿给他们拉管子去！这回行了不？伙计儿，俺服你了行不？滚一边儿去，俺还得开会布置工作呢！"机械化主任边说边无奈地摆手往室外驱赶着季中明。

季中明见大功告成，也不多言不多语，慢条斯理地就往室外撤。

主任铁青着脸大喝一声："都笑啥，笑啥！接着开会！啥玩意儿啊这是，俺这回真是佩服得五体投地了！长这么大从来都没见过这样的熊玩意儿！"

说着说着，机械化主任自己也忍不住"扑哧"一声跟着大家笑了起来。

站在不远处的季中明依然满脸严肃，一丝不笑，不吱声，但也不往室外走，主任也只好视而不见。

仅此一小招儿，这"要车"的难题就让名不见经传的季中明装憨卖傻地不费吹灰之力给摆平了。

第十八章

　　眼见其貌不扬、深藏不露的季中明这小子不辱使命，圆满地完成了"要车"重任，季天翔麾下的得力助理刘国福高兴之余，干脆又将困扰自己多日的另一大难题——"俄罗斯"履带吊"争抢"任务布置给了季中明。

　　季中明二话没说，拍拍胸脯就算应承了下来。

　　要车运来一节直径两米四的大钢管子，急需卸车，但安装现场唯一的一台"俄罗斯"履带吊，人家汽机上正占用着组对焊口呢。

　　"师傅，麻烦您给俺卸下车！"季中明心里跟明镜似的，这汽机对口用自家的小临时龙门架吊装就行了，本就不该占用吊车，但如果没有其他件可吊，为了充分利用吊车干活快的优势，可以插空吊着对口，但现在理应让给咱们卸车，便上前对拿着小指挥彩旗的起重工客气地说道。

　　"卸什么车？看不见吊车正忙着呢？对完口再卸，一边儿等着去！"起重工也是省电总堂堂的正式工人，根本没把其貌不扬的季中明看在眼里，说话横不拉几、昂昂不睬的。

　　"不是规定先卸车再对口吗，对口也不能占用着大吊车不松钩啊！俺们的人都没有口可对了，再不吊就耽误事了，两节管子，吊两吊就行！"季中明据理力争，明摆着己方占理儿。

　　"一吊也不行！我说吊啥就吊啥！我就是指挥吊车的起重工，我说了算！还用你个土老帽儿教我？你看你长得那个熊脸，赶紧哪里凉快哪里待着去！"起重工用指挥吊车的红绿小双色旗向季中明挥了挥说。

　　"你不给俺卸车，俺咋干活？"

　　"你们爱咋干咋干，与我无关，吊车又没有闲着，你说你用就得听你的？管子对口就不是干活儿了？就你卸个熊车是干活？"

"说话别那么难听，俺虽然是干外包队的比你们低一等，但俺出力挣钱不丢人，谁要是欺负俺，俺也不鸟你们耀武扬威的那一套！"

"伙计儿，还挺硬气啊！两个字——不吊！该找谁告状就找谁告状去！"

"不吊？我还就不信了？不讲理儿是不？那就别怪我不客气了！"季中明边说边气势汹汹地跳下管沟，站在正在对口的两节管子中间，伸手就抱住了大吊车钩子不放。

"你想干啥？给我麻溜地松开钩子，不然的话把你小子吊到天上去！"起重工气急败坏，一遍一遍地使劲吹指挥哨子。

"你吊，你吊，我等着你吊！对着天吹那牛皮有啥用？我看谁敢吊？我看谁敢吊？天底下就没有这么欺负人的，还让人干活不？"

"反了你，还反了你了！"起重工边嚷嚷边跳下管沟向季中明冲去，汽机工程处的几个安装工和季中明带来的几个工人都一时间被惊呆住了。

"干吗？还想揍人？"季中明深知，人家强势，咱得抓理儿。现在有了充足的理由，不怕事情闹大，闹大了把省电总领导引来才好呢，否则，无凭无据地去告状还会落下个多事儿的把柄，便不依不饶地与起重工理论起来。

"我揍你都嫌累的慌，怕脏了俺的手！有本事别在沟里斗，咱上去！"起重工还算收敛，沟里登高爬低的不安全，只能动口不能动手。

正巧，季中明一回头刚好看到项目经理陈聪拿着对讲机嘟哝着啥过来了，眼看就要来到近前了。

"谅你也不敢揍俺！反正俺不动手谁怕谁！"季中明就想趁机拱拱起重工的火，让领导不得不亲自来评理。

"我还就揍你了，怎么了？"起重工经不起挑逗，上得沟来便再也忍耐不住，就抬起右手推了季中明一把，两把小彩旗握在左手里。

"起重工揍人哩！起重工揍人哩！"季中明见对方已上钩，便抓住天赐良机抱住起重工连喊带叫，自己的同伙也嗷嗷叫着围上来要帮忙打架。

"住手！住手！干吗呢这是？还动手打起来了！"项目经理三步并做两步走，气势汹汹地赶了过来。

"陈经理，您来得正好，再晚来一步还不得把俺揍死！"季中明"恶人先告状"地向陈聪告状说。

"到底咋回事？"陈聪又问了一声。

"这边管子压着车老半天了，不但不给卸车，他还揍人！这个朱师傅，俺一要吊车他就急眼，回回这样，压着车不卸，这不劳民伤财吗？"

"陈经理，这小子欠揍！人家汽机上正组对着焊口呢，咱的'俄罗斯'又没闲着，他非胡搅蛮缠地嚷嚷着要先给他们卸车，一个外包队的，也不知道这小子哪里来的底气儿，犟牛一个，就是欠揍！"起重工嚷嚷说。

"你才欠揍呢！不就是一名小小的起重工吗？还打人？谁给你的权利？人家外包队、农民工咋啦？比你们少一个头还是少一个腔？我多次强调，要更新观念，一视同仁，都是兄弟单位，一切向工作看齐！谁规定的有车不卸压着，也得用'俄罗斯'吊着组对管子口？龙门架不能对口吗？这运输车辆本来就紧张，你们这么瞎指挥得耽误多少事儿、浪费多少机械台班？你给我听好喽：能干，以身作则，一切行动听指挥；不能干，趁早卷被窝立马滚蛋，能滚多远滚多远！"谁对谁错，板上钉钉，明眼人都知道，项目经理也是真被激怒了。

"咋回事儿？咋回事儿？跟你们交代过多少回，就差掰着你们的耳朵往里灌了，咱们干外包队的惹不起，低三下四地将就着干点儿活就行了，俺苦口婆心地跟你们说过的这些话都当面条喝啦？浑蛋玩意儿，看季老板回去不揍死你才怪呢！"正巧儿，不早不晚，助理跑过来了，见面就不分青红皂白地对着季中明一顿大吼大叫。

"你别对着我大喊大叫哩，要不是经理来得巧，俺都差点儿让起重工揍死了你也不管！这活儿谁愿意干谁干，挣个仨瓜俩枣的，不能迷钱不要命！明天俺就回老家种地去，说啥俺也不干了，俺不干了还不行吗？你呼天喊地地咋呼啥！"季中明见助理刘国福不分青红皂白就如此当众"冤枉自己"，边使劲儿挤出两滴眼泪边将安全帽往地上一丢，扭头就要往宿舍方向走。

正巧，季中明往回走时挨得项目经理陈聪最近，几乎身贴身，被陈聪一把拉住了："小伙子，咋能说不干就不干呢，今天的事儿不怨你，我亲眼所见，带着你的人，该卸车的卸车，赶快卸车去！"

"陈经理都发话了，你还想争啥理儿？还不快点卸车去！"刘国福顺坡下驴地对季中明说道，边说边向季中明挤眉弄眼。

"还愣着干熊啥？卸车！卸车！"陈聪吹胡子瞪眼地对起重工吼道。

起重工不敢怠慢，陈聪的话音刚落，嘴里的哨子就吹响了，对口的汽机员工赶紧下到沟底，手忙脚乱地准备着摘钩腾出吊车。

"俄罗斯"司机也不敢怠慢，快速地爬进驾驶室，紧盯起重工的指挥旗加大了油门。起重工彩旗紧挥，哨音不停，一会儿的工夫就把两节大管子稳稳妥妥地放在了沟底。

项目经理陈聪直等到卸车完毕才放心地离开了争执现场。临走时拍着助理的肩膀说了一句："刚才那个小伙子叫啥名字？看上去慢声慢气的，干活还挺利落哩，是把好手！"

"那是啊！季中明！季天翔老板的侄子，发小！从小跟季天翔光腚玩大的，耳濡目染，还能干活笨喽？"刘国福笑着回道。

"强将手下无弱兵，我看这几个小伙子干活都不错，回去好好安慰安慰他们，别受点委屈真一拔腿走喽！现在小季这里正是用人之际，一定要盯好了这事儿！"

"好的好的，陈经理，您放心，我一定记着您的吩咐。"刘国福唯唯诺诺地向陈聪应道，并随着陈聪离开的方向跟送了好几步。

天生我材必有用，这貌似傻啦吧唧的季中明，关键时候还真有两把铁刷子，季天翔刚开始向外吹嘘季中明的"特异功能"时，我还真不相信呢，人外有人天外有天啊，这回我算是真信了！助理刘国福眼见困扰自己多日的难题迎刃而解，心中暗暗窃喜，甚至都有些佩服季中明了。

要拖盘车，争"俄罗斯"，这两大障碍终于有惊无险地被季中明排除掉了。

随着时间的推移，"吃公家饭的正式工"和"外包队里的农民工"，这两大阵营的吃苦耐劳差距就暴露无遗了。毕竟是几乎完全对称的两路大管子，人力、机械也相差无几，施工条件也相当。

单说刚上班和快要下班的这两个时间段，汽机职工就按老习惯，不论活正好干没干到茬口，到点儿就撂挑子，不管下次上班接茬会耽误多少不必要时间，就别提他们干活趟里的工作效率了，那些混天聊日的老毛病，注定了与季天翔的队伍比起来必败无疑。

"翔子，咱哥儿俩商量个事儿，管不？"汽机项目主任梅泷将季天翔用对讲机邀到办公室关上门问道。

"梅主任，啥事儿这么神神秘秘的？还怕别人听见？咱哥俩儿也不是相处一天两天了，你说，我翔子这儿只要能做到就没有不行的事儿！"季天翔信誓旦旦地说道，态度也一如既往地诚恳低调。

"弟弟，你也看到了，咱们汽机越干越不是你小子的对手了，差距越来越大的节奏啊这是！你心里就没有点儿小想法啥的？"

"哥哥，你就直说吧，让俺翔子咋办？俺绝无二话！"

"好，不愧是好兄弟！俺琢磨着把汽机负责的部分管件让你捎带着干了，你看行不？"

"管件？梅大主任，咱这循环水最麻烦最耽误工时的地方就数管件了，干一个弯头的工夫得能完成多少米管子？不愧是咱们省电总呼声最高的储备干部，这'损招'亏你能想得出来，绝对是高手中的高手！"季天翔对梅泷的意图早有预感，不得不应，但出力了得有个说法，不能心一热答应了让伙计们白忙活，只要有利润，干啥不是干？不慌，得尽量慢慢争取。估计梅泷已经对此有了成熟的思路，见机行事吧。

果然，梅泷眼见季天翔有点儿犹豫，又接着说道："当然了，你干有你干的说法，我提前咨询了预算员，这管件的价格高着呢，如果再不行，我们干的预制场的大平台也送给你签个申请单结算了吧。

"再说了，以后还有的是活儿，来日方长。项目经理也看出来了，昨天还问过我，我也大体向他如实谈了自己的初步想法，他说了，只要面子上别让汽机太丢人了，至于工程量让谁多算点少算点就无所谓了。你看咋样？"

"既然你们当领导的都发话了，俺季天翔坚决执行上级决定，啥结算不结算的，目前最要紧的任务是把活儿干好，其他的无所谓，梅主任，您想让俺咋干，直接安排就行。"

"那可不行，一颗汗珠子摔八瓣，凭良心，你们劳动了就应该有报酬，回头我让技术员把你的外包施工申请单填好先签了，再通知你来取，你自己拿着去各部门签字。项目部多次开会特别强调，至今还有技术员图懒让外包队自己填写申请单，今后再有这种情况，即便各部门都签字了也视为无效申请，你小子经常自己写申请单让我们签字，以后得特别注意了，得我们的技术人员亲手写才行！"

"行，一言为定！申请单的事儿俺早就不自己写了，咱守规矩不乱来还好些，有些外包队就乱填乱画，背后还大言不惭'人有多大胆，地有多大产'，我早就说过此风不可能长。至于干活的事儿，您有啥任务就让技术员给我直接安排就行，俺翔子绝对言听计从。我得赶快去趟现场了梅主任，咱瞅空再聊！啥活只要你安排给了我，你就瞧好吧！"季天翔边说边起身急急忙忙地离开了汽机主任室。

与项目部商谈循环水制作安装项目的时候，季天翔本打算一心不可二用，只干制作安装不干土石方开挖，毕竟刚刚起步，又是整个省电总有史以来第一桩循环水外包项目，公司上下都大眼瞪小眼地盯着看呢，绝对不能贪多嚼不烂，欲速则不达的道理他懂。

但省电总高层改革的决心很大，只想走项目大包、向外划片划段承包的新路子。季天翔又请示了表哥、请示了吴总、与杜月娟多次商议定夺后，才下定了最后的决心，将整个循环水项目，包括管沟土石方的开挖，管沟降水，管道的制作、除锈、防腐油漆、安装及管沟土石方夯填等全部与之相关的工序，一条龙全包了下来，堪称包罗万象，牵涉的工种和陌生领域太多，对于初出茅庐的季天翔来说，这是一个巨大的极限挑战。

首先，土石方机械的租赁就是一个非常陌生的话题，助理尽心尽力地更换了三家小老板，最终仍然不能满足项目技术要求，他们不是缺乏国家重点大工程经验，就是机械老旧，三天打鱼两天晒网，价格高低不说，关键是耽误事儿，动不动就被甲方或业主勒令停工整顿。

对此，季天翔没少动脑子。

但建筑工程处主任童璐的一段话，却让季天翔得以再次临时抱佛脚——瞬间就化解了困扰季天翔多日的大难题："要么说隔行如隔山呢，让你干土石方还真是难为你了。神通广大的翔爷也有陷入困境的时候？找咱啊！你这点屁大的循环水土石方挖填活儿，在我这里那都不叫个事儿！正好，跟着我们建筑工程处来干主体工程的一家老土方队伍，多年的熟手，现在正闲得蛋疼、饿得嗷嗷叫呢，你转包给他干，各取所需，何乐不为呢！

"本来，人家这么早来金沙项目，就是奔着干循环水土石方来的，不承想，半路里杀出了你这个不知天高地厚的程咬金，让你小子一份合同一锅烩了，人员、机械，浩浩荡荡，都到位了，其他工地他们又暂时去不了，只好让工人天天趴到宿舍里睡得天昏地暗，老板比我上班都按点，形影不离地求我'给点儿活干吧'，殊不知临建大都让你小子一手遮天了，这眼看到手的循环水土石方又意外落于你这个生瓜蛋子之手，人家不喝西北风才怪呢。你活儿干不过来，他闲得吱吱叫，如果稍稍互动一下……至于承包价格，估计准能一拍即合。"

"可以考虑转包给他，我也正好集中精力去抓制作安装，但我得慎重考虑一下，凡事不能莽撞，咱哥俩儿得一步一个脚印地往前迈。"季天翔难掩心中的喜悦，但却老谋深算地故作镇静。

"小季，如果你考虑好了，告诉我一声，我立马通知他们过来与你面谈。我认为，土石方的挖填、运输及降水一窝端包给他最好，你的精力也不在这里，反正他们干了好多工地，指定能把活干好，少操点心，来个高枕无忧多好。当然了，我只是个人建议而已，到底包不包给他、怎么包，全由你说了算。"童璐继续向季天翔说着自己的思路。

"哪能呢，童主任，土建您是专家，俺不懂，您给我推荐合作伙伴这是替我季天翔操心费力，有啥事儿您直接安排我就行！"

"好的，小季，有你这句话就行了，我一定知无不言、言无不尽，能帮到的一定尽可能地帮你。这事儿你尽快考虑，想好了尽快告诉我。说实话，你这土石方干的，我天天替你犯愁。项目经理几乎天天骂我，说我建筑上负责的循环水土石方总耽误安装，汽机上那帮小子也没少告我的黑状，我也是有口难辩，说来说去，这土石方还真不是你季天翔能鼓捣得了的，难道项目经理不知道？还天天凶我，俺都是替你小子背的黑锅呢，你小子别心里没个熊数！"

"我有数，我有数，童主任，都怨我活没干好，牵连到了你，改天一定请你喝酒赔罪！我尽快考虑考虑，最晚明天一早就给你答复。"

"开玩笑，跟你开玩笑，项目经理是领导，咱是小兵儿，让他凶吧。我从事建筑行业这么多年，我懂，这土石方和降水长此以往，大街上东找一台机械、西划拉几个农民，都没经验，特别是那降水，不像你想象的安几台水泵抽一抽那么简单，你看你那个烂摊子，最后肯定干不鲜亮儿！真得想想辙，这才想到了转包上。"

"再说了，你那个烂摊子整明白了，我也少挨顿凶！项目经理一通知开会，俺就头疼心跳，正式工程就你那个循环水扎眼，俺真怕了你了！"童璐说的都是实话，好几次季天翔都在生产会议现场亲耳听到了他挨训。

别看年轻，真有重大决策，季天翔做事还是很有分寸的。童璐的一段话，季天翔在心底里当场就下了定论，但事关名誉和利润，至少见了表哥的话才能最后定夺，不是转包不转包那么简单的一句话，啥时候都不能打无准备之仗。

"翔子啊，咱这种情况不用再考虑了，包吧！你想省心省事，还真得包给这样的老土方队伍，有经验，把握，过程中根本不用你管。这循环水土石方，哪个项目都有队伍争抢着干，是大家公认的好活儿，一般的队伍也捞不着干。只要把价格给他订好了，双方签个协议，别再操那个闲心了！"转包的事儿表哥也同意了。

"咋包？价格咋定？"季天翔问道。

"你就按我说的包吧，来个大撒把儿！咱少赚点，一身轻！就按结算总额的15%提他的成，剩下的全归他，包括税务、管理费等一切与之相关的所有衍生费用和责任，全部由他来承担。千万要记住了，纯利润、纯提成15%，你净得这么多，其余一概与你无关。跑申请，做工程量，跑预决算，让他们自己去办，他们比你会周旋、会精打细算，你不用管。当然了，他们得以你的员工名义跟项目部去结算，离了你他们也从我们公司要不出来一分钱。听明白了吗？"表哥毕竟对经营方面专业，心里跟明镜儿似的。

"明白。表哥，土石方利润这么大？15%的纯利润人家能答应干？"

"指定能答应，特别是循环水土石方，都争破头还捞不着干呢，好干、量大、土质伸缩性大，就看他们怎么去操作了。金沙这个项目，土质复杂多样，又是石头、又是泥、又是水，预算弄好了，关系处好了，价格轻而易举就能翻倍，不过，这一切都不用你去操心，那家队伍我听说过，老板精明得跟猴似的，这个百分数他已经捡到大便宜了。不过必须要他答应，相关请客送礼的费用也得让他承担。"

"这老板那么精，他要讨价还价咋办？"

"你就认准15%不松口，爱干不干。真不济谈崩了，表哥手头也有几家相熟的土石方队伍，也都是大队伍，随便给你介绍一个过去，不但他们循环水捞不着干，你想想，能攀上干土石方的队伍哪个没有后台关系，我介绍的队伍一旦打进了金沙工地，不可能干完循环水就撤出来，对方心知肚明，又凭空天降一竞争对手，其他项目里的土石方还多着呢，更大的工程量都在后头呢，这循环水才能结算几个小钱？他哪里敢不答应你？关键是，搁他手里，这个小小的15％都不算个事儿！"

"好的哥，我弄明白了，这就去建筑工程处找他们谈去！"季天翔这才一块石头落了地，下定了最后的决心。

有个懂行情的表哥真好，季天翔边往建筑工程处奔边想。

正巧，土石方老板郑乾也在建筑主任办公室童璐身边坐着呢。

"小季来啦？考虑得咋样了？刚刚陈经理又在对讲机里骂阵了，我装着没听到，估计停一会儿还得找我训话，人家汽机上不敢告你的状，但他们敢告建筑工程处。我刚找了汽机梅泷主任，人家说了，又是泥又是水，季天翔的兵能将就着干将就着焊，但他的正规军却不认这个邪，其中还有不少老职工，说啥也不干，没办法，都是老伙计儿，一个单位的，谁愿意背后打谁的小报告？人家说的也是，你看你干的那活儿，横看竖看都不是人待的地儿，跟猪打圈子似的！"童璐正愁循环水管沟开挖的事儿呢，见到季天翔的面就劈头盖脸地叨叨开了。

"没太考虑成熟！不过，现实情况在那儿明摆着呢，俺琢磨着转包给郑老板也可以。"季天翔边说边用眼睛的余光看了郑乾一眼。

"季老板，咱合作一把吧，反正我也正好没啥活儿干，你干这一行也太费劲儿，俺保证少不了你的提成。"郑乾有些迫不及待地插话说。

看来，童璐早就将此事告诉过郑乾了，估计他们俩把相关具体细节和价格也都交流过了，但季天翔有季天翔的小九九，胸有成竹。

"啥提成？"季天翔看了童璐一眼问郑乾道。

"你不提点儿分成就把活转给我干，那哪行！说啥也不能亏了你。"

"郑老板，咱长话短说，按照您的设想，如果我答应了将土石方，包括降水在内全部转包给你，你能给我多少提成？"季天翔单刀直入，先是将了郑乾一军。

季天翔和郑乾一来二去，"牵线人"童璐反倒成了搭不上话的局外人了，左看看右瞅瞅地听他们俩谈。

"季老板，正好咱童主任也在场，我在江北省电建总公司干了也不是三年两年了，与你表哥范处长也认识，没外人，我也不圈着套着了，你把这个活儿弄到手也不容易，8％，再多一分钱俺就得亏本，现在的燃油价格见风涨，忒贵了，俺反正闲着也是闲着，价格够养着队伍就行，想挣钱以后再挣，季老板，季老弟，俺够哥们儿义气不？您看行不？"郑乾不得不说出了一个百分数，外带一系列注解。

"您是行家，童主任也心里跟明镜似的，我虽然不太懂，但我经过了慎重的考虑和考察摸底，您这个价格差得太远，估计咱成交不了。我也私下联系了两家老队伍，都是咱们省电总的老干家子，你猜人家给的价多少？郑老板，您真不实在，差距不是一星半点儿！但买卖不成仁义在，以后咱们有的是合作机会，我还有急事儿，得赶快去趟现场，真是忒不好意思了！"季天翔起身就要离开。

"小季，谈事儿，啥叫谈事儿？买青菜还兴讨价还价呢，这咋就一句话就谈崩了？要不说你小子这性格，不了解的还真没法与你相处呢！坐下，先坐下！慢慢谈！"童璐领教过季天翔的牛脾气，急忙起身劝阻。

"差得忒多，没法谈！没事儿，俺和郑老板以后接触的机会多了去了，他挖土，俺干安装，哪天不见面不打交道？这个活合作不成，不耽误以后成为好伙计！你放心吧，童主任。"季天翔垂头丧气地站着说话，童璐指着凳子让他坐下说，他也不听劝。

"要不，郑老板，你看这事儿……要不……"童璐向郑乾走走嘴说道。

"早就听说季老板的大名，今日一见，果然名不虚传，领教了，俺郑乾也喜欢结交您这样豪爽的实在朋友，我就咬咬牙，为了我的兵有活干，就不图利润了，加五个点儿，13%，咋样？"

"18%，不能再少了！"

"15%吧，季老板，俺老郑这回交你这个好朋友交定了！"

"还是谈不成！"季天翔回身看看童璐，又要起身走。

"季大老板，郑大老板，你们都让下步，拍板吧！也算你俩给我童璐点面子，让让，都让让，你们之间的事儿，我只能牵线，但不能参与，再互相让让！"童璐看看季天翔，又看看郑乾，对二人说道。

"既然童主任发话了，一口价，16%，少一分钱，俺季天翔另外找人干，一口唾沫一个坑，绝无二话！"季天翔又是一记习惯性的抱拳。

"那……那好吧，既然翔子小兄弟这么说了，咱也不能让童主任作难，成交！今晚，我做东，咱们城里不醉不归！"郑乾顺坡下驴，爽快地答应了下来。

当晚，按照郑乾的要求，季天翔特地叫上了经营部段小亮主任，还特别关照不要说是郑乾请的客，季天翔也没有多想就照办了。

到了酒店才知道，这郑乾已经邀了段小亮多次了，以期从他那里投个标接点儿活干，即便不成，这循环水土石方的结算，哪一样能逃过他的法眼？但人家向来不吃请，要不是季天翔出面，想与他以酒加深感情几乎不可能。今天能到场，一来与季天翔同过几次场，二来，季天翔的表哥毕竟是省电总顶头上司，既能卖个人情，还能多为个人铺条路，何乐不为呢。

名副其实，郑乾这小子确实精明得很呢！一顿小酒儿，一箭多雕，至少循环水管沟土石方工程的结算，段小亮指定会睁一只眼闭一只眼而网开一面的。

这段小亮，名字小，但年龄并不小，城府也很深，都传他从来不吃请，但收礼却很黑，不过，都是道听途说，至于真相，谁知道呢。

看来，干这一行，水很深，有时候，算比干还重要。以后与郑乾接触多了，还真得跟郑大老板这个老家伙学着点儿。

越往深处想，越觉世态炎凉，季天翔的心里越是对这些"老前辈们"暗暗佩服。

第十九章

　　小娟姐来了！季天翔一点儿思想准备都没有，突然感觉从来没有过的心跳加速，手忙脚乱地摘下安全帽放在地上，用双手不停地往后捋头发，捋顺完又将安全帽小心翼翼地扣在了头上，支棱着两只手看来看去，好几天没有抽出时间洗澡洗头了，头发上全是油，左顾右盼，魂不守舍。

　　骑着那头破得不能再破的"破铁驴"，季天翔急急忙忙地往小娟指定的电厂招待所方向赶去。发电厂办公生活区和省电总施工厂区有高高的大院墙相隔，必须从厂区外的大马路上绕过去，当远远地看到电厂大门口"江北省金沙发电厂"几个大字时，季天翔那颗狂跳不止的小心脏简直激动到了极点，感觉马上马地就要跳出体外了。

　　一个不小心，季天翔差点儿人仰马翻。大门东侧的水泥地上有一个不大不小的石子，不偏不倚，正好被季天翔自行车的前轮轧上了，"扑棱"一声打了个趔趄，如果不是仰仗眼疾手快的一身真功夫，换作别人，十有八九就被当场撂地上了。

　　金沙电厂招待所挺阔，也新，季天翔头一次过来。还没有进大门呢，就见杜月娟正在服务台一旁的沙发上坐着等季天翔呢，要不是大厅里就她一个人，季天翔还一眼认不出来呢。

　　"翔子！"杜月娟率先喊道。

　　"姐姐！姐姐，你真俊！"季天翔见面就来了这么一句赞，让杜月娟猝不及防，小白脸一下子羞红到了脖子根儿。

　　"说啥呢，莫名其妙地夸我，又不是从来没有见过面，难道姐姐以前不俊这才变俊吗？是不是这么长时间没有见过面，与姐姐生分了，故意说些不着边际的客套话啊？"

"姐姐，你都不知道，你自己有多俊！"

"行了，这刚见面还没有问问姐姐累不累、渴不渴、饿不饿，就贫上了又，快打住吧你！"

"好，好，好的姐姐。你这么大老远来了，咋也不提前跟我说一声，我好过来等着接你。"

"今天一大早正好赶上有明月县电力局局长的车，去我们单位办私事儿，中午回明月，说是明天还得去省城，来回趟儿，我们办公室同事是局长儿子的同学，特地告诉我的，瞒着表舅表舅妈呢，同事替我保密。这不明摆着是天赐良机吗？心一热，搭上话就跟着他们过来了，哪有时间给你通知？本来局长要安排我去县城住下的，我不想麻烦人家，就让他们送我到这里来了。人家一定要见到你的人再走，我没让他们等，刚走不大会儿。"

"姐姐，你这瞒着家人来见我，这是私奔啊！"

"你才私奔呢！先拍拍良心再说话，谁打电话总叨叨，姐姐，我想你了？"

"对，姐姐说得很对，不是你私奔了，而是因为我勾引你才导致你私奔了！都是我不好，咱不说这个话题了。姐姐开好房间住下了？"

"长本事了你。住下了，局长亲自打的招呼，他跟这里都熟悉，吃住一条龙，统统免费。局长一定要安排我去县城里住，我没去。走，走，去我房间里再谈吧。"

"哎哟，真看不出，这小楼不高，饱含内秀啊，收拾得挺豪华！"

"那当然，都是电老虎，只要沾'电'的边，到哪里不高档？个顶个都是有钱的主！"

"翔子，你感觉到了吗？你又黑又瘦，比以前苗条了一圈儿！看你这憔悴的样子，年纪轻轻的可别累着了，身体才是革命的大本钱，孰轻孰重，一定要量力而为，要劳逸结合。"

"这个把月好多了，不但没瘦，还长了五斤肉呢，再长十来斤就有望恢复原状了，指日可待的事儿。看到我现在的落魄样，你就知道'万事开头难'这句话，真是经典之言啊，这也太难了吧，都快要把人难死了！不过还好，这最艰难的时间段已经熬过去了，经济上也喘过气来了，工作也将顺了，兵多将广，手下也有几个得力助手了，虽然活儿越干越大，但精力上却轻松多了！请姐姐放心！"

"那就好，能见上你一眼俺就放心了，电话里你不是一直说体重没减吗？我还就信了，你看你身上掉下十几斤肉，瘦得跟猴子似的。"

"俺怕说得太苦您放心不下。对了姐姐，光顾着说我的事了，您现在工作咋样？顺心吗？您总说'好着呢'，仙境一样，是真的吗？"

"好啥好！跟蹲监狱似的！"

"又脏又乱？工作还累？"

"那倒不至于。环境绝对堪称一流，吃住俱佳，工作不累，收入也高。除了一天到晚地坐着熬时间，就是跟着领导的小车到管辖区域瞎转悠，整天查这个查那个，最终周旋周旋，大都不了了之，赚吃赚喝赚礼瞎忙活，俺都感觉这一切像是在浪费青春，干够了，够够的，干得要多够有多够！"

"姐姐，我算是听出来了，你这纯粹是身在福中不知福、这山看着那山高呢，是不是又动了打退堂鼓的小心思？这是原则问题，你千万不能犯糊涂！翔子我旁观者清，多少人羡慕你那个环境都高攀不上呢，一旦失去就真过了这个村没这个店了，就像我，干得够够的，但是总不能烦了累了，说不干就不干吧！切记，切记啊姐姐！"

"我也没说丢掉工作不干啊，就是计划换个环境，至少与我此前的爱好沾边儿、与此前学习的技术有关联也行啊。"

"啥意思，还想回来跟着咱们江北省电建总公司干电焊工？别傻了你，一个女孩子家家的，刚脱离苦海又想返回来跳火坑，你脑袋没发烧吧？反正我把话给你撂到这儿了，你家里人俺管不着，至少我这里一万个不同意，绝对不同意。"

"翔子，别着急，我这不是急着赶过来让你替我拿个主意吗？认识你之前我就喜欢干安装干焊接，认识你之后就更放不下了，天天就跟丢了魂似的。这事儿，电话里没敢给你说，是担心给你添心事，俺猜着你已经够烦心的了。"

"我心里烦不烦，那都是可有可无的小事儿，但是你绝对不能丢掉工作！你刚才说想换个环境，啥意思？"季天翔听杜月娟已经动了这样的心思，不免有些着急。

"你看你，别啥事一说就先急！这不就是跟你要商量的主要议题吗？表舅和表舅妈眼见留不住我，就先退了一步，'低声下气'地问我有啥打算。我说想回省电总干电焊，他们死活不同意，说想回施工领域可以，但绝对不能再动手干活了。

"我说要不回省电总焊培中心吧，他们说，那也不行，女孩子家不能总干那有辐射隐患的活儿，一来二去的又'谈崩'了，导致搁置话题好多天。

"俺这个表舅，小时候经常住姥姥家，与俺妈妈堪称发小，打小就对脾气儿，关系一直特别特别'铁'，至今亲近得比亲姐弟都亲，待我就跟待他们自己的孩子没啥区别，那感情深得很呢。

"他们见我整天闷闷不乐，就又提出，如果我一定要去省电总，就去经营上干预算吧，反正我也看得懂施工图，会计算工程量，至于套个定额对应子项目啥的，一个萝卜一个坑，也就是你表哥范处长那个部门。

"江北省电建总公司与其他省份兄弟单位管理模式不同，经营部级别提半格儿，不设主任，设处长，彰显其对经营部门的重视和期望，所以，你表哥他们干得还是挺不错的，在全国电建行业中，咱们省电总经济效益是出了名的好，与经营部的努力是分不开的。

"哎，咋啦？翔子，翔子，你直愣着个眼，在听我说话吗？"

"听啥听！你都定好的事了，还装模作样地大老远跑过来跟我商量个啥？"

"怎么跟姐姐说话呢你？俺没有打扰你，不是体谅你正忙的吗？你哪里知道，多少个日日夜夜，俺一直都想打电话跟你商量，有时候电话号码都快拨完了，又扣了，再拨，再扣，你今天对我说这话，我……我……我想哭……"杜月娟见季天翔不高兴，说着说着就真的哭了起来，呜呜地哭，泪流满面地哭。

"姐姐，姐姐，别哭，俺刚才说话不对，委屈你了，俺心里着急……"季天翔见杜月娟突然哭得如此伤心，连忙起身相劝，情急之下就要伸手抚慰杜月娟，但瞬间就快速缩回了双手。

季天翔这才发现，这双手上还沾满了锈迹油污没来得及清洗呢，往杜月娟身上一碰，还不得全是脏手印啊，所以才猛然间止住了手。

"你看你那傻样儿！咸猪手！浑身臭汗味！还想伸爪子摸美女，癞蛤蟆想吃天鹅肉啊你！有本事别把手缩回去！"哭得正伤心的杜月娟眼见季天翔的滑稽相，一下子就被引得破涕为笑了。

"哎哟，哎哟，我的傻姐姐，俺翔爷真是服了你了！要不，那老话儿咋说的？六月的天儿，女人的脸！你们这些柔情似水的女人们哪，个顶个地，有一个算一个，刚刚还正下着雨呢，这屁大的工夫就满世界阳光普照了，心服口服，心服口服了俺！"季天翔见杜月娟笑了，也对她开起了玩笑。

"拉倒吧你，你那驴唇不对马嘴的老话又亮出来了，我咋记得那老话是说的'六月的天，孩子的脸'呢？"

"那不就对了吗？你刚才一惊一乍的与三岁娃娃有啥区别吗？"

"这句话说得好像还有点儿道理。不过，话说回来了，我为啥如此地伤心落泪？"

"那还不都是因为翔子不会说话，得罪了小娟姐吗？俺赔礼道歉！"

"这还差不多，还算有那么点儿良心！好了，过去了，没事儿了。"

"工作的事儿真都定好了？"

"定好了，表舅都已经向省电总一把手严忠威严总打好招呼了。翔子，你也别再劝我了，真怕你把俺劝回去，但暂时劝回去也没用，以后心心痒痒地还得变卦，那戒备森严的深宅大院，本来就不是属于我的地儿，这也是我没有事先跟你商量就决定下来的另一个原因。弟弟，你最懂姐姐的心，咱就这样认了吧！"杜月娟一直没有得到季天翔同意的话语，边说边将手伸向了季天翔。

"住手！浑身上下脏兮兮的，别脏了姐姐的手！好了，既然姐姐已经决定了，俺翔子也就不再坚持了！"

"说啥脏兮兮？俺这才脱离了'脏兮兮'几天？俺倒没觉着你翔子身上脏兮兮，反倒感受到了久违的亲切和愉悦。"

"拉倒吧你，见面俺都几乎认不出你来了，保养的这皮肤、这身材、这衣服、这气质，大街上你能认得我，我绝对认不出你来！实话实说，国色天香呢姐姐，越看越俊！"

"又说啥俊！我还以为你在大厅里跟我故意说笑话、讨我喜欢呢，真那么想的？俺真的有那么俊？"

"如果不信俺说的，俺就想问问你，别人都咋评价你的？"

"别管咋评价，反正没有听到说俺长得俊的，就你一个人这么说！"

"不会吧？他们怎么说？"

"人家都说俺长得漂亮，不是一般的漂亮，大美女！"

"吓我一大跳，俺以为俺色盲呢！别转弯抹角地夸奖自己了，那还不都一样吗？长得俊与长得漂亮有啥区别吗？翔爷这眼力见儿还能看走眼喽？小娟姐就是俊，谁见了都会说俊！"

"我说'脏兮兮'同志，您是不是该洗洗澡了，别不小心弄脏了俊姐姐的花衣服！要不，就在这儿洗洗吧！为了避免你害羞，我到大厅里去等你，半小时后我再来，听到敲门声你就开！行不？"

"不行，不行，姐姐，俺真害羞！再说了，俺换洗衣服也没有带过来。"

"睁开你那一双狗眼瞅瞅，这是啥？俺都给你备着呢。"杜月娟边说边打开了地上的行李箱，拿出来一套男人的衣服，包括皮鞋、内衣、袜子，甚至腰带……浑身上下穿的戴的全都有，而且袜子和裤衩子都是双份的。

"这……这……姐姐……姐姐……你……你……"季天翔见状，红着脸激动得几乎说不出话来了。

"别这了那了，抓紧洗洗吧，你看你脏的，几天没洗了？洗完把换下的衣服放那儿就行了，姐姐回来给你洗。"杜月娟边说边往外走去。

季天翔呆若木鸡，一时间不知怎么做才好了。

"把心放到狗肚子里，睁眼瞧瞧，开门的家伙儿在这儿放着呢，这房门你不打开，我进不来，又脏又臭，浑身上下洗仔细了！"杜月娟又扭头交代了季天翔几句，"咣当"一声就把房门带上了。

半小时！半小时！季天翔见杜月娟已出门离去，快速机械地直奔卫生间中的小浴室，像练武打拳似的三下五除二，眨眼的工夫，就完成了杜月娟交办的洗澡任务。擦身回到外间屋，一看表，前前后后才十分钟。不行，半小时呢，得回去再洗仔细点儿，浑身上下确实忒脏了！

重返浴室，重新来过。

"不能再这么毛毛糙糙了，这回一定得洗仔细了！"季天翔边"回炉"边自言自语地瞎嘟囔。

二次返回外间屋，一看表，时间已经过去二十一分钟了，急忙更衣、照镜子，完事儿了，再看表，还有五分钟的时间。

干点儿啥好呢？季天翔对着镜子里的自己六神无主。

哎哟，差点儿忘了，那脏兮兮的裤衩子和臭得发硬的露脚指头的破袜子，怎么能让小娟姐替我洗呢，那细皮嫩肉的纤细小手，还染着漂亮的红指甲，真让她洗了，还不得弄脏了她的手啊！

不行，我至少得把这两样先洗了！

说干就干。季天翔飞速跑进卫生间，刚要付诸行动，又想，不行，小娟姐给我买的这身衣服这么干净、合身又好看，可不能让脏裤衩子和臭袜子玷污了，哪怕溅上一滴脏水也不行，我得把新衣服脱掉再洗，想着想着转身就来到了外间屋。

不行，还是不行，不能脱光了身子，赤身裸体洗衣服，多难为情啊！新裤衩子和新袜子就留在身上遮着吧……

优柔寡断，一来二去，这脏裤衩子和臭袜子刚泡在水里还没有开始洗呢，敲门声就"咚咚咚"地响起来了，季天翔大吃一惊，急忙折身出来，应了一声"等一下"，便手忙脚乱地重新穿上了新衣服。

不急还好，这一急反而更慢了，该死的新腰带扣说啥也扣不上了，急出一身汗才想起，这腰带扣上的机关都在这个小按键上呢，只一下，就轻而易举地扣上了，季天翔懊恼地用右手掌心拍了两下自己的眉心，说了一句"笨死算了"。

这时，敲门声又响了起来。

季天翔来不及再次照镜子，就手忙脚乱地将门打开了。

"干吗呢，这么长时间才打开门！真洗得这么仔细啊？都快鼓捣了四十分钟了，比女同志上妆还慢呢！"

"不好意思姐姐，俺洗得时间太长，让你大驾久等了，实在是罪过！"

"行了，行了，坐床沿上歇会儿去吧，俺替你把衣服洗了去。"杜月娟边说边脱下了上衣外套。

"别慌，别慌姐姐，你稍微一小坐，我还没有收拾完呢。"

"收拾啥，不就是几件脏兮兮的破衣服吗？俺收拾就行了，看你笨手笨脚、失魂落魄的样子，会收拾个啥？歇着看电视去吧！"

"不行，不行，姐姐，你得稍等一会儿，稍等一小会儿。"季天翔边说边走进了卫生间，回身将门反锁上了。

"神经病！鬼鬼祟祟的，不知道这小子又搞啥名堂呢！"杜月娟见状，只好嘟囔着坐下来等季天翔。

季天翔把自己关在卫生间里，浑身上下脱得只剩裤衩子和袜子，将新衣服放在靠墙的小杂物架子上，急急忙忙但又仔仔细细地将脏裤衩子和臭袜子洗了个干干净净，至少自己认为是干净的了，晾在室内的小横杆上，这才放心地重新穿上了新衣服，开门、出屋，满脸不好意思地对着杜月娟傻笑。

"一个大男人，干吗呢这是？神神秘秘的，都快赶上小偷小摸了！"

"实话实说，姐姐，俺就觉得那内裤和袜子忒脏了，绝对不能污染了姐姐的小嫩手，俺不好意思告诉你，刚才关上门全洗干净了。"

"衣服全洗了？"

"姐姐想得倒美，其余的脏衣服都大眼瞪小眼地等着姐姐去洗呢，俺要是全洗了，倒显得俺翔爷太小气了，竟然与大美女抢买卖！还得劳姐姐大驾替弟弟洗洗！哎哟，这啥时候又开始演《西游记》了？都重播了九九八十一遍了，还播？"

"不懂了吧？为啥还重播？关键是每次重播还是有人愿意重复地看！"

"姐姐分析得是，倒是俺见识短了。"

"坐下，好好看看吧，长长见识！俺得洗那些脏兮兮的臭衣服去！"杜月娟边说边起身往卫生间走去，边走边把手心里攥着的一块大白兔糖递给了季天翔。

在这杜月娟替自己洗衣服的当口儿，季天翔悠然自得地斜靠在大床头的靠背上，眯着眼儿欣赏《西游记》。电视画面中的女儿国，美女如云，个个长得如天仙一般，但在季天翔的眼中，谁也盖不过小娟姐，小娟姐的美才是名副其实的倾国倾城的美！

看着，想着，季天翔竟然不知不觉地睡着了，还弯着脖子打起了响呼噜！

杜月娟洗完了衣服，来至床前，不声不响地坐在小凳子上，两眼湿润，翔子太累了，也真该歇歇了，随手拿起一件毛毯想给他盖上，又担心惊醒了他，只好就那么含情脉脉地看着、听着季天翔打呼噜，电视也不敢关。

突然，电视中插播了一段小广告，声音出奇地高出好几个分贝，季天翔一个激灵醒了过来，愣了愣神儿，不好意思地对杜月娟笑了笑说："姐姐，真不好意思，刚才看着电视睡着了。"

"看样子你确实太累了，也真该歇歇了！这个姿势也能呼噜震天响地睡上半个多小时，俺真服了您了！"

"哎哟，翔爷今天真是在美女面前丢了大丑了！哎，刚才那《西游记》女儿国呢，全是美女，看着看着，想着想着就睡着了！"

"看着那么多美女入梦，想啥呢？"

"啥也没想，那么大一个女儿国，举国上下那么多美人儿，左挑右看，竟然没看到一个像姐姐这么自然美的大美女，觉着特没劲儿，就睡着了。"季天翔好像很认真地说道。

"你这小子，向来说假话就像说真话一样的表情，真不知道这次是不是又胡编乱造了。不过，你这小嘴儿挺甜，姐姐喜欢，替你洗那些总也洗不干净的脏衣服也不觉得亏了！"

"哎，我说，姐姐，你这么大老远地来金沙，咱姐俩总不能关在一间小屋里唠嗑到天亮啊？咋说也得给俺翔子弟弟个机会，尽尽地主之谊吧？"

"说了这大半天儿，就这一句话俺最爱听，自始至终都在等着你这一句话呢！说吧，你小子有啥想法？咱姐弟俩到哪里疯一把去？"

"弟弟做梦都盼着姐姐来金沙呢，预感姐姐一定会来，俺早就在日理万机、百忙之中抽时间提前踩好点了！时间不等人，立马行动，听景不如看景，走走走，有弟弟当向导，你就瞧好吧姐姐！"季天翔故意将"看景不如听景"说成了"听景不如看景"，逗着杜月娟玩儿。

杜月娟多灵巧的人啊，伸指对着季天翔的眉心就"发功"，季天翔不躲不闪，正中眉心，不但不喊痛，还振振有词："反了，反了，全弄颠倒过来了，没文化太可怕了，这说着说着就把话说反了！"

"那地方，俺翔爷踩点的时候，就想挽胳膊卷袖子地先行体验一把，但小娟姐没来，俺咋能独吞这好玩意儿？就跺跺脚咽下几口唾沫忍下了，绝对能让姐姐大呼小叫地疯狂过瘾！"

"眼见为实，说得那么好，看了玩了再说好，那才是真的好！俺美若天仙的小杜再也不想听你说景了，只想现在就去看景。"

"出发！"季天翔一声招呼，二人应声推门而去。

本来电力局长安排了车供杜月娟随时调用的，但杜月娟不愿这么麻烦人家，就临时让季天翔叫了一辆出租车，直奔季天翔"吹嘘"的美景而去。

一路向南，时间不长，二人来到一处原始森林般的大庄园，远远望去，各式知名的不知名的动植物充斥其间，一望无际，宽阔的道路两旁，绿树成荫，鸟语花香，用真实树木搭建的一处豪华气派的入园大门，古朴、庄严而高贵，门头上方横书"金沙跑马场"五个大字，遒劲有力，似战马奔腾，又像天马凌空，凸凹有致的设计，大红彩漆的底色，门旁昂首站立的两匹高头烈马，更加彰显了其勾人心魄的巨大魅力。

杜月娟迫不及待地打开手包，付清了出租车的车费，说好了让其门外等候。

季天翔一句话不说，杜月娟也不言语，只是相互默契地竖了一下大拇指，心旌荡漾地购票入园，还是杜月娟付的费，季天翔也没拦着。

"翔子，收起来，你脏衣服里的！"杜月娟拉上小包的拉链之前，从中取出了季天翔随身携带的那件"焊条心"递给了季天翔，季天翔接过来，宝贝似的揣在了怀中。

手牵手，颠着小步，两位青春年少的小情侣，谈笑风生地步行着向园中腹地走去。

"这也太大了！真想不到这兔子不拉屎的小小穷县城附近，竟有如此好去处，连大省城都自愧莫如呢，别有一番风味在其间啊！翔子，这处好景，比你讲的好看多了去了！"

"那当然了，方圆百里，三教九流，旅游高峰期堪称游人如织啊，但俺没舍得进去，就等着姐姐来了招待姐姐呢。"

"巧嘴儿，坐车购票都是俺小杜姐姐花钱儿，全都是真金白银哪，你花一分一厘了吗？还大言不惭地说要请姐姐客呢！"

"姐姐，快别说了，俺这都自惭形秽了一路了，从工地上直奔金沙电厂招待所，慌里慌张的，兜里也没揣钱哪！不过，俺翔爷大小也称得上是一介小老板，这点费用还是付得起的，何况姐姐的钱儿就是俺的钱儿，没啥区别，俺男子汉大丈夫，不拘小节，这不算丢人！"

"蹭人家女孩子的小钱儿花，还满嘴都是充分理由了？拉倒吧你！好像姐姐吃了亏，还倒落下小家子气的恶名了！但俺小杜大家闺秀，省城来的，从来不与小地方鼠目寸光的小人物计较这仨瓜俩枣的，也不想丢这个人！"杜月娟边说边笑得前仰后合。

"那是，那是，一分钱难倒英雄汉，俺无话可说，今天丢人丢大发了！"季天翔边说边对杜月娟习惯性地抱了一下拳。

二人击掌大笑，一路小跑地按照路旁的指示牌直奔跑马场而去，不时对路边的动植物、小溪夸赞一番。

这跑马场的生意，搭眼一看就知道经营得特别好，不算被人骑走的马匹，单是备用的骏马就有二十多匹呢。

"姐姐，快看，这马屁股上都留有烙印编号呢，都是地地道道从军队退役下来的战马，经过正规培训的军马，数字编码也不一样。"

"你咋啥都知道？凡事都比姐姐懂得多！"

"这回还真不是俺比姐姐懂得多，您抬眼瞧瞧，那宣传牌子上都清清楚楚地写着说明介绍呢，俺这是现学现卖。"

"俺弟弟还算诚实……"

这时，杜月娟一句话还没有说完呢，就听有人着急忙慌地大声吵吵着："同志，这儿呢，这儿呢！在这儿呢！求求您快来救救它吧！快点儿哩！"

二人扭头一看，只见佩戴跑马场小红帽的一大堆工作人员，正着急地围着一匹高头大马不知所措呢。

随着来者的去向，季天翔和杜月娟瞬间就止住了笑容，好奇地跟着跑了过去。

"别着急，我看看再说！"来者看上去是一名年轻的兽医，出诊的医药箱也夸张出奇地大。

季天翔靠近杜月娟咬耳朵说："指定是这匹马得了急症需要救治，你看那马，身子痛苦得正在发抖呢！"

"是啊，翔子，咱别先骑马了，过去看看咋回事儿再骑！"杜月娟边说边伸手拉着季天翔的手往那匹马身边跑。

"应该是肠结症，必须得尽快解除病症，不然形成肠淤结或破损麻烦就大了，但看样子这马是没法去医院了，只能在这里现场人工处理了，快来帮忙，牵马的牵马，马两边上人扶着，再晚了就来不及了。"年轻的兽医大声指挥着众人。

话音刚落，大家已经迅速地行动了起来，兽医也已经快速地打开了医药箱，右手利索地戴上了一只由手及肩的长长的橡皮手套，用左手不住地往手套上面抹滑石粉。一切准备停当，只见小兽医已经将右手顺着马的肛门慢慢地试探着伸了进去。

这小兽医，右脸几乎贴在了马屁股的烙印上，整个右手臂，除了肩膀，几乎全部伸进了马的肛门中，不怕脏不怕险，也真够敬业的。

季天翔爱抚地看了杜月娟一眼，只见她眉心紧锁，貌似侧脸躲避，实则在替病马揪着心呢，便小声说道："姐姐，要不咱别看了，俺怕你看了心里受不了。"

"没事儿，俺又不是久居深闺的大小姐，怕啥？你忘了俺小杜也是飞沙走石的电建现场经过大风浪的大女侠，这点小事儿还能吓得着俺？就是有些可怜这匹马，想让它尽快好起来。咱就这么离开了指定不放心。"

"那就好，看吧，看吧，姐姐别害怕！抓紧了我的手！"季天翔也同时加大了握住杜月娟手的力度。

"真不巧，就差这么一点点的距离了，手指头都摸到肠结的地方了，就是够不着展不开，这可麻烦了！哎，师父赶过来了？"兽医懊恼又惊喜地说道，边说边慢慢地往外抽手。

这高头大马的身材也确实太高大雄伟了些，小兽医使劲儿地跷着脚横竖够不着，无形中也缩短了不少手臂的长度。

正在这节骨眼上，一名六十岁上下的老者急急忙忙地赶过来了，以年轻兽医的称谓可知，来者也是一名老兽医，应该是年轻兽医的同事兼师父。

看到现场的情形，老兽医先是未言语，待看到徒弟慢慢地退出手来，边端详边用双臂反复丈量过马身子的长度后，才对年轻的小兽医说道："咋这么莽撞呢？这得亏是一匹军马，训练有素，忍痛但不伤人，如果换上平时的本地笨马，随便往地上一趴，你那小胳膊不折即伤，不出事儿才怪呢！即便马不趴下，抬腿踢你两下也足够喝一壶的，你的诊断和治疗方法没错，但得先保证了自身的安全才行！"

来不及听清小兽医回答师父的话，大家已经按照老兽医的吩咐，纷纷找来了绳子、木棍等物，按部就班地将马后腿固定住，再搬来一旁的一张交接登记马匹的长方形木桌子，伸进马的肚子下面接住。老兽医又张罗人搬来一个小木凳子，放在马的屁股后面，这才亲自戴上手套，站在小木凳子上，重复着刚才徒弟的动作，将瘦长的右臂熟练地伸进马的肛门中。

虽然，这老兽医的手臂比徒弟的长不了多少，但由于小凳子垫高了的缘故，竟然瞬间就漂亮地替这匹漂亮的高头战马解除了痛苦。

老兽医一声令下"好了，该解开的都撤下来吧"，就利利索索地结束了这场急救。

大马仰头一声长嘶，再打几声喷嚏，又摇头晃屁股地四下蹦跶了几下，好像在向人们表达着谢意，之后便趾高气扬地安静了下来。

老兽医说道："就是吃东西太多，没有活动开，肠结了，现在绝对没有啥事儿了，但也绝对不能让这马闲着，得抓紧让它跑，还得掌握好了节奏，不能跑得太快太急，活动开肚子里的东西才能真正杜绝隐患，都是常见病，也不会留下啥后遗症，没事儿了！"

听老兽医如是说，一帮工作人员这才放心地各自散开，各忙各的去了。

轮到季天翔和杜月娟登记领马的时候，正好轮到了这匹刚刚解除痛苦的高头大马，季天翔有些犹豫，正要拒绝呢，杜月娟却说了一句："就它了，俺骑着它跑！"季天翔回头看了杜月娟一眼，没吱声，就算默认了。

由于大马刚治好病的缘故，也是因为这是一位漂亮小姑娘的缘故，工作人员提出要派人陪骑，以便保证安全，额外应收的陪骑费也不收了。季天翔也正为杜月娟单独骑一匹高头大马担心呢，闻听就欣然同意了。

"别怕累着它，只要它肯跑，就没事儿，有事儿了你打它也不会跑的，放心地使劲儿骑，让它跑是对它好呢，小姑娘！"年轻的小兽医临走的当口儿还折身来到杜月娟身边交代了几句，边走边回头看杜月娟。

"姐姐，发现了没？那色眯眯的小兽医就差两眼拴上钩子了！"

"那说明了啥？说明咱小杜这回头率真是蛮高的！不是姐姐自夸，这活灵活现的眼见为实啊！"

季天翔见陪骑已至近前，不好意思再跟杜月娟说笑，便装作生气的样子瞪了杜月娟一眼，杜月娟向季天翔伸了一下大拇指。

二人在陪骑的鼓励和指引下，经过短暂的适应之后便三马竞相奔腾了，季天翔和杜月娟在前并驾齐驱，陪骑数米之后跟随，看上去还挺像那么回事儿。

高头大马刚刚渡过难关，一时兴起，撒开蹄子越跑越快，竟然将两个大老爷们甩在了后边十几米远，杜月娟没有了齐头并进的季天翔壮胆儿，随着大马的一声长啸，竟然手足无措地大声呼救了起来，季天翔心中一紧，无奈一介新手，任凭怎么夹马驱赶，座下军马愣是不给面子。

陪骑一声吆喝，快马加鞭，及至美女近前，齐头并进，三言两语就有经验地稳定住了杜月娟的慌乱情绪，继续并驾齐驱。

跟在屁股后面的季天翔，心中那个急啊，好似心上人被恶人挟持一样地闹心，不知不觉已经急出了一身汗，但始终无计可施，咬牙、打马，全是无用功。

陪骑年轻气盛，不时回头看一眼季天翔，貌似故意挑衅。季天翔暗暗发誓，到了目的地，啥事儿不干，一定先让这个浑小子尝尝俺翔爷形意拳功夫的厉害！俺还就不信了，一会儿站到地面上俺还治不了你了？

也许，那小子闻到了季天翔拳头上的火药味儿，也许，是杜月娟提议的，反正，那小子逐渐后撤身位，重新让季天翔和杜月娟并驾齐驱了，跑了一会儿后一同下马休息了一会儿，顺便观察了一下病马的精神状态。

算你小子识相，还有点眼力见儿，不然挨顿揍那就是分分钟的事儿，季天翔拉着个长脸狠狠地瞪了那小子一眼，瞪得杜月娟直笑。

"小妹妹不但长得特别漂亮，这马也骑得这么娴熟！以前骑过马？"陪骑问杜月娟道。

"第一次骑！这有啥？俺骑得还像那么回事吧？"

"那当然，像你这个年龄段的小姑娘，敢上马就不错了，别说骑得这么快了。这是俺们跑马场最高大最漂亮的'头牌'大战马，平时都另外加钱才能捞着骑呢，不承想，游客都嫌花钱多，今天倒闲出病来了！倒是有缘让大美女过了一把瘾，是不是特刺激？"

"哎哟，真的吗？翔子，翔子，俺从小长这么大，就今天最高兴、最畅快淋漓了，谢谢你啊，高头大马！"杜月娟边晃动马缰绳边对着大马说道。

"姐姐，你高兴就行，总算咱们没有白来。"季天翔笑说。

季天翔眼见陪骑与杜月娟越聊越投机，刚刚才挂笑的脸又晴转阴了，细心的杜月娟说了句"继续出发"便终止了与陪骑的交谈。

"翔子，姐姐有个话题想请教你！常常听人说，男人吃起醋来那就是想玩命的节奏，这话你怎么看？"

"姐姐想听实话？"

"那还用问？假话还不如不说呢！"

"这话说得太经典了，比如说刚才，俺翔爷这铁拳要是真收不住挥过去，那小子现在指定正忙活着满地找牙呢！哪里还有这份闲情逸致陪着咱姐弟俩慢条斯理地遛马啊？"

"刚才真有那想法？"

"真有！"

"为啥？"

"吃醋！"

"翔子这句话，姐姐最爱听！剩下的路程不跑了，刚才跑得太快了，人累马乏，这骑马散步的感觉竟然如此之妙，何不尽情享受一番呢？"

"美女有缘得此宝马良驹，又有大名鼎鼎的翔爷相伴，好风头都让姐姐占尽了，俺这心里也一块石头落了地，一直生怕招待不好姐姐呢！慢慢地走，咱别慌！"

"猜猜，后面的那小子在想啥呢？"季天翔问杜月娟。

"人家在想，前面那小子真不是个好东西，心眼儿小得跟那小针鼻儿似的！"

"那是姐姐想的吧？你这借刀杀人的小伎俩也太小儿科了吧？"

"你说，你是不是小心眼儿？"

"试想，如果有人将姐姐持刀劫持了，俺翔子看见了，连个眼皮都不敢翻，您会怎么想？"

"毫不犹豫，你我之间从此老死不相往来！"

"那不就结了，俺无意中投其所好了！"

"剩下没多远了，翔子，咱别贫了，要不，咱再快跑几步过过瘾？"

"正中为弟下怀，姐姐，冲！使劲儿往前冲！"

"驾！驾！翔子，姐姐今天太高兴了！"

三匹快马眨眼儿的工夫就回到了出发地。

第二十章

季天翔和杜月娟乘出租车离开跑马场直奔明月县城去了。途经从老家与四哥骑自行车投奔康城电厂、因刹车失灵"马失前蹄"时就餐的"时代快餐馆"时，季天翔的心中五味杂陈，一股辛酸和沧桑涌上心头，此景彼情犹在眼前，那扣人心弦的一幕幕电影胶片似的从眼前一一闪过。

"翔子，想啥呢？脑子开小差儿啦？此去明月，意欲何为？"杜月娟见季天翔好一会儿没说话，便有话没话地问了一句。

"姐姐，咱先是填饱肚子，再享受一番小县城温馨浪漫的夜生活，保你不虚此行、流连忘返！"季天翔从回忆中返回神来，但刚才的那些记忆却只字未提。

一路说着话，走着走着就来到了明月县城的中心小广场。所谓小广场，不过是一个依小火车站而建的、火车站和市民休闲共用的一片不大不小的空旷场地，为了节约空间，只稀稀拉拉地栽树但不种草，正值夕阳西下，出站进站的、游玩散步的，影影绰绰，人与瘦长的树影交相辉映，徒增几分忙碌和祥和。

季天翔看着车站小高楼上"明月火车站"几个大字，又勾起了在明月县明月镇"阴沟里翻船"的那一幕，百感交集，挥之不去。

"姐姐，你咋哭了？"季天翔突然发现杜月娟双眼噙满了泪花。

杜月娟对季天翔的关心完全不予理会，好像没有听到季天翔刚才说的话。

"姐姐，咋啦？咋啦你这是？是不是今天骑马累了？"见杜月娟像丢了魂似的不言语，季天翔有些不知所措了。

"咋啦？你说咋啦？你只顾站在这里愣神儿，都站了半个多小时了，一句话不说，俺都快饿死了，你说俺咋啦？你说俺咋啦？"看来杜月娟这回真是饿急眼了，不像是开玩笑，至少那越流越多的眼泪是装不来的。

"对不起，对不起姐姐，是俺翔子不好，故地重游，勾起了往事，俺这脑子就不小心开小差了，冷落了姐姐，竟然忘了姐姐从那么远的省城走来，一路奔波，又骑了这么长时间的大马，还真是会饿坏了，都怨我，都怨我，照顾不周，照顾不周，咱赶紧儿去找吃饭的地儿！"季天翔边安慰杜月娟边四顾往远处张望。

"烤地瓜，烤地瓜，又香又软的烤地瓜！年轻人，弄块烤地瓜不？好吃着哩！"真是要啥来啥，这正饿着，香喷喷的好东西就送上门来了。

"来一块！挑块俊的！"季天翔不假思索地应声道。

杜月娟身子未动，但双眼已经斜盯香喷喷的烤地瓜不放了。

"好！就一块？不一人来一块？"

"一块！"季天翔生硬地说道。

"好，好，一块，一块！"卖地瓜的看看季天翔，又看看杜月娟，不再说话。

问好价格，季天翔满脸堆笑地凑到杜月娟身边，讨好地试探着将手伸向杜月娟手里的小包说："姐姐，不好意思，还是'一分钱难倒英雄汉'，您看……这烤地瓜钱儿……"

杜月娟伸手快速地拨开季天翔伸过来的手，转身向烤地瓜车走去，赌气似的说了一句："来两块！"

"小姑娘，买两块烤地瓜？"

"两块烤地瓜！"杜月娟好像不耐烦地重复说。

"哦，两块！"卖地瓜的好像恍然大悟似的赶紧又选了一块好看的，分放到两个袋子里递给了季天翔，季天翔对杜月娟一努嘴，杜月娟瞪了季天翔一眼，没吱声儿。

杜月娟付过钱，转过身，季天翔连忙讨好地将其中的一块地瓜递到了杜月娟手里说："姐姐，快趁热吃，这烤地瓜来得真是时候，先垫垫肚子再说！"

杜月娟接过地瓜，一个不提防，抬手又伸向季天翔手中的另一个方便袋："拿来，两块烤地瓜都是俺自己的，谁说给你买了？"

"就知道你有这一招，甭想！有你一口吃的，就不能眼睁睁地饿死俺翔爷！嘿嘿，防人之心不可无啊，血淋淋的现实终于得到了淋漓尽致的有效验证！"季天翔一个闪身，已在两步开外，手中的烤地瓜早就藏到了身后，正向杜月娟卖萌卖乖呢。

　　"猴精猴精的坏小子，别躲了，真以为姐姐那么狠心呢？"杜月娟被季天翔的动作当场就惹笑了，雨后艳阳似的开怀大笑起来了。

　　"要不说嘛，这六月的天儿……"

　　"别再搜肠刮肚地翻腾你那些老古董了，不就是想说'六月的天儿——翔子的脸吗'？看你那饿狗扑食的表情，堂堂翔爷的骨气哪儿去了？"

　　"人是铁饭是钢，俺翔爷这钢铁之躯也是吃五谷杂粮长大的血肉之躯，饥饿，这是人之常情，不丢人！不就是吃个烤地瓜吗，姐姐咋还上纲上线地把'骨气'二字都搬出来了？"

　　杜月娟刚咬进嘴里一大口烤地瓜，满脸堆笑地嘟哝着啥，季天翔没有听清，也不再跟话，二人饿狼一样专心致志地吃起了烤地瓜。

　　"年轻人，好吃不？要不，吃完再来两块？"二人没注意，冷不丁这卖烤地瓜的突然打了个回马枪，双双被吓了一大跳。

　　"不吃了，不吃了！一块就饱了！"杜月娟说话比先前友好多了，满脸堆笑。

　　"同志，这近处有没有啥好玩儿且有情调的特色小吃？捎带着还能喝点酒的地儿？"季天翔也很友好地与卖地瓜的攀谈了起来。

　　"小伙子，有眼力！你还真问对人了！我常年在这小广场卖烤地瓜，堪称阅人无数，你心里想找啥地方吃、喝、玩儿，俺这小心脏跟明镜似的！真想去？真想去俺就告诉你们！"卖烤地瓜的边对季天翔卖着关子边扭头观察杜月娟的反应。

　　"翔子！走一遭？"

　　"姐姐，少安毋躁！"季天翔伸出食指放在自己的嘴前示意杜月娟别说话。

　　"小伙子，我看出来了，你带着美女去有点担心，是不是？"

　　"别管俺咋想的，吃了你的地瓜了，你就得跟俺说实话，不然俺回来也能找得着你。说说看，那是个啥地儿？"季天翔昂首挺胸地问道。

　　"早知道小伙子这般担心，俺就不操这个闲心了，还不如到处转转多卖两块烤地瓜来得实惠呢。不过，您已经花钱儿吃了俺的地瓜，这就是给俺捧过场了。俺说的这个地儿啊，说白了，就是个烧烤店，不过请放心，正规人家开的饭店，离县城也不远，就在城边上，全部都是自己用枪打鸟，自己亲手烧土烤，农村玩孩儿那种烤，古色古香，绝对能让你们体会到原始童趣的那种享受，俺也说不好，反正谁去谁说好，懂了吧？"

"烤麻雀那种味道？乡下孩子玩的那种烧烤？"季天翔闻言，两眼放光。

杜月娟听季天翔又不由自主地说起了粗话，使劲儿掐了他一把，直掐得季天翔冷不丁一龇牙。

"就是你说的那种！不过，那地方忙得很，一共就开十个烤位，去晚了指定挨不上号！这个时间点儿应该没问题，太阳刚落山，天不黑也没法逮鸟，大部分人都去不了这么早，你们去停车场打个出租车，眨眼的工夫就到了，就说去'掉渣渣烧烤店'即可，司机们都知道那个地方。要想去，就快点去吧！"

"踏破铁鞋无觅处，得来全不费工夫！谢啦，老爷子，您忙您的吧，谢谢您了！这店名儿起得，真挠心勾魂！今晚就选它！快走，姐姐，咱快点儿走！"季天翔像突然发现了新大陆似的，伸手拉上杜月娟就直奔前面的停车场，杜月娟机械地跟在季天翔屁股后面往前走，匆忙中，再也找不见一丝一毫的伤心和不悦，就连季天翔说不说粗话也顾不上"纠正"他了。

所谓的出租车停车场，不过是杂乱无章地停着一堆新旧不一的三轮车而已，见来了两位找车的客户，车主们苍蝇般争先恐后地就围上来了。季天翔紧紧拉着杜月娟的手，也不理睬众人的讨好和询问，两眼盯着各种各样的出租车，左右开弓地快速转悠，选车不选人。好不容易选到一辆相对较新些的三轮车，按照卖地瓜的嘱咐的"公道价"愣是咬住不松口，对方最后不得不咬牙成交。

机动三轮一路狂奔，季天翔和杜月娟坐在临时搭在后斗上的帐篷里，为了充分保持车子的平衡，分坐两侧。二人手拉手，杜月娟不时随着颠簸尖叫几声，季天翔便双手细心抚慰。

因为走的是夜路，灯光越来越暗淡，季天翔一边照顾杜月娟，一边警觉不停地掀起车后用于挡风遮雨的不停飘荡的破门帘儿，不怕一万就怕万一，毕竟貌美如花的小娟姐跟着呢。

"瞧啥呢？是不是在替姐姐的安全担心？"杜月娟大声地问道。

"别说了，你就是俺翔爷肚子里的蛔虫！"季天翔大声回道。

杜月娟好像又说了一句啥，但被机动三轮的"突突"声淹没了，季天翔没听清，只是抬眼看了她一眼。

这时，三轮车突然减速了，柴油未燃烧充分的刺鼻味儿伴随着一股股黑烟，迅速充满了车厢，呛得杜月娟直捂鼻子。

"没事吧姐姐？低洼泥巴路，好多天没下雨了，还存着这么大一片水！这破路，真难走！"

杜月娟摇了几下头算是回答"没事"了。

过了泥洼地，分分钟的工夫就到达目的地了，店里的房子不多也不大，招牌上的"掉渣渣烧烤店"几个大字下面画满了形形色色的"渣渣"。杜月娟拉开包链付清了车费。

三轮车司机随二人来到店前台，从店家手里接过一张纸钱，多大面额，没看清，与季天翔打声招呼，又回头多看了杜月娟一眼就满心欢喜地回城去了。

事实证明，卖烤地瓜的说的话还真不虚。

二人按照店家不厌其烦的"安全技术交底"，领了一只颇有气势的新气枪和沉甸甸的一包气枪子弹，还有一把手柄被加长的强光手电筒，外加几个塑料方便袋，就充满好奇地上了"战场"。

他们还没有走出店门呢，小院子里又到了一拨儿顾客，看这速度，来晚了还真有可能挨不上号呢。

"小伙子，你自己真能行？真不用陪？别硬撑，花点小钱儿安全。"店门外的一名小伙子追过来又问了一遍，边问边控制不住地又瞄了杜月娟几眼。

季天翔左手托枪往肩上一扛，对着店小伙儿一摆手，也不说话，再次拒绝了店里提供的"陪猎"，伸手拉起杜月娟就往乌黑乌黑的远方树林子里奔，店小伙愣在原地"啧啧"不停。

烧烤店离小树林有些小距离，特别黑，杜月娟起初有点害怕，紧紧地抓住季天翔的手不放。还好，看上去店家特地为开店修整了道路，宽阔平坦，还有个别顾客的小汽车也开了过去；及至近前，就更放松了，算上自己，八桌顾客呢，散布在小树林里，几乎到处都是伴呢。

来到小树林，除大气枪之外，其余的所有装备全部转移到了杜月娟这唯一的"跟班"手上了，杜月娟丝毫没有推辞，即便想推辞，也没有推辞的理由。

季天翔麻利地子弹上膛、枪口向上，从杜月娟手中接过手电筒，抬手就往树上照，眨眼的工夫就寻到了第一只猎物："姐姐，看到了吗？拿好手电筒，对准了，照住它别动！"

"好的，好的，手电筒交给我吧！"

二人密切配合，随着一声枪响，一只胖得圆嘟嘟的大麻雀就被季天翔抬手一枪打至脚下了。

"姐姐，快捡起来，装到袋子里去！"

"俺不敢碰，不敢碰，还活着呢，翅膀乱扑棱！"

季天翔只好哈腰伸手将麻雀捡起，放在杜月娟提着撑开的塑料方便兜里，正巧麻雀在袋子里使劲儿挣扎了几下，"扑通扑通"地带着方便兜乱晃，直吓得杜月娟"哎呀"一声尖叫将盛着麻雀的袋子扔在了地上。

"邻桌"顾客的"陪猎"以为气枪伤着了人，连忙过来关心地询问："咋啦，咋啦？刚才没伤着人吧？"

"没事，没事，只是有点儿害怕，谢谢您了同志！谢谢！"季天翔见无意中惊动了别人，不好意思地向人家解释道。

"那就好，那就好，千万千万要记住了，小伙子，别管啥时候，枪口要一律向上！"

"好的，俺懂，俺啥都会，您放心忙去吧！您忙去吧！"季天翔眼见陪猎还想再说下去，丝毫看不出动身离开的迹象，便不得不上前将人家支走了。

"谁时常标榜自己是经历过大风大浪的强者？这鸡蛋大的小不点儿就把你吓成这个样子了？姐姐那么厉害的人，一只小小的麻雀，不至于吧？"

"那能相提并论吗？这是咱们亲手猎杀的活生生的小精灵啊！不过，你说的也有几分道理，自然界，弱肉强食，适者生存，我好像也有点儿想通了。指定没事了，俺稳住神就没事了。接着来，接着来！"杜月娟边说边持手电筒往树上照射寻鸟。

"停！别动！"季天翔也不再亲手操作手电筒，任由杜月娟去照，很快就再次锁定了第二只麻雀的准确位置。

又是一声枪响，但树上却没啥动静，新发现的那只麻雀连动都没动一下。

"俺堂堂的翔爷，想当年气枪打靶比赛俺也算得上是神枪手了，咋还说脱靶就放了空枪了呢？不会吧？"季天翔边嘟囔边又对着树上的麻雀补了一枪。

这回，目标被准确击中了，应声落地，但却半跌半飞地落在了几米开外的地方，季天翔扛着大枪，几个箭步赶过去，伸手就将其握在了手中，杜月娟站在原地不动，但手电一直紧随季天翔的需要照射着。

看来，这只麻雀没有被击中要害，在季天翔手中挣扎着妄想要逃命。只见季天翔一个猛甩，将麻雀摔在了地上，口中还念念有词："反正已成盘中餐，不如趁早归西天！"

接着，季天翔弯腰捡起地上被摔得一动不动的麻雀，麻利地放进了杜月娟手中提着的袋子里。袋子里又响起了麻雀挣扎骚动的声音，但肯定是刚才那第一只在动。

一小时不到，方便兜中已经有了沉甸甸的收获，季天翔突然问道："姐姐，试试手不？要不弄两把？"

"俺不，俺不想杀生，俺不试！"

"没事的，你就想着你爹你娘都是猎人，打猎为生，祖祖辈辈都是吃这碗饭的，这些麻雀全是跟人类争食儿的豺狼虎豹家的亲戚，曾经的四害之一，该吃该杀，念叨念叨就能下得去手了！来，来，姐姐，按我说的做绝对没错，不然的话，过了这个村儿可就没这个店了，你会后悔一辈子，也会抱怨俺翔爷一辈子的。来，快点儿，姐姐！"季天翔边云山雾罩地鼓动杜月娟，边往杜月娟手里递枪，说完这些话把自己都逗笑了。

但杜月娟却一脸严肃，少有地忍下了季天翔说话的"刻薄"，没事人似的。

季天翔深知其已动心，便又拿枪往杜月娟身前凑了凑。

见季天翔劝得如此执着，杜月娟不得不小心翼翼地接过了大气枪，把枪口指向树上刚刚寻到的麻雀，紧盯着季天翔的脸不知所措。

"别看我，看麻雀，按我教给你的办法去做，瞄准了，端稳了，就抓住时机扣动扳机，千万别犹豫！"季天翔手把手地教着杜月娟打枪。

杜月娟"吭吭"两声润过嗓子，好像突然来了灵气和豪气，瞅准机会，枪响鸟落，竟然一枪命中，落地的麻雀一动不动，准头儿比季天翔还要技高一筹。

"真看不出来啊，神枪手啊这是！姐姐，你真是干卧底的吧？俺翔爷打骨子里佩服你！真不愧是祖传猎户之后啊！"

"又满嘴里跑火车了？你才祖传呢！你们家祖祖辈辈才是猎户出身呢！"

"好，好，俺老季家祖祖辈辈都是打猎的，行了吧姐姐？没想到姐姐还记仇呀，俺还以为刚才的话你都忘记了呢！感觉咋样？姐姐，还想接着打不？"

"再来几枪！俺小杜这还没有过足手瘾呢，你就不想让俺打啦？这是眼见俺枪打得准，你小肚鸡肠心生嫉妒了呢，俺得接着打，接着打，还愣着干吗？别总是拿着手电筒照我，往树上照啊！"

二人逗着嘴就不知不觉中备齐了烧烤的基本"素材"，心满意足地提着走回了烧烤店预留的7号桌区域就座了。

所谓1—10号桌，充其量不过是在一大片露天庄稼地里，安排了十张桌子、十堆柴火、十堆土坷垃，外加十套铁锨、小铲子等相关工具和餐具，各桌之间的距离刚好听不清"邻居"说的啥，虽然中间没有间隔，但基本上能做到谁也看不清谁、"隔席不拉呱"的理想效果。

二人除了亲手打猎得来的麻雀之外，又点了两个鸽子、两个野斑鸠、两个鹌鹑，都是原封未动连毛都没有拔掉的新鲜真物件儿，地瓜、萝卜和土豆等附属品也点了些，再加上白酒红酒各一瓶，满满当当地摆满了桌子。

店家派店员过来欲现场示范，但被季天翔支走了。这野地里烧野味的雕虫小技，当年都将他修炼成"坏孩子王"了，都是撂下不干的活儿，现在重撑旧业，手到擒来，哪里还用得着别人来教？

搭眼儿一看就知道，店员是一位五十岁上下的庄稼人，见人家"不用咱"，有些失落，连说："替您烧烤，店里也另外多收不了你们几个钱儿，其实很便宜的。"

季天翔耐心地解释了一番，说自己啥都会，真的不用陪，店员只好离开了。

事不宜迟！季天翔熟练地连挖两坑，用身边的土坷垃围坑垒起了两个圆形小屋，指点着杜月娟生火烧土坷垃，自己忙着造泥巴糊野味，俩人忙活成了一团儿。

杜月娟脑子里满是雾，啥也不懂，只好不多言不多语，被动地不得不"忍气吞声"任由季天翔"瞎"指挥。

"这泥巴要不干不稀、不软不硬、充分拌匀才行……"边和泥巴边嘟囔的季天翔，干起活来总是那么专心致志，杜月娟趁添柴火的当口儿看着他笑，他也没觉察出来。

"这些小动物连毛都不煺，直接就往上糊泥巴啊？内脏也不挖？俺的傻弟弟，一向自以为是的翔爷，你真的能确定活儿应该这么干吗？"杜月娟眼见弄好泥巴的季天翔，拿起麻雀就往上面糊泥巴，便有些质疑起来。

"姐姐，你不懂！只管俺翔子让你干啥就干啥即可！俺是谁？大名鼎鼎的翔爷，咋说也是老江湖了，特别是这点儿雕虫小技，更是手到擒来的小把戏，只管将心放在肚子里，瞧好吧您嘞！"季天翔边回答杜月娟的质疑，边投入地往鸟身上有模有样地糊泥巴。

"都随你，反正俺嘛也不懂！"杜月娟伸手示意，表示赞同。

"俺小时候一年到头地吃麻雀，特别是裤裆漏风的那个黄金年龄段，家长、哥哥姐姐都给捉，这活儿大都在晚上干。那时候麻雀多得到处都是，树上、屋檐下、墙缝里、柴火垛、庄稼地里……好多地方都有，生命力奇强，繁殖能力也惊人，感觉总也捉不绝。"

"有时突发善心或好奇，不舍得吃，就养着，别看这小东西身材娇小，但脾气可不小，那小嘴儿啄得手生疼生疼的，气性大得能自己将自己活活气死。特别是年龄大些的'老燥子'麻雀，谁都别想养活它，往往等不到第二天一大早就死挺挺地凉透了，好心好意放进鸟笼子里的水和鸟食，人家一口都不沾的，十足的野性难驯啊……"季天翔边糊泥巴边自说自话，也不管杜月娟听清没听清。

"有幸在麻雀窝掏到麻雀蛋的时候，就墙角旮旯遍地翻腾，好不容易找到个退役的破铁勺子，偷偷地去厨房的泥巴锅台上，拿上家里的火柴去野外，将蛋液磕到勺子里放火上燎，不放盐，不放油，纯天然，那味道，现在想起来还能闻着满嘴香味呢，特好吃。

"遇上未出窝的小雏麻雀，天真无邪，嘛也不懂，只知道有东西递过来就张着大嘴吃，也没有啥脾气，但仍然养不长，时间稍久就脾气疯长，性子随它亲爹亲娘。"

"特别是到了冬天，大人们农闲，啥活儿也没得干，寂寞无聊之极，天天琢磨着到处转悠摸麻雀，有时候一摸就是二半夜。现在的人们都忙着打工挣钱去了，从村东头到村西头，一年到尾儿，再也看不到一个痴迷逮麻雀的人了，即便麻雀落在头上也没有那个闲工夫逮了……"季天翔继续自言自语。

"真看不出啊，你小时候还挺享福！哎，翔子，'裤裆漏风'啥意思？"杜月娟终于插了一句，看来她一直在洗耳恭听呢。

"你小时候穿开裆裤漏不漏风？这还用问？故意的吧你？你说享福，这话一点都不假，那个年代的生活简单、辛苦，但心里轻松，不像现在这么没白没黑地忙活个没完没了。行了，姐姐，全部都糊好了，这个小土屋也烧得温度差不多了，赶紧的把大块的木材夹出来放到大土屋里去接着烧，咱们这小麻雀就要开始入炉修炼了！"季天翔边说边用一个大托盘子端至近前，跑堂店小二似的拉着长调儿。

三下五除二，季天翔亲自"掌勺"将一个个圆泥蛋儿分层放进了小土屋。

"最浪漫的一刻就要开始了，来，姐姐，我喊开始，就一起将咱俩亲手缔造的火热诗意的小土屋跺塌，咱们的小麻雀也可以在里面酝酿成极品美味了，来，来，预备——跺！"季天翔"一声令下"，外加几大铁锨封盖土，这第一波美食就隆重入"炉"了。

"看手表，记着时间，姐姐，二十分钟出炉，即可大功告成！"季天翔接着说道。

"好嘞！翔子，这大土屋咋办？"

"还得烧，得使劲儿烧，那几个大家伙可不像麻雀这么好烤好熟，得用猛火加足了马力烧，否则，皮焦骨头生，咋摆弄都不香！我亲自来，得狠烧，狠狠地烧！"季天翔边说边挑了两根大些的木棒填进了大土屋。

距刚才约定的时间大约还有三分之一时，季天翔边往外抽出未燃尽的木头，边自信地说道："差不多了，姐姐你往旁边站站，俺要往大炉子里下料了！"

季天翔用小铁铲儿往下挖了挖火坑，放"料"，再挖，再放"料"，然后用火灰均匀抚平。

"照刚才小屋的做法，来，姐姐，预备——跺！"随着季天翔一声吆喝，大土屋应声坍塌，剩下就是季天翔的活儿了，但都是分分钟的事儿。

"到点儿了，到点儿了，翔子，二十分钟了！"

"好！考验俺翔爷高超技艺的激动时刻终于到来了，成败在此一举！能不能博得美人笑，就看这一炉野味能否给俺装点面子了！姐姐再给大土屋掐着时间，三十分钟，刚刚好！"季天翔说话不耽误干活，小心翼翼地清理着上层的浮土，杜月娟紧张地站在一旁直搓手。

一个，两个，三个……直到托盘中挤满了热土球，季天翔喊一声："好嘞，完活儿！姐姐，来来来，放桌上，来来来，开吃喽！"

"再找找，再找找，看看坑里还有没有？落下一个多可惜！"杜月娟边说边拿木棍往土坑里戳。

"别费那个劲了，一个不多，一个不少，正好！俺刚刚起炉的时候专门数过的，赶紧过来吧。"季天翔说着话就将手象征性地洗了一下，还故意让杜月娟看了一眼，明显是洗给她看的，那意思就是想告诉杜月娟"俺洗手了"。

"姐姐，来点儿白酒？"

"还用问？俺滴酒不沾！"

"那就来点儿红酒吧，这佳肴不配美酒，白瞎了这极品佳肴了！"季天翔边说边倒上了白、红两杯酒，杜月娟也忙活着将其他餐具和店里刚刚赠送上来的四个小菜摆齐了。

季天翔双手戴着厚厚的布手套，拿起一个土圆球说："硬邦邦的热家伙，当年把俺那小嫩手烫得火辣辣地疼，要像现在有手套戴那该多好啊！"

说话的工夫儿，第一个土球就被季天翔的一双大手掰开了，随即捧着递向杜月娟："姐姐，看到两边那两个肉球了吗？快用筷子将它们取出来尝尝好吃不？"

激动万分的杜月娟按照季天翔的指引，夹起一块小鲜肉就往季天翔嘴里送。

"姐姐，趁热，你先尝，必须你先尝！"季天翔态度很坚决，边说边扭脸绷紧了嘴唇。

杜月娟无奈，只好先尝了第一口："天哪！世外极品啊！只此一小口儿，此生永无憾！翔子，你赶紧哩尝尝这块儿，比你说的都好吃。"

"嗯，确实！美味配佳人，这比俺记忆中的儿时味道还有味道呢！一个麻雀，就只吃这两块肉吧！看到没？还有一个小心脏也特香，你吃，下个俺再尝！其他的部位，算了！想当年，今非昔比，骨头都要嚼碎呢！"季天翔边说边将掰开的土块扔在了一旁，接着往下掰。

"这小心脏，咋说呢？翔子，说不出来的那种，从来没有过的极致味道，反正好极了！"

季天翔忙着将托盘里的圆球一次性掰开，腾出一只手用筷子快速夹出了里面的肉和小心脏，放在桌上的小盘里，听杜月娟夸小心脏，有意无意地附和着笑了笑，但没有吱声儿。

"美酒配佳肴，翔爷配佳人，这小酒喝得……那真叫一个——天下绝配、美轮美奂啊！"

"看你小子美得还知道姓啥不？倘若俺小杜不在场，你还能美成这样不？"

"自古英雄配美人，缺一不可！假如，我是说，假如，俺翔爷不在场，你那啥……来来来，不假如了，小娟姐，咱姐弟俩共同走一杯！干，干杯！"季天翔越说越有兴致。

"大事不好，光顾着拉呱了，坏了，坏了，咱忘了起大炉子了，快点儿，快点儿！别煳喽"季天翔仰脸儿一口闷，快速将空酒杯往桌子上可劲儿一放，立马就站起了身子。

"慌啥？这还差两分钟不到点儿呢，一惊一乍的，你慌啥？"杜月娟虽然嘴上喊着不慌，但身子却随着季天翔站起来了。

一对儿一唱一和的年轻人，挖宝似的挖出了大土屋中的宝贝，自然又是另一番风味在其中。

小酒儿喝到微醺处，季天翔突然问了一句："姐姐，咱们忘了往上面撒盐了，还撒点不？"

"还撒个啥劲儿，像你常嘟囔的那样，都'年集末会了'，没吃出来缺盐啊，那就是不缺，这才是真正的原汁原味呢！"

"你说不放就不放，再走一杯，干！"

自己动手，酒足饭饱，杜月娟突然嘘声对季天翔说道："弟弟，忘了告诉你了，咱兜中银子八成不够用了！"

"姐姐，说话还低声下气儿的？！俺翔爷是谁？往那一站，送银子的还不得排长队？还用得着你破费？"

"都落魄成这般地步了，穷光蛋一个，还吹？接着吹！"

"俺翔爷说话向来一口唾沫一个坑，你又不是不知道，别操这个心了，该吃吃该喝喝，来，再走一杯，姐姐，来！"

"一滴也不喝了，你也别喝了，加上刚才新添的这瓶白酒，你都一斤半下肚了，你也一滴不能喝了，听不听姐姐的话？"

"听，啥时候都听，姐姐，要不，咱走人！"季天翔一声招呼，起身拉着杜月娟的手就往店家的小房子跟前走去。门口停着店家租来的备用出租车正等着送客呢，来时就说好了的，季天翔推着杜月娟就要上车。

"哎，哎，翔子，咱们还没有结账付费呢！"杜月娟以为季天翔喝多了，要赖账走人，左顾右盼了一番，满脸都是慌乱和担心。

"走，走，同志，奔明月县城，县政府西边的那个通宵电影院！"季天翔拍拍杜月娟的肩膀，摆摆手，示意其"别说话"，杜月娟疑惑地不得不再次安静了下来。

前排的司机应一声"好嘞"，便直奔明月县城而去了。

一路无话，当出租车熟练地停泊在影院大门口的时候，杜月娟拉开包链欲掏钱付车费，司机不收，说是已经有人付过了。

站在一旁的季天翔不说话，只是昂昂不睬地笑，杜月娟对着季天翔就是一记熟练的"一指禅"："耍我呢？你小子，捉迷藏似的，搞得这是啥名堂？"

季天翔不但不躲，反而将眉心大大方方地送上前去了。

二人再次击掌大声笑了起来。

第二十一章

　　季天翔和杜月娟这一圈儿折腾下来，即便青春年少，但也早已人困马乏、筋疲力尽了。通宵电影好像也看累了，还没有坚持到东方显露鱼肚白的时候，就提前草草结束了。

　　大街上的早餐摊儿，早就在吆喝着招揽顾客了，二人找到一家相对干净的豆腐脑摊，一人一碗豆腐脑就完活儿了，也没要油条，因为昨天吃撑的野味还没有消化完呢，两人都没有饿意。

　　喝完豆腐脑，天还没有亮，反正小摊上顾客也不多，就占着人家的座位多坐了一会儿。东方一放亮，二人便找了一辆出租车直奔金沙发电厂招待所去了。

　　"翔子，昨天的'掉渣渣'咋样？意犹未尽呢俺。"杜月娟刚上车便又提起了昨晚的烧烤话题。

　　"那当然！不过，姐姐，估计好景不长，说不定吃了这回就永远没有下回了。这些野生小鸟越来越少，听说人家西方国家早就禁捕了呢，估计咱们这里也早晚会有那么一天！小时候麻雀多得那谷子地里得扎小人、敲锣鼓驱赶，经常看到黑压压一大片，确实对人类有害，真是多了去了！现在这野生鸟类品种和数量都越来越少了。"

　　"也是啊，这些小精灵野外生存与人类伴生真是不容易，也该更新一下观念保护保护它们了！"

　　"这'掉渣渣烧烤店'的老板真挺能的，那片小树林中的树种叶茂、头大、低矮，正好适合麻雀群居群聚，猎鸟人个子高的几乎用手都能够得着。手电强光一照，这些小家伙个个都傻了似的动都不敢动，那大气枪的轻微'噗噗'声也不足以惊得它们四散乱飞，我估计这老板八成是从自身猎鸟实践中得来的灵感。"

"不是说天天都是顾客盈门、供不应求吗？俺咋看着咱挖坑的那些土都是新鲜土，烧来烧去那土不都硬邦邦的了吗？"

"姐姐这就不懂了，您这是内行看门道，外行跟着瞎胡闹啊！此种烧烤，必须用鲜土才行。鲜土能保湿、循序渐进地往四下里散热，还能有效锁住保证食材不煳、输送泥土气息的原版味道，否则，与高楼大厦中的烧烤锅灶如出一辙的口味就一样一样的了，那还叫啥乡土特色？"

"这么说，他们得天天不断地换土？"

"那当然，用火烧过的土和土块，农民都愿意要，甚至不用花一分钱请他们，争先恐后来帮着换都乐意呢。回去将烧土块粉碎了，撒在庄稼地里，草死庄稼旺，优质高效人造好肥料呢，比花钱买来的化肥强多了。"

"真没想到这里面还隐藏着如此多的学问和道道，俺咋一回都没听说过呢？"

"原因只有一个，早认识俺翔爷，姐姐早就啥都听说了！"

"还真是哩，你说这个话一点儿都不是吹牛！"杜月娟边说边赞许地拍了一下季天翔的肩膀，季天翔回以"嘿嘿"一笑。

一路说说笑笑，二人就来到了金沙发电厂的大门口。大铁门还关着呢，连一条斜身进人的小门缝都没留，季天翔连敲带喊才叫醒了熟睡的门卫。

揉眼问明了来历，门卫打了两个哈欠说道："不好意思，昨晚多搂了两把，整了几杯，弄大了，这熬着熬着实在忍不住就打上盹儿了，幸亏你俩叫醒了俺，不然让领导查岗逮住不但得扣钱，说不定还要受处分呢，二位请进，请进！"

进了单间房门，杜月娟先是去洗手间洗了手，又强推着季天翔也去过了，这才脱去外套脱掉鞋子疲惫不堪地坐在了床沿上，斜靠在昨天季天翔打盹儿的靠背上假寐养神。

"姐姐，要不你盖上被子先小睡一会儿缓缓劲儿，我去工地现场转一圈去。"

"不用了，再两个多小时就要走了，睡也睡不着！你要是太累，就躺下睡会，歇歇。如果你工地上有事，就去工地吧，反正姐姐这里你陪吃了、陪玩了，也陪俺开心了，俺也心满意足了，也没有啥想头了，你尽管放心就行了。"

"我不累，工地上啥事都有专人负责，也都干顺趟子了，没我的活，我也不用管他们，如果姐姐体力上能坚持，俺翔子就陪姐姐多说会儿话吧，总比劳心费力地求人借电话偷偷摸摸地聊天强。"

"昨天咋回事？'掉渣渣'咋不用咱付费？至今还跟姐姐神秘兮兮地打着哑谜哩？"

"没事，人家'掉渣渣'看你长得俊，老板特批咱们吃喝带玩儿全程都免费！我去洗手间的时候人家老板亲口告诉我的，看来，光吹牛不行，还是姐姐你貌美如花，到哪里都光鲜无比、面子大！"

"骗人！还不快快给俺小杜从实招来？为啥？"

"唉！都说这老板好当、来钱易，这话说得就像弄个小推车去大街上卖地瓜似的简单，殊不知，这背后得损失多少脑细胞哇！

"现在这世道，没有两手三脚猫的鬼道道儿还真弄不成事呢。这不，世界真是小得不能再小了，在'掉渣渣'，偏偏就那么巧，俺尿泡尿的工夫，正好就遇上那个老谋深算的老家伙郑乾了。"

"说话注意文明！就是你上回电话里跟我提的那个，接手你循环水土石方和降水工程的那个外包队老板？你曾经替他牵线请过金沙项目经营主任段小亮吃过饭的那个人？"

"就是他，昨天郑乾也带着段小亮去了'掉渣渣'，不是说这个手握'钱权'的段大主任不吃请只收钱的吗？这说明啥？郑乾这小子忒能了，师傅领进门修行全在个人哪！郑乾能着哩，他爸老郑更能，未卜先知，老早就给他儿子起个名字叫'郑乾'！

"老郑这把年纪了，鬼精鬼精的，刚出洗手间门的时候，他突然从背后拍了我一下，吓了我一大跳，差点就回身一把将他撂倒了，俺压根儿就没想到，在这兔子不拉屎的鬼地方还神使鬼差般地遇到熟人在，八成这小子一直在暗处观察着咱们的一举一动呢。

"郑乾跟我讲，他是专程陪段小亮慕名奔这'掉渣渣'野味来的，没想到段小亮一次就玩上瘾了，接连来了好几次依然乐此不疲，来了还想来，但从来不捎带着别人来，就他们俩独来独往。

"最近结个账啥的有求段小亮，那都不用咱求他，只要能找到给的理由他就主动给咱添，都说甲方预算员'只会算减法不会用加法'，事实证明，统统屁话，只要将其伺候高兴、投其所好喂舒坦了，这天底下本来就没有迈不过去的坎。

"有人说，段小亮这样的人谁也做不到，那全是因为他们自身条件所限，根本就没有咱腰里别着的这把万能牌金刚钻！俺老郑办事，你尽管放心，咱那活儿结算绝对吃不了亏，俺老郑多结算点，你小子也跟着水涨船高，坐等天上掉馅儿饼即可，偷着乐吧你，俺的小季老板！

"姐姐，你听听郑乾这老家伙，这话说得，那天还求我引荐宴请段小亮呢，这才转眼的工夫，就开始对我说话居高临下了！不过这小子深知俺翔爷的道行不像他说的那么浅，谅他也不敢猖狂造次。

"这老家伙说着话就把咱俩的账给全结了，连出租车的费用都提前付清了，分手前还反复交代俺一定要严守秘密，不然将事宣扬出去，把段小亮惹急了，循环水土石方的结算再也不会有咱们的好果子吃了。"

"老郑还讲，请办公室主任'三斤不倒翁'去明月县城喝酒时听说过，俺有个江北省电力工业局纠风办的特别特别漂亮的小恋人，咱这全是不正之风，她是'纠正行业不正之风办公室'工作人员，想找咱们的茬儿正好对茬对口，有些事恋人之间也不能轻易地讲出口，修成正果成家了还好，真有哪一天谈崩了，往往第一个开刀的就是曾经爱恨情仇过的主儿！老谋深算的老家伙，满脑子歪点子！哎，姐姐，俺只顾一个人滔滔不绝地叨叨了，你困啦？咋直打哈欠？要不你赶紧歇会儿吧！哪怕是打个小盹儿也好哇！"季天翔只顾自说自话，见杜月娟起了倦意，这才想起杜月娟累得都不愿意张口说话了。

"就这样静静地闭目养养神即可，年纪轻轻的，哪有那么娇贵、那么累？话说这郑乾还真是个搂钱的老耙子！那段小亮，名字特好记，你第一次电话里提起他，俺就记住了这个人的名字，他不但暗地里搂现钱，还思想不坚定，被糖衣炮弹轻而易举地就降伏了！"

"这人哪，太过见钱眼开就容易不择手段，唉，俺在纠风办待时间长了，对此早已见怪不怪，他一小人物这才哪儿到哪儿呢？小巫见大巫都挨不上边呢！"杜月娟对郑乾和段小亮的"故事"大发了一番感慨。

"哎哟，快到点了姐姐，俺得抓紧把新衣服换上，瞅空全都洗干净了珍藏，姐姐来看俺一次俺就穿一次，俺帮着你收拾一下吧？"

"好吧……这说到点就到点了……真乃日月如梭光阴似箭哪！哎，哎，干吗去？先把杯子里的水喝了再去换衣服，一天到晚忙得心急火燎的，千万千万记着别缺水！吃饱了喝足了，只要心不累，咋忙活都不会累着人。"

　　季天翔闻听杜月娟提醒自己喝水，像被孙猴子念了定身咒语似的，当即就止住了脚步，端起杯子一饮而尽。

　　"跟你说了多少次了，水要慢点喝，慢点喝才能对身体好，咋就屡教不改呢！看看衣服干好了吗？没干好就穿着新衣服回宿舍，再换身别的工作服吧。"

　　"干了，干好了，没事了！"季天翔着急忙慌地抱着一抱新衣服已经来到了床前。杜月娟伸手一摸，季天翔身上的衣服还潮乎乎的呢，便要季天翔再换回去，季天翔却执拗地说，眨眼的工夫就暖干了，不用换！杜月娟就没再继续坚持。

　　"姐姐，你马上就要回省城了，我这心里还真有点舍不得，大有想哭的感觉，鼻子酸酸的难受，你能不能像在通宵电影院那样的亲亲俺翔子？"季天翔突然说了这么一句，话没说完，满眼已经噙满了泪花。

　　"翔子……"杜月娟被季天翔的情绪迅速感染，瞬间也泪如雨下、神情迷离了。

　　"姐姐……"季天翔脸上滚下两颗豆大的泪珠，沉浸在分手前的不甘中依然不能自拔。

　　季天翔主动挨近了杜月娟，双臂还没有来得及完全展开，杜月娟就已经投入了季天翔的怀抱。季天翔箍紧了杜月娟，在杜月娟火辣辣滚烫的脸上亲了又亲，杜月娟也早就把持不住，投入忘我地猛劲儿亲吻季天翔。

　　两对青春、纯净、萌动和富含真情爱意的滚烫热唇，终于第一次紧紧地组合在了一起，犹如两个组合在一起的圆润立体小心脏，一切来得那么水到渠成，那么诗情画意，那么扣人心弦……饱含着浓郁、清新和奉献，爆发着无限的托付和活力，说不完道不尽的柔情蜜意……

　　这时，突然响起了"咚咚咚"的急促敲门声，有人喊着："走了，走了！"

　　"好嘞！马上就过去！"杜月娟大惊失色，先是收心嘘声告诉了季天翔一句"车来了"，又不停地拍着胸脯眯眼稳了稳神儿，才对着门口答应了一声。

　　"好的，你慢慢收拾收拾，俺在院子里等你！"司机边说边顺着走廊朝外面走去了……

　　真是嘴上说谁就能见到谁！送走了杜月娟，季天翔骑车将新衣服和杜月娟给自己带来的一应物品刚刚才放在了宿舍里，还未到循环水施工现场呢，就遇上了土石方大老板郑乾。但这老家伙懂规矩，也担心说漏了嘴将段小亮扒拉出来，张口闭口只字不谈昨晚"掉渣渣"的事，只谈眼前这循环水管沟降水的陈芝麻烂谷子事。

"季老板，看到了没？先前你那老掉牙的降水方案，一帮鸟人整天到处忙活着打降水井，光人工得天天浪费多少个呀！跟俺这新式装备比起来，你高抬慧眼瞧瞧，感觉咋样？简直就是鸟枪换炮的极爽快节奏哇！看俺，三两个人，三两下的工夫，这水降的，干净麻利快，妥妥的！看看，看看，咱这降水效果，安装工、焊工和挖焊接工作坑的壮工们靴子都不用穿！

"有个事想跟你商量商量，反正你也不涉足降水这一行，啥时候也争不了俺的买卖。都知道你小子鬼点子多、技术高，俺把降水设备的说明书和使用原理图交给你，你瞅空操心替俺好好琢磨琢磨，咱们能不能依据他们的样子照葫芦画瓢自己做几套试试？这南方的老板心忒黑了，这一套降水设备买下来，就跟俺要了好几万块钱呢！这是啥专利？不就是几根架管，钻几个眼，组合一下，架上大水泵一抽，完活！有啥神神秘秘的，竟然卖这么贵！当然了，你给俺操心，俺也绝对亏不了你！"

"我说老郑同志呀，俺翔爷走得端行得正，从来不干你这些鸡鸣狗盗的龌龊事，一天到晚琢磨些啥呢你这是？你还是另请高明去吧，俺季天翔既抽不出空瞎琢磨，也抽不出人来干！"

"那天还答应我要交个一辈子的好朋友呢，今天就不想帮俺这个小忙了？俺倒真想过去找别人弄，但别人谁有你这个金刚钻本事能干得了哇？隔行如隔山，看似简单，实则暗藏玄机，别人想揽也揽不了咱这个瓷器活！我敢断定，只有小兄弟你能琢磨出里面的道道来，设备就在咱眼前运行着呢，就相当于现场比着参照物搞试验了，拜托你了季老板！这个忙你说啥也得帮哥哥。"

其实，这套新鲜玩意儿，季天翔出于好奇已经现场研究过好多天了，从头至尾地细心观察和思索，个中的关窍也已经琢磨个八九不离十了，但就是瞪眼不把这一节跟郑乾说明。

"郑老板挣钱都快挣疯了，这点小钱，也能入了你富得流油的大富豪法眼？这熊玩意儿看着跟变形金刚似的，真想照葫芦画瓢复制下来，俺看，难于上青天哪！"

"今天晚上咱再邀个场，去城里喝点去，叫上那个操蛋猴儿——'不倒翁'陪你逗逗乐，变变心情歇歇，可不能总这么操心费力地一门心思盯工地，真能把你小子呆憨喽，干活是手下伙计们的职责，挣钱多少是考验老板会玩儿不会玩儿的大事，该放松的就得放松，放心，俺做东，大大方方地请你季老板吃海鲜去！"

"拉倒吧你，俺都两天一夜没眨眼了，都快困死了，今晚得睡个透觉！"

"也是呀，昼夜陪美女，哪有不困不累的道理？要不，改天我再约你！但降水设备的事，你得抓紧提上议事日程了，趁着现在能当场演习验证，不行咱再改进！就算老哥哥求你了，说啥你也要帮俺这个大忙，回到宿舍我就把相关资料亲手交给你！别说别人干不了这个活，就算有人能干得了，俺老郑也信不着他们，这事俺只信你一个！"郑乾向来很会哄人，话一出口都是一套一套的。

季天翔侧脸看了郑乾一眼，心想，翔爷是真累了，不然，今晚真得逮你宰一顿，先给你记上这笔账，明天如有空，铁定会抱着你这个富得流油的老家伙去城里啃几口。郑乾挤眼走嘴地对季天翔笑了一下，老奸巨猾地没再吱声儿。

回到宿舍，季天翔反复翻看了郑乾送过来的降水设备资料，不看不知道，一看吓一跳，远远没有想象中的那样简单，内中暗藏着科技和实践的双重高度。

但是，事再难，有了这第一手资料，季天翔突然就恍然大悟了，先前挖空心思也想不通的几个关键节点，瞬间就变得水到渠成了，甚至在心中暗暗断定已经破解了所有秘密，绝对不需要搞啥重复试验，保证一枪就能命中靶心。

当然了，这么复杂的尖端科技劳动，得让郑乾等得猴急猴急了再答应他，不到最后关头绝对不能吐口应允，得想法让这老家伙心甘情愿地出点血才能动手开始干。

真是皇上不急太监急，眼见季天翔不冷不热，这郑乾还真就坐不住龙王殿了，连拉带拽地就将季天翔邀请到了酒桌上，海鲜、好酒小心伺候着，百般献媚。

"这俗话说得好哇，吃人家的嘴短，俺翔爷得把丑话说到前头，你那玩意儿，不看则已，一看吓人一跳，人家为啥大张旗鼓地又是专利又是高价销售？暗藏其间的那十几个小细节，看似不经意，实则处处皆科学，不信你就试试，哪个小细节做不好，整套设备的运转就全都等于零！俺先声明，你这桩绣花针的细活儿，俺季天翔真干不了！但这酒俺也不会让你白请，改日俺一定会回请！"季天翔借着酒劲儿云山雾罩地瞎嚷嚷了一大通。

"对于俺老郑来说，高不可攀，但对于你季老板来说，堪称易如反掌，除非你不愿帮俺这个忙。您常常挂在嘴边上，为朋友要两肋插刀，何况只是小小的降水？别管咋说，这事你想躲都躲不了！"郑乾志在必得。

"老郑，咱们老规矩，还是喝酒不谈工作，再议，咱再议吧！"

"季老板，就咱们之间这过命的友谊，还议个啥劲儿？就这么定了！至于费用的事，你拿个方案，只要你吐了口，不管多少钱，俺绝无二话！"

"刚才还两肋插刀呢，这么快就轮到拿钱出面了？再提钱，俺现在就跟你急！俗，忒俗，你这人哪，俗得马上就要掉渣渣！"

"又是工人，又是机械，又是材料的，不花钱？况且还得你季大老板亲自动手、指挥，俺郑乾天天看着你忙得不可开交呢，这不是俗，这是实在！俺给你说实话，进一套这样的设备，五万六，这一年到头每套设备光补充损坏配件就得一万多，在俺老郑眼里数额虽然不算大，小菜一碟，关键是咱花这个冤枉钱闹心，还时不时净耽误事呀……"

"俺翔爷最讨厌的就是谈事儿婆婆妈妈！既然郑老板话都说到这份儿上了，赴汤蹈火，俺也得帮你这个忙！不过，有言在先，所有设备材料你去买，俺只出人工，干清工，你开工资。但俺本人的工资你不用开，俺的机械费和焊材不用你承担，兄弟义务纯帮忙，绝对一分钱不挣你的！回宿舍签个协议，将丑话说到前头，君子协定！就这么说定了，喝酒，喝酒！"季天翔见郑乾迫不及待央求自己的样子，就"不得不"答应了下来。

"三斤不倒翁"闻言站起身，说啥也得敬季天翔一杯酒："为啥天底下的人都喜欢你翔爷？这就是活生生的大证据。比这张口闭口都是钱的郑大富豪强到天上去了，来来来，翔爷，咱们兄弟走一个！"

"翁主任，这话俺翔子可不敢当，力所能及，朋友情场，你是领导，又是甲方，俺得先敬你！"季天翔赶紧站起身欲敬办公室主任翁玉强，郑乾也不得不站起了身子作陪。

大家都知道，季天翔乃血气方刚之人。够朋友，好好好是是是，以礼服人，从不猖狂；不够朋友，疾恶如仇，眼里揉不得半粒沙子，两句话说不好就有可能破罐子破摔，揍你一顿也是司空见惯。项目部上下都评价他"够江湖但不缺礼节"。

"翔爷一向就是这么招人待见！爽！俺老翁先干为敬，来，老郑，各位同人，大家一起敬咱们年轻有为的季大翔爷！"翁玉强说话的工夫已经端起酒杯一饮而尽，同桌的几位项目部及部门领导也欣然相随，纷纷向季天翔连竖大拇指。

"说笑了，说笑了，翁主任，敬你，俺翔子敬你！"季天翔抬手一口就将杯子中的酒喝干了，还杯口向下滴了滴。

郑乾啥人哪！乍一听人家季天翔是在向俺郑乾仗义疏财、两肋插刀呢，不挣一分钱还往里倒贴，殊不知这小子内藏玄机，季天翔可不是那种轻易吃亏上当的软主儿，特别是这小子整天叨叨着："郑老板发财了，俺提你那几个点可以忽略不计了！"正恨不得找机会在俺老郑身上啃一口呢，他季天翔能真金白银地甘愿吃这个亏？

当着众人的面说还要签啥"君子协定"，闯荡江湖这么多年了，俺老郑阅人无数，协议条款研究更非三年五载，亲笔签过的协议书虽然摞不过山高，但也足以成堆成垛了，你季天翔乳臭未干，充其量亲眼见到过的协议书也不过三两份，还给我动这个小心思，小毛蛋孩子，自以为是，嫩得很呢！

与弱者谋事，协议书中可遍藏活口，一旦履行约定过程中产生了纠纷，便可硬性强取豪夺。但与季天翔这种江湖大侠级人物交往就不同了，宁可明着吃亏，不要留下隐患，否则，一旦有了争议，凭省电总上下层关系跟他不是一个档次，论揍又揍不过他，只有挨宰的份儿。

活不大，钱数小得也很稀松平常，但吃亏沾光得与季天翔当众讲明确了，协议书上要写得清清楚楚才行。郑乾向来就是一个不沾光就感觉吃了亏的主，但这事，他不想从钱上沾光，只想别着了季天翔的道就行。

"季老板，麻雀虽小五脏俱全，活虽不大，难干！出力挣钱不丢人，也应该得到劳动报酬，亲兄弟明算账，咱哥俩还是把事说得明确一些好！小钱，你不在乎，俺也不在乎！买那套设备五万六，这个价格大家都知道。俺咬咬牙给你每套两万元的人工、机械和辅材费，另外的焊材、螺栓、垫子啥的所有小辅材都算你的，真空泵、管子主材和卡扣连接件俺负责购买！先做十二套！你小子整天哭穷，先预付你两万。省内省外好多工地也急需更新换代呢，既然尝到了甜头，俺就不能再劳民伤财地用老办法打井干降水了！"

"既然郑大老板话已至此，领导们也正好都在，俺再推辞就显得拿腔作势太不仗义了，郑老板说给多少就多少吧，就此打住，咱们不聊这个话题了，不聊了！都是一个战壕里的兄弟，仨瓜俩枣的小钱，别影响了大家喝酒聊天的好兴致，来来来，大家接着喝！"季天翔事先早就合计过了，一台泵多说几千元，管子管件儿也值不了几个钱。

再说了，项目部准备临建用的那几堆公家的大小口径的镀锌管子、钢板和型钢，正愁没法向领导交差呢，建筑工程处技术员做材料计划时将数量不小心做大了，大批剩料堪称取之不尽、用之不竭，今天"偷"点，明天喝场酒"要"点，郑乾在厂区外租住的那院子里已经积攒了一大堆呢，都快堆成钢材小仓库了。

郑乾承诺的两万元预付款现金递到季天翔手里的时候，季天翔递给了郑乾一张采购明细单："郑老板，俺据量着替你着想，直径五十毫米的塑料管改成镀锌钢管吧，结实还耐用，这套设备中就这个型号的管子用得多，咱改改设计。我看你院子里那些材料足够了，省得再多花钱，就是俺要费太多太多的劲儿了。在塑料管上打进水槽，那还不跟切豆腐似的？钢管上呢？用工就不亚于天壤之别了！还就这道工序最费工夫，工作量又最大，你倒是有百利而无一害了，俺呢，还得从自己腰包里掏钱给兄弟们贴补工钱，真后悔弄你这点活！说话的工夫就赔掉腚了！"

"别弄那事了，季老板，一口唾沫一个坑，白纸黑字，既然承诺了，裤衩子赔没了，都不兴吭一声的，这是职业道德！职业道德你懂不懂？"

"俺懂，俺啥都懂！既然你提到职业道德，那咱就按协议书履行常规办！你该买塑料管的赶紧买塑料管去，协议书咋约定的，俺丝毫都不会打折扣！"

"季老板，一套加两千元，总可以了吧？你这是协议外的无理要求哇！"

"加不加无所谓，关键是你这态度要端正，咋啦，这帮忙还帮出仇恨来啦？要不，你还是另请高明吧！给，这两万现金还给你，既然带着兄弟爷儿们出来了，哪里还挣不了你这仨瓜俩枣的小熊钱儿！你请慢走，俺有事不送！"

"就忘了协议书上添一句话，如有反悔，赔对方多少违约金！"

"现在添上也不晚，俺都认可！说吧，赔给你多少违约金？俺翔爷说话绝对坚守一口唾沫一个坑的一贯原则！绝无二话！"季天翔这次还真不是故意提条件，自始至终都在为郑乾着想呢，没想到郑乾却得了便宜还当着季天翔的面卖乖。

单就一毫米宽、一百毫米长的进水槽小细缝，每套一百根左右的镀锌钢管，要开一万多条进水槽，比在塑料管上开槽的难度可想而知，确实要数倍几十倍地浪费工时。为了充分利用现有材料，为了提高耗材重复使用强度，一切都是替郑乾在挣钱。

"你看你，这火爆脾气！俺知道你是好意，也是事实，俺不该这么说话！请你喝酒，请你喝酒，活该干的还得干！"郑乾知道自己理亏，不得不向季天翔赔礼道歉，但季天翔拉着个长脸愣是不说话。

郑乾连续不断地笑脸巴结季天翔，终于又达成了最后的共识，还约定晚上再去明月县城喝两盅去。

正好近几天循环水制作现场缺钢板和加固肋材料，有些窝工，季天翔抓住机会将降水设备的制作工作，正好同步穿插了进去，一切都按部就班地进行着。

但郑乾那里却中间弄出了么蛾子："季老板，麻烦了，他们厂家随设备搭配的那些附属鸟玩意儿，特别是那些带公母头的大卡扣，转遍了整个县城也没有卖的，派人专门去了趟省城，也没有找到有卖的，联系厂家大批进货，人家还不愿意了，说是不可能十倍几十倍地损耗，还问我是不是要通过模仿私自制造整套降水设备？你说说，你说说，现在的人真精！"

"你不是一直信誓旦旦地说指定有卖的吗？咋又买不到了？那咋办？早就提醒过你，不会像你说的那么简单好弄，你看你这事鼓捣的，可叫你给弄花哨了！"季天翔本来的出发点也没想挣这点小钱，除去工人工资还不够操心费呢，更没打算在这上面费太多精力和人力，猛一听就烦了。

"省外也有咱们的人，也都转遍了，确实没有卖的，八成是厂家专门定做的异形卡扣。我思来想去，还得你操心想辙。关于费用……"

"行了，行了，干你这点活真是不小心碰狼蛋上了！别总是钱钱钱的，你真以为俺能看上你这俩钱？偌大的发电厂，你又不是不知道，多少亿的工程量呢，凭俺这关系，到哪里不能接点活干？真后悔闲得蛋疼上当，蹚了你这汪浑水。快别再说了，俺既然答应了你，就由我来想办法吧！你买料，俺替你想招制作替代连接件。额外的钱，俺一分钱都不会收你的，免得你再说俺言而无信！"

"那哪成？俺一定得给！既然季老板话都说得这么掏心窝子了，俺更得给！还不能少给！"

"我先琢磨出来好办法再告诉你备料，到时候给你列个详细的材料计划单子。钱不钱的咱们以后再说！"

"翔子老弟，俺也跟你说句掏心窝子的话，俺终于知道你为啥那么招人待见了！大家都说喜欢你，这里面确实有你自身的内在原因，俺也喜欢你！"

"行了，行了，郑大老板，举手之劳，别上纲上线把俺翔子说得那么酸溜溜的！'喜欢你'这句话可不能乱说，让俺季天翔头皮发麻！只要有办法，咱这都不是事，俺也没有你说的那么天下人都喜欢！事成之后，咱哥儿俩摆场庆功宴，一场酒，足矣！"看来季天翔确实没有想着额外挣郑老板的钱，只想超常发挥地尽最大努力践行自己的承诺而已，这是他有目共睹的最大优点之一。

郑乾也不好再说什么，只是小心翼翼地拍了拍季天翔的胳膊，又竖了竖大拇指，点了点头。

随着金沙项目建筑工程的陆续移交，安装工程逐步大面积展开，为了扩大承包工程规模，季天翔出了一趟差做招工储备，连去带回一共用了三天时间就回到了金沙。

助理刘国福一遍遍地总催，那么多的工人，省电总的甲供材料最近总是断顿，照这样继续拖拉下去没有谁能承受得了，再好的活都得往里搭钱干！工人的工资一天两天全停了，无伤大雅，但窝工时间久了，凭空发工资就发不起了，三天两天停工，你自认倒霉继续发工资还好，否则，现在的人哪，你让他在宿舍歇上一天就叨叨，没有几个能闲着不挣钱还能心甘情愿追随你的。

季天翔心里那个急呀，晚回来一天损失就是一大笔，不得不风风火火地奔回了金沙工地。

刘国福说了，事实证明，还是咱们季大老板厉害呀，翔爷出马，一个顶一片哪！三言两语，这钢板就有了着落了，还约定好了"宁可备而无用，不可用而无备"的提前布局策略，有效避免了此类事情的再次发生。

项目经理还特别安排项目物资管理部一位德高望重的老师傅，单线与季天翔全天候联系，承诺至少近期不会再次发生主材断顿的事了。

不过，材料虽然有了着落，但也不能要求人家甲方必须绝对要今天或明天全到货，毕竟都是大件，审批、采购、运输等各个环节都需要一定的时间，估计三两天之内是肯定没戏了。

季天翔万般无奈之下，只好安下心来，一趟一趟地去循环水沟里的降水设备旁转悠、沉思，还不时蹲在郑乾现场备用和正在使用的降水设备堆里，来回穿梭、翻腾、测量、记画，着迷了一般。

反正这几天循环水制作材料跟不上，况且制作和安装都有得力干将——助理刘国福有效管控着呢，季天翔才得以抽身，几乎将全部身心均投入进了降水系统设备研发中去了。凡事投入、认真，是季天翔的天性。

眼见季天翔一天到头地替自己忙活，郑乾也不闲着，跟屁虫儿一样帮着季天翔跑腿、参考方案，天天、顿顿都真心真意地想请季天翔吃饭，说话也不那么油腔滑调了，貌似被季天翔的敬业精神给彻底感化了。

拿着一摞草图，在最初筛选的三个待定方案中，季天翔和郑乾，还有麾下出谋划策的弟兄们的共同推选下，终于将其中的对拉型"杠杆"公母卡扣方案确定了下来，经过现场真刀真枪试验证明，其操作简易性和对接强度都大幅度优于原厂配件。

况且，从此以后再也不用天南海北地满世界购买原材料，甚至连一根螺栓、一颗螺帽垫圈都不用专门去购买，随便让郑乾在施工现场趸摸点公家的废钢材，就能轻松加愉快地将问题圆满解决了。

攻克了看似不可逾越的技术难关，余下的各道工序相比之下就显得简单多了。没过多久，季天翔就替郑乾做好了整整十套完整的降水设备，除了每套工具需要另购一台抽水用的真空泵和高压开孔设备外，其余全是合格成品了。

按照季天翔的建议，郑乾推翻了先前计划的购买往复式真空泵的计划，全部购买离心式真空泵，其效率和使用舒适度明显改观了不少。

一台新购的离心真空泵和季天翔造就的其中一整套降水设施，在循环水管沟开挖现场大张旗鼓地悉数上场轰轰烈烈地"演习"了一番，几个降水老师傅纷纷叫好，说是从来没有见过这么奇妙、这么操作简单、这么严丝合缝的公母卡扣，三根小杠杆，就那么往下一压，滴水不漏，再也不用一天到晚到处盯着处理漏点了，从头至尾的设计简直太人性化了。

"谁说好用也没用，放枪的枪手说枪好，那才是真的好！季老板，你太厉害了，不是一般二般的厉害，再多做三套，这第一批一共给俺制作十五套吧！"郑乾喜上眉梢，当场预约季天翔晚上一定去城里喝个庆功酒。

"喝酒就算了，求求你别再加码多做就谢天谢地了，这些天绞尽脑汁地鼓捣你这些玩意儿，都快把人折磨死了，哪里还有闲工夫喝你那闲酒去？要去你邀着'不倒翁'去吧，俺不在场，你们就没有啥避讳了，也可以放心大胆地找几个小姐喝场花酒，想干吗就干吗，省得老翁总是抱怨'和翔爷在一起喝酒，好是好，就是总感觉缺点啥似的'，还是你们吆喝着喝去吧，俺得早点睡觉休息。"

"早晨老翁还念叨你呢，说你鼓捣降水设备的这些日子里，特别是近日，他可没少跑前跑后地替你张罗，都好几天没有请他喝酒了，你这里缺啥就去找他，把他当作自家大管家似的，说句良心话，你也真该请请他喝顿酒了，你们去吧！俺得休养生息了！"季天翔也是真累了，真心拒绝了郑乾的诚邀，郑乾也不好勉强，便相约等改天季天翔有心情了，再将大家约到一起去喝。

"制作十五套，一定要记住哇季老板，别忘了安排弟兄们再加把劲儿，一鼓作气鼓捣完，省得大家都牵肠挂肚的。俺尽快把这些宝贝运到其他工地去，接着就能派上大用场了，还得麻烦你每套多配几件连接件，拜托了！

"明天俺就先支付你十套的钱，二十万，一上班你就带上存折去电厂门口的建行去转账，其他的钱完活了就清账。"

"至于前段时间说的开口费工和这段时间另外用工自制的公母头卡扣费工就不用你说话了，好吧，俺看着给就行了，给多了你别喜，给少了你别跟俺急！行不季老弟？"与季天翔的这次合作，郑乾很满意，也很感激，鲜见主动地提出了及时拨付款项的事。

"反正活孬好就干这样了，兄弟一场，给不给，给多少，你随意，意思意思就行了，今后合作的路子还长着呢，没必要从这件小事上计较，最后喝场完工酒就啥都有了！"季天翔心平气静地对郑乾说道。

"老弟，俺郑乾这么大一把年纪了，对天发誓，俺真是从心底里喜欢你！"

"郑大老板，真有你的，人老心不老哇！开个玩笑，开个玩笑！"季天翔笑嘻嘻地跟郑乾胡乱侃了起来。

真是不打不成交，二人从此以后还真是成了关系不错的忘年交，彼此合作、帮衬得相当不错。

第二天早晨一上班，季天翔和郑乾就拿着各自的大存折来到了建设银行的营业厅。运钞车还没到，进进出出一屋子人都在等，排了一个多小时的号才轮上。

二人搭伴来到项目部循环水安装现场的时候，正巧碰到三个人在管沟降水设备周围瞎转悠，郑乾便上前询问，得知他们就是昨天与自己联系过的同行，在明月县城干降水的老板及伙伴，是慕名而来购买郑乾的新降水设备的。

"呦，呦，郑老板，俺翔爷撅腚哈腰地亲自动手替你忙活了这么久，你这一倒手，钱就生钱了啊？佩服！俺佩服得五体投地！"季天翔跟郑乾咬耳朵说。

其实，季天翔才不管郑乾将产品卖给谁呢，只是有些感到突发意外才这么说的。郑乾听了也不说啥，只是满面含笑地轻轻地拍了拍季天翔放在自己肩膀上的大手。

"郑老板，俺都现场看清楚了，也认定你改进的产品了，俺现款先要五套，回头马上就投入使用，用好了再接着要！你看这样行不，郑老板？"来者直截了当地问郑乾道。

"五套就五套吧，但俺不还一分钱的价！你也别跟俺讲价钱，一分钱一分货，真刀真枪地都在那儿摆着呢！"

"行吧！俺这就去银行给你转钱去，俺身上掖着呢！"

"这么急？咋没提前说一声？前天不是说好了，先来金沙电厂亲眼看看货，再慢慢商量购买付款的吗？"郑乾问道。

"还看啥？这用着的设备看了，做好堆放的成套设备，你们的小伙计刚才也带着俺们看了！物件俺相中了，价格虽然比原厂里贵点，但俺也打心眼里认可了，还看啥？咱们一手交钱一手发货就行了。"

"好，爽快，一口唾沫一个坑，成交！但有言在先，这么好的产品，俺可不能保证以后还会源源不断地卖给你！因为俺那心灵手巧的大师傅是做大买卖的，不愿意长期鼓捣这些高科技小玩意儿了，人家得转移视线挣大钱去！"郑乾斜眼看看季天翔说了一句让来人一头雾水的话。

"郑老板，咱们价格既然说好了，也不会再变卦啦，俺就说句心里话吧，单说这公母卡扣，即便我们自己会做，这么好的工艺和效果，人工费俺都耗不起呢，就别说没地方去找这么好手艺的人了，真想亲眼见见你手下的这位老师傅呢！"

"这不已经见到了吗？远在天边，近在眼前哪。"郑乾边说边指了指身边站着的季天翔。

"这么年轻的小伙子呀！好手艺！真不敢相信！哎静，看人家小师傅这精神头！俺看一眼心里就喜欢！"来者边说边向自己的俩同伴使眼色，意思是"俺说的对不对"呀？

"谢谢大老板夸奖，雕虫小技，都是雕虫小技！如有需要，尽管来找我们郑老板，俺随时都可以听从郑老板的安排并绝对满足你的要求！"季天翔说此话纯粹是客套和应付，本来就是替郑乾装面子，当着玩笑话说的，但却因此无意中变成了一个"承诺"。

事后相隔时间不长，这老板还真的与郑乾达成了再次供货的协议，还带来了兄弟单位的同行前来洽谈意向，况且张口就先要十套。这就需要季天翔不得不从麾下抽出一员大将带人应付此事，既然手下已经娴熟，季天翔便从此不再亲自出面参与其设计和制作，专心致志地干自己的大事业去了。

虽然季天翔没能从郑乾的这些降水设备改制中挣到几个钱，但通过与其长期接触，季天翔发现，郑乾这人还真不是全身都是毛病，他优点还是挺多的，虽然比别人精明点，但其品质其实并不坏。

季天翔深感无意中从郑乾身上学到了很多此前没有的知识，获益匪浅。

第二十二章

助理刘国福的确是个人才，季天翔能得心应手地将二百多号各色人等凝聚在自己的周围南征北战、所向披靡，在电建领域短短几年就鹤立鸡群，不能否认，多亏他一如既往的协助，对此，季天翔也高度认可。

"季老板，你就听我一句劝吧，俺苦口婆心地多次向你提出这个建议，绝对是经过深思熟虑的，瓜熟蒂落、水到渠成的事了，你不捋顺这个关系，这事实也早已秃子头上的虱子明摆在那儿呢，你这帮准徒弟没事就来鼓动我，推举我向您递话儿，民意难违呀，俺的好兄弟！"刘国福再次向季天翔提议正式收徒的事。

"大都是俺从农村老家带出来的老少兄弟爷们，虽然年龄还牵强，但辈分高低不一，反正一样教、一样带他们，狐假虎威地高调弄那么个惹人非议的收徒仪式干啥？不就是凑巧了，十三个人跟我学活学拳吗？还演绎成了邪邪乎乎的啥'十三太保'，这又不是旧社会，俺总认为搞这个虚套子没啥用处，弄啥也比不上带着大家共同创业、都多学点混饭吃的看家真本事来得实在。"季天翔仍然坚持着自己此前的观点不松口。

"不信你试试，这正式收徒仪式一办，伙计们的干劲儿、责任心和号召力立马就会大变样，对这帮小子的思想稳定性也会起到相互制约的决定性作用。众望所归，你别再坚持了，是时候众望所归了！不然的话，这十三个小家伙心里总嘀咕，一时半会儿也稳定不下来。"

"好吧！咱们兄弟同舟共济这几年，走到今天也不容易，你也没少替俺出谋划策，你的话俺会郑重考虑，正好师父王天虎也调来了这个项目工地，俺与他商量一下再跟你回话吧。"季天翔终于松了口。

举棋不定的季天翔没料到师父看法比自己明朗多了："好事呀！不用商量，

名正言顺地收！大张旗鼓地收！到时候俺亲自到场给你助威捧场！"

"既然师父都这么说了，翔子就谨遵师命，近日就正式收下这十三个小徒弟！"季天翔闻听师父没有异议，本就左右摇摆的思路一下子就明朗起来了。

"翔子，你小子还真有两下子呀，师父不但不能阻拦你，还应该为你感到骄傲才是啊！这转眼间的几年工夫，俺们江北省电建总公司金沙电厂项目工地，事实上已经成为你小子的练兵场了，这第四台大发电机组也马上要进入安装高峰期了，金沙俨然已变成你小子的事实福地了，这些年，你小子上蹿下跳的，一时一刻也没松松弦哪！"

"是啊，师父，这是可遇不可求的天赐良机，俺确实与金沙有缘！但如果离开了师父等众多贵人无私慷慨相助，仅凭俺翔子一己之力，定难发展到今天的规模。俺心里也清楚，干土建，千人队伍不算大，但干咱们安装，特别是高温高压工艺管道和高精度机械设备的安装，超过五十人的队伍就足以在电建市场昂首挺胸一气儿的了，更何况咱们的队伍已经远远超过了两百人，目前还在继续壮大，好在几个长期不离不弃的得力助手倾心相携，十三个所谓的小徒弟也出奇地给力，指哪儿打哪儿，不管干啥活，再苦再累再艰难，兄弟爷儿们个顶个都是嗷嗷叫、玩命地干，这才在这么短的时间里，迎来了今天的大好局面。

"目前，咱们省电总新建、扩建发电厂项目越来越多，成熟、不让人操心的高档安装队伍更加抢手，这不，好几个工地的项目经理都给我打电话相邀，但咱们人力物力有限，又不能盲目扩张满世界招兵买马，俺只能全都给他们个活络话。

"虽然咱的队伍经过几年真刀真枪的发展和历练，也做到了绝大部分安装队伍所不能，但毕竟独立干项目这是第一炮，必须慎之又慎。俺想好了，也已经物色好了人员，先选派两到三支各二十至三十人左右的小股部队，分发其他项目部历练一下，摸着石头过河，试一把，效果不日即可见分晓，也算养兵千日用兵一时吧。然后，再想办法补充增加金沙项目减员造成的后方空虚……"季天翔有了啥想法总要滔滔不绝地对师父唠叨唠叨，今天也不例外。

"嘀嘀，嘀嘀，嘀嘀"几声响，师父腰间的大汉显BB机突然响了起来，猛地打断了季天翔的话。

"你看，你看看，这正说着曹操呢，这曹操就真到了。咱们前几天说的俺老家的那个本家小爷儿们来信息了，说近期就能组织三十多号人，干电厂高压的，大都是熟练工。

"这小子我了解，一直都是我带出来的，也算老混电厂的人了，就是没有你这样的魄力，借他俩胆子他也不敢自己单挑单干，但论技术、论为人，俺敢打包票，绝对是响当当的高手，干个几十号人的大班长完全能胜任。

"有几个同事的几个亲戚，也是常年干电厂安装的，虽然都是散兵游勇，但技术还不错，安装、焊接都能应付两下子，如果需要的话随时也可以把他们收编进来。"

"忒好了师父，俺刚才正想问问您这件事呢，有这几十号人马先过来，就足以解决燃眉之急了。我手下的几个大班长和一些工人，也都能组织一部分力量，人员近期就能拍板，我正抓紧落实这些事呢。

"如此一来，施工人员的事就不用再犯愁了。师父，您看，您这十三个徒孙的事，咱啥时候走走过场最合适？"季天翔温声细语地问王天虎道。

"翔子，刚才这一犹豫呀，师父又改变主意了！"

"啊？师父，您是说咱们不办这件收徒弟的事了？"

"那倒不是。我突然想起来，昨天明月县明月镇的一名副镇长和党政办主任亲自来找我，说是镇派出所所长和大阳庄村的村支书共同推荐的，请我去参加一场别开生面的庆典活动，担心被我拒绝，才以官方的名义让领导亲自出面邀请。

"他们说，这是一场关乎明月镇乃至明月县脸面和武术文化传承大计的大事件，县长也要到场参加，省城也有相关领导要来，让我务必以特邀嘉宾的身份参加活动并现场表演形意拳和军用擒拿术助威，项目部陈聪经理也在受邀之列。"

"噢，这是好事呀，师父！"

"正因为这是好事，师父才突然有了一个大胆的想法，不但我要参加，还要带着你和那十三个徒孙都去，大张旗鼓地去，大张旗鼓地表演，让你们这些小青年也都练练胆。"

"不过，这只是刚才脑子里一闪而过的瞬间想法，俺考虑得还很不成熟。"王天虎虽然动了带徒子徒孙去凑热闹捧场的想法，但其向来低调保守，不免又萌生了一丝顾虑。

"师父，俺斗胆向您强烈建议，咱去！在那样的场合让这帮小子当场表演、拜师，既是对他们的临场锻炼，也是师父您应该受到的尊敬，借花献佛，既替人家擂鼓呐喊助威了，也隆重完成了咱们的收徒仪式，一箭双雕，咱们何乐而不为呢？"

"好是好，只是这活动的主人翁赵老先生——赵广武，乃百岁高龄、大名鼎鼎的黄埔军校第五期学员，梅花拳正宗传人，一身梅花枪功夫更是舞得出神入化、鲜遇敌手，戎马一生，枪林弹雨，堪称桃李满天下，尤其是在咱们江北省武术界，更是有着崇高的威望和知名度，咱们这么做会不会太过于张扬而喧宾夺主了？"

"不会的师父，估计他们邀请您老人家的心情那般迫切，是正犯愁难寻与武术相关的助兴项目呢，他们巴不得呢，各取所需，俺看行！咱们麾下的这帮徒子徒孙如果得以成此行，对他们的鼓励和促进铁定是毋庸置疑的。"

"行就行吧，咱们先这样计划着，我回头先让村主任给镇上打个电话问问是否合适再定夺吧，反正到时候如果能到场表演，咱们也不用专门排练，就你们平时那些天天习练的单练、对练和集体套路就足够精彩了，等会儿我就去村里找村主任落实去，行与不行，俺都会第一时间尽快通知你。"

"那好，师父，咱就先这么计划着，俺工地上还有事，就先去了，翔子随时听从您的召唤！"季天翔起身哈腰与师父道别。

王天虎和季天翔师徒二人，当场就将正式收徒的思路暂时统一下来了。

很快，师父就带来了回话："翔子，村主任将咱们现场表演、收徒助兴的想法向镇上反映了，县上领导和远在省城的赵老爷子都非常高兴，老爷子还说了，那个王'老虎'是个兵，俺赵'老虎'也是个兵，无论如何，一定要请他到场！

"这说着说着，弄到最后，不去还真不行了呢。干脆，咱也别再优柔寡断了，趁这几天空，每天晚上下班后，我亲自去你们租住的那个大院子里监督排练，临阵磨枪，不快也光，既然去了，就尽量要做得完美些！你瞅空也要抓紧练，师父我也得使劲儿练练！"

王天虎先说不用排练的，这真的要去当场展示了，又要亲自监督排练预演，前后变化足以表明其对赵老先生的敬畏和谦虚谨慎的一贯美德，绝对不是空穴来风。与高人对阵，当谨小慎微，要时刻绷紧记牢"人外有人天外有天"这根至理名言之弦。

十三个虎虎生风的准徒孙，初次这么近距离地亲耳倾听师父的师父教诲，亲身感受师父的师父点化，青涩中饱含着诚惶诚恐，骨子里涌现出一脉情深。

声名显赫的"老虎"师祖，一招一式还是那么老到，言谈举止还是那么精深，套路枪械依然那么娴熟。

包括季天翔在内，首次心生"上阵父子兵"的抱团感和内热冲动，彰显师父的博大精深，他暗暗发誓，要充分利用师父调来金沙项目部的有利时机，继续向师父学习深造，带领这十三个准徒弟继续努力，争创武功、武德双丰收。

经过王天虎几天的培训和监练，徒子徒孙进步飞快，单打、套路和器械均有了不同程度的提高。

王天虎的名号还真不是吹出来的，是实实在在的真功夫摸爬滚打拼出来的。

简直是一转眼的工夫，这隆重、热闹的官民大型庆典活动，就在鼓乐声和鞭炮齐鸣声中轰轰烈烈地闪亮登场了。

为了充分体现对赵老爷子的尊敬和祝愿，主办方将现场设在了老人家的出生地——江北省明月县明月镇赵王庄，偌大的打谷场、临时搭设的大舞台，舞台前上方红底金字的巨大横幅上，一行"梅花拳明月弟子大会暨梅花拳正宗传人黄埔五期赵广武先生百岁大寿庆典大会"的遒劲大字，在明媚的阳光照射下，随着习习微风，时隐时现，让人深感心旷神怡，威武霸气中充满了敬畏和期待。

主席台就座的除了赵广武老爷子之外，还有省城、县、镇、村部分领导和有关特邀嘉宾，王天虎因为"兵"缘情结，被老爷子硬性安排在了自己的身边，于主席台偏中间位置就座。

为此，主办方还分别向各级领导做了请示汇报，结果没有一位领导愿意扫了一位百岁老兵的兴致，均欣然赞同。

大会由明月县县长亲自宣读热情洋溢的欢迎词，县知名主持人——男女"头牌"双双到场，配套音响设施规模空前，县体委和各武校、音乐戏剧等团体均专门组织了相关表演节目，台下人山人海，一片繁荣祥和的气氛。

从明月县县长的致辞中，季天翔才真正知晓了赵广武老爷子的巨大分量和崇高地位，能如此近距离地得见老人家，堪称三生有幸。

原来，这赵老爷子就出生于脚下的赵王庄，早年便出门打拼闯天下，一次偶然的机会得以辗转进入声名显赫的黄埔军校第五期学员班深造，再加上其自幼练就的一身正宗的梅花拳功夫，得以学成之后南征北战、戎马一生，位高权重，离休后坚持回乡居住了将近二十年，广招门徒，桃李满天下。

但随着年龄的逐步增大，才不得不在儿女们的多次强烈要求之下，返回省城，居住至今。

在赵王庄居住的这些日子里，老人家收徒不论出身，不论穷富，不论年龄，不论男女，只要真心想学，从来都是来者不拒，不吝赐教，凭一身梅花拳嫡传真功夫而发扬光大，不仅有本村村民，还有整个明月县城甚至更远的外地徒子徒孙，堪称遍布五湖四海，小小的赵王庄一时间因此而声名大噪，一天到晚，特别是农闲时节，小村中喊杀声、刀枪棍棒声此起彼伏，好不热闹。

传授武功的同时，老人家苦练不辍，乐此不疲，整日乐乐呵呵，身心俱修，至今身体和心态要比其实际年龄看上去年轻很多很多，眼不花、耳不聋，不论是徒手还是刀枪剑戟，至今没丢，一直在坚持全面修炼。

老爷子晚年还将自己多年的练功心得，整理成厚厚的一本大书，交由国家级出版社出版并由全国新华书店发行，其浅显易懂的描述和原版自绘动作图，一度成为武林亮点，发行量在同类图书中出奇的大，至今畅销不衰。

主持人宣布祝寿环节正式开始时，老爷子不用搀扶，只身迈着轻盈的步伐通过一侧的步梯走下主席台，在台前的一把老式太师椅上正襟危坐，虎风不减当年。身前跪倒的大片徒子徒孙和本家族人，大行敬师敬老祝福之礼，聆听其谆谆教诲，台上台下立时响起了一阵热烈的掌声。

既然今天大会的中心是百岁老人赵广武老爷子，由其亲传亲授的梅花拳绝技，自然不能缺席。

一帮年轻人，分散在舞台上东搬西挪，瞬间就腾好了大片表演场地，主席台上的桌椅也改成了分列主席台两侧摆放，台上嘉宾均就座两旁近距离观看表演。

老人家自告奋勇，第一个出面上台表演，一套正宗娴熟、霸气十足的大套路打下来，由此知彼，当年霸气和虎威可见一斑，举手投足，同步彰显着其"老顽童"的稚气和灵气，再次引来台上台下一片尖叫欢呼。

其徒子徒孙个个摩拳擦掌，轮番上阵，拳打脚踢，渐渐将大会推向了高潮。老爷子自始至终昂首挺胸地站立一旁，像当年示教一般地全程观战。

梅花拳传人年龄段跨度之大、习练人数之多、拳法之严谨，显现出其群体之能和单兵作战之强的深厚功力。季天翔看得眼花缭乱、热血沸腾、跃跃欲试，王天虎也是不断地高调鼓掌叫好。

按照老爷子的提议，祝寿仪式完毕后，接着让王天虎他们上场行拜师之礼，自己则仍然站立在一旁观礼，有人给他搬了凳子来，他也不坐。

首先，主持人详细介绍了王天虎的来历："下面我们隆重介绍咱们今天到场的特邀嘉宾——人称'老虎'的王天虎王师傅，特种部队特战军官出身，其擅长形意拳和特种部队专用拳，擒拿格斗，样样精通，曾荣获三届江北省散打冠军和一届全国散打王全能亚军，其向来为人低调，人品极佳，业界好评如潮。

"今天的王师傅不仅亲自来大会助兴，还浩浩荡荡地带来了他的徒子徒孙表演队，稍后我们会亲眼目睹他们精彩绝伦的形意拳和擒拿格斗术表演。

"特别值得一提的是，正值身为现役军官的王师傅职业巅峰之际，他体格健壮的老父亲突遇意外自然灾害瘫躺在床需要长期有人陪伴照料，但作为家庭主要劳动力的母亲身体也不好，无力承受如此重担。王师傅作为家里的独子，自幼随父习武，感情深厚，面对这天降横祸，万般无奈之下，王师傅不得不含泪向上级领导申请退役。虽经父母亲友多次劝阻，但最终也没能阻止王师傅那颗感天动地的坚定孝心，迫不及待地泪别战友回到了家乡，一把屎一把尿地将老父亲伺候了整整六年之久，直到无奈地把老人家送出了家门，王师傅才被安置在咱们江北省电建总公司工作至今。"

"因为有了金沙发电厂的建设项目，才有了咱们当面见到王师傅的眼福，在此，请现场的各位领导、各位来宾和全部在场的父老乡亲们，全体起立，谨向咱们孝心无限的'老虎'师傅致敬、鼓掌、欢呼！"经验丰富的主持人一番煽情互动，台上台下立刻又爆发起了一阵欢呼声和掌声。

"下面，隆重请出咱们的王师傅闪亮登场，让我们欣赏其孝心齐天的大孝子风采之余，再来欣赏一下他那出神入化的形意拳和擒拿格斗术真传吧！欢迎王师傅！"随着主持人的一声招呼，王天虎威风凛凛地阔步来到了舞台中央，先是抱拳致意，又现场发表了一段热情洋溢的致辞和自我介绍，特别表达了对赵老爷子的敬意和美好祝愿。虽然语句不多，但霸气、真诚、谦逊，让人不得不伸大拇指。

一套虎虎生风的形意拳十二形打下来，以赵广武老爷子为首的广大观众无不拍手称赞，王天虎以礼回礼，频频向众人致敬。

接下来，王天虎又向大家表演了一套军队专用表演套路，摸爬滚打，闪转腾挪，真可谓新鲜刺激，当场就引来众人一片欢呼。

由季天翔带队的一帮小徒弟，也没给王天虎丢脸，一套习练数年的形意拳大套打下来，也是风光无限，博得了众彩。

还是老爷子，吩咐众人将其先前坐过的老式椅子搬至台前，请王天虎入座接受众徒孙参拜，并安排季天翔另一座位，让其当场将那十三个高徒收下。

众徒子徒孙按预定先后顺序郑重参拜师父师祖。

拜师仪式在一片欢乐和祝福声中宣布完成，赵老爷子兴奋地上前与众人合影留念。

接下来的表演节目众多，武术、声乐、戏曲俱全，也都非常精彩。大家平心静气，台上台下众人皆专心致志地看节目。

很快，轰轰烈烈的庆典活动马上就要宣告完美地收场了，甚至，连终于松了一口气的主持人，都已经把宣布"再见"之前的过门儿语说完了。

不承想，就在这节骨眼儿上，台下人群中却出现了不小的骚动，竟然有人大喊着"王老虎敢不敢与我们比试对打"，边喊边往台前凑，维持秩序的警察见状，急忙上前阻拦。

突然出现了这样的幺蛾子，大家面面相觑，一时间不知如何是好，两位被惊呆了的主持人更是不得不将说了一半的话，重新咽回肚子里，茫然不知下面的场面应该如何主持下去了。

谁都没有想到竟然还是那位百岁老人——赵广武老爷子率先挺身而出，思路清晰、临危不乱地攥住话筒稳住了局面："站住别动！有话在台下说！"

赵老爷子语调不高，但显而易见地起到了有效震慑的作用，骚动的人群中立马恢复了出奇的平静，甚至刹那间胆敢说话的人也没有了，好像帐前将士突然听到了三军统帅的断喝号令，没有人敢冒杀头之罪而造次似的。

"你小子终于还是搅局来了！说吧，想干啥？"还是老爷子饱含威严的声音。

"俺在师父您老人家面前啥也不敢多说，就是想与这位'虎爷'递递手，切磋切磋，俗话说，强龙难压地头蛇，俺就不信了，他就那么厉害？牛哄哄的，竟然收徒收到咱们赵王庄的地盘上来了！"人群中有人大声向老爷子喊道。

"王耀龙，既然咱们师徒之谊已尽，俺早就没有你这个徒弟了，就不要一口一个师父地叫了！但咱们毕竟祖祖辈辈同居一村，乡里乡亲的，昨天我就警告过你，参会，俺欢迎！捣乱，比武，都不行！当时答应得好好的，怎么，这一夜之隔就又犯癔症了？"

"俺王耀龙生生死死都是师父的徒弟，您说的话就是天王老子的圣旨，借俺十个胆，俺也不敢在您老人家跟前犯浑，俺没啥，就是想与这位'虎爷'现场比画比画，给大会给大家给领导助助兴，绝对没有啥歪点子，俺就这一点小意思，还望师父成全徒弟，收回成命，俺这就给您老人家磕头了！"王耀龙说着说着就带着麾下一帮小喽啰跪倒了一大片。

"王耀龙，师父都这么大岁数了，忙活了这几天已经够累了，你竟然如此咄咄逼人，作为咱们赵王庄梅花拳正宗传人的首席大师兄，俺得代表他老人家的徒子徒孙们替老人家说句话了！再敢胡搅蛮缠，别怪俺对你们不客气！好自为之！"赵王庄大师兄一句话，激起了大家的不满情绪，甚至有人向王耀龙处靠近，大有武力驱逐之势。

"大师兄，俺没有啥恶意，只想比武助兴，没别的！"看得出，这王耀龙不但对师父心存敬畏，对大师兄也同样心存顾忌。

季天翔见状，回头看了师父王天虎一眼，王天虎轻轻摇了一下头，季天翔心领神会，不得不跟随师父静观其变。

"天虎，如果我强行制止，谅这小子也不敢造次。但是，我很了解这王耀龙，不达目的绝对不会罢休，当场解不开这个结，他事后铁定还得上门找麻烦，这也是当年俺不得不将其逐出师门的主要原因之一。

"我断定凭你的实力应该能轻易取之，如果你愿意，何不现在就用实力化解了这个怨结？你不要有丝毫的后顾之忧，这么多人都替你做证、给你呐喊助威呢！干吧！"赵老爷子侧耳征求王天虎的意见。

"今日得见老前辈，让天虎心悦诚服，承蒙厚爱，诚惶诚恐，俺啥都听您的，您老人家咋说俺就照原样咋办！"

"那就好，天虎，看俺老头子眼色行事！"赵老爷子说完，又前后左右看了看主席台上的其他人员，但啥话也没说。

"王耀龙，以同村异姓长辈的身份，俺赵广武昨天就奉劝过你一句，作为一名统领过千军万马的老将军，在俺的眼里，信不信，你连一碟小菜都算不上，希望你好自为之！我可以肯定地告诉你，王天虎师傅已经答应现场与你一决高下，但有言在先，孰胜孰败，一笑视之，永不仇视，如果你胆敢当众承诺，同意点到为止、以武会友，就请即刻登台亮相吧！"赵老爷子对着话筒高声向台下喊道。

"跪谢恩师，徒弟王耀龙这就上台来了！"王耀龙边应声边带领一帮徒弟耀武扬威地往台上走去，台下几近鸦雀无声。

季天翔见状，招手就带着十三个新收徒弟同时往台上走去。

赵王庄大师兄伸手逐个点将，往台上使了个眼色，呼啦跟上六名大汉，随后便威风凛凛地走上了高台，站立在赵老爷子身后。

"'虎爷'，咱们各自先派一名徒弟出战，徒弟一场，师父一场，您看咋样？"王耀龙先发制人，上场就按照自己的思路付诸行动。

"好哇！咱们同为王姓，就是一家人，今日有缘，友谊第一，比赛第二！"王天虎抱拳表示同意，随后又扭头看了一眼季天翔。

季天翔昂首含笑，微微点头回应。

说时迟那时快，赵广武老爷子一声令下，两位年龄相当的年轻人，已经交上了手。几个回合下来，季天翔明显占了上风，对方虽然招式老到且富有极高的观赏颜值，但相持下去，特别是近身纠缠之时，季天翔的军用擒拿格斗之术看似笨拙，却深藏着一招制敌之绝技。

王天虎看在眼里，自然心中窃喜。

但出乎所有人意料之外的事情发生了，两位徒弟的战况突然发生了天地逆转，越战越勇的季天翔竟然惊叫着大喊一声，突然间打了一个大趔趄，之后便满脸痛苦地抱着左腿膝盖一屁股坐在了地上，疼得龇牙咧嘴。

对方眼见季天翔倒地，抓住有利时机，一个侧鞭腿凶猛地瞄准季天翔的头部疾速踢去。众人大都练武之人，深知这是一招置人于死地的大毒招大重招，一旦中脚，非死即残，纷纷吸了一大口凉气，特别是王天虎，心都快提到嗓子眼儿了。

只见季天翔一招顺手牵羊，闪身之余，左手捉牢来脚，借力打力牵向身子右侧，待其上身变矮并身不由己地靠近自己身边的那一瞬间，突然腾出左手掌，抱住右拳，一记闪电般的抱拳右肘锤，将对方猛劲儿打出三步开外滚翻在地，右手紧抱左肩，顷刻之间，已然动弹不得。

赵老爷子耳不聋眼不花，眼见季天翔已经慢慢地忍痛站起了身子，而其对手铁定已经彻底失去了最起码的战斗力，胜负高低已分，便大喊一声"停下"，当场大声宣布季天翔获胜。

"老前辈，俺徒弟先倒地，第一局理应王耀龙一方胜！"王天虎谦虚地对赵广武说道。

"那可不行，凡赛必以最终的结局为准，此战也不例外，这是武术界行规，也是咱们军人的铁律！"

"还有，俺徒弟已经违反师规大忌，不该对竞赛对手出此狠招儿，除非对待穷凶极恶的必杀之人或两军对垒的敌军。这局我们输得心服口服！"王天虎仍然坚持自己的观点。

"既然天虎坚持，那俺就宣布第一局，王耀龙方胜出！"赵广武宣布完最终裁决结果，挥手让人将伤者抬至场边包扎治疗。

王耀龙既不关心徒弟的伤情，也对老爷子宣布的结果一言不发。

王天虎此时已经顾不上季天翔的伤势了，不得不被动接受了王耀龙的催战："'老虎'师傅，请吧？"

"请！耀龙师傅请！"王天虎一脸轻松地抱拳出场应赛。

二人一番赛礼过后，双双马步对阵，随着赵广武大喊一声"开始"之后，两名实力雄厚的"师祖"级高手，就展开了强强对决之争。

打过十几个回合，简直将大家看傻了眼，高手对决，会看的看门道，不会看的看热闹，但台上台下不乏正宗武者，哪位师父更胜一筹，大家心里都跟明镜似的。

不愧是"魔鬼训练营"拼杀出来的特种部队中的佼佼者，王天虎很快就打出了"虎爷"的威风，稳如磐石的铁打身躯、闪转腾挪的矫健身手，不时博得一阵阵赞许的掌声。

这王耀龙也不赖，凭借着从师父赵广武处学来的扎实基本功，脱离师门，争强斗狠，遍访名师，功力倍增，蠢蠢欲动，总想着凭拳头的实力回老家站稳脚跟，但碍于师门实力太过于强大，长期以来有贼心无贼胆。

今日盛况，王耀龙见有外人前来参会，自恃"艺高人胆大"，誓借此天赐良机，当众打败"老虎"，重获昔日声威，以解众乡亲对自己的无视之痛。

本村比赛，关乎祖宗脸面，王耀龙暗暗发誓，此战志在必得。

王天虎深知强龙不压地头蛇之理，也不想无辜与王耀龙结怨，只想与之握手言和。

且不说这狂妄的王耀龙为啥被逐出师门，也不管其是否拿自己当台阶打压师门，更不想与之争强斗狠一决雌雄，想着想着，这手下的劲道就大大打了折扣，让王耀龙的气势渐渐有了回压。

突然，王耀龙向王天虎展开了猛烈的强攻，招招必杀技，拳拳对死穴，直打得王天虎步步后退。

王天虎一个极为短暂的愣神，竟然被富有无数次大战经验的王耀龙瞬间抓住，一记飞踹，漂亮地将王天虎踢翻在地。王天虎一个鸽子翻身，侧脸躲过了王耀龙紧跟上来的一记重拳，躬身一招重重的抱摔，将王耀龙重重地抱摔在地，轻弹了几下刚才倒地时身上沾染的尘土，但没有像王耀龙的徒弟那样步步紧逼、欲将对手置于死地。

王耀龙真不含糊，竟然在遭到重击之后，一个骨碌爬起来，晃了几下用右手按住的左肩，虽然身子有些打战，但还是坚持着站直了身子。

王天虎虽然只用了七分功力，但也基本摸清了开始浮躁的王耀龙的实力，心中便有了至少九成取胜的把握。

这时，王耀龙却率先变换了战术，仗着身高体重比王天虎高一个重量级的优势，便寻机与王天虎近身纠缠，却因一时性急，导致硬碰硬，不小心一招碰到了狼蛋上。

对于近身格斗，于王天虎来说就是再初级不过的基本功了，不仅不能单靠蛮力，还要充分发挥借力打力、四两拨千斤的灵活战术。

但王耀龙却越打越疯了，全然不考虑后果和后路，只想步步杀招险招欲将王天虎瞬间击垮，不承想，却恰好着了王天虎的道。

王天虎见王耀龙倾尽全力欲置人于死地，不达目的绝对不会罢休，便改变了此前让其三分的友好想法，瞅准机会主动出击，说话的工夫就将王耀龙接连击倒四次。

满世界漂泊多年的王耀龙凭着一身好功夫，在长期打打杀杀中竟然练成了"金刚之躯"，其抗击打能力完全出乎王天虎的意料之外，对方虽经数次遭重击倒地，但却仍具备着极强的对抗和进攻实力。

王天虎暗暗加大了出手的力度。

这时，王耀龙一记二龙戏珠阴险毒招，冒着被王天虎抓住破绽反攻重击的巨大风险，破釜沉舟般疾速冲向了王天虎的双眼，看那气势明显欲一招置对手于死地，一旦中招，非伤即残，乃武林切磋比赛之出招大忌。

王天虎心中顿生熊熊怒火，见招拆招，一个借势背摔竟将五大三粗的王耀龙扔至台下，王耀龙疼得嗷嗷大叫，已经起身不得，但其叫声很快就被观众席上的喊好声淹没了。

两位师父的比赛，以王天虎完胜结束，比赛结果毋庸置疑，就连向来横行霸道的王耀龙也不得不低头认怂。

惊魂未定的两位男女主持人临场经验还算丰富，待赵广武老爷子宣布"双方平局"的话音未落，便不失时机地高调将两场比武宣布为"精彩绝伦的高手对决，无与伦比的大饱眼福，不分胜负的圆满结局……"临了，还用压倒性的声调，对比赛双方的现场助兴"表示衷心的感谢"，一场"圆满"的大聚会，眼看就要落下帷幕了。

"等一下，等一下！俺王耀龙还有话要说！"王耀龙对着台上的主持人大声喊道，几次试着站起身子都没有成功，其身边的徒子徒孙连忙伸手搀扶。

主持人闻听，不敢私自做主，将目光再次瞄向了主席台就坐的各级领导和赵广武老爷子等人，众人面面相觑，一时间不知如何是好。

赵老爷子做攥话筒状，随即一摆手，示意主持人将话筒递给王耀龙。

已经被搀扶着站起身来的王耀龙，接过话筒，大声说道："亲爱的各位领导、来宾、师父师兄弟们和现场的父老乡亲们，大家好！俺王耀龙虽然特浑，以至当年背叛师门，四处漂泊，惹是生非，但如今随着年龄的增长，俺真心迷途识返，朝思暮想着能回到师父身边，只是碍于面子，才谋划着利用打败'虎爷'王天虎师徒而站稳脚跟，出此下策，追悔莫及！俺与'虎爷'的比赛输得五体投地、心服口服，双方徒弟的对决，俺也是输得极为惭愧，因为，致使对方受伤倒地的背后是俺们在作弊，用事先绑在腿部的尖锐暗器刺伤了对手。

"我要说，暗器一事堪称龌龊，但'虎爷'和其高徒竟然闭口不谈，仅此一条，俺知道，俺已经败了，注定会败得一塌糊涂。

"经此一战，俺才真正悟出了俺师父一如既往、苦口婆心的教诲和管教，再次恳请师傅收回成命，恩准让逆徒回家！

"天外有天，人外有人，'虎爷'师徒武功武德让俺无话可说，心服口服！一家子，天虎师傅，如果您愿意，不打不成交，今后咱们就是真心实意的一家人了！

"斗胆当着这么多领导和乡亲们的面，向师父再次跪请，浪子回头金不换，请您老人家发话，批准让俺回家吧，师父！"

听了王耀龙的话，王天虎对着王耀龙就是一记漂亮的抱拳礼，之后还不住地与老爷子咬耳朵。

精于察言观色的主持人见时机成熟，便不再用眼神用语言去征求谁的意见了，直接就快速地将话筒递向了老爷子，老爷子接过了话筒，笑笑，没吱声，只是扭身将话筒递给了王天虎。

"俺王天虎不善于言谈，但眼睛看得清、耳朵听得明，俺们一家子王耀龙师傅不但功夫了得，这直率的性子也深深地感动了俺，俺们也有犯规，他却将过错全部当众揽在了自己师徒的身上，就凭这一条，俺王天虎认定了这个好兄弟！赵老也很高兴，让俺替他宣布，批准其徒弟王耀龙自即日起——回家、归队！谢谢，谢谢！俺王天虎再次谢谢大家！"王天虎一番真情话语，又引来一阵赞许的热烈掌声。

回金沙项目部的路上，季天翔感慨万千，心中久久不能平静……

一夜之间，"十三太保"的威名像插上了翅膀一样，迅速传遍了整个金沙电厂和明月县域内外，越传越远，传得神乎其神，想拦都拦不住。

第二十三章

时光列车总是那么不知疲倦地向前穿梭，几度春秋，季天翔的麾下人马也已经壮大到了一千六百余人了，同时在建施工的分包项目已逾十处，这在全国以电厂高压工艺管道设备见长的专业安装分包队伍中，是绝无仅有的。

凭敢打、敢拼、信誉著称的"电建十三太保"渐渐名扬全国电建市场，自然很是抢手。

经过昼夜奋战，金沙电厂九号机的安装工程，也终于迈进了"大机吹管"的筹备阶段，季天翔那颗本就忙碌的心，再次兴奋到了极点。

这么多年过去了，对"大机吹管"的期待和眷恋之情，依然犹如珍藏百年的浓烈老酒，浓烈如初。

省电总上下经过几轮深入细致的改革大整顿之后，施工材料的浪费乱象已经发生了根本性的改变。就连这轰轰烈烈的"大机吹管"需用的管道设备支架材料，也不能像从前那样，不论新料废料，一股脑儿地抓过来就乱用了，上级明文要求全部使用废旧材料。

但前前后后几十吨钢材呢，到处都在搞废料重复利用，到处都在勒紧裤腰带过日子，谁会那么自找头疼，将下脚料扔得到处都是？各路寻料大军几乎全是空手而归。

万般无奈之下，众兄弟只好垂头丧气地向季天翔复命，请求上级领导另行批准"大机吹管"支架钢材。否则，断粮之炊，换了谁都无能为力。

不像当年，芝麻大点事都得季天翔亲自过问，那些都是老黄历了。这次金沙项目部第九台发电机组的"大机吹管"工作，如果不是季天翔对此情有独钟，其在整个年度承包合同工程量中的分量根本就不值得一提，也用不着季天翔亲自对着一碟小菜亲自掌勺。

但是，"大机吹管"的事他得管，哪怕事小得提不上话下呢，他也得亲力亲为。

事隔这么多年了，断断续续，参建了那么多台机组，江北省电建总公司金沙项目部组成人员，早就更换得物是人非，但只有项目经理陈聪和"三斤不倒翁"例外，自始至终都没有更换过项目部负责人。

陈聪是因为作为业主的金沙发电厂领导不让换，说是其任劳任怨，互相之间知根知底，习惯了，好沟通。

"三斤不倒翁"原地不动，当然不会是电厂高层的意思，而是项目经理陈聪乐意留他做伴，至今双鬓都悄悄地挂上少许白霜了，仍然坐在办公室主任交椅上岿然不动。不过，人家老翁说了，自己有自知之明，咱就这把刷子，真给咱个项目经理干干，累不死也得愁死。

但这一切绝对不是陈聪愿意跟老翁喝花酒，那些下三烂的低档玩意儿，早就跟不上时代的脚步了。用陈聪的话说，离不了老翁的真正原因是，这家伙迎来送往的小伎俩总能上下通吃，不管何方神圣，没有不对省电总金沙项目部竖大拇指的，这小子的优点比缺点大得没边没岸。

还是老习惯，金沙项目部的事，不到万不得已，季天翔从来不直接去找陈聪，而是让"不倒翁"翁玉强从中调停，效果既不比直接找项目经理差，也能以防万一给自己留条后路。

凭良心讲，这个老翁这些年帮自己的忙多得都数不清了，季天翔并不十分讨厌他的那些老毛病，虽然不喜欢这小子特馋酒且心太花。

这次也不例外，"大机吹管"临时设施需用的那么多钢材去哪里找？急得就差满大院子挖地三尺了。向上反映，就会说一句"自己想办法"，殊不知，自己能有啥办法可想？能有啥办法！

但季天翔却有的是办法，只要有这个老翁小子在，不可能找不到解决办法。

现在项目部实行单独核算了，哪个项目经理也不愿意浪费哪怕一分钱，毕竟有限的内部承包款就那么多在那儿放着呢，现在的省电总职工啊，不似从前混吃大锅饭，要是真比别的项目部少领了工资，就会当着你的面骂娘的。

任凭项目部分管生产的副经理磨破了嘴皮子，欲说服陈聪把"大机吹管"的外购钢材计划批了，但那陈聪虽然数次被电厂业主领导猛训，就是咬住一个念头不松口，任凭谁说破了天，还是那句"这点熊事能难住他季天翔吗"不了了之，自始至终态度一成不变。

"季老板，俺老翁这回真是黔驴技穷，即便难为出绿屎来，啥办法也想不出来了！陈总宁愿被业主打掉牙咽到肚子里，也不舍得出钱购买这些材料！不过，他话中有话，一口咬定你小季铁定有办法！"翁玉强无奈地对季天翔说道。

也真是难为这"不倒翁"了，他很少对季天翔说过这么垂头丧气的话。

让项目部采购新材料的希望彻底破灭了。

季天翔深知，每多等一天建材，就代表着自身的窝工损失加大一天，现在的工人工资早已今非昔比，飞速上涨的工资比钢材价格涨得还快，必须想辙改变现状，迅速跳出金沙项目部这个纠缠了多日的小圈子，扩大了范围去想办法。

但这几十吨的钢材也不是小数目，到哪里去找呢？

季天翔一声不响地走出了项目部办公区，刚来到汽机组合场的自家工具室，看到工具箱上不知哪位兄弟放了一盒烟，想都没想，从来不抽烟的季天翔，竟然毫不犹豫地抽出一根就叼上了。

刚吸两口，这兜里的苹果手机就响了，习惯性地先是瞄了一眼，见是助理刘国福从远在巴基斯坦的电厂工地上打来的，急忙按下了接听键。

"季老板，俺没啥要紧事，就是好长时间没有跟你通电话了，这会儿哩也不大忙，就想起来给你打个电话了。咱们这一二三号合同上面的工作量，已经完成足有三分之二了，人员、材料、机械都不耽误事，小活儿干得顺风顺水着呢，请你放宽心。咱国内项目咋样？一切干得都顺利吧？"

"顺利个屁啊！愁得俺正蹲在金沙工具室里抽闷烟呢！"季天翔满脑子都是"大机吹管"的事，就顺口跟助理刘国福说了句玩笑话。

"抽闷烟？我的天哪！那得多大的事能愁得俺神通广大的翔爷落魄至此？是不是挣钱太多愁得花不了了？俺那银行卡好几个呢，俺把所有的卡号全都发给你，作为多年的好兄弟，俺替你泄泄压！俺一出手，别管有啥事，这不就了结了？"

"哎哟，哎哟，还是俺足智多谋的助理会想办法呀，这个办法好，完活！这廉价烟俺也不抽了，掐了，掐了！"季天翔顺着刘国福的话，又顺着说了几句玩笑话。

"季老板，俺不跟你说废话了！真有事犯愁了？"

"区区小事不足挂齿，金沙项目九号机'大机吹管'临时固定支架的钢材废料没地方找去，项目部非得逼着让咱自己想办法，几十吨呢，总不能咱当冤大头从自己腰包里掏钱去买吧？工期还那么紧，我正在想辙应对呢！只是暂时未想到啥招，但铁定这点考验都不是事！"

"这么说，俺这助理漂洋过海给你打的这个电话，还真成了及时雨了！巧她爹遇到巧她娘了！刚刚，咱们华龙坝项目部四哥来电话，请示我多余人员安排去向事宜，说是那里的汽机锅炉组合场都拆除归整完了，'大机吹管'用的临时管架也都归并到龙门吊够得着的地方堆放好了。你不用想了，一句话的事，十里二十里的路程，项目部要辆车，中间都不用跟咱的人，让四哥带人往车上一装，拉到金沙，半天的工夫就派上用场了！"

"哥们儿，别啰唆了，俺翔爷这就联系他们！回头打轿回府时，俺给你接风洗尘！"季天翔边说边风风火火地挂断了助理的电话，估计对方还在说着话呢。

事成之后，金沙项目经理陈聪特意让"不倒翁"传话，大大方方地请季天翔去明月大酒店撮了一顿海鲜，顺便还捎带着洗了一次由良家妇女开的全国连锁"良子足浴"，说是项目部要全程报销请客，这种说法，季天翔相信他们说的都是真心话。

季天翔早已不是昔日寒酸的季天翔了，本不想赴约，但甲方项目经理破例请乙方老板的客，实属罕见，便奔着好玩儿让司机拉着去了。再说了，与项目经理陈聪的那种真情实感还是大多数兄弟队伍无法比拟的，往大处说，人家还是有恩于自己的，越是干大了，越是要尊重和看重老朋友，绝对不能让人家感觉到有一丝一毫的忘恩负义。

自然，最终还是季天翔的司机买了所有的单，但消费发票全部都交给了"不倒翁"，至于项目部财务报销后的这些区区小钱的去向，没有人告诉季天翔，季天翔从来也没有想过要过问。

都说现如今分包商不好干了，价格低得让人揪心不说，还得"低三下四"找活干，大事小情看甲方脸色行事，弄不好人家给你来两句"爱干不干，不想干换队伍，别占着茅坑不拉屎"，你也得忍。

但甲方吃公家饭的项目经理也好不到哪去，这金沙项目部陈聪就是一个鲜活的例子，数十吨措施性应急钢材就啬啬到这般地步，其经营压力可见一斑，那个缺钱就向上级伸手、伸手必给的年代早就一去不复返了。季天翔突然有了一些同病相怜的切身感受。

通过季天翔私人关系从华龙坝电厂项目部借来的钢材，人家项目经理说了，年末总结，项目内部结算也告一段落了，工作职位也调整了，这些废旧钢材也不用归还了，还了也不允许变现。金沙项目部白捡数十吨钢材，陈聪也很高兴，当即答应结算工程款时，给季天翔多算点儿钱。

季天翔操心费力也算没白忙活。

有了材料，"大机吹管"的施工进度就可以自行把控了，但作为实施者，无辜耽误了这么多天，得加班加点地将工期夺回来，毕竟吹管日期是倒推着计算的。

季天翔亲自挂帅，与兄弟们同吃同住，没黑没白地连轴转。

但是，业主——金沙发电厂那边，不知哪位领导睡癔症了，突然要求"大机吹管"日期提前5天完工，本就紧赶紧的活儿，如此一来，想按期完成，几乎就是不可能的了。

如果从其他项目工地抽调人马支援，远水解不了近渴，劳民伤财不说，也需要周转时间。左思右想，季天翔突然想起来，项目部有一部分正规军正好落在了空里，这几天正闲得到处跟项目经理捉迷藏迂回着打牌呢，何不利用他们一下？报酬，打五折即可，反正他们闲着也是闲着，领着一份公家的工资呢，多挣一分钱都是外快。

私底下找班组长一商量，二两小酒一喝，不承想，比想象的还顺利，别说付一半报酬了，管吃管酒，额外再弄盒烟抽就齐活了。但季天翔却不将就，烟酒饭菜照旧，一半报酬按预定方针办，两好搭一好，大家皆大欢喜。

但班组长怵项目经理，季天翔说，你们不用顾虑，俺去找陈聪经理周旋。

这陈聪，一来与季天翔已是多年交好的老搭档，二是那帮小子整天瞎转悠，还不如让他们帮忙老实呢，反正闲着也是闲着。

最近几天，其他几个项目部几乎都联系过了，人家那里也暂时不缺人，推给谁都不要，只好白养着他们了。

季天翔伸手一划拉，二十多号人呢，都是老干家子，干活轻车熟路，工期的事就不用担心了。这帮伙计真够意思，干公家活时，偷奸摸滑地屙滑屎、尿滑尿，这给季天翔帮忙了，立马一个个跟换了个人似的，吃苦耐劳不比季天翔的兵差，偶然停下手来偷偷抽上两口烟，跟小学生做了亏心事担心被老师发现似的，倒让季天翔感到不习惯了。

虽说是端谁的碗受谁的管，但这些吃公家饭的人，昨天还优越感十足呢，这今天就偃旗息鼓回归本性了，也有点太变色龙了吧？不过，都是人，想想也很正常。

"大机吹管"这活儿，虽然是临时设施，但在整个机组安装过程中，这是一个极为重要的象征性环节，活儿急、影响范围大、安全压力大。业主、监理、经理、安全、质量、分包商……约好了似的，一天到晚都有指手画脚、这事那事的，突击干活的现场得有人专门应付这些"顶头上司"，不然，即便是人家各自为政瞎指挥，弄不好也会给你下罚单、下停工令，孬好来个人都能治得了你。

但这些小米小虾难不住"神通广大"的季天翔，这些年，啥样难缠的主没见过？软硬兼施，没有过不去的坎儿，一切都是游刃有余。

昼夜两班倒，现场全送饭，又是肉又是鸡蛋，弟兄们特卖力，竟硬生生地将工期提前了一天半，那些"顶头上司"，除了极个别口是心非的人之外，几乎没有不向季天翔竖大拇指的。

临时吹管设施的拆除，与安装相比就简单轻松多了，六套气割工具，咋得劲儿咋切割，破坏性地三下五除二，用吊车昼夜不停地往下吊，候在零米层的运输车呼哧呼哧地往外拉，边拆运，边恢复正式系统原状。

经年"大机吹管"，依然还是那么惊心动魄。

第二十四章

康城电厂老总——一名其貌不扬但声音异常洪亮的干瘦小老头，天天往"大机吹管"的现场跑，边夸季天翔边与季天翔商量："小伙子，能否抽出五十人长期跟我干？单独组建一个检修维护队，常年在我们电厂干维护，如遇停机检修，随时将大活承包给你干。维护人员固定不变，即便天天没活干睡大觉，照常旱涝保收有钱挣，咋样？你考虑一下，如果同意，我就安排人与你商谈签订长期合作协议书。"

"好哇！这么多台机组，维护确实需要好多人呢。"季天翔深知干电厂维护是肥差，正巴不得呢，就毫不犹豫地答应下来了。别说人家一把手亲自相邀了，好多队伍脑袋削了尖都钻不进来呢。

"干检修，要的就是你们这把子劲儿，熟练、能抢、高质高效，还能有条不紊。特别是停机大修，提前一天干完发电，就是给电厂创造了一大笔财富，得抢修。我们现有几家维护队伍，说实话，干活给你们提鞋都不合格，还大都忙中出乱，越急越出幺蛾子。至于协议价格，我不可能管得那么具体，有本事你去谈，只要不出圈，我亲自给你签批！"电厂老总又对季天翔说道。

电厂业主三天两头地召集开会，仅仅"大机吹管"的事，陈聪就被点名表扬了好几次，还特地就"大机吹管"向省电总总部发了喜报表扬函。

省电总一把手亲自打电话夸奖项目经理陈聪干得好，陈聪一高兴，大笔一挥，特批"大机吹管进度奖"两万元给了季天翔。

陈聪邀请季天翔去电厂门口的小酒馆，点了四个菜，诚恳地说："小季呀，今天我请客，'大机吹管'这急活儿，人力物力，得亏了你，咱俩每人一瓶白酒，俺特地向你表示感谢！"

但季天翔却当着陈聪的面说道："陈总，咱谢不谢都是这么多年的好兄弟了！但这两万元奖金，弟兄们虽然吃了喝了，但俺们丝毫不领你的情，电厂奖励项目部'大机吹管'十万元呢，你以为俺不知道？至少也得给俺的弟兄们二一添作五吧，咋说也是俺季天翔身边的弟兄们拼杀出来的血汗钱吧？忒抠门儿了你，俺的陈大经理！"

"你小子说的也是，俺不欠你这个情，也不落你这个骂名，再给你批两万，回头财务上领取吧！"陈聪挤眼一笑说。

"三万！少一分俺就不如不要了，不然俺季天翔在弟兄们面前抬不起头来！虽然是小钱，但讲的是个理！"季天翔故意一本正经地说道。

"三万就三万，你小子，不论大钱小钱，坑里壕里都瞧着！"陈聪并非不舍得给季天翔发奖金，而是手下职工也大眼瞪小眼地盯着这笔小钱呢。

季天翔和陈聪均心知肚明，各家一半，谁手下的弟兄们都说不出二话来。

江北省康城发电厂的老总办事效率高，名副其实，这季天翔心里还在琢磨着干检修维护的口头话算不算数呢，人家电厂主管检修的部门负责人，就通过陈聪找上门来了，说是一把手亲自安排的。

"小季老板，俺们电厂大老板当着中层以上的领导干部在大会上说了，你的活很好，他特别喜欢你这个小伙子！只要你愿意留下来跟我们干，至于价格等细节，小小不言的都好说好谈，长期合作，指定亏不了你！"来者"遵旨"办事，上赶着招兵买马，季天翔自然占了三分先机，甲方乙方的地位也显得不是那么戒备森严了。

正式安装工程，不论施工还是结算，季天翔都是轻车熟路，但对于电厂检修相对就生疏多了，甚至没有一点儿底气，便与人相约，改日亲自去电厂面谈。季天翔当场承诺，只要价格合理，别说五十人了，五百人也不在话下，别的本事没有，就是有一帮能抢活、会干活的好兄弟。

对方很高兴，相约次日一上班，电厂三号小会议室面谈。人家说了，细节好说，现在开始你就可以组织人员、办理进厂手续了，边实施边同步办手续。

季天翔本就是个急性子，手里从来不攒活，这次能打进电厂干维护，堪称天上掉馅儿饼，可遇不可求呢，自然马不停蹄，雷厉风行。

先是与杜月娟商量，毕竟她来省电总总部干预算也是这些年了，从预算专业的角度讲，也能称得上专家级别的了。杜月娟当然尽心尽力，搜罗信息，充分利用各种相关渠道、关系网，考察市场和价格，真心实意地替季天翔出谋划策。

表哥就更不用说了，不仅利用自身专业优势替季天翔出主意，还私下利用同班同学的老关系，从金沙发电厂找来了现有的几家维护队伍的协议价格等第一手资料，这些"参照物"同样是可遇不可求的，也同样至关重要。

依靠各方信息，季天翔心里终于有了价格谈判的砝码，知己知彼才能百战百胜，再加上电厂一把手的特别关照，双方协议自然谈得顺风顺水，价格也比其他队伍高出了不少。

说干就干，人马都是现成的，没几天就完成了一系列诸如进厂三级安全教育、出入证和住宿吃饭等上岗前的必备基础工作。

这一把手还真是特别喜欢季天翔这支小队伍，有事没事地总是想着问候一下，无意中让季天翔受益不少，到了哪个部门、哪个区域，几乎一路绿灯。季天翔暗暗下定了决心，绝对要稳抓实干，让弟兄们多干活少说话，啥时候都不能让人家在背后戳自己的脊梁骨。

万事开头难，季天翔深知，这第一炮要是弄好了，以后的路子就会畅通无阻，决定电厂进点前后的前期工作自己全部亲手抓。

这日，季天翔再次溜达到了电厂检修组合场所，像看稀罕景似的又去看那堆变形严重的预制钢梁了。

这帮人真是笨哪，用大龙门吊提着大水泥墩子压、砸，用大吨位倒链东拉西扯，不但没效果，还拧麻花似的越鼓捣越不像样子。

真是巧得很，电厂一把手吴总今天也来了，与季天翔打了个照面。

"吴总，您好！"季天翔感到很意外，这么偏僻、脏乱差的地儿，没想到老总也会来。

"小季呀，你咋也来这里了？看人家给钢梁整形呢？我天天都过来瞧瞧，甭提这帮干活的伙计们了，我看了都替他们犯愁啊！"

"俺之前也是路过无意中看到的，也算是好奇心使然吧，之后天天过来看一趟，这帮哥们儿，一天到晚撅腚哈腰的，真是费了牛劲了！"季天翔边说边摇头。

"怎么？你看出啥门道来了吗？有没有啥好办法？有兴趣接过来试试吗？"

吴总貌似说得很随意，也许根本就是说了一句玩笑话。

"吴总，您还别说，对于这帮弟兄们来说，九牛二虎之力也不见效，但对于俺小季来说，小菜一碟，只需吹灰之力，这区区几百吨变形钢梁，不出几日，便可大功告成！"

"哎哟，真没看出来呀！你小季还是个多面手呢？不但高压管道干得漂亮，对这钢结构还有一番研究？不会是说大话吧，你小子？"

"在您这最高领导面前，您给俺一百个胆俺也不敢乱说话，句句是实，一口唾沫一个坑，如果您将此重任交付于俺，三到五人，二十日便可向您交差！"

"有啥妙招，能否事先透露一下？"

"吴总，这是俺小季的独门绝技，能让俺保留秘密不？"季天翔开玩笑说。

"能！只要你小子把这几百吨奇形怪状的钢梁给俺整顺溜喽，价格随你开口要，我说了算，绝不还一口价！至于你咋干，哪怕用嘴吹，俺不管，俺也不问了。下午正好有个全厂生产大会，你去参加一下，我当众安排。但有言在先，你可不能给我下套，把事情弄砸了，让我难堪！咋样？就这么说定了？"

"吴总，您放心安排即可，对俺小季来说，所有这一切，全都不叫个事！"

"你别说，你这话我还真相信，我打心眼里就是很喜欢你！"吴总边说边拍了拍季天翔的肩膀，急急忙忙地离开了现场。

季天翔第一次参加金沙发电厂全厂生产大会，吴总特别提出，那批制作钢梁的整形矫正工作，即日起交由新组建的"第六维护队"季天翔接手，后面还跟了一句话"工期十八天"。

虽然，对于一把手吴总来说，这种芝麻点小事，从来都没有亲自过问过，但今天却当众拍板，电厂上下没有谁敢不尽心尽力的。这点小活无意中也成了众人关注的大焦点。

通过电厂主管部门领导的一番"牢骚"，季天翔才真正知道了这几百吨制作钢梁的来龙去脉。

原来，这家分包商的老板乃江北省政府一副职领导的妻表舅的大儿子，对钢结构制作安装略懂一二，在农村替人做个门头、干个大棚啥的，也笼络了一帮散兵游勇，听说电厂工程油水大，便拐弯抹角、软磨硬缠地通过关系打进了金沙发电厂。

　　没想到电厂挺给面子，正好有一批技术含量相对较低的钢结构制作项目可以外委外包，照面就给了他们这桩"大生意"。但这小子既没有正式工程钢结构制作安装经历，也没有大型H型钢制作所必需的设备和技术，搭手就用以往的土法子、老经验迷迷糊糊地干上了。

　　下料、组对，轰轰烈烈，忙忙碌碌，外行人一看，还挺像那么回事。

　　干到焊接环节时，真相毕露，既没有防止焊接应力变形的有效措施，也没有相关的调直机等整形设备，焊出来的钢梁麻花似的奇形怪状，甲方一看不对劲，就将此事一级级汇报到了厂领导那里，碍于其背后的关系，这才有了吴总一趟趟往现场跑，但一时半会也想不出啥招数来的尴尬局面。

　　以往，这种活均外委至专业的钢结构厂家制作，现场条件不适合，也达不到质量标准要求。况且，现场施工队伍和电厂检修人员，大都没有钢结构厂内加工经验，导致没有人能挽回这个烂摊子，只好任由这家老板信誓旦旦说的没有一件奏效的各种"好办法"拖延至今。

　　季天翔接手的第一天，只派了两个人，不慌不忙、井然有序地像老家晒地瓜干那样，用龙门吊车将钢梁平摊在组合场上摆了一大片，足足有五六十吨，一个上午不到就摆完了。

　　下午却没有一个人到场。

　　吴总坐不住龙王殿了，将季天翔叫到了厂长办公室，问："小季呀，这堆钢梁已经成为金沙发电厂一大景观了，全厂上下都大眼瞪小眼地盯着看呢，你今天这是唱的哪一出？"

　　"吴总，这刚刚拉开序幕，大戏还没有开场呢，您就急等着看戏了？总得容俺小季置办置办演戏的必备行头吧？素颜便衣的这戏也没法子唱啊。"季天翔也不客气，敲门进屋，一屁股坐在吴总办公室的大沙发上就叨叨。

　　这一把手面前，包括其副职在内，没有谁说话敢这么随意和"猖狂"，但季天翔这昂昂不睬的嬉皮笑脸的德行，吴总说过多少次了，他喜欢。

　　"还有十七天，两个小孩慢条斯理地干了头半天，下午就不见人影了，那家队伍光整形都鼓捣了一个多月了，至今一点儿进展和突破都没有，你不会真的拿我说的话当成了儿戏吧？"

　　"不会，不会，瞧好吧您！俺既有详尽战术，也绝对胸有成竹，已经按照您的命题在认认真真地做卷子了，这老鼠拉木锨，大头儿都在后边呢！"

"还敢跟我贫！小季，我有言在先，如果你这一炮打不响，立马卷铺盖滚蛋！俺向来说话算话，你信不信？"吴总用右手食指指着季天翔说道。

"俺信，俺信，您是如来佛祖，俺即便是孙猴子，也难逃您老人家的手掌心，您一跺脚，还不得震俺个十万八千里呀，别说亲自下令驱逐了。吴总，您天天这么忙，俺也不跟您开玩笑耽误您的时间了。钢梁整形这事，是俺季天翔跟您干的第一桩活，对俺来说，天大的事呢，绝对不敢有一丝马虎和松懈，一大早就派人去省城买工具去了，揽了瓷器活得有金刚钻才行啊。否则，派一万个人去现场也抟不直那堆破钢梁！"季天翔言归正传，一本正经地对吴总说道。

"行！小季，既然你这么说了，俺就心里有数了，俺等下还有个接待，咱们以后瞅空再聊，你忙你的去吧！一定要抓紧弄啊！"吴总破天荒地起身将季天翔送到了门口，亲手将办公室的门关上了。

第二天一大早，还是昨天上午那两个其貌不扬的小破孩，只是现场多了季天翔亲自坐镇。

吴总带着几个手下巡视至此，见状，一脸严肃，没言语。季天翔点头笑笑，算是向厂领导们打了招呼，但一句话也没说，没事人似的，打完招呼，低头就忙起了自己的事。

季天翔用石笔在那些弯曲变形的钢梁上，顺着上翼板的边缘，一口气儿就将满地钢梁全部"标注"完了。操起一把从省城新买来的大型"烤把子"，点燃氧气乙炔混合气体，像模像样地当着领导们的面，向两个"小孩"亲手做起了示范。

"小季，小季呀，不对，不对头，赶快停下，再烤就变成罗锅梁了！你这一加热，钢梁反而更弯了，还比先前弯了不少呢！你小子劲儿使反了吧……"

季天翔以为回头后领导们已经离开了现场，正聚精会神地给手下小兄弟上"火焰矫正"示范课呢，冷不丁有人大声喊停，竟被吓了一大跳。回头一看，吴总一行还都在呢，说话的是生产副总，对制作安装常识多少懂点。但吴总一句话都没说，只是看着季天翔的脸微微一笑。

"哎哟，不好意思，领导们都亲自看着呢？俺以为你们都离开了呢！这第一根钢梁的整形手术，俺小季亲自主刀，不然不放心！正好这根梁也整完形了，不然的话，俺要事先知道领导们都在，肯定会紧张得手发抖，铁定弄不鲜亮。"季天翔将工具递给手下的小伙计，满脸泛红，看似有些紧张，实则被焰火烤红的。

"这家伙比先前还加倍弯曲了，你却说整完形了？小季，这话咋说的？"生产副总又疑惑地问了季天翔一句。

"展总，俺说这话一点毛病都没有，俺实话实说。"季天翔不笑不恼，说话的语气也是谨小慎微。

"你小子说话好像底气不足！别是真鼓捣反了吧？我看应该加热另一面，而你却反其道而行之了，看看让你弄得这钢梁，简直麻花了。"生产副总笑着说道。

"绝对不可能！领导们如果能从日理万机中抽出半小时的时间在此坐等，奇迹马上就会发生，空口无凭，咱们眼见为实！斗胆请示领导们赏光督战！"季天翔脸上恢复了本色，就连说话的口气也露出了原形。

季天翔身边的两个小家伙眼疾手快，将包装新工具的几个新包装纸箱子一拆，往横七竖八的钢梁上一铺，点头笑着伸手向领导们示意"请坐"，但不说话。

"真是强将手下无弱兵啊，这两个小伙子挺有眼力见儿，像极了季老板的兵，盛情难却，坐，咱们坐下来等！"还没等展副总接话呢，吴总却边说着话边率先一屁股坐在了钢梁上。

"小季呀，这整形效果咱暂且不议，一会儿即可亲眼见分晓。你真懂火焰矫正？"展副总坐在钢梁上问季天翔。

"展总，也就是跟领导们开个玩笑。这火焰矫正的技术，不外乎利用金属热胀冷缩的特性和规律，既常见也不神秘，前几年俺去咱们省电总属下的钢结构厂帮过几个月的忙，这都不叫个事，手到擒来。

"不过，实话实说，谁家的钢结构厂也不会如此给自己使绊子，将钢梁做成这个样，再劳民伤财地设法整形，估计常年干火焰矫正的熟手，见了这些过度扭曲的钢梁也会愁眉不展的。"

"俺小季没那么神通广大，这只是雕虫小技，领导们隔行如隔山，就这么简单，仅此而已！"季天翔实话实说，这火焰矫正，对于钢结构专业制作厂家来说，确实是家常便饭。

"哎哟，哎哟，这牛还真不是吹的，看看，看看，这说话的工夫，钢梁就真被季天翔这小子不费吹灰之力给捋直了，这样下去，别说十八天了，对折九天就可以大功告成！"吴总突然站起身对着钢梁又是比画又是眯眼瞄，满脸都是笑。

"正好领导们都在，俺小季丑话先说到前头，这几百吨变形严重的破钢梁，想完全恢复原状，已经不可能了！别说现场咱这原始条件，就是全部拉到钢结构厂去回炉，哪怕您运到美国去交给洋鬼子做手术，也铁定回天无力，只能最大限度地矫正整形了。

"不过，敬请领导们放心，绝大部分缺陷，通过火焰矫正都能基本恢复原状，使用强度也绝对没有问题，外观上也能说得过去。俺季天翔费劲巴力的，别挣不到几两碎银子，末了落一身抱怨！"

"至于那价格啥的，也不能推翻咱们先前达成的共同承诺，哪怕俺一口气儿全部吹直溜了，该咋结算的咋结算。大领导们，行不？"季天翔趁机向领导们吹风要钱。

"一口唾沫一个坑，咱搞生产管理的没有这个信誉哪成？小季，你尽管一百个放心，按照咱们事先达成的协议结算，有多少算多少，绝对没问题！"吴总貌似开玩笑，实则对季天翔的要求高度表态，手下自然连声附和。

几百吨钢梁，对于财大气粗的金沙发电厂来说，根本就不叫个事，但这破玩意儿闹心，好几个月了，如鲠在喉，成了全厂上下的一块大心病。

"小季呀，这活干完以后，就立马办理签证结算去，只要把活干好了，咱啥事都好说。如果哪个环节遇到困难了，你自己或者派人直接找我协调即可！"展副总拍着季天翔的肩膀说道。

吴总看着季天翔笑了笑、点了点头，没吱声。

不承想，展副总一句玩笑话，还真让季天翔给"赖"上了。

金沙电厂经营部说啥都不答应按照合同约定给季天翔结算。

人家振振有词："两个毛蛋孩子，能发几个小钱的工资？还按照制作价格全额结算，你懂规矩不，啥叫制作？下料、组对、焊接、整形……多少工序多少人力物力呀？忒过分了！想讹人哪你？俺们电厂钱再多，也都是公家的，绝对不能随随便便就往外扔！俺不管你上面有啥关系，俺只坚守俺的职责，你爱找谁找谁去，我这里就按一天两个技术工，外加工器具和辅材费，爱要不要！"

"俺季天翔从来不讹人，挣钱向来都是光明正大，靠血汗、力气吃饭，你们这么能耐，咋不自己干？找俺干啥？一口唾沫一个坑，说话不算数那还叫个人吗？少给俺一分钱也不行！不信你就试试！"季天翔一来二去被对方激怒，说着说着就跟对方直接杠上了。

一旦较了真，季天翔有的是办法。

经过短暂的冷静之后，随后的几天里，他天天去找经营部杠，经营部领导对季天翔的实力有所耳闻，又有吴总罩着，也不敢太过分，但火气让季天翔越烧越旺，一气之下就在厂领导例会上将这事率先捅了出来。

吴总一声不吭，扭脸看了看展副总，展副总立马就说话了："鉴于这批现场制作钢梁的特殊性，咱们也没少花精力下功夫，这么长时间，咱也没少犯愁，事先与分包商谈好的结算条件，必须要遵守承诺，这事就不要争论了，一切全按当初的既定合同办理结算。

"咱们是得严把分包结算关，尽量节省和缩减额外开支，但这事一事一议，也向吴总汇报过，就这么拍板定了，一口唾沫一个坑，人家替咱解了围，咱们作为甲方也得说话算数才行！"

经营部领导眼见厂领导态度坚决，便不敢再多言，当场应允一定照办。

但季天翔却不知道从哪里得到了厂办公会消息，反而让经营部如坐针毡了好几天，最后不得不上赶着找季天翔按合同约定把结算给办妥了。

歪打正着，几百吨扭曲变形的钢梁，让季天翔在金沙发电厂站稳了脚跟，还意外发了一笔小财。

第二十五章

"翔子，闺女和儿子又长高了不少，看样子都长不矮呢。"杜月娟在电话里对季天翔说道。

"那是啊，咱闺女咱儿子，能不帅吗？"季天翔最喜欢杜月娟夸奖自己的一双儿女了，有了新照片就迫不及待地往杜月娟微信里面晒，刚刚又发过去好几幅。

"打住！俺小杜第N次向你小季提出严正交涉，别成天价咱闺女咱儿子的，让外人听见了说闲话，都是有家有孩子的人了，要绝对忠于自己的小家庭，绝对不能有丝毫的私心杂念，咱们之间的姐弟之情是纯洁、美好且不存在任何私心杂念的，一定要谨记咱们之间的约定，啥时候都不能有一丝一毫的动摇！不然，我会立马选择与你彻底断交！"杜月娟再次向季天翔强调爱与情的界限，眼里绝对不能容许揉进哪怕一粒小沙子。

"好姐姐，俺这回是真的记住了，以后绝对不再提'咱'字。但是，咱跃跃儿子的照片呢，你可是好长时间都没有给我发过了，俺还真打心底里想他呢。"

"你真是个屡教不改的猪脑子，刚刚还说绝对不提'咱'字，咋又'咱跃跃儿子'了呢？再这样真不理你了！"

"口误，口误了，姐姐，跃跃的照片，你儿子跃跃的照片，行了吧？发几张呗？"

"这还差不多！不过，俺手机里暂时没有新拍的照片了，有了就接着发给你。"

"好的姐姐，最近小日子过得咋样？"

"挺滋润哪！大省城，省电总总部大楼，办公环境、收入待遇不错，小家庭其乐融融不错，富含优越感的美丽心情也不错，一天到晚乐呵呵。

"但有一件，人人都犯这个毛病，累了闲累，闲了瞎琢磨，同事们大都热衷东扯葫芦西扯瓢。俺不愿意跟着他们一天到晚地嚼舌头，就一个人默默地读诗。既没有目的性，也没有啥计划，歌德、拜伦、普希金、泰戈尔、雪莱、海涅、徐志摩、席慕蓉……逮谁读谁，无意中都快染上诗瘾了，满脑子都是诗，小书橱里、床头枕边到处摆满了诗书。"

"真厉害，士别三日当刮目相看哪，俺翔子的小娟姐，这眨眼的工夫就变成大诗人了！"

"错，说错了，应该是成了'读诗的人了'才对！"

"哎，我说，姐姐能不能现在就给翔子背诵一首？"

"好哇，这都不是个事！俺今天正陶醉在那首《一见钟情》之中而不能自拔呢，正好与你小子分享一下！"

"不过，俺小杜担心，一腔热血，对牛弹琴，你小季乃一村野武夫，斗大的字认不得一箩筐，作为人类语言的浓缩表现形式——诗歌，估计你听不太懂！先说说，你知道这首诗的原作者是谁吗？"

"不知道！但是，俺翔子也绝对不像你表述的那么寒酸，上学的时候，小文章也是三天两头上校园黑板报，县里的小广播也念了不是三篇两篇呢，文采还是有些老根基的。你说的这首诗，说实话，俺连听都没有听说过呢。"

"姐姐给你普及一下，这《一见钟情》乃波兰女大诗人辛波斯卡所创作。辛波斯卡知道吗？1996年诺贝尔文学奖得主，被誉为当今世界诗坛的异数，'异数'，知道吗？在全世界拥有大量的遍布各年龄段的铁杆诗粉。俺最欣赏她那种'绝望景观时的诚实'之诗观表达，简直写到了人类本真的最深处，读来让人不得不怀疑人生……"

"真没看出来呀！深奥！那'绝望景观时的诚实'啥意思？"

"三言两语也跟你这大老粗说不清讲不明，也许让你听听原诗，才能略知一二。但有言在先，俺也刚读此诗，个别地方、个别字词，可能背诵得不太准确，不过，你也听不出来，将就着听吧你！"

"速度稍微慢一点，以便翔子听完就能给姐姐讲听后感。"

杜月娟对着话筒向季天翔说了一句"听好了，《一见钟情》"，便抑扬顿挫、神思飞扬地背诵起这首诗来。

有一种爱叫作一见钟情，
突如其来，清醒而笃定；
另有一种迟缓的爱，或许更美：暗暗的渴慕，
淡淡的纠葛，若即若离，朦胧不明。

既然素不相识，他们便各自认定
自己的轨道从未经过对方的小站；
而街角、走廊和楼梯早已见惯
他们擦肩而过的一百万个瞬间。

我很想提醒他们回忆
在经过某个旋转门的片刻，他们曾经脸对着脸，仅隔着一面玻璃，
还有某个拨错的电话，人群中的某一声"抱歉"……
只是，他们不可能还记得起。

若他们终于知道
缘分竟然捉弄了自己这么多年，
他们该有多么讶异。

缘分是个顽童。在成长为矢志不渝的宿命之前，
它忽而把他们拉近，忽而把他们推远，
它憋着笑，为他们设下路障，
自己却闪到一边。

但总有些极细小的征兆，
只是他们尚读不出其中的隐喻：某一天
一片落叶，从他的肩飘上了她的肩，
也许就在上个周二，也许早在三年之前；
或是无意中拾到了某件旧物——遗失了太久，

消失于童年灌木丛中的那只皮球。

或是他转过她转过的门把，按过她按过的门铃，
或是他的刚刚通过安检的皮箱正紧紧挨着她的，
或是相同的夜晚里相同的梦
冲淡了，被相同的黎明。

毕竟，每一个开篇
都只是前后文当中的一环；
那写满故事的书本，
其实早已读过了一半。

"背完了？就这些？"季天翔突然从诗中回过神儿来，好大一会儿听筒里没有杜月娟的声音了，便和声细语地轻轻问了一声。

"就这些。"杜月娟说话的声音也小得让季天翔几乎听不清。

"这诗，入心，不愧是诺贝尔文学奖得主，名副其实。"

"翔子，啥感觉？"

"你信吗姐姐？翔子真的被这首诗触到了'动情处'，正泪流满面呢现在。诗人冥冥之中在替咱们'写实'，堪称以咱们的真心为参照而量身定做的呢，好诗，绝对是一首极品好诗啊！"

"说实话，这首诗俺只粗略地看过两遍，能这么顺畅地背诵下来，连俺自己都难以置信呢！"

"同感！也许，这就是人们常说的让读者萌生了共鸣吧！"

"请姐姐有空的时候把这首诗微信发给我，俺还得读，还得细细地读。"

"好了，翔子，别只顾着谈诗了，说说正事吧！近期工作咋样？"

"挺好的，一切都是顺风顺水，弟兄们也很争气，国内国外项目都干得热火朝天的，效益虽然受全球经济大趋势波及大都不尽如人意，但正常运转还算过得去，大家一条心抱团取暖，保证都有活干、都有碗饭吃就不错了，一句话取

齐——还算总体上说得过去吧。"

"那就行！上次随领导去你们项目部检查，虽然你也在，但来去匆匆，甚至连句话也没抽出时间来跟你聊，俺遗憾了好几天还心里下不去呢。不过也好，省得别人抓到把柄再风言风语。"当时，杜月娟只与季天翔打了一个照面，相互看了一眼，甚至连个招呼也没顾得上打。

"没事的姐姐，翔子理解，身边那么多人呢，咱姐弟俩心有灵犀，何必在意这朝朝暮暮？姐姐，俺懂。"

"不聊了，翔子，你表哥过来了，挂了啊！"杜月娟突然之间就将电话挂断了。

这时，家里又来电话了，父亲说："翔子，这几天陆续又有七八个人提搂着礼物来找我，黏糊着一定要跟你去干活儿呢，俺也知道现在咱的工地上都不缺人，直接就推辞了，还让他们把礼物拿回去，人家说啥也不拿，就差给咱磕头了，说不给工钱也得让孩子们跟你去学点技术。一天到晚家里都不断有人来求，大都乡里乡亲的，俺都不知道咋办好了。"

"您先应付几天再说，工地上虽然活很充足，但咱也不能盲目地乱上人，我谋划谋划再说吧。俺这里也一样，天天都有找我来干活的，都说咱的工地虽然平时干活累点，但待遇高还牢靠，这么多年从来没有欠过谁的一分工资钱。"

"那好吧，翔子，家里大人孩子一切都好，不用挂念着，专心管好你的事就行，平时操心悠着点，别一年到头那么拼，喝足水、按时吃饭、少喝酒，该休息时一定要想方设法休息好，身体才是吃饭的最大本钱，千千万万别累着！"

"好的爹，俺都记住了，家里那一摊子，您老也一定要劳逸结合，那几亩小地，能不种就送给别人种吧，咱也不指望那点收成吃饭，也别给人家要那一点半星儿的承包费，谁愿意种就免费让给谁去种吧，咱兜里也不差这点小钱。"

"没事，爹种这些地满当玩儿呢，亲手种的粮食青菜，吃着踏实，也捎带着锻炼了身体，等没有体力种地的时候再说吧，俺心里有数，你尽管放心就行。"

"那好，爹，俺还有几个事要去现场处理，瞅空俺再跟您联系，挂了吧。"季天翔手头确实有几件事急着去办，就匆匆忙忙地结束了与父亲的交谈。

邻省电建一公司来江北省电总经验交流，对方特别提出要在金沙项目部见见大名鼎鼎的季天翔，浩浩荡荡一大帮子人，正陆陆续续地赶往电厂大会议室准备开会呢，季天翔悄没声地找了个靠边的位置坐了下来。

没想到人家堂堂一省国企大老总，对季天翔在金沙发电厂的施工业绩了解得那么具体，好多活，一期一期的工程，断断续续这么多年了，连季天翔本人都记不清哪些项目是自己干的了。

轮到季天翔发言时，以事论事，从分包商的角度谈了自己的施工经历和真切感受，最终还提出了几条建议，赢得了现场一片热烈的掌声。

散会后，对方公司老总走下主席台第一件事，就是直奔季天翔而去。

"季老板，我是俺们公司一把手，姓段，段明瑞，久闻大名，今日相见，果然名不虚传，这是我的名片，稍后我就会联系你，希望咱们能尽快合作一把。你小季的威名和手下如狼似虎的'十三太保'，在咱们电建行业，那不是一般的牛哇！牛得很！"对方老总段明瑞边与季天翔交换名片，边向季天翔连竖大拇指。

"谢谢段总抬爱，其实，俺季天翔没有您说的那么好，只不过手下有一帮能冲锋陷阵、不离不弃的好兄弟爷们儿而已，您那边真有适合俺季天翔帮忙干得好项目，俺一定会欣然前往跟着您去干。"季天翔微笑着对段明瑞应道。至于去不去他们的公司干，季天翔还真没有想过这事，言语中饱含着场面上的世俗客套。

但人世间事态的走向往往就是在这种不经意间决定下来的，这次也不例外。季天翔压根儿都没有想过的事情，竟然在此后的不到二十天时间里，出乎意料与邻省电建一公司正式签约了。段总亲自签字，还绝无仅有地专门组织了一场别开生面的签约仪式。

这段总还真是个干家子，做事雷厉风行，言称只要有实力，价格稍微高些无所谓，季天翔也很满意，两好搭一好，一见钟情似的，闪电般就签约了。

段总麾下的虾兵蟹将与江北省电建总公司里的精兵强将比起来，堪称鸟枪与大炮的区别，季天翔经历的国内外项目多，对此心知肚明，搭眼儿一看便知，故双方事先商谈承包价格的时候，季天翔专门提出来，全部以大包的方式签约，否则不考虑合作。

"季老板，为啥从你们江北省电总能干包清工或包辅材，从我这就不行了呢？在考虑是否满足你的要求之前，你能不能拿出充分有力的理由说服我？"段明瑞疑惑地问季天翔道。

"段总，俺向来不圈着套着，有啥说啥！咱们公司的施工实力与俺们江北省电总根本就不在一个水平线上，俺今天提出这样的要求，也是吃一堑长一智的结果。我们在好几个省电建都干过，不比不知道，职工那工作效率，不亚于天壤之别。

"有时提了材料计划，火烧眉毛地急用，哪怕一个小阀门，没有个半月二十天，绝对没戏，如火如荼的施工现场，这么多天，等建材到位了，还不黄花菜都凉透了吗？咱们公司我也事先看过、现场了解过了，俺斗胆说实话，有过之而无不及，真按照你们提出的甲供主材签约的话，说得夸张一点，这活真没法干！"季天翔就事论事，话说得也很诚恳掏心。

"主材价格、质量我们甲方如何把控？"段明瑞认真地问道。

"这个没问题，我有与好几个省电建的合作经验，你们可以选派精干力量监督配合俺就行。别误会，俺丝毫没有眼馋你们主材利润的想法，你们可以全程跟踪，俺们要的只是施工材料啥时候都不能断顿，现在的承包价格低得大家都如履薄冰，稍有松懈就会赔得一塌糊涂。

"如果再因为建材而窝工的话，神仙老子也得把活干赔喽。俺季天翔的队伍天南地北干得红红火火，职工收入也比其他队伍多，挣的就是这份争分夺秒拼命大干的血汗钱！

"还有，如果不大包，按常规，电工、起重工，甚至技术员等后勤配合工种，都得你们甲方提供，夸张一点儿说，都是国企职工，衙门大老爷似的，俺们没黑没白地干，真需要他们上岗的时候，他们能听俺这些农民工瞎嚷嚷吗？显而易见，绝对不可能做到的事！"

"真要是按照包清工或者包辅材谈事，即便是将承包价格翻倍，俺季天翔连眼皮子都不会翻一下。"季天翔有理有据地向段明瑞解释说，自始至终说的都是大实话。

"季老板，够朋友，能拼能干，说话也实在，让人不得不心服口服！俺老段就破例尝试一次，按照你的话说，那就是一口唾沫一个坑，只要牵扯到你季天翔的分包项目，除了核心技术项目之外，全部按照大包方式交给你干！你如果没有啥争议，我方就尽快安排起草合约，择日咱们专设签约仪式，俺作为公司法人亲自与你当场签约！至于人员和机械设备的组织，你现在就可以同步进行了。"段明瑞边说边站起身与季天翔握手，当场就敲定了高质量合作意向。

这才有了紧随其后、别开生面的，也是邻省电建一公司有史以来的首次与分包商合作而专设的隆重签约仪式。甲方欲借优质分包商打开局面，而作为乙方的季天翔也无形中拓宽了自己的事业路子，各取所需，甲乙双方皆大欢喜。

同时参加签约仪式并当场签约的，还有几家分包商同步跟进，但他们没有一家能与季天翔的队伍相提并论，充其量只是当了一次陪衬的绿叶而已，该包清工的还是包清工，此前咋干的还是咋干，对于季天翔提出的大包方式，他们都心知肚明，即便自己的小队伍白干活儿不要钱，人家大国企也不会将工程大包给自己。几位小老板个个说话点头哈腰，别提有啥底气了。

与邻省电建一公司的合作，跟最初双方达成的合约和愿望一样，堪称特别愉快。但顺风顺水一年半之后的一场大变故，对于季天翔来说，不亚于一场晴天霹雳，瞬间就彻底击垮了没有任何事先征兆的宁静和祥和，铁打汉子般的季天翔竟然也被这场突发事件结结实实地击垮了。

远在非洲的一处邻省电建一公司垫资项目，本来干得好好的，胜利在望，但却在一夜之间因内战而崩溃，甚至已经接近移交的核心机器设备也惨遭炮火摧毁，好端端的项目几成废墟。交战双方打红了眼，我方施工人员也有部分伤亡。

与当地政府签约的第一批款项付款日期，眼看眼就要来临了，对方也已经提前做好了付款准备，但却在这个至关重要的节骨眼上，突然生出了幺蛾子，所有的一切，铁定全成了过眼云烟，即便战后有人认可这份合约，小小非洲穷国，经此一劫，估计连肚子都填不饱了，就别奢想着还有谁能再傻乎乎地考虑还你这份债了！

前方垫资，后方自然空虚，仰仗着"国"字号这张大牌子，季天翔对邻省电建一公司的垫资要求满口应允了下来，毫不犹豫地倾其所有，将资金源源不断地投进了其签下的大包电建项目里。

反正大家都在这么说，国企，公家的事，百分之百有把握，啥时候也少不了谁的钱，啥时候也都会有人认可这笔债。大家信，季天翔确信无疑。

但做梦都没有想到，昨天还好端端、戒备森严的邻省电建一公司办公大楼，一大早就被成群结队的讨薪大军给包围了。季天翔也蒙了，从来没有过的彻底蒙了。

无论这场突发变故是天灾还是人祸，但对于靠力气和血汗吃饭的农民工兄弟们来说都是难以承受的灾难。

好事不出门坏事传千里，尽管季天翔磨破了嘴皮子，昔日那些信誓旦旦地标榜要一生与其同甘共苦的兄弟爷们儿，包括那些滴血盟誓的嫡系亲兵——"十三太保"，也大都动摇了军心，不得不随着大部队而选择集体罢工了。

季天翔见大势已去，便不再强求，但放出话去："任何地方任何人，绝对不允许我季天翔手下的职工上门讨薪闹事，想留的俺季天翔砸锅卖铁保证兑现承诺，不想留的随时都可以离开，是俺季天翔欠了你们，俺决不责怪！"

一连五天，季天翔将自己关在小黑屋子里，既没有伸手向邻省电建一公司老总段明瑞发难，也没有向任何人求援，他清楚地知道，垫付了这么一大笔工程款，跟谁说啥均等于零，全都是瞎子点灯——白费蜡。

风风雨雨闯荡了这么多年，如果真的就此被打垮而向劫难俯首称臣，与懦夫何异？那绝对不是我！只要肯努力，渡过难关只是时间问题。

季天翔终于下定了决心，昂首挺胸地一步跨出了旋涡，心中信念坚如磐石。

连夜赶回老家县城，在小区门口将司机支走，季天翔便来到一栋亲手为骨干弟兄们付出半价而购得的居民楼前，冒着黎明前最黑暗时刻的清冷和孤寂，独自端坐车中，双肘放在方向盘上，盯着楼头"天翔楼"三个烫金大字，泪流满面，足足看了有两个多小时，才拿起手机给妻子马晓丽发短信。

二十分钟过去了，妻子没有回复。季天翔知道，妻子为了保证二十四小时信息畅通，从来都不关手机的，一定是陪着孩子们睡熟了。

季天翔只好迈着沉重的步伐，一步步地跨进楼梯口向楼上走去，及至家门前，小心翼翼地敲响了房门。

两个孩子正在熟睡，貌美如花的妻子睡眼惺忪地手持手机打开了房门，眼见季天翔一脸憔悴，关门就心疼地将季天翔紧紧揽在了怀中，满眼噙泪，但小两口一句话都没说。

突然，妻子像一下子恍然大悟似的，急手忙脚地松开手，将季天翔扶到沙发上，拍了拍季天翔的肩膀，自行走进厨房，一声不响地给受到大挫折的丈夫做了一大海碗鸡蛋面。

起脚的饺子落脚的面，季天翔回来了，即便是凌晨，但多年铁定的老规矩不能变，必须得亲手给他做碗面吃才心安，妻子边做边想。

季天翔也是一声不吭，含泪接过妻子递上来的冒尖一大碗鸡蛋面，顾不上烫嘴，上来就大口大口地吃。

妻子见状，仍然不言语，只是快速走进厨房，拿出了两个盛菜用的盘子，用筷子将大海碗中的一小部分面条夹至其中，递给季天翔。

待季天翔快要将盘子中的面条吃完时，妻子已经将另一个盘子中的面条晾凉了，两个盘子倒换着用。

季天翔深情地盯着妻子的脸，泪如雨下，边机械地任凭妻子替自己擦泪，边一口气儿将一大海碗鸡蛋面条全部吃完。

为了这个家，一年到头满世界漂泊，尝遍山珍海味，但今天的季天翔才真正体味到，这人世间最好吃的饭菜，再好，也好不过爱妻亲手做出的这碗香喷喷的鸡蛋面。

真正在乎你的人，无须言语，有一颗随时都可以献给对方的真心，足矣！

这对年轻的小夫妻，相偎相依，以泪洗面，一言不发，直至天明。

两个孩子今天起床出奇的早，匆匆忙忙事先约好了似的各自就往客厅里跑，跑进客厅双双就往季天翔身上又亲又抱。

年龄小些的儿子，还从卧室拉出自己的大百宝箱，变着花样地给季天翔往外拿好吃的小零食。

女儿也不闲着，将自己近期画就的、以"爸爸"为主角的故事画册，一页一页、不厌其烦地避开弟弟的"争宠"时间，不失时机地忙着拿给季天翔看。

面对一双天真无邪小儿女的爱抚，季天翔笑逐颜开，所有的烦恼顷刻之间烟消云散，竟然不由自主地像平常那样又开始融入到孩子们的欢乐世界中去了。

季天翔笑了，妻子也笑了，虽然满眼噙泪，但也是发自心底的真心笑。

一家四口，其乐融融。妻子手脚麻利地忙活了一桌好菜，"特许"季天翔放开量在家喝几杯，但有上限，绝对不能超过半斤。

季天翔笑而不语，妻子却心知肚明，深信季天翔一定会照办的。妻子按照老规矩，特意给季天翔拿了一只小酒杯，以便让小儿子源源不断地过足替爸爸倒酒的斟酒瘾。

季天翔也是向来乐此不疲，每每喝完一小杯，便夸张地张着大嘴向外呼气，大手一挥，喊一声："好酒！儿子，满上！"

　　小家伙轻车熟路，还不时地端起季天翔的酒杯，几乎递到了季天翔的嘴边，边递边喊："来，爸爸，喝！"那声音，那架势，用妻子的话说，活脱脱又一枚袖珍版的小号季天翔。

　　一家人欢天喜地度过了大半天久违的温馨好时光。

　　直至季天翔向妻儿道别走出家门，妻子也只字未提她手中存有的那两千多万元现金。季天翔理解妻子，也深切了解妻子背后岳父岳母的鲜见德行。

　　生活真会捉弄人，这么美丽贤惠，这么相夫教子，这么善解人意的女儿身后，竟然背靠十里八村难寻的"猴七"爹娘，堪称奇葩。

　　妻子一定是遇到了不堪逾越的强大阻力，不然，爱我懂我的爱妻绝对不会如此见死不救、只字不提。

　　妻子将两个孩子强制留在家中，给季天翔装了一袋洗好晾干的苹果和黄瓜，亲自将季天翔送到了楼下，亲口嘱咐司机，一定要记着提醒季天翔吃，再急再忙，不但要喝足水、按时吃饭，还要保证啥时候都不能缺吃水果和蔬菜。

　　家中存款的事，妻子仍然只字未提，季天翔自始至终也没有触及这个话题。

　　"路上一定要慢点开！"小轿车启动时，妻子弯腰伸手喊了一声。

　　季天翔真真切切地听出了妻子马晓丽话中的哽咽。

第二十六章

"丽丽，气势汹汹地跑娘这里来，是不是有啥急事？你看你，阴沉着个脸！"季天翔的丈母娘眼见女儿满脸少有的冷漠，便疑惑地问马晓丽道。

"啥事、啥事！你说啥事？心里没数吗你们？"马晓丽大声说道，边说边将手包远远地甩在了客厅里的豪华大真皮沙发上。

"咋地了这是，哭哭啼啼的？闺女呀，爹娘全指望着你孝顺享清福呢，可不能哭坏了身子，有话就跟爹娘说，这世上压根就没有过不去的火焰山！"季天翔的岳父虽乃一十足酒徒，但对这位财神女儿说话却饱含着讨好意味，先是抬手一盅小酒下肚，才带着酒气对马晓丽嘟囔了起来。

"翔子回来了一趟，刚走。我今天来，没啥事，就是想撂给你们一句经过深思熟虑的话。俺已经彻底想好了，俺的，包括你们二老的幸福，都是翔子给的，翔子的难关就是俺马晓丽的难关，救急如救火，两千多万存款一分不留，全部都给翔子，翔子那性格你们都知道，哪怕欠谁一分钱，他都会拿自己的命去抵，你们再说得天花乱坠，俺砸锅卖铁、上街要饭也要一辈子跟他、陪他，一辈子拿他当作天待，俺不霸占着他的钱，俺只想一辈子都守着他的人……"马晓丽也不落座，站在客厅指手画脚地对父母说道，少有的激动。

"别说了，俺都听出来了，闺女，你这是不想过好日子了，这些天，掰着你的耳朵跟你苦口婆心地说了那么多，都当面条喝啦？反正你的存单存折都被我们找到拿过来了，俺也有一句话撂给你，拿钱抵债，没门儿，一分钱也别想！当爹当娘的还能糊弄自己的亲闺女？闭着眼睛都能看出来，那小子，铁定是躲不过这场灾了，这辈子全完了。"

"本来干得好好的，没想到他命中还有这一劫，全都搭进去了，全都赔掉腚了。这点钱咱八辈子也挣不来，得紧紧地守着，给了那小子也是肉包子打狗，别做梦收回来了！"季天翔的岳父仍然对马晓丽的话没有丝毫动摇之意。

"你除了一天到晚地喝酒，懂个屁？人为财死，鸟为食亡，那小子这回注定是一辈子也翻不过身来了，干脆一不做二不休，趁这两千来万在手里攥着呢，紧赶紧地跟他离了算了！"季天翔的岳母突然间插了一句。

"啥？你竟然想到让俺与翔子离婚？亏你能想得出！俺马晓丽今天才算真正看清了你们的本来面目，你们这哪里是疼闺女呀，分明是被钱冲昏了头脑，要拆散俺和翔子，逼着俺绝情寡义呢！"

"连对左一声右一声'翔子唻'的昵称，也神不知鬼不觉地提前改过来了，口口声声'那小子'，还私自偷出俺的存单存折，铁了心落井下石呢你们这是！俺孝顺你们是本分，对你们逆来顺受也是做女儿的应尽义务，但真把俺惹急了，你们试试！别说啥存单存折都在你们手里呢，俺如果去银行挂失，那些都是废纸，丝毫也影响不了俺去银行取钱！别管咋说，俺一定要与翔子共进退，绝无二话！"马晓丽说话越来越硬气了。

"如果不相信，你就按你说的话试试，俺们都是啥样的人，你比谁心里都清楚！只要你胆敢做了傻事，你亲爹亲妈立马全去死，眼睛都不会眨一下！"季天翔的岳母看上去早就未雨绸缪、胸有成竹了，说话一套一套的，不慌不忙。

"那你们都别死了，省得俺这当闺女的落个不忠不孝的骂名，俺去死，行了吧？俺去死！俺现在就当着你们的面去死，没了闺女，你们就可以高枕无忧地揣着这笔钱过舒坦日子了！"马晓丽从来都没有对父母这么对抗过，虽然他们清一色特差劲。

"好啊！只要你舍得那两个孩子没妈养，那你就赶紧去死吧！"季天翔的岳父借着酒劲儿摔盘子打碗地对着马晓丽吼道。

提到孩子，马晓丽激灵了一下。刚才的绝情话绝对不是话赶话地随口说说而已，如果真的听从父母的安排，违心做出对不起季天翔的事，还真不如一死了之算了。但一对儿女……一对儿女……他们与季天翔一样，都是自己的心头肉，哪一个她都割舍不下，哪一个她都不能忍心放弃。

马晓丽不再言语，气势汹汹地擦干眼泪，拿起手包，悲愤地离娘家而去。

任凭季天翔的岳母如何追出室外叫喊，马晓丽头也不回，掉转车头绝尘而去。

当晚，马晓丽伺候完两个孩子睡下，疲乏地上床躺着，再次彻夜辗转无眠。

午夜时分，实在忍耐不住，马晓丽经过数度犹豫之后，还是最终拨通了季天翔的电话："翔子，俺有话必须要对你说，如果坚持到天亮，铁定会被憋死！"

"丽丽，啥也别说，钱的事，俺都懂，也理解你的处境，更深知你对俺季天翔的真心实意。普天下的儿女都一样，咱们既没有权利和机会选择自己的亲生父母，也不可能与他们的养育之恩彻底划清界限，更不能与他们一刀两断。"

"谁让咱们两口子摊上了这样的老人呢，你千万千万不要乱来，办法总会有的，有你男人在，别管那么多，看好孩子，该吃吃该喝喝，俺主外，你主内，外面的事你不用管，尽管放宽了心。"季天翔与妻子向来两情相悦，凡事心心相通。

"俺了解他们，说得出也做得出。只是，长此以往，太委屈你了，翔子……有这么一对老祖宗缠着咱，啥时候才是一站哪，想来想去真是俺马晓丽对不住你，后悔当初，真不该与你结为夫妻，有这俩活宝，十天半个月就来个啥么蛾子，你不烦，俺还无法忍受呢。

"翔子，前思后想，他们说的也有道理，夫妻本是同林鸟，大难临头各自飞，咱们俩就按他们说哩分手吧！如此攥着你辛辛苦苦挣回来的钱不松手，比'各自飞'还要不近人情得多。"

"俺意已决，你也不要劝我，否则俺真有可能撑不住而自寻绝路，翔子……认命吧……一辈子长着呢，孩子俺全养，你趁年轻，赶紧找个能摸清家庭底细的好姑娘娶了，还赶趟……咱们再这样下去，俺都替你感到憋屈……"马晓丽生怕季天翔伤心，但还是吞吞吐吐地最终说出了自己的真实想法。

"丽丽，说啥呢？想都别想！这事绝对没门儿！你愿意，俺翔子打死也不会愿意呢！没看到俺回家见到你们娘儿仨那会儿，那副钻进蜜罐子里的幸福劲儿？十足一个令人艳羡的标准、完美的小家庭！没有迈不过去的坎，说好了的，相亲相爱一辈子，这才哪到哪呢？发发牢骚，排解一下心中的烦恼还行，啥时候都不能再动这个傻念想了！两千万，有是它，没有还是它，对于咱们来说，反正窟窿比天大，填不满的坑，别因为这笔钱断送了咱们一辈子的幸福和诺言，你真与父母闹僵了，或者因此离婚了，把钱全给了我，你了解俺的性格，心里会因你而难受一辈子的！……"季天翔虽然说话思维有些乱，但态度却非常坚决。

"翔子，你应该最了解我，俺是那种随口答曰、随随便便就下结论的人吗？

俺知道你不会就此罢手，也深信你不管遇到多大的困难，铁定会渡过难关。但作为最懂你的妻子，却大难临头时一毛不拔，仅凭这一条，俺根本就不配做你的妻子！

"咱们也不用去法院起诉，在领取离婚证之前，俺拼了这条命也要把这笔应急款交到你的手里，否则，俺一定不会丢人现眼、死皮赖脸地苟活在这世上！那两位为老不尊者，真要瞪起眼来，咱们就法庭见，夫妻共同财产，现在成了巨大的负资产，理应倾囊而出共同还债，他们想赖也赖不掉的！

"你慢慢地接受俺做出的这个决定吧！翔子，咱的两个孩子你不用愁，吃喝拉撒睡，有俺照顾着呢！啥也别说了，俺已经铁了心了，一万头牛也拉不回来了！不过，等你渡过难关，发了大财，孩子们的抚养费你别想要赖，不然，咱们法庭上见！"

季天翔越听越感觉爱妻不像仅仅发发牢骚而已，多年的夫妻，知根知底，也知道劝人越劝越醉的道理，便不再多言语，只是坚定地安抚了几句，相约择时面谈。

第二天一大早，马晓丽再次来到了父母的面前，但明显没有了上次的质问和疯狂，只是心平气和地跟母亲说了一句话："你们的目的达到了，俺这就跟季天翔离婚去，那些钱你们千万要攥紧了，不出半月，他就回来，俺们一起去领离婚证，咋样？这回，你们枕着钱堆享清福，总算满意了吧？"

"你说离婚，那小子没说啥？"母亲有些疑惑地问道，父亲只顾着喝酒，好像啥也没听见，啥话也没说。

"说了，离婚可以，但钱得交给他去还债！"

"你咋说的？"母亲又追问道。

"俺能咋说？这钱是俺留给儿女的抚养费，他季天翔一分都别想打主意！那小子说了，反正他已经一辈子也还不起债了，多这两千万、少这两千万的也没啥用，好在人家债主都特仁义且又都有人味，至今没有一个与他对簿公堂的，以后也不会有，啥时候也不会有人打咱这笔钱的主意了。"

"现在这社会呀，还真是有钱能使鬼推磨，钱就是爹，钱就是娘，俺现在才想通，心甘情愿。"马晓丽好像下定了离婚的决心，心中轻松多了。

马晓丽的父母深知，女儿自幼从来不与他们胡搅蛮缠对着干，也从来不跟自己说瞎话，离婚和存款的事，一定也全都是大实话，深信不疑。

看来，女儿还是那个从小看大的听话的乖女儿。反正季天翔那小子一辈子也翻不了身了，女儿年纪轻轻的实在是没有必要跟着他遭一辈子的罪，两千多万呢，八辈子打着滚儿花，想花也花不完哪！

但毕竟都是女儿的钱，一旦与那小子脱身，大钱还是女儿的，至于那百万零头，老两口吃香喝辣也糟蹋不完呢，活了半辈子从来就没有亲眼见过、亲手摸过这么多的钱！

马晓丽柔声细语、心平气和地告别了父母，怀揣身份证就去了银行，毫不犹豫地办理了存单和存折挂失手续。毕竟父母个顶个都是极端不省油的灯，不背后搞点小动作，还真摆脱不了他们的纠缠。

但与季天翔离婚的事，马晓丽是认真的，季天翔那么豪气、真诚的一个人，被自己这样的垃圾家庭缠上，一年到头鸡犬不宁，这本身就是一个巨大的错误。

但季天翔比自己大气，从来没有仗着一副铁拳对娘家人施压，更没有过一句怨言。正因为如此，与其分手，还其应有的一生安宁，才能真正对得起自己的良心，真正对得起翔子对自己的真情。

季天翔抽身专门往家跑了好几趟，那两个落井下石的岳父母更是百般刁难，再次将季天翔堵在家中闹得鸡犬不宁，以死相逼，见不到《离婚证》誓不罢休。妻子无奈，孩子的成长更是受到了不该受到的负面波及影响。

"翔子，你都看到了吧？为了孩子，这婚必须得离！俺一天也将就不下去了！"马晓丽一句"为了孩子"，差点激起季天翔心中潜藏的怒火。

但始作俑者毕竟是长辈，毕竟是爱妻的父母，毕竟是孩子们的姥姥姥爷，最终即便拳头中几乎攥出了水，还是不得不忍气吞声地慢慢放了下来。

"好的，在没有离婚之前，俺季天翔仍然尊称你们一句爸爸妈妈，这事俺应下了，一口唾沫一个坑，明天就拿着《结婚证》去换《离婚证》，谁要是再多说半句不咸不淡的话，俺警告你们一声，'翔爷'的名号绝对不是用大话吹出来的！最后一顿团圆饭，吃完喝完，仁至义尽，该干吗干吗去，眼不见心不烦，走得越远越好！"季天翔被迫应下了与妻子离婚的请求。

但情绪却像决堤的洪水般瞬间变得气急败坏，铁青着脸，眼看眼就要发作的那种极度糟糕，对着岳父母就是一顿数落。

　　二人自知理亏，更没有胆量去挑战或尝试季天翔的虎威，大气都不敢出一口，哪里还敢留下与季天翔吃饭？推托还有事要去办，起身就灰溜溜地离开了。

　　当然，两千多万元现金，季天翔一分一厘都不肯收，马晓丽自然以死相逼，说啥也要将钱全部交给季天翔去应急，直到两人另外签订了一份书面协议，钱款全归两个孩子所有，暂由马晓丽负责保管，但因季天翔急用，即日起转入季天翔账户，五年内归还，如有违约，法庭上见。双方签字画押，各留一份，季天翔这才勉强接下了这笔钱。

　　"翔子，咱们俩夫妻一场，晚上一起吃顿分手饭，我亲手做，最后一顿！过后，咱们互不往来，但孩子是咱们两人的共同结晶，咱们都是他们最最亲近的亲人，随时随地都可以互通往来，绝对不能让他们在咱们身上感受到于成长不利的丝毫阴影。各自去寻找自己的新爱吧，咱们此生缘分已尽，别再相互心存任何念想儿了，但愿来世再做你的好妻子！"

　　整个夜晚，二人以泪洗面。

　　但事后不出仨月，马晓丽的父母又出馊主意，逼着马晓丽当着他们的面给季天翔发微信，说是自己已经找到了非常满意的另一半，也已终身相许，先这么悄悄地在一块过日子，待两个孩子升上了学再办理结婚手续，让季天翔趁早断了念想儿，早日重组家庭，以防那小子穷困潦倒至绝境时脑子一热而打回马枪，惹急了，一身功夫，能打能拼，不但两千多万现金没了保障，就连以后的小日子也别想再过安生了。

　　当他们亲眼看到季天翔发来"真心真意祝福你"的回复之时起，便真的到处张罗着替女儿寻找新婆家了。但马晓丽只有一句话，一生陪儿女，永远不再嫁，以死相逼，其父母便不敢再坚持，反正有花不完的钱，后半生不用愁，管她马晓丽嫁不嫁，从此便相安无事，一年到头也难有几次来往，有了也是不冷不热，见面也总是匆忙之间。

　　瞅个茬口，马晓丽终于从父母那里讨回了那一摞全被挂失作废的存单和存折，厌恶地剪碎剪烂，悉数冲下了马桶，连一丁点儿纸屑都没有留下。

　　与爱妻分手后的季天翔，整日像丢了魂的落水狗，像个孩子似的多次向马晓丽示好，要马晓丽陪他悄悄地去民政局换回《结婚证》。但马晓丽面对季天翔的诚心，经过思想的深度过滤，权衡利弊，向季天翔发出了最后的通牒，俺已另有他属，倘若你再纠缠，从此老死不相往来，哪怕打个招呼、发个信息也不行。

季天翔见木已成舟，大势已去，不得不忍痛作罢，这才逐渐回过神儿来，真正彻底断了与马晓丽复婚的美好念想儿。

马晓丽如释重负，强迫着自己渐渐从突然的变故中回过神儿来，几乎将全部的精力和热情毫无保留地倾注在了日渐长大的一双儿女身上，两个孩子也特别懂事争气，学习也很优秀，小日子过得看上去倒也心满意足、悠然自得。

第二十七章

季天翔从离异的旋涡中刚刚回过神儿来，没想到施工前线又突然告急，人员最多、欠债额最大的项目——与邻省电建一公司初次合作的那个令人伤透脑筋的大包干项目，三百多号人，除了季天翔的嫡系部队之外，几乎倾巢出动，竟然浩浩荡荡地将一公司属地市政府的办公大楼正门给围了，长长的白布横幅，上书"还俺血汗钱，还俺血汗钱，还俺血汗钱！"一行大字。

好端端的一场市政府谋划已久的大范围招商引资大会，也因此被蒙上了巨大的阴影，市委、市政府领导大发雷霆，发誓一定要严惩昧着良心拖欠农民工工资的缺德老板，绝不姑息。

季天翔正好在此项目蹲点，毕竟这里才是一切麻烦事件的导火索，才是所有困境的风向标。虽然事先已经得知了消息，季天翔也采取了规劝措施，但毕竟欠薪事实所在，空口无凭，又不能武力征服，这才导致了今天集体讨薪事件的发生。

书记、市长勃然大怒，双双拍了桌子，声称一定要按照既定保障措施，严惩罪魁祸首，该罚的罚、该拘的拘、该打入建筑市场黑名单的打入黑名单，第一时间敦促拖欠单位立即依法付清欠款，并言明让法人季天翔以最快的速度马上到位参会。

"季天翔同志，今天市委、市政府联合召开专项办公会，想必你也清楚此次会议的主要议题。我作为市政府一把手亲自主持，足见其重要性，也充分说明了此次事件对于我市筹办已久的招商引资大会造成的巨大负面影响之深之大，请你一定不要心存侥幸心理，务必积极配合我们，当务之急，立即、马上落实国家三令五申的、决不容许有农民工工资拖欠事件存在的问题，至于对你公司的处分和后续各项制裁，咱们一步一步慢慢来，违法违规是要付出相应代价的……"市长铁青着脸，开门见山，上来就对季天翔进行了一通劈头盖脸、气势汹汹的数落。

"尊敬的市长先生，请您先了解一下事情的来龙去脉再对俺训话好不好？俺们虽然是从江北省千里迢迢来贵省这方宝地出力流汗的外来分包商，但如若不是你们当地施工单位三番五次围攻、闹事，怎会突发今天的么蛾子？作为政府方，请你们说话客观一些好不好？是你们省电建一公司国外垫资项目，突然资金链断裂，才导致俺们血本无归，我公司一没有向你们政府部门和甲方单位伸过一次手、上过一回访，甚至连一个讨薪的电话都没有打过，人家有钱，该给你的时候指定会给，大家都在努力克服着困难呢。

"俺们至今仍在自寻活路，筹措资金自救，时至今日，还在源源不断地往里垫资，为了啥？四个字——天地良心！俺才是最有资格向你们政府、国企讨要说法的受害者，但俺自始至终都没有那么做，今后也绝对不会。

"就在昨天，俺季天翔的队伍还在正常运转，不承想，半路里杀出一帮程咬金，将串联讨薪的彩色传单几乎发到了现场职工人手一份，这是俺搜集到手的二十多张，请您过目。"

"啥招商大会，啥血汗钱，那些挠心激火的话，写得明明白白，现场也有监控，何人所为，一查便知，请领导亲自或派人落实清楚，俺的人本来干得好好的，风平浪静，却无端受人蛊惑，酿成大错，但事出有因，请市长同志明察，若责任在俺，俺向来一口唾沫一个坑，该杀该剐，俺季天翔眉头都不会皱一下！"季天翔滔滔不绝，集多日怨气于一身，说起话来也是咄咄逼人，毫不留情。

"小伙子，你说的话头头是道，俺暂且相信你，但这工资的事，你怎么说？"不愧是市政府一把手，察言观色，从季天翔机关枪似的主动进攻中避开锋芒，抓住一根小辫子不松手，威严地稳坐钓鱼台。

"按理，按合同，责任在甲方，但甲方天灾人祸客观存在，俺丝毫无怨言。近日，我们多方自筹资金，当着领导和讨薪代表的面，作为乙方公司法人，俺当面承诺，少则三日，多说五日，拖欠工资全清，现在就可以当面签字画押。"

"至于俺们后期因甲方资金链突然断裂而垫资的大额材料费，还请各位领导予以批示、协调，只要大家同心协力，迈过眼前这道坎，好日子便指日可待！"季天翔不卑不亢，有理有据，也当面做出了实实在在的承诺。

"请甲方法人代表——省电建一公司总经理段明瑞同志谈谈对此事的看法。"市长边说边对着段明瑞大手一挥，不难看出，他们已是老相识。

"乙方兄弟单位季天翔总经理，在我们电建系统，名气很大，小小年纪麾下就有三千多将士，是大家公认的最受欢迎的高端安装队伍，堪称喊好声一片。同时，他们也是我们省里主管部门领导亲自出面协调请进来的引进战略兄弟单位。

"虽然季总初次与我们公司合作，首批协议项目也已顺利完成了十之八九，该做的他们都按照约定大大超额做到了，只是我方国外项目突遭变故，虽然是否会全额血本无归仍存变数，但致使资金链不得不停止了运转，包括部分本已达成的贷款约定也因此受到了波及而被银行单方面强势取消，只要季总一方能将此次拖欠工资三五日内解决了，其他困难我们也正在努力克服，很快就会好转，我们后续也会有一系列的应对方案实施。"

"再次声明，季总所说句句属实，作为甲方，我们对市政府、对季总和所有乙方兄弟单位深表惭愧和抱歉，资金问题近期即可有大的突破，敬请大家谅解。"段明瑞以事论事，诚恳客观地发了言。

"季总，感谢你对我们家乡建设的支持和理解。不过，为啥这么多家分包商，自己不来闹，却劳心费力地去鼓动你的队伍参与今天的围堵？"市长貌似非常友好地心平气和地又问了一句。

"市长好！因为俺们队伍人多、垫资欠薪最多呗！换句话说，俺们麾下同病相怜者最多，也最容易被鼓动！"季天翔笑着回答了市长的问话。

"小伙子，虽然你的兵往我们脸上抹了黑，俺也不分青红皂白地批评了你，但说句实在话，通过今天的接触和交流，我感觉这心里还是挺喜欢你的！"市长冷不丁来了这么一句，却无意中点出了季天翔最大的优点——无论走到哪儿都那么招人待见。

"谢谢市长夸奖！俺季天翔给你们添麻烦了！"季天翔闻听市长也喜欢自己，有点儿小激动，急忙起身抱拳表示感谢。

事情往往都会发生这样的连锁反应，这葫芦刚刚按下去，瓢就浮出水面了，这边的事件还没有处理利索呢，那边也出了么蛾子。

这不，十分钟不到的工夫里，两个地区的讨薪热线、劳动稽查大队几乎同时打进了季天翔的手机，虽然都是小范围，少则几人、多则十几人的讨薪行为，但对方说话的口气不容辩解，甚至想问一下情况都被严词喝断，对方好像只会说一句话——立马将欠薪付清并书面反馈，否则严惩不贷，直至清出本地建筑市场、打入不良企业黑名单……

话还没有说完呢，对方的电话就盛气凌人地挂断了。

"各位领导，您都看到听到了吧，俺季天翔一个错误的念头，心一热，不小心上了段总的大贼船，初来贵省谋生，几近全军覆没，经年英名眼看就要毁于一旦，实在是教训惨痛，刻骨铭心哪！您说呢，段总？"季天翔当着市委、市政府主管领导的面笑着说道。

"你小子，俺就知道你指定会因此牢骚满腹，日日夜夜都等着你打电话向俺兴师问罪呢，应付你的台词都编好几套了，但时至今日，愣是没等到。"

"天天去我们公司围堵的从来就没有你或者你的人，还真有些想你呢！怪不得去你们江北省电总，总有人说'喜欢你'，刚刚咱们的大市长也说了，俺段明瑞也不得不从心底里向你说一句'俺也特别特别喜欢你'，咋样？心里美滋滋的吧？"段明瑞也跟着季天翔说起了笑谈。

"您才美滋滋的呢！欠一屁股破债没人讨，一天到晚偷着乐吧您？"季天翔又笑着附和了一句。

"好了，市长日理万机，今天这是真心喜欢你，不然哪有这个闲心听你瞎嚷嚷！笑话归笑话，我们电建一公司再次向市领导郑重表态，解决目前困境是政治任务，一月内保证全部按照应急预案妥善解决所有棘手问题！"段明瑞最后又向市领导表了一次态。

"今天的小会就到这了，望各职能部门全程跟进并按约定方案尽快解决难题。特别是煽动不明真相的农民工围攻政府大楼讨薪、往咱们脸上恶意抹黑之徒，要以最快的速度查办严惩，绝不姑息。我等下还有个会要参加，请大家散会吧。"市长边总结边站起了身子。

走出市府大厅，段明瑞拍着季天翔的肩膀说了句："谢谢你，小季，虽然你至今没有向我们发难，但我们心中有数，做人要有良心，两好才能搭一好，我们全体中层以上干部会议已经举手表决，决定特地向你开绿灯，优先给你解决一部分材料款，患难才能见真情，咱们共同携起手来渡过这次突发难关，做长久合作的兄弟单位！"

季天翔又是一记习惯性的抱拳动作，只说了一个"好"字便不再言语。

回到驻地，季天翔只用了两天的时间就妥善解决了大包项目的欠薪难题，并将在市府召开的会议内容在项目全体职工站班会上做了如实介绍，并诚恳地言明，如有质疑者，随时都可以自由离队，工资人走账清，绝无二话。

好在季天翔的部队向来最注重"诚信"二字，有目共睹，季天翔的话大家都深信，待遇也确实比其他地方高，大包项目现场所有施工人员，最终无一人弃之而去。

正当季天翔处理完这一桩群体围堵市政府事件，欲往别处解决难题时，以助理刘国福为首的，包括所有"十三太保"和他们徒弟在内的，几乎所有常年跟着季天翔闯天下的老牌兄弟爷儿们，竟然在季天翔丝毫不知情的状态下，私下相约轰轰烈烈地搞了一次全员"大签名"活动，承诺"抱团取暖""共渡难关""再创辉煌""困难时期不领工资"，让季天翔更加如释重负，热泪盈眶。

时间不长，江北省电总新任一把手——季天翔曾经预言过的原汽机专业的梅泷，特批一次性向季天翔公司应急付款一千二百万元，并承诺季天翔参与的所有在建项目，一旦结算挂账，全部按照百分之八十五的比例先行支付工程款。

邻省电建一公司咬紧牙关也挤出了第一笔应急拨款六百五十一点六万元，从付款总额的零头当中不难看出，段明瑞已经做到最大限度了。

还有马晓丽强行转交给自己的二千多万现金。

还有……还有……还有……

这些来自天南海北的各路应急款项飞一般地集中在了一起，虽然不能将垫资的漏洞堵得严丝合缝，但足以雪中送炭，燃眉之急瞬间土崩瓦解，季天翔也终于能静下心来喘口粗气歇歇了。

闲暇时，季天翔往电子秤上一站，自己都被自己吓了一大跳，体重竟然神速下降了整整十六斤！

内忧外患、疲于奔命的"翔爷"，足足被磨掉了一层厚厚的皮！

第二十八章

"小娟姐，翔子的心情最近特别特别糟，糟糕得身上掉了整整一十六斤鲜肉。啥概念？内忧外患！弟弟的一整张人皮消磨殆尽，憔悴得几乎看不出人样来了。这么多年了，尤其是近几年，咱们姐弟俩几乎就没有见过面，咋说都在省电总圈子里混，可谓见面机会多多，但你却一味地排斥和拒绝，总是以各自家庭为借口，让俺好伤心好失落呀！

"姐姐是不是感觉俺挺让你讨厌但又不好意思说出口啊？如果是，你'嗯'一声即可，从此咱们老死不相往来，用不着这么藏着掖着的，免得让人剃头挑子一头热，日日夜夜心里狗抓猫蒯似的……"

"总之一句话，请你现在就给俺撂个明白话……"季天翔气势汹汹地给杜月娟打了一通莫名其妙的电话。

"咋啦翔子？大上午的不会是喝醉了，对俺小杜姐姐耍酒疯吧？"杜月娟不明就里，笑着回道。

"别整那没用的，俺现在就在你们省电总总部大院门口站着呢，就想当面问你一句话。见，俺等你。不见，俺立马消失！你应该非常清楚，俺说的这不是玩笑话！"

"弟弟，别把姐姐说得那么不近人情，俺有你说的那么薄情寡义吗？爱无缘，义依然，姐弟情深，苍天可表，毋庸置疑！翔子，真有话一定要当面说与姐姐听？"

"多年不在你身边，姐姐吟诗作赋几近走火入魔了呀，功力倍增，这打个电话也满口诗意盎然呢！还是那句话，见，还是不见，立马给句痛快话！"

"读诗走火入魔并不可怕，心生熊熊烈火才让人望而生畏呢！就你那狗脾气，别人不知道，俺还不清楚？见面？俺害怕！听你这口气，恨不得要一把掐死俺呢！感觉你真的疯了，疯得已经不是你了！"

"就说见不见吧？俺以'翔爷'的名号担保你的生命安全！君子动口不动手，好男不和女斗，俺绝对不会动你一根毫毛！"

"担保？还生命安全？拉倒吧你！你以为你是谁？俺那一指禅功夫早就今非昔比了，到时候谁替谁担保还不一定呢！见！"

"多大会儿能出来？"

"请假的工夫就到！今天俺豁出去了，哪怕班上再忙，也不上班了，陪远道而来的大名鼎鼎的翔爷去！哪怕天塌下来也得去！否则，人家放出话来了，立马要恩断情绝呢！"

"这还差不多！俺就在这大门口光明正大地等你，见了那些个谁谁谁，问俺在大门口傻站着干吗呢，俺都会不厌其烦地对人家说，俺季天翔在等你们省电总的杜月娟姐姐呢！

"奉劝你别再整那些家庭啊、孩子呀啥的对待俺，蒙谁呢？真服了你的气了，那《潜伏》的导演也真是不小心花了眼，咋没发现这江北省电总隐藏着一位年轻貌美的原装高级特工坯子呢？

"姐姐这糊弄人的特异功能不显山不露水，屈身在此，一天到晚地跟一帮灰头土脸的工程人打交道，埋没人才呢这是！白瞎了你这身隐身术了！

"快点哩！废话少说！立马现身吧你！"

"请即刻闭上你的狗嘴！面谈！挂了！"杜月娟忙着去找领导请假，身边有了外人，不便与季天翔说话了，便急匆匆地自行挂断了电话。

季天翔昂首挺胸地对着省电总高大气派的办公楼，以胜利者的姿态，意味深长地"哼"了一声，便不知不觉地小声唱起了小曲。

分分钟的事，杜月娟终于一身工装现身了。

省电总有硬性规定，所有员工，上班时间必须全员着工装。

"姐姐，好久不见啊，别来无恙？见面先握个手呗？"季天翔边迎上前去边激动地向杜月娟伸出了右手。

"电话里胡说八道啥呢？"杜月娟阴沉着脸，不理会嬉皮笑脸的季天翔，更别提与他握手了。

"实话实说，你就是一枚十足的大骗子！"

"你的车呢？拉我回宿舍换身衣服去！等下再与你理论！"

"好嘞，姐姐，车位上呢，你稍等片刻。"季天翔话还没有说完呢，就已经向司机摆手召唤了。

司机正盯着季天翔这看呢，见季总招手，说话的工夫就熟练地将车开过来了。

"伙计，今天放你一天假，自己找地住、找地吃、找地玩去，俺季天翔全天当一回专职小司机，全程伺候杜大美女。小娟姐，有事你说话，鞍前马后，翔爷悉听尊便！"季天翔不着边际地胡侃了一大通。司机和杜月娟都听蒙了，这话说得，一句顶两句呢，中间也不分个档。

"别贫了，没看见人来人往，清一色狐疑的目光！"杜月娟边上车边催季天翔快走。

小司机颇有眼力见儿，边离身而去边忍不住回头笑，样子同样怪怪的。

季天翔开车拉杜月娟来到省电总职工宿舍九号楼前，将车停在了随处可见的宽敞车位上，下车就要跟杜月娟上楼。

"干吗？"

"陪你上楼哇！咋啦？"

"谁让你上去的？老老实实地在楼下等着！"

"俺渴！嗓子眼都冒火了，就想跟着姐姐上楼喝口水，你不会介意吧？"

"会！俺介意！车里面坐等去，小心保安发现你鬼鬼祟祟地瞎转悠，拿你当贼抓了去，三分钟两分钟的工夫渴不死人，咬紧牙关忍忍就过去了。"

"那不行，俺一定得跟着你上楼！真要是渴死了，你下楼还有啥用？再说了，渴死的不像晕死的，打120都来不及！君子之交还淡如水呢，姐姐不会连口白开水也舍不得给弟弟喝吧？"

"还成天价标榜自己'翔爷'呢，驴屎蛋子一面光，明明一枚癞皮狗，却将自己夸得跟一朵花似的光鲜油亮、人五人六的。唉，谁让俺小杜这辈子让你黏住了，甩都甩不掉呢！但是，无论你说得再天花乱坠，你还是不能跟着俺上楼！"

"姐姐不让俺上楼喝水，俺扭头就走，你信不信？"

"唉，愁死了！"杜月娟边说边对准季天翔的眉心，冷不丁来了一记一指禅。

季天翔不躲不闪，正中眉心。

　　"好功夫！久违的杜式一指禅神功！不过，貌似姐姐好久不练，明显力不从心哪！以后有弟弟日夜当陪练，你很快就会恢复功力的！"

　　"想得倒美！还日夜陪伴！上楼吧！"杜月娟粉手轻轻一挥，季天翔瞬间就心花怒放了，屁颠屁颠地跟在杜月娟的身后往楼梯口走去。

　　"哇！怪不得姐姐不让弟弟上楼呢，原来姐姐这少女的闺房如此上档次啊！姐姐不会真的在做卧底间谍吧？咋这么像呢？活脱脱一套谍战电视剧中的间谍大房子呀，宽大、高贵又有品位！"

　　"狗嘴里吐不出象牙来！啥好东西到了你的嘴里，都得变质变味。你刚才不是说快渴死了吗？咋又不哭着闹着讨水喝了？"

　　"姐姐，啥叫高级动物？这就是活鲜活鲜的例子，俺突然之间就渴意全无了，你说这事神秘不神秘？咋说不渴就不渴了呢？"

　　"狗！还高级动物！"

　　"哎，姐姐！请问，小杜同志，你装模作样地给俺发的孩子照片呢，偌大的套房，竟然没有悬挂或摆放哪怕一幅孩子的照片，甚至在哪个阴暗角落里，放着一件小孩子的衣服也行啊，怎么啥都没有呢？"

　　"看这屋，再看看这屋，明眼人谁都能看得出，这分明就是一枚名副其实的单身贵族哇！说谎的感觉很好玩吗？欺骗心上人的感觉特过瘾吧？一个人长期独处的自欺欺人，瞒人一时，能瞒人一世吗？你以为这就是为爱献身啦？悲壮？烈女？全错了，全都大错特错了……"突然，季天翔大发雷霆了。

　　"翔子，你咋知道的？"杜月娟毕竟是女孩子，不像季天翔，说起话来文静多了。

　　"这话你别问，一辈子也不会告诉你的！"季天翔背对着杜月娟大声说道。

　　"听说你离婚已经好几年了？一双儿女那么好，到底是为了啥分手的？"杜月娟仍然不正面回答季天翔的质问，自顾自地小声说道。

　　"听谁说的？"季天翔猛然扭过身来说。

　　"你一辈子不告诉我，俺一辈子也不会告诉你！"杜月娟试图打破僵局，半开着玩笑回道。

　　"啥时候听说的？"季天翔接着追问。

　　"近几天的事，偶然得知。"

"小娟姐，俺想听你亲口说，真的一直没找对象？"

"是的，一直单着。"

"你心里还装着翔子吗？"

"你知道。"

"俺要你说，一定要你亲口说。"

"自始至终都装着，分分秒秒都想着。"杜月娟此话一出口，鼻子一酸，说着说着就禁不住泪流满面了。

"傻子，大傻瓜一个！啥年代了？地地道道的老古董一枚！"

"你知道的，家里老人寻死觅活的不同意，俺的心都凉透了，心里面装着你，就再也装不进别人了。实不相瞒，俺尝试过，但做不到，就这么一天天熬过来了，如果不是你这么风风火火地来找俺，俺说啥也不会动了这个念想儿的。"

"这么说，姐姐对俺还有爱意？你不嫌弃俺？俺翔子对姐姐还有争取的机会和可能性啊？作为过来人，奉劝你一定要冷静思考以后再下结论，毕竟俺有过婚史，也有了两个孩子，咱们真的走到了一起，也不可能关上房门过咱们自己肃肃静静的小日子。

"家里老人同意吗？你甘愿跟着俺过重组家庭的乱日子吗？这些都是现实问题，你一定要慎之又慎！"

"翔子，当着姐姐的面，你说实话，从你自身角度考虑，你咋想哩？"

"姐姐天生丽质，经年守身如玉，感天动地，对翔子又纯情得堪称一汪世外清泉，你最懂弟弟了，这话还用姐姐问吗？翔子一百个、一万个、一万万个愿意，一万万个巴不得呢！

"知道真相的第一时间，俺就发疯一般地找你兴师问罪来了。只是俺当前这条件，比先前还不如呢，怎敢上赶着高攀？"

"男子汉，堂堂翔爷，别说话吞吞吐吐的，别再绕圈子了，一句话取齐！"

"报告姐姐，俺愿意，俺自始至终都心底里装着你！"季天翔边说边满眼噙泪地站起了身子。

杜月娟泪流满面地抚摸着季天翔的肩膀，示意季天翔重新坐回沙发上。

季天翔将手伸入衣兜，郑重其事地把那片形影不离的"焊条心"掏了出来，递与杜月娟。杜月娟激动地照着季天翔的样子，从身上掏出另一件同样随身携带的、由天翔亲手自制的定情信物，先是放在一起，碰碰；再重叠在一起，放在手心里，上下左右地晃，没完没了地晃。季天翔专心致志地看着这一切，欲言又止，但啥话也没能说出口。

"翔子，姐姐考考你！这么多年了，你还能将这两片小心脏组合到一块吗？"

"当然能，它们就像我亲生的孩子一样，早就扎根到俺季天翔心底里去了。姐姐，这世界上俺就没有听说过有徒弟见面就考老师的先例，俺应该当面考考你才对呀。你说呢姐姐？

"不过，俺有言在先，这两片小心脏，一来，不是你亲手设计、制造，二来，日月久远。如果姐姐真的组合不到一起，也情有可原，俺绝对不会笑话你的，来吧姐姐，先试试。"

"真不笑话？那俺就凭记忆试试啦？"杜月娟闻听季天翔如是说，就犹犹豫豫地答应了季天翔。

"哎，姐姐，这试试就试试呗，咋还蒙上眼睛了？干吗呢？神神道道的！"

"盲组，这才显真本事呢！"杜月娟边说边蒙眼组合起了小心脏。

在季天翔惊讶的注目礼中，分分钟钟的工夫，杜月娟竟然凭着双手的触觉，凭着过往的记忆，熟练、快速、严丝合缝地将一对孪生小心脏组合在了一起，再次含在双手掌心，眯眼晃来晃去，直到季天翔上前阻止才罢手。

"替俺将手绢解下来！"杜月娟态度坚决地"命令"季天翔道。

"姐姐几个意思？组合成了立体心，就立大功了？这就开始支使翔爷干活了？"季天翔边说边高高兴兴地上前替杜月娟解下了蒙眼的手绢，还不失时机地随手碰了几下杜月娟越看越漂亮的粉嫩小脸蛋。杜月娟假装生气的样子，噘着小嘴瞪了季天翔两眼。季天翔笑笑没说话，杜月娟也没吱声。

"那当然了，俺赢了！你就得听从俺小杜的指挥！"

"虽然俺嘴上不愿承认，但这心里将姐姐佩服得五体投地呢！说实话，姐姐是不是天天睡不着觉的时候，就千遍万遍地把玩咱俩这宝物？一定要说实话！还不快快从实招来，更待何时？"季天翔说着话就要动手动脚，被杜月娟伸指喝住。

"说实话，何止千遍万遍呢！这小物件，早就成了俺的心、俺的伴，啥模样、啥机关、啥连接点，睁眼闭眼都一样，都在俺心里面活灵活现地生根发芽了呢！"

"姐姐，今天就不一样了，俺有个大胆的想法，不知姐姐赞同不？今天这两个小宝贝终于有缘重新走进了各自的另一半，就别再残忍地将它们分开了，都交于姐姐珍藏，就当俺翔子的一颗红心双手呈现给了姐姐，从今以后，不论俺翔子漂泊至天涯海角，这心都在姐姐的手里攥着呢！真怕俺揣在身上满世界游荡，万一弄丢了。毕竟姐姐的住所相对固定，也易于保存。咋样，姐姐？"

"狗东西又与俺小杜想到一块儿去了，就这么说定了！"小娟边说边小心翼翼地捧着立体小心脏往卧室里走去。季天翔也跟着往里走，被杜月娟一句"女孩子的闺房哪能让已婚大男人随便进"，将季天翔半开玩笑半认真地挡在了门外，但季天翔却一步也不离开，将耳朵贴在房门上听，听了半天也没听出个所以然来。

待到杜月娟将小心脏放好，意犹未尽地走出卧室，无意中抬眼看了一下墙上的挂钟，突然喊了一声："翔子，翔子，坏了，坏了！下班了！"

"下班就下班了呗，有啥大惊小怪的？不就是喂脑袋的点到了吗？走，姐姐，下楼找个地，咱也得按时吃饭去！"季天翔好像没理解出杜月娟说的"下班了"为啥"坏了"，只顾吵吵着喊杜月娟到外面去吃饭。

"偌大的生活区，那么多职工，咱们这个时间点成双成对地下楼，整个省电总大院，这特大绯闻估计得火爆好多天——某某老处女终于名花有主了！俺一介女孩子家家的，比不得你季天翔皮糙肉厚，俺可没有那么笨，俺绝对不能做那些见人便脸红脖子粗的大傻事！"

"你小子就是在装，装憨卖呆，向来就是一不怕事大的主！俺才不会上你的当呢！"杜月娟嘻嘻哈哈地数落着季天翔，季天翔只是点头哈腰地笑，也不表态杜月娟说得对不对。

"姐姐，人是铁饭是钢，俺这回是真饿了！没听人讲过吗？不吃饭，男人能活五天，女人能活七天！俺可不能跟你比挨饿！"

"饿了也得等，至少得等半个小时才能往外走，不然的话，俺事后真无颜面对江东父老了！你那扎眼的大奔千不该万不该堵着俺杜月娟家的楼梯口停，省得人家对不上号似的，后悔死俺了都，街头巷尾扯老婆舌的大有人在哪，人言可畏啊，人言可畏呀！知道不！听姐姐一句劝！忍！"

"好吧姐姐，人在花下死做鬼也风流！为了你的好名声，小弟宁愿饿死也绝对不后悔！"

"别说话吓人呼啦的，姐姐俺突然改变主意了，咱说啥也不能如此坐以待毙，活活地在俺神通广大的小杜眼皮子底下把你给饿死。不是说怕别人看见吗，干脆咱们就来个大门不出、二门不迈算了。

"现成的锅灶，现成的食材，自力更生，姐姐今天中午给你露一手，咋样？"

"哎，翔子，今天姐姐才突然发现，俺咋就这么绝顶聪明呢？这样的好主意，你这个狗头玩意儿咋就想不出来呢？"杜月娟边说边往冰箱跟前走。

"乖乖，乖乖，俺的好姐姐，这么多好吃的呢？早知道八抬大轿抬俺，俺也不会吵吵着出去吃饭呢。这高档山珍海味，应有尽有，现成的好酒好菜，现成的美女厨师，踏破铁鞋寻都寻不到，神仙都羡慕俺呢，还舍近求远到大街上瞎转悠个啥劲？铁证如山，俺翔爷才是十足的大傻子呢！"季天翔伸头往冰箱里面瞧，边瞧边逗乐。

"会说的不出力，出力的不巧嘴！你平心静气地坐到客厅的沙发上看电视去吧，俺得动手做饭了。你别说，这念叨来念叨去，还真有些饿了，今天这事弄的，你这狗东西一来，俺班也不上了，还得伺候你，里里外外鸡飞狗跳地瞎忙活！"杜月娟边说边戴围裙忙着去厨房做饭了。

季天翔不但不去客厅看电视，还影子一样地黏在杜月娟左右天南地北地侃，杜月娟有一搭无一搭地半天应付一句，但季天翔却乐此不疲。

突然，杜月娟冷不丁问了一句："翔子，丽丽真的对你那么好吗？"

季天翔闻听杜月娟再次提到了前妻的话题，猛然收住了欢笑，若有所思地回道："比俺说的还要好，好得几乎让俺挑不出啥毛病来！"

"她们家那老人比俺们家那两位有一拼，当局者迷，不过俺爸妈这回算是彻底偃旗息鼓了，估计俺大街上随便划拉一个啥男人结婚，他们也绝对不敢再横加干涉了，总比亲闺女老死家中要强吧。那丽丽真的又找了别人？"

"找了，丽丽亲口跟俺说的，分手没几个月就找了，她爹妈逼命似的缠着她，生怕俺打回马枪，沾染一身一辈子也还不清的外债，她也是没办法的事。

"俺当时说啥也不答应，猛然间丢了魂儿似的，但最终还是不得不彻底放弃了。丽丽说了，先跟这个男人过着，也不让两个孩子知道，双方说好了，待孩子考完大学再去公开领证。

"丽丽还说了，她那边已经有了着落，男人也老实巴交的靠得住，没啥心思了，就愁着我这边了，让我务必加速。"

"为了孩子，又摊上这样鲜见垃圾的爹娘，也真是难为丽丽了，也许，这就是人们常说的缘分吧。"季天翔说起丽丽，满脸都是柔情和愧疚。

"跟丽丽提过俺小杜吗？"

"提过。今天在来省城的路上也告诉她了呢。"

"丽丽咋说？"

"唠唠叨叨一路，连唬加劝让俺赶紧出手，一分一秒也别耽搁，说这是可遇不可求的大好事呢！让俺见了你的面就单刀直入，千万千万别有一丝一毫的犹豫，挖到篮子里才是自己的菜，缘分错过了会后悔一辈子……"季天翔抬头盯着天花板，好像边回忆边跟杜月娟说。

"翔子，丽丽说的见面就'单刀直入'，啥意思？"

"姐姐，俺真不知道丽丽这话是说的啥意思。"

"这丽丽不但人长得特漂亮，说起话来还挺有哲学味道呢。你真心爱她吗？"

"那当然，县一中全级前二十名的优等生呢，校花，名牌大学的苗子，硬生生地让那两位奇葩爹娘给搅和黄了！说句心里话，当丽丽向俺提出分手的时候，翔爷正值人生最低谷，不亚于晴天霹雳，压根从来没有想过的事呢。唉，不提了，不提了，再也不想重提这些已成过眼云烟的陈年旧事了！"

"好了，好了，看你经过这一劫，整个人就跟歇不过来似的，蔫头耷脑的，磨炼得都不是你了，沙发上歇歇去吧！去吧！去吧！"杜月娟边说边使劲往厨房外推着季天翔，季天翔也确实有些累了，便顺从地往客厅里走去。

"单刀直入……单刀直入……啥叫单刀直入呢？"季天翔边往外走边嘟囔。

"嘴里叨叨啥呢？"杜月娟大声问季天翔道。

"没，姐姐，俺没说啥！只是突然感觉你说的满口江北话越来越地道了，不注意听还真忘了姐姐来自大南方呢！"季天翔头也不回，边走边回杜月娟的问话。

看着季天翔渐行渐远的背影，杜月娟小声说了一句"莫名其妙"，便不再理会季天翔，专心致志地忙着做饭去了。

第二十九章

    时间的脚步总是快得让人缓不过神来，转眼之间，季天翔与杜月娟结婚已经三年有余了，两位终成眷属的有情人，共同的爱情结晶——小豆豆，也已经年满两周岁满地跑了。

    年关临近，在省城东部山区新购的独门独院三层小别墅，早就装修完毕、通风除完甲醛也有大半年了，一应内部设施也已经布置停当，完全达到了入住条件，二人正谋划着提前搬家到那里去过年呢。

    "翔子呀，咱俩商量个事呗？"杜月娟对季天翔说道。

    "姐姐，啥事？商量啥？按老规矩办，只要不挑战俺翔爷的心理底线，大事小情全都是小杜老婆说了算。"季天翔心不在焉地应道，专心致志地盯着电视上的女排大战，头也不回。

    "再次、N次向你小子提出强烈抗议，将'小杜老婆'中的'小杜'二字去掉，'老婆'二字足矣！省得让人听到了，又说这翔爷老婆多得数不清，都用姓氏来分辨了，'小杜''小张''小李''小王'……老婆孩子一大堆，多了去了。俺命令，下不为例！"杜月娟边干家务边对着季天翔说道。

    "姐姐这个要求对俺翔爷的心理底线丝毫不沾边，俺绝对服从老婆大人的命令！保证下不为例！"

    "拉倒吧你，俺也就是说说而已，随你咋叫去吧！就你那保证也喊了N回了，地地道道的屡教不改！你心里的那点小九九，咋想的，俺会不知道？一顺毛驴的主！真天天强迫着让你干啥，你还不干呢！口口声声、山盟海誓地叫喊着'听老婆的话'，糊弄咱们小豆豆还行，糊弄俺堂堂的小杜同志，还差点火候，以后省省吧你！"

"既然心知肚明，俺奉劝姐姐以后也别再做那个无用功了，琴棋书画，相夫教子，传统美德，知道不？赶紧把那些杂七杂八的心思收回来吧。哎，光顾着斗嘴了，你刚才不是有事要与俺商量吗？有事你说话，说吧姐姐，啥事？"

"俺想着今年不回老家过年了。咱们春节前把丽丽他们娘儿仨一起接过来，大家合兵一处，热热闹闹地一块在小别墅新家里过个年呗？明年过年再带着孩子们回老家陪老人一起过年去。"

"你说啥？合兵一处？姐姐，说实话，这个念头，俺从来都没敢有过。"季天翔闻听杜月娟打算将马晓丽和一双儿女接过来一起过年，好像不相信自己的耳朵似的，禁不住惊讶地转过身来对杜月娟说道。

"对呀，你没有听错，俺小杜说的就是要合兵一处大家一起过年呢。翔子，姐姐跟你说句知心话，俺也有过私心，也有过担心，人之常情嘛。但通过与丽丽和两个孩子的多次亲密接触之后，深感那种骨肉情深的实在和天然，从来没有感到过生分和隔阂，已经打心眼里完完全全接受了他们娘仨。

"再说了，丽丽为了让你省心让你重寻幸福，不惜编造善意的谎言，说自己已经找到了另一半并且也生活在了一起，义无反顾地让你轻装上阵。特别是自从得知了咱们俩的事，那种大义、痴情和推动，着实让俺感激和感动，每每想到丽丽这一茬，俺就老觉得特别对不住她！"

"咱做人要有起码的天地良心，将心比心！你这几天总在问我为啥总失眠，一天到晚就是在琢磨这事呢。"杜月娟两眼湿润，停下手里的家务活，坐在季天翔身边说道。

"姐姐这么说，俺翔子无话可说，只有感激涕零！说实话，姐姐，俺就担心你跟着俺受委屈，别管咋说，俺与丽丽毕竟已经正式办理了离婚手续，虽然俺也非常感激丽丽对俺季天翔的付出和大义，但俺既然选择了与丽丽离婚，说啥也得对你专一、负责！

"这事咱俩先小范围说到这，别先跟他们说，说出去的话就等同于泼出去的水，是啥时候都收不回来的，家务事，特别是重组家庭，表面看似风平浪静，实则复杂之极，咱们做出这样重大的决定之前一定要慎之又慎、深思熟虑啊，姐姐！"

"刚才俺说有私心，是有事实根据的。难道你没有感觉到吗？每逢孩子们放假，俺就缠着你将他们娘儿仨接过来一起过，那么多次，那么多天，俺算是看透彻了，那丽丽不但人长得漂亮，性格开朗无私，还重情无瑕，大有古代从一而终之遗风，天生就是一枚头碰南墙不知返的痴情女。

"人心都是肉长的，丽丽这么掏心掏肺地对咱了，咱咋办？

"再说了，两个孩子，也奇了怪了，俺亲生的儿女似的，那一口一个'妈妈'叫得，一丝一毫不比小豆豆差呢，叫得俺这心里直痒痒，声声入心，直想哭……"

"俺小娟姐姐，多清纯的小可人哪，竟然暗地里使出了如此费尽心机的小伎俩，让俺刮目相看哪！事先做了这么多次实战演习，你累不累呀？"

"不累，也值！丽丽对咱们小豆豆，那捧着怕摔了、含着怕化了的细腻动作，那发自心灵深处的母爱眼神，那无欲无求的纯真奉献和付出……还有三个孩子的那些骨肉亲情的亲热劲儿，视频聊天时开怀大笑的黏糊劲儿……

"小季同志，你尽管放心，请相信俺小杜的眼睛，绝对不会看错人。还是那句话，这丽丽呀，可遇不可求！万一以后有了啥难处，俺小杜对你都毫无怨言，一切决定都是俺自行所思所想所做，与你没有一毛钱的关系，更不会倒打一耙反过来赖上你！"

"既然姐姐都全盘考虑这么成熟了，俺说啥？"

"你啥也不用说，只要你同意，俺现在就给丽丽打电话！"杜月娟边说边伸手拿起了茶几上的手机。

"姐姐，俺突然悟出了一个理儿，这一来二去的，你和丽丽这一对大骗子大傻瓜，倒有共同语言了，眼看眼就逾越了亲姐妹范畴了，俺翔子何德何能，此生得此上天眷顾？俺这心里呀，波涛汹涌，啥也不想说了，千言万语，不知从何说起，鼻子发酸，只想哭……"季天翔说着说着还真就满眼噙泪了。

"行了，行了，别再煽情了！你小子想笑还等不及呢，还想哭？你才是真正的大骗子，俺与丽丽都是你骗到手的，老谋深算的狗东西，这个喜欢你，那个喜欢你，真要有人让俺说说为啥喜欢你，俺还真想不起来说啥，反正就是喜欢你！"

"看看你这小样，还不如人家小豆豆呢！真受不了你了，俺求求你行不？请季总你先将男人的眼泪擦干了再笑行不？"杜月娟边跟季天翔开玩笑边给丽丽打起了电话。

季天翔继续看他的女排大赛，虽然不再言语，但明显不如先前那么坐得住了。

杜月娟当着季天翔的面，向马晓丽一对一释疑解惑，软磨硬缠，终于双方达成共识，马晓丽也应承了下来，俩姐妹顺便也妥善谋划了一下"合兵一处"的诸多事宜。

放下手机的杜月娟，用眼睛的余光刻意瞄了一眼貌似事不关己高高挂起的季天翔，伸出食指，对着季天翔象征性地点了几下，笑笑，也不再言语，继续没完没了地擦那些总也擦不完的家具去了。

老家县城里的两个孩子终于盼到放寒假了，为了安全起见，杜月娟没有答应马晓丽独自开车带孩子来省城的提议，一则丽丽对省城街道不是太熟悉，二则年关路上太拥挤，毕竟一介女流，还是坚持着派司机回老家县城将马晓丽娘儿仨接到了省城。

大人不必说，三个孩子那个亲热、那个欢实啊，楼上楼下满院子疯跑疯喊疯玩……其乐融融，无以言表。

季天翔近日一直都在亲自出面协调工程款，满世界飘荡，不在家，大事小情都由杜月娟和马晓丽张罗，季天翔的专车和司机也留在家中配合她们俩。

毕竟杜月娟还要上班，还要帮着马晓丽和专职保姆照顾几个孩子，搬家安新居这等大事，空口说说简单，真动手干起来了，还真不是小动静，破家值万贯，貌似万事俱备，实则是非常折腾人的活呢。

"丽丽，咱们这一楼呢，主要是设计的会客厅、琴棋书画室、备用卧室和餐厅等附属设施，二楼三楼呢，咱姐俩每人一层，姐姐比你大七天，理应由妹妹你先选！"杜月娟在安排楼层的时候对马晓丽说道。

"你是姐姐，理应你先选，姐姐喜欢几楼就选几楼，反正都一样！你说啥大七天？大一天你也是姐姐，何况七天乎？哎哟，哎哟，俺这跟姐姐相处时间长了，也学会说话文绉绉的了，潜移默化地就开始跟着姐姐吟诗作赋、班门弄斧了！"马晓丽眼见杜月娟对自己亲如姐妹，连忙笑着说道。

"既然妹妹这么说了，那姐姐俺就先选了，俺住三楼，你们娘儿仨住二楼吧！"

"姐姐，那可不行，咱们小豆豆忒小，住顶楼，夏天晒冬天冷，你们还是住中间吧！俺们娘儿仨住顶楼，他们姐弟俩年龄大，抗热、抗冻、能跑能颠的。

"再说了，咱这小楼建得结实啊，又是防晒层又是保温层的，里里外外都挺好，楼上楼下住着也没有啥区别，咱们就这么安排吧，你说啥俺也不能让你住顶楼，姐姐！"

"要不这样吧，咱姐妹俩抓阄儿！"杜月娟伸掌往前一亮，马晓丽眼疾手快，"啪"一声击掌，姐妹俩配合默契，笑得前仰后合。

最终还是杜月娟抓到了二楼，马晓丽当场就笑了："俺就说嘛，哪能让俺小豆豆一天到晚地迈着小脚丫往顶楼上爬呢，真是俺抓到了二楼，俺也不会住！冥冥之中有谁在替咱们主持公道呢，你说呢，姐姐？"

"那是啊，马晓丽是谁呀，感天地泣鬼神的痴情大美女一枚，老天能不配合你？傻到家的傻妹妹！"杜月娟假装出咬牙切齿的样子，恶狠狠地用小拳头打了马晓丽一下。

马晓丽也不示弱："姐姐还说俺傻呢，俺再傻也傻不过你呀！好说歹说，俺马晓丽还有一双儿女在身边抚慰，姐姐你呢，竟然痴情到守身如玉终身不嫁，至少俺没有听说过第二个像你这样的例子，啥社会了？啥时代了？还好，苍天有眼，功德圆满！姐姐才是名副其实的呆傻之极呢！"

"好了，好了，咱们姐妹俩是黑老鸹飞到猪屁股上——谁也别说谁黑了，同病相怜，这是货真价实的同病相怜！"

"不过，这话说回来了，季天翔那小子到底有啥好？值得咱们姐妹如此钟情献身于他？咱们与他男欢女爱倒还有情可原，为啥那么多大男人也都说'喜欢他'？丽丽，俺一直想不通！"杜月娟不再与马晓丽"争论"谁傻不傻，突然问了马晓丽这么一句。

"姐姐，俺也一直在想，但总也想不通，为啥这小子如此招人待见？孩子们上学离开家的当口，俺一个人在家，想不通了，就一遍一遍地回看赵忠祥解说的《动物世界》，那些狼狮虎豹、飞禽走兽，它们也有各自的小家庭，也有世袭的生存相处既定规则，也有爱恨情仇，却没有人类这么发达的思想和语言交流。"

"但形形色色的动物们一代一代地走到今天，小日子不是同样过得有滋有味吗？俺觉得，人与自然界里的动物们一样，总有谁特招人待见，不为啥，就是惹人喜欢，仅此而已！"马晓丽与杜月娟还真是有缘，聊啥话题都有共同语言，两人一颗心似的。

"厉害呀，马晓丽！怪不得季天翔那小子总跟俺夸奖你呢，说你有德又有才！还说，哲学家都不如你的才气大呢！"

"别听那小子忽悠你，俺哪有那么高尚，都是说着玩的，让姐姐笑话了。"

"妹妹说的特别特别有道理呀，瞅空俺一定陪你重温《动物世界》去，姐姐听妹妹这么一说，似乎有些茅塞顿开了……就这么说定了，搬完家，都放了年假，咱从头至尾一集不少地滤一遍！"杜月娟颇有兴致地对马晓丽说道。

"大事小情都是小娟姐说了算，你说咋办就咋办，一言为定！不过，俺的亲姐姐，咱们当务之急，是忙着安置咱们的安乐窝，总不能坐在大院子里草坪上欣赏《动物世界》吧？咱该抓紧干活了，你说呢姐姐？"马晓丽对杜月娟开着玩笑说。

"那是，那是，说话不能耽误干活！干活，都干活去！"杜月娟边笑边拍着马晓丽的肩膀说道。

杜月娟身边多了马晓丽这把能上能下的好手，偌大的新家很快就布置得头头是道、井然有序了。有马晓丽守家，杜月娟上班也不担心了。

季天翔就更不用说心里那个高兴劲了，四处漂泊，但绝对没有后顾之忧。

为了确保工人工资春节前全额发放到位，兑现坚持多年的"不跨年度"规则，年前这段日子里，分身乏术，一家老小谁也没有见着过他的影。

腊月二十八，疲惫不堪的季天翔终于展翅归巢了。

杜月娟和马晓丽谋划好了，男人在外，为了这个家，一年到头疲于奔命，不容易，哪怕咱们做做样子，也要让季天翔充分感受到来自小家庭的温馨和甜蜜。

回新家首顿饭，姐妹俩亲自下厨置备，不用成品熟食，不用酒店外卖，所有饭菜一律亲力亲为亲手做，就连馒头也是自己蒸。

马晓丽那小馒头蒸的，白白胖胖的。杜月娟只吃了一次就吃上瘾了，虽然她从小就不吃馒头，也从来不会蒸，米饭才是她南方人基因记忆中的主食。

季天翔心里那个美滋滋呀，二斤不倒的大酒量，六两不到就醉哭了，哭得一把鼻涕一把泪，大人孩子都玩猴一般地笑话他。

这小酒喝的，季天翔深感舒坦至极！不但身处温暖窝，两拨妻儿同桌，各项目部所有人员，除了留守看工地人员之外，悉数平安回家，难得的轻松，就等着过个欢天喜地的新年了，此情此景，不心醉才怪呢。

真没想到，大年三十大清早，一大帮徒弟就浩浩荡荡地摸上别墅门来了，"十三太保"一个不落全部都从四面八方相约赶过来了。

　　大包小包的"上贡"礼堆了一大片，就数三个孩子最高兴了，个顶个两眼放金光。

　　这帮浑小子，一口一个师娘地叫得亲热，不论杜月娟还是马晓丽，逮谁叫谁，嘴勤，手也不闲着，下山的饿皮虼子土匪似的，冰箱、厨房、储藏室，没有翻找不到的地方，好烟好酒好吃的，相中啥拿啥，想吃啥吃啥，一个比一个欢实得不得了。

　　师傅季天翔早就惯坏了这帮徒弟的德行，马晓丽也早已见怪不怪了，倒是杜月娟被"抢"蒙圈了，但眼见季天翔、马晓丽和老大老二两个孩子，都稳坐钓鱼台，没事人似的，该干啥还干啥，便很快也豪爽地融入其中，不再"大惊失色"了。

　　"姐姐，第一次经历如此凄惨的场面吧？没一个好东西，全是恶徒，强盗！"马晓丽笑着对杜月娟说了一句。

　　"俺小杜也是这么认为的！不过，丽丽，俺突然发现，这帮小子虽然恶俗之极，但人家'盗亦有道'，自己送上门来的那么多好东西，看到没？丝毫未动！"杜月娟附和着马晓丽说笑话，捎带着"善解人意"地替众"恶徒"争了一丝面子。

　　马晓丽喊一声："姐姐，别管他们的事了，爱咋咋地，咱姐妹俩赶紧给他们准备粮草去吧，这帮牛犊子，折腾完了就得嚷嚷着要吃草，晚了又得瞎叫唤！"

　　既然来了，这帮小子不喝两盅没有谁会善罢甘休的，一个个都耀武扬威地带着司机来的呢，明眼人都知道，他们这是有备而来。

　　"你们这十三个小子，牛！比俺季天翔还牛！就不能拼个车过来？带十三辆车过来不烧油哇？一个个都不是过日子的料！师父失望之极！"

　　"师父，俺这不是都表示特别特别高兴吗？这样才显得有诚意！你自己说说，师父刚刚入住省城首屈一指的豪华大别墅，徒弟们应该赶过来贺贺不？两位貌美如花的俊师娘倾心相伴、一起过年，徒弟们应该过来给两位师娘拜个年不？徒弟们能有今天的好日子、一身好技术好功夫，应该过来给师父敬杯酒不？

　　"综上所述，老规矩，有言在先，大过年的，师父可不带训人的！徒弟们这么大老远地来拜年，师父如果发脾气，俺两个最疼俺们的好师娘绝对不会饶了你！"

　　"师父，您说过的，过年这几天，畅所欲言，没有师父，也没有徒弟，俺代表众徒弟说了这么多，您不会生气揍俺一顿吧？"大徒弟嘴最溜，虽然一口一个师父，但却饱含着以下犯上的火药味。

"你小子，将师父的军呢？不过，俺不揍你，这话，俺爱听！来，来，喝酒，别光顾着听这小子耍嘴皮子了，大家该吃的吃，该喝的喝，都别闲着！但有言在先，谁都不准抽烟，来烟瘾的院子里抽去！"季天翔满面春风，与徒弟们推杯换盏，喝得不亦乐乎。

乱乱哄哄大半天，这帮徒弟终于筋疲力尽地闹腾完毕，酒足饭饱地打着嗝要打道回府了。季天翔借着酒劲高声笑着大手一挥："两位师娘都累了，师父也累了，你们这帮熊玩意儿确实应该滚蛋了，统统地立马在我面前消失！"

任凭季天翔怎么叫喊，这帮小子个个心里倍儿清，谁也顾不上理会师父在说啥，只顾争抢着扫荡来的烟酒糖茶等"战利品"，一遍一遍、不厌其烦地与两位师娘反复握手道别，好像在他们的眼里，师父倒成了摆设，师娘和收获才是徒弟们此行的主要目的。

季天翔站在大门口，注视着爱徒们渐行渐远的身影，直至走出了双眼的视线，才慢慢地转过身来，在杜月娟和马晓丽的左右陪伴下，若有所思地往室内走去。

"俺发现翔子变了，突然变得多愁善感了，动不动就流泪！俺都快不认得你了！当年那个叱咤风云的翔爷哪里去了？"马晓丽率先打破了短暂的寂静。

"是啊，先是你们俩如此待我，世间难寻！再是这十三个徒弟，这么多年了，竟然至今无一人弃俺而去！如果不是你们大家对俺季天翔不弃不离……如果……唉，不说了，不说了，过年哩，高兴，俺是打心眼里真高兴啊！"季天翔边说边用手抹了一把泪。

"还不都是你为人处世够仗义呀！对俺、对丽丽、对孩子、对老人、对徒弟、对合作伙伴……有一个算一个，没有几个人能不喜欢你，这是你的福报，也是俺们大家的福气！"杜月娟也抹了一把眼泪说道。

"是啊，俺季天翔凭良心做事，真诚付出，也得到了实实在在的回报，俺此生无憾矣……"季天翔伸手揽住分站两侧的杜月娟和马晓丽，感慨万千。

这时，女儿站在楼门口高声喊了一句："爸爸、妈妈们，保持姿势，一动都不许动，你亲闺女给你们拍张照，哎呦，太有诗意了，太让俺感动了！OK！"

待女儿拍完照片，季天翔仰天大喊了一声："亲人们！俺季天翔感谢你们！"

话音刚落，大人孩子笑成了一片。